LO QUE ARRIESGUÉ POR TI

MARISA SICILIA

Editado por Harlequin Ibérica.
Una división de HarperCollins Ibérica, S.A.
Núñez de Balboa, 56
28001 Madrid

© 2019 María Luisa Sicilia
© 2019 Harlequin Ibérica, una división de HarperCollins Ibérica, S.A.
Lo que arriesgué por ti, n.º 250 - 24.4.19

Todos los derechos están reservados incluidos los de reproducción, total o parcial.
Esta edición ha sido publicada con autorización de Harlequin Books S.A.
Esta es una obra de ficción. Nombres, caracteres, lugares, y situaciones son producto de la imaginación del autor o son utilizados ficticiamente, y cualquier parecido con personas, vivas o muertas, establecimientos de negocios (comerciales), hechos o situaciones son pura coincidencia.
® Harlequin, TOP NOVEL y logotipo Harlequin son marcas registradas por Harlequin Enterprises Limited.
® y ™ son marcas registradas por Harlequin Enterprises Limited y sus filiales, utilizadas con licencia. Las marcas que lleven ® están registradas en la Oficina Española de Patentes y Marcas y en otros países.
Imagen de cubierta utilizada con permiso de Shutterstock y Dreamstime.com.

I.S.B.N.:978-84-1307-798-7
Depósito legal: M-8078-2019

Para aquellas que os enfrentáis a diario a las inseguridades, las zancadillas, las desilusiones, la presión por llegar a todo. Gracias por no rendiros, por querer hacerlo aún mejor. Por arriesgaros.

*Hazlo. Y, si tienes miedo,
hazlo con miedo.*

CAPÍTULO 1

El cielo es gris porque aún no ha amanecido, pero no se trata solo de la luz. Todo cuanto le rodea tiene el mismo tono áspero y apagado, las calles arrasadas, los edificios desmoronados tras años de guerra. No hay el menor rastro de vegetación y ni los mismos pájaros se atreven a quebrar el manto de silencio que envuelve Grozni.

Avanza con paso rápido a pesar de la sensación de peligro que sobrevuela el ambiente. El ataque podría llegar en cualquier momento, desde detrás de los restos del coche incendiado o a través de las sombras de una ventana. Nota el peso del Kalashnikov entre las manos y se siente algo más seguro.

El lugar aparece al doblar una esquina. Vuelve a experimentar la misma intranquilizadora desazón y se gira para comprobar que nadie le sigue. El paisaje está inmovilizado, es una foto fija de la destrucción, y al contemplarlo le asalta cierta sensación de irrealidad, la seguridad de que se halla en un territorio al margen de la lógica o la cordura.

Se acerca a la puerta improvisada. Un tablón sin cerradura ni bisagras resguarda dos habitaciones milagrosamente intactas en un edificio con los forjados perforados por las bombas de racimo arrojadas por la aviación.

—Adelante, adelante —repite una voz desde el interior.

Hay una mujer recostada sobre un sofá. Un gato escuálido salta de su regazo. Eriza el lomo y le enfrenta agresivo. Ya ha ocurrido otras veces. Ese gato le odia, le sacaría los ojos si pudiera. Ha visto con demasiada frecuencia el rencor en los rostros de los vencidos como para no reconocerlo. Las miradas de quienes se ensañarían a conciencia con su cuerpo, lo acribillarían, lo despellejarían vivo, le harían pedazos si tan solo les diese la más mínima oportunidad.

—Te esperaba.

El aspecto de la mujer es avejentado. Tiene el pelo gris, ralo y sucio. Hace meses que no se lava. Está la mayor parte del tiempo ebria. Y con todo, es lo mejor que ha conseguido encontrar.

—¿Ha ido bien? ¿Algún problema?

—Ningún problema. Pasa, entra a verla. No ha salido en todo el día. Ha sido una buena chica, muy buena.

—¿Seguro? ¿No ha salido? ¿En todo el día? —pregunta con una mirada gélida, avasalladora. Le sale sin dificultad. Aprendió el gesto al entrar en el Ejército y lo ha ido perfeccionando desde entonces. Le fue útil para sobrevivir a los entrenamientos y a los camaradas no amistosos, para sobrevivir a la guerra. Para sobrevivir.

—Seguro. No se ha movido de la habitación. —Lo dice convencida, pero todo lo que hace es beber vodka y dormir. ¿Cómo va a saber lo que ocurre durante las horas que pasa inconsciente?

Avanza hacia el interior y el gato enarca el lomo y bufa aún más hostil. El pelaje negro de punta y los ojos convertidos en inquietantes ascuas amarillas.

—Ocúpate de ese animal o lo haré yo —dice en un tono que no deja lugar a dudas acerca de sus intenciones.

La mujer se apresura a cogerlo. El animal se revuelve, lucha por liberarse y le araña el pecho. Ella trata de apaciguarlo y no lo suelta a pesar de las uñas clavadas en la piel.

—Es un amigo, Misha. Un amigo.

Se le ocurre que lo mejor que la mujer podría hacer con

ese gato es buscar un pozo y arrojarlo dentro, pero ¿quién es él para juzgar los afectos de otros?

—Vete. Y llévatelo —ordena, y le da unos pocos rublos que la mujer guarda entre sus senos marchitos.

—Vamos, Misha. Daremos un paseo —dice antes de abandonar su refugio para enfrentarse a la madrugada espectral de Grozni. Usará el dinero para comprar alcohol y, si alguien intenta robárselo, no solo tendrá que lidiar con ella, también deberá enfrentarse a Misha.

Se queda solo y la vista se le va hacia la puerta de la única otra habitación. Empuja la hoja y la atmósfera cambia. Es algo tangible. Está oscuro, no hay ventanas, pero la temperatura es más cálida y en el aire flota un perfume débil, dulce, un hálito que se le impregna en la piel. Lo atrae sin remedio.

Guarda silencio y no tarda en distinguir una respiración baja e intranquila. El pulso se le acelera y un nombre brota de sus labios.

—Nadina...

Ahora la ve con claridad y el corazón se le queda en pausa. No da signos de haber escuchado, duerme profundamente, cubierta con una sábana que la cubre solo a medias.

Apoya el Kalashnikov contra la pared, se sienta al borde de la cama y la observa. Ella se agita en sueños. El pelo húmedo por el sudor se le pega a la frente. Hace poco que se lo ha cortado. Ocurrió justo después de que le dijera lo mucho que le gustaba cuando se lo dejaba suelto, así que evitó decirle que estaba incluso más bonita así, con el pelo corto como el de un chico.

La quiere de un modo que no consigue entender, contra toda lógica, con una fuerza que lastima, con el convencimiento feroz e irracional de que debe cuidar de ella. Por eso también soporta sus arañazos, sus ataques de pánico, las crisis de llanto; la sostiene para que no caiga cuando se asoma al abismo que amenaza con tragarse a ambos.

—¿Cuánto llevas ahí?

Y la desea aún con mayor intensidad de la que la ama.

Ha despertado y lo mira como si hubiese hecho algo sucio, aunque ni siquiera se ha atrevido a rozarla. Pero con frecuencia tiene la sensación de que Nadina adivina sus pensamientos y con eso es más que suficiente.

Lucha por no dejarse distraer. A menudo juegan a ese juego y es ella la que vence. No va a dejar que lo haga esta vez. Coge la mochila y saca un paquete del interior.

—Muy poco. Acabo de llegar. Iba a despertarte. Te he traído comida.

—No quiero nada. Llévatelo.

Se da la vuelta y arrastra consigo la sábana. La espalda —y más allá de la espalda— queda al descubierto. Duerme desnuda. Las únicas prendas que posee son las que lava antes de acostarse. Ha tratado de ocuparse de eso, pero no es nada fácil conseguir ropa interior de mujer en Grozni.

—¿Estás segura de que no quieres probarlo?

Tiene que ser paciente, tentarla.

—Está bien, me lo comeré yo. —Desenvuelve el paquete y le da un bocado a un muslo de pollo frío.

No hay respuesta.

—También he traído dulces.

Solo tarda un par de segundos en girarse.

—¿Qué dulces?

—Míralo tú misma.

Se incorpora sujetando la sábana contra el pecho y descubre el bollo relleno de crema.

—¿Está blando?

—Está recién hecho. Lo he robado del comedor de los oficiales.

Sonríe y Nadina también lo hace. Le calienta el corazón verla sonreír, pero le sujeta la mano cuando intenta coger el bollo.

—Aún no. Antes debes comer algo.

Hace un gesto de fastidio, pero no discute. Se sienta sobre

la cama, coge un pedazo de pollo, le da un bocado y lo mastica con lentitud. Él no le quita la vista de encima. Ella lo nota. Le devuelve una mirada turbia, procaz, y deja caer la sábana.

—¿Contento?

Exhibe su cuerpo sin el menor pudor. Le provoca. Lo hace todo el tiempo, aunque no los primeros días. Los primeros días no dejaba que la tocara, huía cuando se acercaba y no permitía que se ocupara de ella. Cuando perdió a su familia por su culpa —eso fue lo que le gritó: «Tú, tú los has matado, tú has dejado que mueran»—, Nadina ni tan siquiera soportaba su presencia. Cuando la encontró drogada y sin sentido y le buscó un refugio para que no la destrozaran las alimañas que poblaban Grozni, ella aseguró que no le perdonaría nunca. Y, cuando se puso violento y le gritó que era estúpida y la presionó para que le dijese cómo había conseguido el dinero con el que comprar la droga, ella le gritó a su vez y le explicó con todo detalle cómo había dejado que se la follara aquel tipo y luego le escupió que lo prefería, prefería a cualquiera antes que a él.

—Tápate.

Se ríe y se exhibe aún más. Adopta una postura obscena. Abre las piernas. La pose lasciva, abandonada, los senos despuntando, el vello púbico señalando el camino. Tiene el pedazo de pollo en una mano y la otra entre los muslos. Saca la lengua y hace un gesto vulgar. Lo hace como si fuese una broma, como si se burlase.

No sabe si Nadina alcanza a entrever la fuerza del deseo que provoca en él o si lo subestima.

Ojalá fuese lo segundo.

—¿No es esto lo que quieres?

Se abalanza sobre ella. La comida cae encima de la cama y ya no le importa si se alimenta en condiciones, le da igual si le manipula o si desearía más que ninguna otra cosa verlo muerto.

La besa como si fuera él quien llevase días sin comer y Nadina lo único que puede saciarle. La ama más que a cualquier otra persona u objeto por el que haya podido albergar amor, cariño o deseo a lo largo y ancho de su vida. Pero no tarda en notar su tensión. Y lo odia. Odia sentirla así: rígida, ausente, recordándole que no es más que un invasor y nunca será bienvenido.

Se obliga a frenarse, se esfuerza por llevarla a su terreno. Sabe cómo hacerlo, cómo hacer gemir de placer a una mujer, cómo conquistar a Nadina.

Succiona los brotes rosados de sus senos, toma posesión de su boca, devora su sexo. Ella se derrite, se vuelve dúctil y maleable, sensible a sus caricias. Suspira, se retuerce y gime.

El deseo es enloquecedor, absoluto. Necesita aplacarlo. No se quita el uniforme, solo libera la abertura del pantalón y la atrae con fuerza.

Nadina se queja con un gemido ronco. Le preocupa ser demasiado grande para ella, que es pequeña y estrecha, pero lo olvida, igual que lo olvidó la primera vez, cuando lo despertó en medio de la noche, le pidió que la dejase dormir junto a él y se acostó a su lado desnuda y temblando.

La ve cerrar los puños y morderse con fuerza los labios. Él la besa, murmura palabras apresuradas y dulces: «mi pequeña», «mi vida», «mi amor», «Nadezhna», «Nadezhna».

Ella suplica, le ruega:

—No me dejes. No te marches tú también.

—No te dejaré. Te sacaré de aquí. Nos iremos lejos.

Se lo ha prometido. Va a llevársela de esa habitación inmunda, de esa ciudad arrasada y maldita. Va a hacerla feliz. No importa lo que tenga que hacer para conseguirlo. Ha elegido un partido y lo sacrificará todo para entregárselo, para conseguir su perdón, para que también lo ame.

—¿Cuándo? —solloza mientras él toma una de sus piernas por debajo de la rodilla, la eleva y la abre para entrar más profundamente, todavía más, en ella.

—Pronto, muy pronto.

Su expresión refleja a un tiempo éxtasis y tormento. Nadina abre la boca, inclina la cabeza hacia atrás, deja todo el cuello expuesto. Tan delicada y frágil. La visión le perturba, le bloquea.

Apenas se resiste. Las manos se le van sin querer. Necesita acariciarla, hacerla suya, recuperarla. Ella deja escapar un quejido suave, se estremece, abre los ojos, sus grandes ojos oscuros, y se lo pide.

—Hazlo. Hazlo ahora. Sácame de aquí.

La realidad pierde consistencia. El aviso de alerta retorna, suena una y otra vez. ¿Por qué está allí? ¿Por qué ha regresado a ese lugar? Ya es tarde para rectificar. Debería haber prestado atención antes.

—Olvídalo.

Se aparta, pero Nadina le sujeta, le toma las manos y las coloca en torno a su cuello.

—Estará bien. Solo un poco. Tú sabes cómo.

Tiene razón, lo sabe, ha ocurrido más veces. Puede adivinar lo que sucederá después, lo que dirá. «Un poco más. Solo un poco más».

—Confío en ti. Sé que no me harás daño. Lo prometiste. Por favor.

Su piel cálida, su tono suplicante: «Por favor, por favor...».

Y es tan tentador, tan fácil ceder. Se ve haciéndolo. Estrecha su cuello, siente latir su vida en sus manos, reconoce el estremecimiento, la agonía, el vértigo, la lucha desesperada por tomar aire. Si se equivocase, si tan solo soltase un segundo tarde...

Sus ojos están vidriados. Lágrimas de rímel mojan sus pestañas.

—Hazlo, Dima. Hazlo de una vez. Acaba con esto.

Y ambos conocen la verdad, que en el fondo ella le aborrece y que en aquel instante él siente lo mismo hacia ella. Odia que le arrastre hasta ese punto, que le mienta. «Confío en ti». Mentira. Mentira. Mentira.

Cierra los ojos para no verla y sus manos se crispan alrededor de su garganta. Espera su lucha, su intento inútil por desasirse, pero no es Nadina quien trata de liberarse. Es su propio cuerpo el que se tensa, son sus pulmones los que se cierran, es a él a quien le falta el aire, quien se ahoga desesperado.

Y, aunque no duda de que lo merece, reconoce algo más.

No quiere. No va a rendirse. Tampoco va a abandonar esta vez.

CAPÍTULO 2

Se incorporó de golpe y boqueando, envuelto en un sudor frío y con el corazón al límite de pulsaciones. Necesitó un instante para adaptarse a la realidad. La semipenumbra de la madrugada y el estado de abandono del espacio que le rodeaba le hicieron dudar de si estaba despierto o aún soñaba.

Luego recordó. El bar de Friedrichshain, el contacto de Kolia al que no consiguió localizar, la música *death metal* y la chica de los *piercings*. La noche había terminado con ella llevándole al edificio ocupado en el que vivía.

No era extraño que le hubiese hecho recordar Grozni. El colchón estaba tirado en el suelo. Las mantas eran un nido de polvo. Las paredes estaban cubiertas por pintadas y grafitis. Había latas de cerveza vacías en los rincones y mucha más basura que prefirió no identificar.

Pero lo peor no era eso.

La chica dormía a su lado. Veinte, veintiún años. La mitad de la cabeza rapada y la otra mitad con el pelo corto y decolorado en un rubio muy claro con un único mechón violeta cayéndole sobre la frente. Tenía *piercings* en el labio superior, en la nariz y en las cejas —visibles, luego descubrió los otros— y un tatuaje de alambre de espino le recorría el brazo desde la muñeca hasta enroscarse en varias vueltas alrededor de su cuello.

Recordaba haber lamido ese tatuaje.

El estómago se le revolvió. Visto en frío no tenían demasiado en común, pero Dmitry sabía la verdad. Se parecía tanto a Nadina que sintió asco y pena hacia sí mismo.

Se obligó a bloquear esos pensamientos junto con los otros, el eco del sueño y el tacto suave de su piel le hormigueaban en las manos. Las palabras, los susurros…

«Hazlo, Dima».

La bilis le subió a la garganta. Se la tragó y luchó por aislar la culpa. Se dijo que Nadina estaba bien, seguro, tenía un agente de las fuerzas especiales cuidando expresamente de ella. Tuvo que reprimir un nuevo acceso amargo al pensar en Nadina y Girard felices, sonrientes, paseando cogidos de la mano por algún parque de París, mientras él estaba en Berlín en un edificio okupa, rodeado de ilegales, yonquis, sin techo y otras tribus de marginales y apartados del sistema.

Se deshizo de las mantas y salió del colchón. Tenía la vejiga a reventar y no estaba nada seguro de que allí hubiera algo parecido a un baño.

Se vistió y se calzó las botas, caminar descalzo por aquel suelo debía ser asimilable a una actividad de alto riesgo. Eran militares, duras y resistentes. Las había comprado por casi nada en un mercado callejero.

Tomar conciencia de su cuerpo le consoló en parte de las sensaciones negativas. Había trabajado duro los últimos meses y el resultado se había traducido en algo de pérdida de peso y en mucho más tono muscular. Estaba más fibrado, más definido, endurecido. Apenas había probado el alcohol —los tequilas de la víspera habían sido una excepción y ya estaba arrepentido— y no había consumido ni un gramo de coca, ni siquiera un poco de *speed* o de hierba. Había prescindido de la falsa euforia y la ficticia sensación de seguridad que proporcionaban. Incluso cuando ganaba una cantidad asquerosa de dinero traficando con una amplia variedad de sustancias prohibidas, nunca perdió el control a la hora de consumirlas. Detestaba a los adictos, aunque no había sido un monje. Al menos mientras vivió en París. Ahora había convertido su cuerpo en un puto templo. Comía fruta e incluso bebía batidos desintoxicantes a base de remolacha y puerro.

Nadina se habría partido de risa.

Sintió otra oleada de autocompasión. Vivir así era como estar constantemente desprendiendo el esparadrapo de la herida, algo lento y doloroso. Habría preferido tirar de golpe y arrancarlo de una vez.

Dejó dormir a la chica que le recordaba a ella y salió a un pasillo silencioso y tan lleno de basura como la habitación, con hileras de puertas a derecha e izquierda. Debía de ser un antiguo colegio o algún otro edificio oficial del Berlín socialista y anterior a la caída del muro. La uniformidad, la pobreza de los materiales… Aunque llevara décadas abandonado, Dmitry reconocía el sello.

Dos chicos con camisetas pintarrajeadas, delgados, pálidos, de aspecto enfermizo y muy similar al de la chica de los *piercings* conversaban sentados en el suelo y apoyados contra la pared. Se pasaban un cigarrillo de hachís y parecían tener todo el tiempo y la calma del mundo. Apenas lo miraron cuando preguntó por el baño. Solo señalaron a la derecha sin dejar su charla.

Lo encontró. La puerta estaba cerrada y alguien vomitaba.

Acabó aliviándose en un patio trasero lleno de pupitres amontonados. Formaban una pirámide de patas de hierro oxidado y tablas de aglomerado que se caían a pedazos. Las baldosas estaban levantadas y una capa de nieve muy fina cubría algunas esquinas.

Willkommen in Berlin.[1]

Llevaba seis meses viviendo allí y parecía que fuese una eternidad.

A la vuelta encontró a la chica de los *piercings* despierta. El nombre le vino a la memoria al mirarla a los ojos. Sommer, verano —otra cosa que había hecho durante aquellos meses era

---

1 Bienvenido a Berlín.

aprender alemán a marchas forzadas—. Imaginó que sus padres habían querido darle un nombre cálido para compensar todo el frío berlinés, aunque el ambiente les había ganado la partida. Sommer tenía poco de veraniega. Era una flor pálida y extraña.

—Creía que te habías marchado —dijo soñolienta, los ojos rodeados de sombras desdibujadas en tonos grafito.

—No me gusta desaparecer sin despedirme.

Ella le estudió, actualizando su evaluación de la noche anterior. Debió de gustarle lo que vio.

—A mí no me van las despedidas —dijo señalando el hueco que había dejado en el colchón—. No te vayas aún.

La temperatura era baja en el exterior, pero la habitación tenía un radiador conectado a una toma eléctrica junto al colchón. Bajo las mantas se estaría un poco más caliente. Era un asco de sitio, pero por un instante sintió el deseo de quedarse allí y mandar a la mierda todo lo demás.

Un instante corto.

—Es mejor que me marche.

Le molestó su negativa. Se puso borde.

—¿Es que tienes prisa? ¿Vas a llegar tarde a fichar?

—¿A fichar? —No captó el sarcasmo. Aún no comprendía todas las palabras, algunos matices se le escapaban. Además, Sommer tenía uno de sus brazos fuera de la manta y Dmitry estaba distraído siguiendo el dibujo de su tatuaje. Los alambres retorcidos, las púas, el contraste que formaban el azul de la tinta y los fragmentos lechosos de piel.

—Para que tus jefes sepan que has llegado a tiempo. Mi madre trabajó durante veinticinco años en la misma empresa. Era la encargada de los aseos, se sentaba en su silla y vigilaba que todo estuviera limpio y en orden, y siempre nos contaba lo orgullosa que estaba de no haber llegado tarde a fichar ni un solo día. Puta loca —añadió por si no había quedado claro lo que opinaba sobre la conducta de su progenitora.

—Entiendo. No, no necesito fichar. No tengo uno de esos trabajos.

—Mejor, que les jodan a las empresas. —Se sentó sobre el colchón y se puso a buscar en un bolso de rafia. Mucha más piel quedó al descubierto, todo su pecho, el cuello rodeado de alambre—. ¿De qué parte de Rusia eres?

Tenía más tatuajes: un escorpión clavando su aguijón en el omoplato derecho, tres rosas negras abriéndose sobre el pecho, las letras que componían la palabra *gigtig* alabeándose a lo largo del costado... Dmitry tradujo: «tóxico».

—De Krasnodar.

—¿Dónde coño está eso?

Tanto esfuerzo por dar aquella imagen dura. Tanto esfuerzo para nada.

—Al sur, cerca del Mar Negro.

—Nunca he vivido cerca del mar. Quizá debería probar, cambiar de aires —dijo liando un cigarrillo, como si de veras estuviese considerando la idea de abandonar aquel vertedero y mudarse a una dacha en la costa—. Aunque no sé si me gustaría alejarme de Berlín. ¿Tú lo echas de menos? El lugar donde naciste.

—No. No sé. Puede. A veces.

Era una pregunta banal, Sommer prestaba toda su atención a las briznas de hierba que se le escapaban de entre los dedos, pero consiguió incomodarle. Después de borrarlo de su mente durante años, de cuando en cuando se sorprendía pensando en los campos de cereal de Tjamaja, en el color dorado que adquirían justo antes de la cosecha, en los veranos. La culpa era del inacabable invierno berlinés. Pero no tenía por qué hablarle de aquello a Sommer, igual que no tenía por qué contestar a los desconocidos que se empeñaban en entablar conversación en el metro.

Lo único que debía hacer era seguir su camino.

Ella encendió el cigarrillo, le dio una calada y se lo pasó.

—¿Quieres?

Una voz prudente le advirtió: «No lo hagas, no te metas en más problemas, no es asunto tuyo». Era una pena que casi nunca hiciese caso a esa voz.

Extendió la mano, pero, en lugar de coger el cigarrillo, la tomó por la muñeca, la giró y dejó el antebrazo hacia arriba.

Fue como si hubiese sufrido una descarga. Sommer retiró la mano, se encogió y escondió el brazo contra el cuerpo.

—¿Qué miras?

No conseguiría nada, acababa de conocerla, solo habían coincidido en un bar cualquiera de Berlín y el hecho de que se pareciera un poco a alguien que quería olvidar no era una justificación, sino el mejor motivo para alejarse.

Pero de todos modos se lo preguntó:

—¿Por qué lo haces?

—¿Por qué hago el qué?

—Esto. Vivir aquí, acostarte con desconocidos, cortarte los brazos con cuchillas.

El tatuaje disimulaba las marcas, pero no llegaba a ocultarlas, aunque quizá ella pensase que sí, y ahora él había violado su intimidad, el pequeño reducto que había construido en aquel lugar olvidado donde nadie hacía preguntas.

Había puesto al descubierto su dolor.

—¿Quién eres? ¿Un jodido predicador? ¿Solo porque hemos echado un polvo crees que tienes derecho a meterte en mi vida?

Sí, ¿quién se creía que era para dar consejos, para preocuparse por ella, para intentar cerrar sus heridas?

—Olvídalo, pensé que debía decírtelo. Lo que haces es peligroso. Es estúpido. Deberías saberlo. Deberías buscar ayuda.

—No necesito ayuda. Vete, márchate —gritó lanzándole una almohada—. ¡Fuera de aquí! ¡Dazz! ¡Nils!

Los chicos del pasillo llegaron. Parecían tan inestables y quebradizos como Sommer. Quizá pensasen que en aquel edificio estaban a salvo, quizá les daba igual estar o no a salvo. Dmitry pensó que eso era porque no les había pasado por encima una condenada guerra. Si hubiesen caminado entre las ruinas y los estallidos de las bombas, no tendrían aquella imagen idealizada y romántica de la muerte. Si hubiesen visto los cuerpos de sus amigos, de sus vecinos, desmembrados, hechos pedazos, valorarían cada segundo de vida.

Así pretendía vivirla él y le traía sin cuidado lo que opinasen ellos.

—¿Qué ocurre? —dijo uno de los chicos.

—Nada. Ya me iba.

Se hicieron a un lado para permitirle el paso. Sommer le gritó:

—¡Métete en tus asuntos! ¿Me oyes? ¡Métete en tus jodidos asuntos!

Salir a la calle fue regresar a la realidad. El paisaje urbano y en permanente estado de cambio de Berlín, con grúas y edificios en obras a cada paso, le despejó de aquella atmósfera deprimente. ¿Qué tenía él en común con esa gente que había escogido vivir en un estercolero? Nada, absolutamente nada.

Se volvió para examinar el edificio. El lateral de la fachada lo ocupaba un gran mural en blanco y negro. Representaba un hombre con la cabeza rapada, la cara desencajada, los ojos cerrados y la boca abierta en un silencioso grito.

Cuando vivía en París y despertaba, lo que veía desde su ventana era la orilla derecha del Sena, el Grand y el Petit Palais. A veces incluso la veía a ella. A Nadezhna.

Suficiente, se dijo, ya era más que suficiente.

Se subió la cremallera de la cazadora y comenzó a caminar aprisa para entrar en calor. Marzo terminaba y el termómetro de un comercio cercano señalaba que la temperatura era de tres grados.

No habría avanzado más de doscientos metros, cuando un coche salió del carril central y se detuvo a pocos pasos.

Los reconoció antes de que se abriese la puerta. Traje, corbata, rostros inertes de mandíbulas cuadradas y recién afeitadas. Schlegel y Dischler. Siempre que los veía pensaba en las ilimitadas copias del agente Smith de Matrix, solo que con menos sentido del humor. Ni siquiera parpadearon cuando en una ocasión les preguntó si también ellos habían escogido la pastilla azul.

—Apresúrate. No se puede estacionar aquí.

No le habían avisado, no necesitaban restregarle que estaba a su disposición, siempre, a cada momento, las veinticuatro jodidas horas del día, que era su puto esclavo. En cualquier otra ocasión habría tratado de oponer resistencia, pero aquella mañana ni siquiera intentó protestar.

Entró en el coche y se sentó atrás, pero se mantuvo en tensión. Se negó a dejarse abatir. Saldría de esta, abandonaría Berlín, solo era una mala racha, una que duraba demasiado.

—¿No teníais con quién desayunar?

—Heller quiere verte —respondió neutro Schlegel.

—*Herr* Heller quiere verme... Suena a buenas noticias.

Schlegel lo vigiló por el espejo retrovisor. Dischler era aún más inexpresivo, pero ninguno de los dos hizo comentarios. Los funcionarios del BND, los servicios secretos alemanes, se caracterizaban por su reserva.

Atravesaron Berlín en silencio. Dmitry no trató de adivinar qué querría Heller. Quizá algo sencillo, como que hiciera desaparecer a un recién llegado de un vuelo de Bagdad, o que uno de los fieles de una escuela coránica de las afueras de Berlín sufriera un accidente.

No, en su trabajo no se fichaba, pero había otras muchas formas más sofisticadas y efectivas de ejercer el control. Le habría gustado preguntarle a Sommer qué pensaba de él.

Quizá si hubiese sabido lo que debía hacer para seguir vivo, se le habrían quitado las ganas de jugar con cuchillas.

CAPÍTULO 3

La sede del BND en Berlín era un gran edificio gris recorrido por sucesivas hileras de ventanas, todas con idéntico tamaño y disposición, alargadas y estrechas. Resultaba curioso porque en las ocasiones en que lo había visitado jamás había estado en una habitación con ventanas. Las reuniones transcurrían en un espacio interior, totalmente aislado. Dmitry sospechaba que las oficinas con ventanas estaban vacías. Eran solo un decorado.

Estaba en el distrito de Neubau, muy cerca del centro y dentro de la antigua zona este. Rodeado de bloques de viviendas, a la vista de todos, pero inaccesible. Dmitry tenía absolutamente prohibido acudir a la sede del BND. Debía esperar a que le encontraran y le condujeran a esas u otras instalaciones. Para ello utilizaban un localizador GPS. Parecía una de esas pulseras que contabilizan los pasos y las pulsaciones, y lo era, pero habría emitido una señal de alerta si hubiese intentado desprenderse de ella. Fue una de las condiciones que impusieron los alemanes para aceptar la salida ofrecida por Hardy, y lo único que le había quedado a él era tragar y aceptar. Eso o ver cómo entregaban su cabeza a los integristas con los que negoció una venta de armas a cambio de drogas en una operación orquestada por los servicios secretos franceses.

No debería haber acabado así. No es que esperase una medalla, o en parte sí, en parte había esperado un poco de reconocimiento, una palmada en la espalda, no convertirse en un peón, viviendo con una identidad falsa, haciendo el trabajo sucio del BND, sin respaldo ni acreditación. Si se metía en problemas con la policía o con inmigración o con cualquier otro departamento oficial, la agencia negaría cualquier relación. Estaba solo. No tenía cobertura. Esa fue la palabra que empleó Heller. Le hizo pensar en un médico anunciándole que su enfermedad no tenía cura ni tratamiento. Un médico alemán, frío e indiferente.

Claro que por entonces solo se acababan de conocer. Ahora su relación era cualquier cosa menos indiferente.

Había tres personas más en la sala además de Heller, todos abstraídos en sus respectivos ordenadores portátiles o consultando sus notas. Baum, el jefe de servicio y quien tenía la última palabra en las reuniones. Maduro, de cabello entrecano, gafas cuadradas y el gesto grave habitual entre los altos funcionarios. Coordinaba varias operaciones conjuntas con otros servicios secretos europeos, siempre hablaba de cooperación y beneficio mutuo y se mostraba muy preocupado por los límites legales. Evitaba en todo lo posible mancharse las manos y más de una vez delegaba en Heller las decisiones difíciles. Los otros eran analistas: Werner, un informático responsable de seguimiento y logística que como muchos otros nunca hacía trabajo de campo y desarrollaba toda su actividad sin salir de las oficinas, y Faaria, una joven de apenas veinticinco años y origen jordano, experta en relaciones de poder y equilibrio entre los distintos países árabes.

Su padre había sido embajador y su esposa y su hija lo acompañaban en sus misiones por Arabia Saudí, Yemen, Irán, Turquía, Catar... Faaria había tenido la fortuna de que solo la apalearan, la violaran y la dieran por muerta después de que una facción del ISIS ejecutara a sus padres y a los escoltas con los que viajaban en una zona supuestamente segura del sur de Afganistán.

Dmitry lo sabía porque la propia Faaria se lo había contado. Fue después de preguntarle por qué trabajaba para el BND y no en cualquier otro lugar.

Seguramente por eso Faaria le hacía sentirse incómodo de algún modo que prefería no analizar, pero ella siempre era profesional y se preocupaba solo por presentar los datos con la mayor exactitud y objetividad posible.

Dmitry era un agente no oficial. Se esperaba de él que siguiera las órdenes sin cuestionarlas. Ellos a cambio le daban dinero —no tanto dinero y además lo depositaban en una cuenta en Gibraltar, en Berlín apenas contaba con lo necesario para salir adelante sin demasiados derroches— y una relativa protección. A veces pensaba en deshacerse de la pulsera y desaparecer, podría intentarlo. Sin embargo, por más que renegase de Berlín, lo cierto era que no había ningún lugar al que tuviese interés en ir. Y tenía algo que solucionar. Había empeñado su palabra con Hardy. Confiaba en que cumpliera su parte del trato: una identidad nueva y segura y todas las cuentas pendientes saldadas.

Pero Heller no se lo ponía fácil.

—Tenemos que hablar. Acompáñame.

Cruzó la sala y se dirigió a otro de los despachos. Él fue detrás. En cuanto estuvo dentro, cerró la puerta y le encaró.

—¿Qué crees que estás haciendo?

Puede que se debiese a que era una mujer y ocupaba un puesto de responsabilidad, por lo que siempre parecía tener algo que demostrar. No se entendían bien. Dmitry percibía su continua necesidad de reafirmarse, de dejar claro que estaba por encima de él. No tenía por qué restregárselo constantemente, pero lo hacía.

—¿Seguirte a una habitación cerrada y a solas? ¿Qué pasa, Heller? ¿Es que no podías esperar? —preguntó, el tono desafiante y la provocación en la mirada.

La desconcertó. Su expresión fue de perplejidad, como si hablase un lenguaje que ella desconociese por completo.

Tuvo que aclarárselo.

—Solo era una broma. Para que te relajaras.

Y entonces lo consiguió: se enfureció.

—No tiene gracia en absoluto.

—Es cuestión de opiniones porque yo creo que sí la tiene.

Heller no solo era su superior, además le llevaba nueve o diez años. Él tenía treinta y ella debía de estar a punto de cumplir los cuarenta, si no los había cumplido ya. Vestía siempre ropa formal, de directora técnica o ejecutiva de ventas en una gran compañía: trajes de chaqueta y pantalón grises de marcas serias y aburridas, que combinaba con camisas y zapatos caros de tacón alto y afilado. No usaba pendientes, ni pulseras o anillos, ningún adorno. El cabello lo tenía castaño, alisado y recogido, los pómulos, marcados, igual que la mandíbula, los ojos azules, maquillados para destacarlos y los labios, pintados en un tono rojo mate. Tenía un rostro duro y su forma de vestirse y arreglarse remarcaban esa dureza. Parecía tan receptiva como Angela Merkel y le atraía casi lo mismo. No, Heller no era su tipo —y tampoco se parecía a Nadina y cuando lo pensó sintió un pinchazo en el pecho— y, sin embargo, no podía evitar comportarse de ese modo.

—Me estás haciendo perder el tiempo.

—Has sido tú la que ha enviado un coche a buscarme y me ha traído aquí. ¿Cuál es tu problema?

—El reporte de tus desplazamientos de anoche. Lo he visto.

—¿Te levantas y lo primero que haces es ver mis reportes?

—¿Qué estabas haciendo en Friedrichshain?

—Tomar unas cervezas.

—¿Y por qué has pasado toda la noche en un edificio ocupado por una comuna antisistema?

—Porque en Friedrichshain conocí a una chica que vivía allí. Pero no hablamos de política, solo nos acostamos. ¿Te habría gustado unirte a nosotros? Puedo avisarte la próxima vez. No deberías limitarte solo a mirar, Heller. No es sano.

Se quedó en silencio. Los labios apretados y la mandíbula tensa. Luego respondió muy bajo, muy despacio y con firmeza.

—No me tomes por estúpida. Sé lo que estás buscando y no voy a consentirlo. No voy a dejar que actúes por tu cuenta ni que pongas en peligro a los demás. Da un paso más y estarás fuera.

Sonó a amenaza y no le gustaban las amenazas. Se le olvidó fingir que no le importaba.

—¿De cuántas formas más crees que podéis joderme? No te metas en mis asuntos, Heller.

—No se te ocurra hablarme en ese tono —replicó ella sin alzar la voz.

—Entonces no me digas cómo hacer mi trabajo. He cumplido con mi parte. Lo que haga con mi tiempo es cosa mía.

—Tu tiempo no es tuyo, tus decisiones no te afectan solo a ti. Si no lo comprendes es mejor que te quedes fuera. Ya no estás en París. Respondes ante mí. Vuelve a hacer algo parecido y te borraré del programa, ¿lo has comprendido?

No era la primera vez que discutían. Tenían algo visceral. Por más que Dmitry tratara de controlarse, Heller conseguía hacerle perder los nervios. Descargó un golpe fuerte en la pared. Por un segundo vio la alarma en su rostro. Heller era alta, pero él le sacaba media cabeza. Tenía cuerpo de nadadora, los hombros marcados y el vientre plano —el pantalón recto y de talle bajo lo evidenciaba—. Debía practicar ejercicio regularmente y seguro que había hecho varios cursos de defensa personal. Habría podido defenderse de un asaltante callejero, pero no de él. Ambos lo sabían y, aunque estuviesen en una oficina rodeados de gente, en ese preciso momento estaban solos y Heller conocía mejor que nadie el tipo de cosas que Dmitry era capaz de hacer.

Por esa y otras razones sentía aquella animadversión hacia ella. Porque le conocía, porque le utilizaba.

Se obligó a controlarse. Lo intentó por las buenas.

—No me presiones. Estoy de vuestro lado, estoy comprometido con esto, pero necesito espacio. Tienes que confiar en mí, no os fallaré.

Ella dudó.

—*Pozhaluysta*[2]—rogó en su ruso natal.

Alguien golpeó la puerta. Los dos se sobresaltaron, pero la interrupción consiguió aflojar la tensión. Era Werner.

—Ya ha llegado Abdel. Vamos a empezar.

—Enseguida vamos —respondió ella.

La puerta se cerró. Se quedaron solos y en silencio. Heller había recuperado parte del aplomo. Se tomó unos segundos, tiró de los bordes de su chaqueta gris de ejecutiva —aunque estaba impecable— y antes de salir lanzó una frase que escoció.

—Sé quién eres, Dmitry Záitsev. Sé lo que hacías, lo que has hecho para llegar aquí. ¿Quieres que confíe en ti? No cometeré ese error.

Las palabras brotaron de forma automática, tal como las pensó.

—Eres una mala zorra, Antje.

Sus facciones se endurecieron.

—Vuelve a hablarme así y te embarco en el primer avión de vuelta a tu país. —Dmitry se tuvo que morder la lengua y fue ella quien dijo la última palabra—. Apresúrate. Nos están esperando.

---

2 Por favor.

CAPÍTULO 4

Antje se esforzó por recobrar la serenidad. La reunión era importante. Lo que hacían era importante. No podía permitir que se le escapara el control de la situación.

Abdel ya había llegado. Era alemán de padres turcos. Frío, comedido, de pocas palabras. Resultaba mucho más fácil trabajar con él que con Dmitry. Habría preferido no tener que hacerlo, pero el acuerdo al que Baum había llegado con el DGSE francés les obligaba a mantenerlo bajo su manto. Favor por favor. Se había convertido en su responsabilidad.

—Quizá algunos no lo sepáis —empezó Baum—, pero he estado fuera un par de semanas. Por eso le he pedido a Heller que organice esta reunión. Para ponernos al día e intercambiar ideas —añadió siguiendo las pautas del liderazgo asertivo. A Antje le costaba adoptar esa actitud cercana que Baum dominaba—. ¿Cómo va el asunto de Marzahn?

—Estancado —resopló Dmitry. Le habían asignado la misión un par de meses antes y tampoco le había gustado. Quizá pensaba que estaba en Berlín con vacaciones pagadas—. Se reúnen los viernes, se emborrachan, insultan a los árabes, a los homosexuales, a los políticos… Hablan mucho, pero no hacen nada.

—Entonces te sentirás feliz entre ellos —dijo cortante Antje.

—No puedes imaginar cuánto. He hecho montones de

amigos. Quieren viajar a Moscú y que Putin los invite a vodka en la Plaza Roja. ¿Nos pagas los billetes con cargo a los fondos reservados?

Varios sonrieron, pero no Antje. Con frecuencia le tocaba hacer el papel desagradable. Seguramente a Werner, al mismo Baum, incluso a Faaria, les divertía que la pusiese en su lugar, eso comentarían después a sus espaldas. Todos excepto Abdel, que estaba más allá de las rencillas y las luchas de poder que se libraban en los pasillos del BND.

—¿Cuántos simpatizantes suelen asistir a las reuniones?

—A veces son ocho o diez, otras quince o veinte. No más.

Se trataba de una célula ultraderechista. Organizaban concentraciones antirrefugiados y colgaban mensajes en las redes sociales afirmando que se sentían invadidos por los musulmanes, llamando a la reacción contra el islam. Algunos eran muy agresivos. Al departamento le preocupaba que pudieran dejarse solo de palabras y empezar a actuar, pero por lo visto a Dmitry no le parecía lo bastante grave para tomárselo en serio.

Incluso era posible que simpatizara con ellos.

—¿Los has visto usar esvásticas o hacer el saludo nazi? —preguntó Antje.

—Son un montón de descerebrados ignorantes, pero no son completamente estúpidos, ¿sabes?

Y había algo más que la irritaba. Era posible que fuera el acento, la aspereza del ruso junto al esfuerzo por pronunciar correctamente las palabras. Cuando llegó de París, no tenía más que conocimientos básicos de alemán. Sabía que era inteligente, que tenía memoria fotográfica y que era mucho más racional y calculador de lo que aparentaba. Lo decían sus análisis de personalidad y ella misma lo había comprobado.

Razón de más para desconfiar de él.

—Quiero abandonar el grupo de Marzahn. Que los vigile la policía. Dejad que me ocupe de la pista de Neukölln. Las armas rusas que han aparecido en el mercado negro.

Y lo había vuelto a hacer, saltar su autoridad, pretender pasar por encima de ella.

—Ni hablar.

Dmitry le dirigió otra de esas miradas, hostil, amenazadora... La sangre corrió más densa por las venas.

«Estás segura. Estás bien».

El zumbido en los oídos pasó y Baum la apoyó sin fisuras.

—Eso está fuera de discusión.

—Pero... —comenzó Dmitry.

—Fuera de discusión. —Baum procuraba mantenerse al margen, como si estuviera por encima del bien y del mal, pero sabía tener la última palabra—. Seguirás vigilando a ese grupo de ultraderecha. Pasemos al siguiente punto.

—Faaria —dijo Antje cediéndole la palabra.

—Nos hemos centrado en la investigación de un nuevo sujeto. —Una imagen apareció en la pantalla ultraplana. Cincuenta años, ropa occidental, pelo cano... Solo el tabique nasal, más prominente de lo habitual, delataba el origen árabe o hebreo—. Su nombre es Ismail al Kathari. Es yemení, aunque reside en Omán, y en los últimos meses ha entrado y salido de Alemania con una frecuencia que ha hecho saltar las alarmas.

Antje cruzó los brazos sobre el pecho y se apoyó en el respaldo de la silla para seguir la intervención de Faaria, aunque conocía a la perfección su contenido. Era otra de sus funciones supervisarlo. Tenían programas que vigilaban las listas de pasajeros de los vuelos con origen en determinados aeropuertos. Se cruzaban las bases de datos de toda la Unión Europea. Los individuos potencialmente peligrosos eran miles. Era tarea de la policía y los servicios secretos extraer información útil de aquel maremágnum de nombres.

—Kathari trabaja para una sociedad de inversiones con sede en Baréin —continuó Faaria—. Su puesto es de asesor y según nuestros informes planean desarrollar en Berlín una pista de nieve *indoor*.

—¿Una pista de nieve cubierta en Berlín? ¿No basta con la que tenemos a cielo abierto? —preguntó Baum.

—Otras empresas tienen instalaciones similares funcionando en España, en Dubái, incluso en Suecia, a cuarenta y cinco kilómetros de Estocolmo —apuntó Werner— y son un éxito. Hemos revisado la documentación y todo es correcto. Han solicitado los permisos y están elaborando informes de costes, viabilidad, medioambientales...

—También hemos investigado a Kathari —explicó Faaria—. Su cargo es honorífico, prácticamente decorativo. Se limita a cobrar el sueldo y asistir a las reuniones. Consiguió el cargo gracias a sus lazos familiares. Otra de las sociedades del grupo explota los yacimientos de gas natural de Omán. La esposa de Kathari pertenece a una de las familias más poderosas del país, su hermano es Talib Hassani. Según la CIA, Hassani da protección y financia a grupos vinculados con el ISIS. Así asegura su lealtad dentro del territorio.

—¿Pensáis que Kathari viene a Berlín para tener contactos con radicales islámicos? —preguntó Baum con preocupación.

—No. Muéstraselo, Faaria.

Aparecieron nuevas imágenes. Una chica de cabello corto ensortijado, mirada limpia y piel azabache. Vestía pantalones vaqueros, botas altas y un jersey de lana bajo el abrigo. Reunía juventud, exotismo y encanto. La historia era vieja como el mundo, en Nueva York, en Calcuta y en Omán. Un hombre maduro y con dinero y una chica muy joven.

—Creemos que ella es la razón de las visitas —explicó Faaria—. Se llama Athieng Nkone. Es sudanesa, tiene veintiún años y llegó a Alemania hace seis meses con estatus de refugiada política. No tiene trabajo, pero recibe una asignación del estado. Ha reanudado los estudios y planea cursar un grado de Educación Infantil. Además, es madre de un niño de pocos meses, suponemos que es hijo de Kathari.

La pantalla mostró otra imagen de Athieng junto a una parada de autobús con el niño en brazos. Solo se veía la cara de un tono de piel más suave que el de su madre, el resto del cuerpo lo llevaba enfundado en un abultado mono infantil para protegerle del frío berlinés.

—Cobra la ayuda, pero rechazó el alojamiento compartido en un centro de refugiados. Vive en un apartamento en el distrito de Schöneberg y hemos comprobado que todos los meses recibe una transferencia de dos mil euros proveniente de la empresa para la que trabaja Kathari.

—Habrá que pedirle que reembolse las ayudas públicas —señaló Baum—. Bien, ¿cuál es la propuesta?

—Kathari va a viajar este fin de semana a Berlín. Tiene un vuelo reservado desde Doha. La idea es tantearle para que colabore con nosotros —explicó Antje.

—¿Quieres reclutarle? ¿Crees que es factible?

—No perdemos nada por probar.

—Está bien. Lo intentaremos. ¿Quién se entrevistará con él?

Antje contestó con rapidez.

—Lo haré yo.

—¿Tú? —Baum la miró con extrañeza—. ¿No será exponerte demasiado? ¿Por qué no Faaria?

—No me importaría…

—Aún no has intervenido en ninguna operación de este calado —dijo antes de que Faaria tuviera tiempo de ofrecerse—. No digo que no estés preparada, pero esto es demasiado importante para hacer experimentos. Me ocuparé yo.

Más miradas se centraron en ella, la de Dmitry, cínica, la de Baum, dubitativa, la de Werner, incómoda y la de Abdel, neutra. Solo Faaria la bajó contrariada. Se había ocupado de la investigación. Antje sabía que creía que le estaba arrebatando el trabajo para llevarse el mérito. No se trataba en absoluto de eso. Faaria haría carrera en el BND, mejor que la suya incluso.

Pero aún no.

—Está bien —cedió Baum—. Como quieras. Cuéntame cómo será.

—Hemos estudiado los hábitos de Kathari. Toma muchas precauciones. Nunca se reúnen en el apartamento de Schöneberg. Él se aloja en un hotel y suponemos que se citan allí.

—¿Solo lo suponemos?

—No hemos podido contrastarlo —reconoció Antje muy a su pesar.

—Pusimos cámaras en la habitación en su anterior visita a Berlín —dijo Werner—, pero a última hora cambió la reserva y se alojó en otro establecimiento. Vigilábamos el piso de ella y la vimos salir, pero no entrar en el hotel.

—Una pareja cuidadosa —comentó Baum—. ¿Cómo quieres hacerlo, Heller?

—Le abordaré en el hotel. Hemos activado el seguimiento de su móvil y nos enteraremos de si hay algún cambio. Lo tendremos vigilado desde que llegue al aeropuerto. El único problema es el escolta. Siempre viaja con uno. Alguien deberá distraerle. No queremos despertar sospechas.

—Pensaremos algo para el escolta. Tú te ocuparás de Kathari, que Dmitry vaya contigo.

La cogió por sorpresa. No lo esperaba y se negó a aceptarlo. Se cerró en banda. Le molestaba estar cerca de él. Era algo físico.

—Puedo hacerlo sola. No necesito un acompañante.

—No dudo que puedas, pero no lo harás —dijo más seco Baum.

Trató de buscar una salida.

—Entonces que sea Abdel.

—Tengo otra idea, que Abdel se ocupe de la chica, que se mantenga cerca de ella. Podrían hacerse amigos. ¿Qué opinas, Abdel?

—No creo que sea un problema —respondió imparcial.

Una chica joven en Berlín, madre soltera, sola la mayor parte del tiempo. No tardaría en hacer nuevas amistades. A Abdel no le faltaba el atractivo y tenía esa capacidad que resultaba tan valiosa para trabajar en Inteligencia: la de aparentar ser amistoso y encantador, cuando la realidad era que su perfil guardaba más semejanza con el de un psicópata.

—Dmitry también podría ocuparse de la chica —dijo Antje evitando cruzar su mirada con la de él.

—Dmitry ya está llevando lo de Marzahn, así que lo estableceremos así —dijo Baum dando por cerrada la discusión—. ¿Cuándo regresa Kathari a Berlín?

—El próximo sábado —respondió Werner—. Llegará al aeropuerto de Tegel a las ocho y veinte de la mañana.

—Lo tendremos todo listo para entonces —afirmó Baum, y se refería a que ellos lo tendrían listo—. ¿Algún otro asunto pendiente?

—Nada más —respondió Antje, contrariada por cómo había ido la reunión. Tenía otros temas que tratar con Baum, pero no con testigos presentes.

—A trabajar entonces.

Todos se levantaron. Faaria y Werner salieron con rapidez de la sala. Dmitry tardó diez segundos en abordarla.

—Heller...

—La respuesta es no.

Vio su esfuerzo por contenerse, pero aún le quedaba mucho por mejorar.

—Dime al menos que lo pensarás.

—No hay nada que pensar.

—Heller...

Levantó la mano y la colocó a la altura del pecho con la palma abierta para frenarle.

—He dicho no.

Baum llegó en su ayuda.

—¿Tienes un minuto?

Y ella lo aprovechó para desembarazarse de él.

—Espero no tener que repetir esta conversación.

Siguió a Baum a su despacho y en cuanto cerró la puerta se lo dijo:

—Podía hacerlo sola. No necesitabas ponerme en evidencia.

—¿A qué te refieres?

—No hay ningún peligro. Kathari es inofensivo. No necesito que cuiden de mí.

—No puedes estar segura de eso y no pienso arriesgarme. ¿Supone algún problema?

Baum estaba serio y ella temió haberse excedido.

—No, no será un problema. Tienes razón. Quizá he sido demasiado intransigente.

—Solo quiero asegurarme de que no corres riesgos innecesarios. Por lo demás tengo plena confianza en tu criterio —dijo conciliador antes de cambiar de tema—. ¿Hay alguna novedad sobre la filtración que recibimos de Bruselas? No dejo de darle vueltas.

—No hemos avanzado nada. Esperaba que tú tuvieses algo.

Baum hizo una mueca.

—Habrías sido la primera en saberlo.

—¿Qué tal ha ido en Londres?

—Mal. ¿No has oído las noticias?

—Las he oído.

Estaba en todos los informativos. La primera ministra inglesa amenazaba con condicionar la cooperación en materia de seguridad si no había antes un acuerdo con el Brexit.

—Es de locos. He pasado allí dos semanas, escuchando a unos, tratando de convencer a otros. Todos están reticentes, todos desconfían. ¿Qué le está pasando al mundo, Antje?

Baum parecía desanimado y ella lo comprendía, pero no quería dejarse llevar por esa sensación.

—No lo sé. Pero, si conseguimos que Kathari colabore con nosotros, quizá podamos averiguar algo más. Haré todo lo posible por convencerle.

—Te deseo suerte.

—Gracias. ¿Es todo?

—Sí, puedes retirarte.

Pero la llamó antes de salir.

—Antje…

—¿Sí?

—¿Va todo bien?

Baum parecía dudarlo y ella lamentó más que ninguna otra cosa haber dado pie a que pensara lo contrario.

Le dedicó su mejor sonrisa.

—Todo va perfecto.

—Me alegra oírlo —dijo él amistoso.

Ella se sintió violenta.

—Te dejo. Tendrás que ponerte al día.

—No me lo recuerdes.

—Es nuestro trabajo —dijo usando una de las frases favoritas de Baum.

—Es nuestro trabajo. Y eres buena en él.

Antje aceptó el cumplido.

—Gracias.

—No lo olvides.

—No lo haré.

La sala se había quedado vacía, la pantalla estaba apagada y Athieng y su bebé habían desaparecido. Sobre la mesa estaba la taza del café de Werner, el envoltorio del caramelo de menta de Abdel y un folio en blanco que había dejado Faaria. La silla de Dmitry se diferenciaba de las otras por estar descolocada, fuera de su sitio.

Antje apoyó los hombros contra la puerta. Solo por un momento, enseguida cogió aire y se puso en marcha. Tenía trabajo que hacer.

CAPÍTULO 5

—Enhorabuena, ha quemado ochocientas treinta calorías.

Dmitry pensó que tras resistir toda la hora al completo bien se merecía una felicitación, aunque viniese instalada de serie en la programación de la cinta.

Se bajó del aparato y se secó el sudor. Pasaba de dos a tres horas en el gimnasio y la de la cinta era la última de las rutinas. No siempre iba al mismo, ni todos los días ni a las mismas horas, pero aquel del centro —muy cerca de Friedrichstrasse y del Checkpoint Charlie— le gustaba más que otros. En parte por las paredes, las taquillas y las cabinas blancas y brillantes en contraste con el tono negro mate de suelos y puertas. Transmitía una impresión de limpieza y orden muy germana que, a diferencia de otros aspectos del carácter berlinés, no le desagradaba. Pero había más puntos a favor de aquel gimnasio.

—¿Cómo ha ido? ¿Has resistido el aumento de la inclinación?

—Los sesenta condenados minutos —respondió Dmitry tratando de recuperar el aliento. Le costaba la vida correr. Prefería mil veces las pesas, las máquinas de remo o cualquier otro entrenamiento, pero se lo había tomado como algo personal, una cuestión de orgullo, y se obligaba a aguantar en la cinta. Aunque no por eso le gustaba más.

—Todavía estás oxidado. Poco a poco irás cogiendo el ritmo y aumentando los tiempos y la pendiente. Yo que tú la semana que viene me fijaba como objetivo llegar a los noventa minutos.

—*Khuy tebe³*, Kolia.

El monitor rio pese a que aquello venía a significar más o menos lo mismo que el *fuck you* inglés o el *verpiss dich* alemán, una de las primeras frases que Dmitry aprendió en el idioma de Goethe, por cierto.

No quería parecer demasiado ansioso, pero no aguantó más tiempo callado.

—Estuve anoche en el bar de Friedrichshain, pero tu amigo no dio señales de vida.

Llegó a la hora convenida y esperó hasta que ya no tuvo sentido hacerlo. Luego vio a Sommer y sus *piercings*, su tatuaje de alambre de espino y el pelo corto y rubio que le hacía recordar a alguien que ya no formaba parte de su vida.

—Lo siento, venía a contártelo. Me envió un mensaje esta mañana. Le fue imposible acudir. Dijo que lo sentía y que te presentase sus disculpas.

Había dado con Kolia a través de otros compatriotas afincados en Berlín. Al igual que él había servido en el Ejército ruso. Le había llevado tiempo ganarse su confianza, semanas para que se ofreciera a hacer de intermediario y le pusiera en contacto con alguien, que a su vez conocía a alguien que tal vez pudiera venderle una Grach de 21 mm, igual que la que usaban en la Spetsnaz y, después de tanta espera y cuando ya casi lo tenía, el plan amenazaba con irse por la borda.

—No importa —dijo resistiéndose a soltar la presa—. Será cualquier otro día. Puedo esperar.

—No sé si será posible. Dijo que tenía que salir de la ciudad.

La mucha o poca simpatía que pudiera sentir por Kolia se esfumó. Era muy obvio que tenía miedo y lo que más le irritaba era que pretendiese quitárselo de encima con aquella

---

3 Que te jodan.

excusa burda. Despreciaba a los mentirosos tanto o más que a los cobardes. Pero descompuso el gesto que le atenazaba la mandíbula e hizo como si no tuviese importancia. Después de todo, también él podía mentir.

—No pasa nada. Era algo sentimental. Quería tener un recuerdo de los buenos viejos tiempos. Pero siempre podemos quedar nosotros y tomar un par de cervezas.

—Eso está hecho —dijo Kolia aliviado—. Avísame algún día y procuraré salir antes.

—Lo haré.

Se fue a las duchas y estuvo el tiempo justo para asearse y vestirse, tratando de contener el malhumor y las ganas de romper algo. Adiós a las paredes blancas y las losetas negras. No volvería a aquel gimnasio.

A la salida se encontró con que ya era de noche. La temperatura había vuelto a bajar y el aire soplaba gélido.

Miró el móvil. No había ningún mensaje, ni llamadas perdidas ni avisos en el buzón. Heller le había dejado el resto de la tarde libre.

No había sido un buen día. Empezó mal y estaba terminando aún peor. La cochambre de la casa de Friedrichshain, su debilidad al fijarse en aquella chica, la advertencia de Heller y la pista perdida del contacto de Kolia. Todo lo demás podía arreglarse, el verdadero problema era Heller. Era ella quien se empeñaba en poner las cosas difíciles. No le interesaba un enfrentamiento. Tenía que ser inteligente, ser fuerte, ser frío. Antje Heller no era el fin, solo un medio.

No sabía mucho de ella, pero creía conocerla: estricta, controladora, ambiciosa. Tenía la casi completa seguridad de que había algo —o lo había habido— entre Baum y ella. Lo notaba en su incomodidad y en la actitud condescendiente y paternalista de él.

Le irritaba, igual que su superioridad moral y sus ideas cuadriculadas, pero más el doble rasero. Liarse con el jefe de servicio para asegurarse el puesto...

«No esperaba eso de ti, Heller».

No es que le sorprendiera. Así era como funcionaba el mundo, pisando cabezas para que no aplastasen la tuya. También él sabía jugar a eso.

El móvil emitió una vibración. Prácticamente la sintió dentro de su cabeza. Desbloqueó la pantalla tratando de mantener a raya el malhumor.

Kochstrasse – Mariendorf

Estaba allí mismo, a solo doscientos metros. Era opresivo saberse controlado, vigilado hasta aquel extremo, cada puto paso que daba, cada segundo, cada movimiento.

Dejó la frustración para más tarde y se dirigió hacia el cartel azul con letras blancas de la estación de U-Bahn. Se tropezó con una chica que le quitaba la cadena a la bici y le golpeó al retroceder sin mirar.

—Perdona. —Tenía el pelo de color verde esmeralda y los labios pintados del mismo tono.

—Ha sido culpa mía. Iba distraído. Discúlpame tú.

La chica le dirigió una sonrisa sincera antes de subir a la bici y marcharse. Dmitry se consoló un poco. En realidad, siempre se le había dado bien, tenía esa facilidad: don de gentes, simpatía, como se quisiera llamar.

Cuando se lo proponía.

El andén estaba vacío, el tren acababa de partir. Los relojes indicaban que faltaban cuatro minutos y cincuenta segundos para que llegase el siguiente, cuatro minutos y cuarenta y nueve segundos.

Estaba junto a uno de los bancos. Era fácil verla bajo aquella luz radiante y fría, escoltada por las columnas amarillas de la estación. Llevaba una gabardina *beige* y el bolso al hombro e hizo como si no notase su presencia.

Dmitry se quedó junto a las vías. Heller no tardó en acercarse.

—¿Tú también me has echado de menos?

De veras era lo mejor que le salía con ella. Lo que querría

haberle dicho era por cuánto tiempo más pensaba tenerle así, tirando de la cuerda hasta que no le dejase más opción que romperla.

—No te entretendré —respondió sin mirarlo—. Solo quería dejar claro lo que ocurrirá este sábado. Habría preferido hacerlo sin ti, pero si vas a estar presente necesito saber que me apoyarás sin fisuras y te limitarás a hacer lo que te pida.

También Heller debería saber que trabajarían mejor si no le trataba como a un perro al que aún no había amaestrado. Pero, si no lo captaba sola, no sería él quien se lo explicase.

—Solo lo que tú pidas, comprendido. ¿Algo más?

No debió quedar muy convencida porque insistió.

—Es importante. No es ningún juego.

Heller se había cansado de fingir que eran dos desconocidos que esperaban juntos en el andén y se había vuelto hacia él.

Dmitry se fijó en lo tensa que parecía, crispada incluso. Respondió lo mejor que supo.

—Hace tiempo que dejé los juegos. Me tomo en serio todo lo que hago, se trate de lo que se trate. Te doy mi palabra. Lo haremos a tu manera.

Apenas se mostró un poco más relajada, pero el cambio fue visible. Las líneas de expresión desaparecieron de la frente, igual que la tensión alrededor de los labios.

—Está bien.

Dmitry volvió a probar.

—¿Y en cuanto a lo de Neukölln?

Y ella fue igual de rápida.

—La respuesta sigue siendo no.

Más gente se había ido congregando en el andén. Según los relojes solo faltaban dos minutos y treinta segundos para la llegada del próximo tren.

—Como quieras.

Se quedaron en silencio junto al resto de pasajeros, contemplando el vacío entre las vías y a los hombres y mujeres que esperaban al otro lado.

—¿Vas a subir? —preguntó Heller y la tensión era de nuevo apreciable en la voz.

—Esa es la idea. Voy a Marzahn, ¿recuerdas?

—Yo cogeré el siguiente.

Aquel cambio de opinión coincidió con la llegada del tren. Heller se encontró con un muro humano contra el que era difícil avanzar. Hizo un movimiento extraño. Retrocedió. Se acercó más de lo prudente al borde.

Dmitry se dejó llevar por el impulso. La cogió del brazo y la sujetó con fuerza. Ella lo miró alarmada. Los dos a un paso de las vías, con el sonido de los frenos chirriando y un viento frío inundando la estación. Habría bastado un movimiento para desestabilizarla, un pequeño empujón y adiós Antje.

—Te tengo —murmuró.

No la soltó hasta que el tren estuvo completamente detenido. Los pasajeros que se apeaban los rodearon, los empujaron el uno contra el otro. Antje estaba pálida.

—¿Por qué lo has hecho?

—Porque de eso va esto, Heller, de confianza. No llegaremos a ninguna parte si no confiamos el uno en el otro. —Subió al vagón junto con los otros pasajeros y le lanzó una última frase antes de que se cerraran las puertas—. Te veré este sábado.

En apenas unos segundos el tren cogió velocidad y dejó atrás Kochstrasse. Varios pasajeros iban escuchando música o chateando. Dmitry sacó un móvil, no el suyo, el que Heller empleaba para hacerle llegar mensajes, sino el que le había quitado a la chica del pelo verde esmeralda cuando tropezaron.

Tenía un bloqueo simple, un patrón de puntos a trazar. Lo conectó a lo que parecían unos auriculares y el pequeño programa que llevaba instalado dio con el código en menos de tres segundos. Luego marcó el número. No necesitó consultarlo. Tenía esa facilidad. Simplemente lo recordaba.

Al otro lado alguien le contestó en francés con un marcado acento ruso. Dmitry cambió a su idioma natal.

—¿Václav? Soy Dima.

La voz al otro lado comenzó a lanzar exclamaciones de incredulidad, carcajadas de alegría y palabras obscenas. Joder, también él le echaba de menos. Incluso se sintió un poco menos desterrado, pero no era momento de ponerse nostálgico. Necesitaba su ayuda. Había estado resistiéndose a recurrir a Václav, pero ya no le quedaban más hilos de los que tirar.

—¿En qué agujero has estado metido y por qué no has llamado antes? Creía que se te había tragado la tierra.

—Casi, pero aún no.

—Aún no —dijo riendo Václav—. No podrán contigo. Eres demasiado listo para ellos.

—Ya. Tal vez. Václav…

—¿Sí?

—Tienes que hacer algo por mí.

Václav no dudó.

—Di lo que es y me ocuparé.

Y aunque contaba con ello fue bueno oírlo.

—Necesito que averigües quién está vendiendo armas procedentes del Ejército ruso en Berlín. ¿Crees que podrás hacerlo?

—¿En Berlín? ¿Allí es dónde estás? Qué mierda… ¿Cuándo vuelves a París? El negocio no es lo mismo sin ti. La gente de Cherkov todavía está celebrándolo. Se han quedado con todo el mercado.

—No voy a volver al negocio. Ahora mi negocio es este.

Al otro lado de la línea se hizo el silencio, pero pasó pronto.

—Dame unos días. ¿Cómo me pongo en contacto contigo?

—Yo te llamaré.

El tren se detuvo en el intercambiador de Friedrichstrasse. Cortó la llamada y se apeó del vagón para hacer el trasbordo. Borró el registro y depositó el móvil en el apartado de objetos perdidos de la estación. Con un poco de suerte, cuando la chica del pelo verde tratase de recuperarlo, alguien contestaría y se lo devolvería.

La conversación le había puesto de buen humor. Si se podía averiguar algo, Václav lo haría y no temía ninguna mala jugada por su parte.

Tenían eso que Heller no entendía. Confianza.

CAPÍTULO 6

El tren se alejó con un rumor apagado. Antje continuó inmóvil tratando de controlar la respiración y los latidos.

«Estás bien. No ha ocurrido nada. Estás bien».

Su mente lo sabía, pero su cuerpo iba por otro lado. La estación se había vuelto a quedar vacía, pero no era la única que había dejado pasar el tren. Una chica con minifalda negra y cazadora azul, el cabello oscuro, largo y liso, alta, delgada y muy maquillada, caminaba aburrida por el andén. Un anciano con sombrero y abrigo leía el periódico en un banco. Un joven con una mochila al hombro hablaba con alguien a través del móvil.

Antje sospechó de todos, todos ellos le parecieron amenazadores, enemigos en potencia, vigilantes, observadores.

Las palpitaciones aumentaron.

«Piensa en otra cosa. No te bloquees. Modifica el escenario. Respira despacio. Despacio».

Comenzó a caminar. Subió los peldaños concentrándose en no echar a correr. En cuanto estuvo fuera de la estación se sintió mejor. El aire frío ayudó, las luces de Friedrichstrasse, el tráfico y el ajetreo de la gente que pasaba o se detenía frente a los escaparates de los comercios contribuyeron a devolverle la sensación de normalidad, de seguridad.

Siguió caminando, notando cómo el amago de ataque de

pánico iba pasando. Le sucedía a veces, sobre todo cuando se encontraba en situaciones de tensión y empeoraba con los espacios cerrados. Había comenzado hacía algo más de un año, después de sufrir la agresión que la llevó al hospital. Mejor o peor conseguía espantarlo, eran más una amenaza que un hecho cierto, un alarido agazapado en el pecho que debía silenciar; ahogarlo, anticiparse y cerrar la tapa que lo contenía para que nadie más lo oyese. Ni siquiera ella misma.

También esa vez funcionó. Se dijo que solo había sido un poco de ansiedad, la reacción normal al estrés, una consecuencia lógica ante la situación de alarma que acababa de vivir.

Y entonces sí focalizó las emociones en la dirección correcta.

«Desgraciado, miserable, malnacido hijo de puta».

La había amenazado. La había cogido por el brazo e impedido que se soltara. La había mirado a los ojos y sin necesidad de palabras le había hecho ver lo fácil que habría sido empujarla y que acabara bajo las ruedas del tren.

Y aquel era el hombre que Baum quería que la protegiera.

Había sido un error tratar de razonar con él. Solo quería asegurarse de que no lo estropearía. Kathari era demasiado importante. No podía consentir que echase a perder la operación por estar donde no debía o ser incapaz de mantener la boca cerrada.

Ahora no solo tendría que lidiar con Kathari, además debería hacerlo con la presión añadida de tener cerca a Dmitry.

Llevaba seis meses bajo su supervisión y las cosas iban cada vez peor. Era cierto que había acatado las órdenes. La clase de misiones que Antje prefería no recordar. Amenazas que dejaron de serlo después de que le dijera a Dmitry los nombres y el lugar donde localizar los objetivos.

También aquello le asustaba, también prefería encerrarlo en un cajón y tirar la llave, y era imposible hacerlo cuando lo tenía delante.

Se estremeció. La intimidaba Dmitry, los secretos que compartían, su agresividad, la animadversión que sentía contra ella. Y, sin embargo, había estado a punto de creerlo cuando aseguró que respetaría las reglas.

Suficiente. No iba a dejar que fuera a más. Si volvía a detectar la más mínima señal de que Dmitry suponía un peligro, lo borraría de los archivos del BND y lo abandonaría a su suerte. Un excombatiente de la guerra de Chechenia que había hecho fortuna en París traficando con drogas y codeándose con *top models* y actrices, un hombre al que el DAESH tenía puesto precio a su cabeza. Estaba claro que a Dmitry Záitsev no le temblaba la mano cuando de buscarse enemigos se trataba.

Tampoco ella dudaría a la hora de tomar una resolución definitiva.

Había continuado caminando a buen paso y se encontró frente a la estación de Stadtmitte. Bajó las escaleras, se acercó al andén y esperó junto a los otros viajeros. El corazón no se aceleró, no regresó la angustia ni la sensación de opresión. Durante el trayecto apartó a Dmitry de sus pensamientos y se centró en la operación del sábado. Repasó los cabos sueltos, volvió a pensar en cómo abordaría a Kathari, los argumentos que utilizaría, el tipo de compromiso que le pediría. No le dejaría otra salida que aceptar.

Sobre la mesa de su despacho tenía el informe al que se había referido Baum. La filtración recibida desde Bruselas. Un documento que, según los servicios secretos belgas, alertaba sobre la existencia de un plan para lanzar una nueva oleada de atentados simultáneos en varias capitales europeas, entre ellas Berlín. Una campaña de terror protagonizada por lobos solitarios, pero planificada para coincidir en el espacio y en el tiempo. Algo así no se improvisaba. El informe señalaba junio, julio, como fechas claves y apuntaba a Saud Alouni como instigador y alma de la operación. Alouni era un objetivo prioritario para las agencias antiterroristas europeas y varios informes externos lo relacionaban con Talib Hassani. El cuñado de Kathari proporcionaba la financiación necesaria para mantener activas las células. Habían perdido un mes dando palos de ciego. Si la operación fracasaba, tendrían que seguir dando tumbos, dejando escapar los días, esperando enterarse de lo ocurrido a través de las noticias.

La sensación de opresión amenazó con volver, pero no dejó que creciera. Se acercó a las puertas y esperó a que el tren se detuviera. Se bajó en Messe Nord. No era su parada, pero había un lugar cerca de la estación al que iba en ocasiones. Sobre todo, si como aquella noche necesitaba descargar la tensión.

Parecía un gimnasio, y de hecho lo era, no muy diferente a aquel en el que Dmitry había pasado la tarde. Antje podía acceder en cualquier momento y en tiempo real al programa que registraba sus salidas, los lugares a los que acudía, el tiempo que estaba en ellos, si su pulso era normal o acelerado. Habría podido comprobar dónde se encontraba en aquel mismo instante.

Por su cabeza cruzó una imagen.

Dmitry en un lugar cerrado y oscuro en el que le faltaba el aire.

Era solo una pequeña maldad, una venganza imaginaria, pero no tardó en volverse contra ella. Se imaginó dando golpes a la puerta suplicando que la dejaran salir.

—Buenas noches.

El saludo del encargado consiguió espantar la visión. Le enseñó la identificación que la acreditaba como socia y, tras comprobarla, le asignaron una pista.

Las instalaciones eran luminosas, apacibles, limpias. Se cruzó con una mujer con la que había coincidido en anteriores ocasiones y las dos se dirigieron una sonrisa corta pero amable. Tenía su misma edad y el gesto llevaba implícito un reconocimiento. Eran la excepción en aquel territorio ocupado en su mayoría por hombres, muchos de ellos más jóvenes que esa mujer y que ella. Hombres que no les prestaban atención ni las tomaban en serio.

Antje no necesitaba demostrar nada y era la primera en

conocer sus limitaciones, pero podía afirmar sin temor a equivocarse que subestimarla sería un error.

Encontró la pista asignada, cerró la puerta, se puso los cascos y sacó su propia arma, una Heckler & Koch USP Compact capaz de disparar hasta trece balas con un único cargador. La llevaba siempre encima, oculta bajo la chaqueta durante el día y al alcance de la mano cuando dormía.

Quitó el seguro y cuando apuntó al objetivo pensó en Dmitry, en su rostro demasiado atractivo —y muy a su pesar eso también la hería—, en la forma en que la miró cuando se acercó a las vías, en su brazo aferrándola, en su propio corazón desbocándose y el tren barriéndolo todo con un soplo frío.

Luego disparó hasta vaciar el cargador.

CAPÍTULO 7

—Te tengo en pantalla —dijo Werner a través del mínimo auricular que Antje llevaba inserto en el oído.

—¿Y Kathari? —preguntó bajando el rostro para que la gente que pasaba por Alexanderplatz no pensara que hablaba sola.

—Lo estoy viendo ahora mismo. —Además de contar con la red de videovigilancia pública, el BND había instalado microcámaras en la habitación del hotel. Desde su puesto de control Werner tenía acceso a todas ellas—. Se ha quitado la chaqueta, está descalzo y ha encendido el televisor. Y hay más buenas noticias: tenemos el campo libre, se ha deshecho del escolta.

Los niveles de confianza de Antje aumentaron vertiginosamente al oír aquello.

—¿Cómo lo sabes?

—Ha salido del hotel hace media hora. Müller le está siguiendo. ¿Quieres que le diga que se dé la vuelta?

—No, que no le pierda de vista y que se asegure de que no regresa antes de tiempo. ¿Y Athieng?

—Sigue en el apartamento.

—¿Estás seguro?

—Seguro. Aún está dentro.

Después de una noticia buena, una mala. Fue un jarro de agua fría.

—Está bien. Avísame si hay novedades.

Todo su plan se basaba en Athieng. Si se había equivocado o no era tan importante para Kathari, la operación se desmoronaría. Volvió a echar un vistazo a la fachada de espejos del Park Inn. No era ningún establecimiento exclusivo, se trataba de un hotel moderno y céntrico, ocupado por viajeros que esperaban disfrutar de las mejores vistas de uno de los iconos más reconocibles de Berlín. Una gigantesca columna servía de base para una esfera rematada por una espigada antena: la torre de la Televisión. Para unos descomunal y anticuada, para otros simplemente fea, resultaba imposible imaginar el perfil de Berlín sin ella.

Locales de comida rápida, intercambiadores de transporte y centros comerciales completaban el cuadro. El Park Inn, rodeado por los Primark, C&A y Burger King, no era el tipo de lugar al que llevar a una amante, y menos si era mucho más joven y deseabas impresionarla.

Antje se negó a desanimarse. Alexanderplatz estaba llena de berlineses y turistas haciendo compras o paseando. La primavera había llegado de golpe y la temperatura aquel primer sábado de abril era de veinte grados, eso hacía que más gente se lanzara a la calle. Quizá Kathari había escogido aquel hotel porque era fácil pasar inadvertido.

Estaba tan abstraída que solo se acordó de él cuando lo tuvo a unos pocos metros, junto a la fuente de la Amistad de los Pueblos. Dmitry se había puesto chaqueta y camisa, pero no corbata, y Antje, que solo le había visto con anoraks y jerséis, no pudo evitar preguntarse si pensaba que aquello era una cita.

Traía el aspecto de acabar de salir de la ducha. Recién afeitado y con otro corte de pelo. No el rapado de cuando llegó a Berlín, ni el descuidado de la semana anterior, esa aparente dejadez con la que Antje suponía que intentaba pasar desapercibido.

Aquella mañana no pretendía pasar desapercibido. Sin embargo, no era del todo desacertado. Parecía como si también él estuviese de paso en Alexanderplatz y lo único que buscase fuese hacerse unas cuantas fotos y divertirse. Antje recordó haber visto en su expediente algunas imágenes de cuando residía en París. Era ese mismo estilo. No le faltaban ni las gafas de sol.

—Buenos días, Heller —dijo cantando el saludo y era tan evidente que estaba de buen humor que estropeó un poco más el suyo.

—Dije a las once.

—Son menos diez.

—Menos diez no son las once.

Por un segundo estuvo a punto de conseguir estropear su representación, pero Dmitry frenó a tiempo.

—Lo recordaré para la próxima vez. ¿Quieres que me vaya y vuelva en diez minutos?

Antje obvió el tono. Solo quería centrarse en Kathari.

—Será mejor que entremos.

Cruzaron la explanada. Ella, distante, él, un poco decepcionado porque su llegada no hubiese tenido más efecto. No se habían visto desde el encuentro en la estación. Dmitry había decidido que le convenía establecer una tregua, tratar de ganarse a Heller. El cambio de tiempo le había animado. Hasta la caótica Alexanderplatz parecía cercana y acogedora aquella mañana soleada de abril, con los puestos ambulantes poniendo la nota de color y los edificios socialistas vendidos al capitalismo más consumista llenos a rebosar de clientes y curiosos. A pesar de haberse criado en un *koljós* perdido del sur de Rusia, Dmitry tenía gustos caros, y los McDonald's le resultaban tan deprimentes como las casas prefabricadas de su niñez.

Si hubiese estado en el lugar de Kathari no habría escogido el Park Inn para alojarse en Berlín.

El vestíbulo era amplio y se encontraba lleno de huéspedes. Los recepcionistas estaban ocupados atendiendo a los recién llegados. Japoneses, norteamericanos, grupos de amigos, estudiantes, parejas... Nadie les preguntó a dónde iban cuando se dirigieron a los ascensores.

Había más gente esperando. Tuvieron que compartir el espacio con una familia italiana que viajaba con sus hijos. La mayor, casi adolescente, se quedó mirando a Dmitry con muy poco disimulo. Cuando llegaron a su planta, la madre tuvo que tirar de ella.

—*Andiamo, Alessia!*

Dmitry devolvió la sonrisa que le dirigió la chiquilla y Antje puso los ojos en blanco.

—¿Qué? —dijo para picarla.

—Olvídalo.

El ascensor se puso de nuevo en marcha. Antje cogió aire. Solo un poco y despacio. Piso diecisiete. Ya faltaba poco.

—¿Estás bien?

Le sobresaltó la pregunta. Temió que lo hubiese notado. Lo poco que le gustaban los espacios estrechos y cerrados.

—Perfectamente —dijo en un tono duro, cruzando los brazos a la altura del pecho.

Dmitry también se fijó en eso: el gesto protegiéndose. Antje lo hacía a menudo, al menos cuando hablaba con él.

—Solo preguntaba.

—No preguntes. No digas nada. No se te ocurra intervenir a menos que yo te lo pida. ¿Está claro?

Estaba enfadada con él aun cuando estaba haciendo sus mejores esfuerzos, pero aquel era su día, así que no protestó.

—No diré una palabra. Descuida. —Y al poco añadió—: En cuanto entremos en la habitación. —El ascensor se detuvo—. Tú primera.

Antje se adelantó y luchó por controlar los nervios. Cada segundo que pasaba se arrepentía más de haber aceptado que la acompañara. Habría estado mucho más tranquila trabajando sola.

—¿Werner? —preguntó al cuello de su camisa, donde llevaba escondido el micro.

—Sin novedades. Athieng sigue dentro.

Lo meditó solo un instante. Evaluó los riesgos y decidió aceptarlos.

—Cambiamos el plan. Diles a Schumann y a Berg que suban a la casa y le pidan que los acompañe.
—Recibido. Daré la orden.
—Avísame cuando lo hayan hecho.

Aguardaron en silencio. Antje llevaba la cuenta del tiempo necesario para cada paso. Bajar del coche. Llamar a la puerta. Subir al piso. Las explicaciones. El amago de resistencia. Quizá intentase hacer una llamada. Los agentes del BND no se lo permitirían.

La voz llegó clara a su oído.
—Hecho, Heller. Tienes vía libre.

Y respiró. Incluso Dmitry notó su alivio.
—¿Buenas noticias?
—Las que esperaba. Vamos.

Avanzaron por el pasillo enmoquetado. Se cruzaron con una empleada del hotel manejando un voluminoso carro cargado con ropa de cama. Tuvieron que detenerse para dejarla pasar. Había un espejo enfrente y Antje aprovechó para realizar un último examen. Se había puesto un traje de chaqueta y pantalón en gris antracita, similar a los que solía usar a diario, pero un poco más entallado. Le gustaba cómo le quedaba, era de sus favoritos. Lo había combinado con una camisa de un rojo discreto pero lo suficientemente vivo para contrastar con el gris oscuro. También ella quería transmitir una impresión y que Kathari tuviera claro que no había ido allí a pasar el rato.

—No te preocupes. Le vas a dejar sin palabras —dijo Dmitry en cuanto pasó la camarera.

Volvió a molestarle que leyera en ella con tanta claridad. Estuvo a punto de decirle que esperaba que quien se quedara sin palabras fuera él, pero, en lugar de una de sus sonrisas, Dmitry estaba serio y Antje tenía una discusión más importante por delante.

—Eso espero —respondió y después de una pausa añadió—: Gracias.

—No hay de qué. Suerte —dijo cuando se detuvieron frente a la puerta.

Antje tomó aire, por una vez sin escatimarlo. Lo iba a necesitar, ambas cosas, aliento y suerte.

CAPÍTULO 8

Dio dos golpes en la puerta, secos, impacientes. Después pensó si sería así como llamaría una mujer enamorada.

Probablemente no, pero hizo el mismo efecto. Kathari abrió y lo rápido que se desvaneció su sonrisa le confirmó que esperaba otra visita.

—¿Quiénes son ustedes? —preguntó en un alemán con marcado acento árabe.

Tenía el aspecto de cualquier hombre de negocios relajándose ante la perspectiva de un fin de semana lejos de casa, en mangas de camisa, la chaqueta y la corbata estaban en la cama junto a la maleta abierta.

—Pertenecemos a la Agencia Estatal Antiterrorista —dijo Antje mostrando una identificación con el escudo de la República Federal de Alemania, que ocultó antes de darle tiempo a leerla—. Queremos hacerle unas preguntas.

—¿Agencia Estatal Antiterrorista? —repitió perplejo—. ¿Es algún tipo de broma?

—¿Es usted Ismail al Kathari?

—Sí, soy yo, ¿pero qué…?

—Le aseguro que no se trata de una broma.

Antje sabía cómo representar su papel, enérgica, segura, intimidante. Kathari no estaba acostumbrado a enfrentarse a situaciones similares. Miró el rostro impenetrable de Antje y el vagamente amenazador de Dmitry y pasó del desconcierto a la indignación.

—¿Solo porque soy árabe creen que pueden irrumpir en mi habitación? ¿De qué se me acusa? ¿Con qué pruebas? Conozco mis derechos. Váyanse ahora mismo. Voy a llamar a recepción y pedir que avisen a seguridad.

Hizo ademán de coger el móvil, Antje se lo impidió.

—Antes debería escucharme. Podemos hablar en esta habitación o puedo detenerlo e incomunicarlo durante setenta y dos horas. ¿Qué prefiere?

—¿Incomunicarme? Estoy en Berlín en viaje de trabajo. Tengo toda la documentación en regla. Pueden llamar a mi empresa y comprobarlo.

—Tengo mucha información acerca de usted y de su trabajo. Conozco el proyecto que está desarrollando, la pista de nieve que planean construir en Falkensee, sé el cargo que ocupa en Marhala Developments, también que el nombre de su esposa es Shalima y que su cuñado es Talib Hassani.

Kathari comenzó a comprender hasta qué punto aquello iba en serio y no era una molestia inesperada o un error.

—¿Qué tiene que ver Talib con esto?

—¿De verdad no lo sabe?

—No trabajo para él. Apenas mantenemos relación. No sé nada de sus negocios.

—Yo sí estoy al tanto de los negocios de Talib, de sus donaciones, de su relación con *al-Dawla al-Islamiya* —dijo Antje citando al ISIS por su nombre árabe—. Sé que ha transferido grandes sumas de dinero en los últimos seis meses desde sus cuentas a las de *al-Dawla*. Un dinero que se usará para cometer atentados y causar más muertes y más odio. ¿Cree que puede venir a Berlín después de reunirse con su cuñado y sus socios, como hizo hace dos semanas, y que no traiga consecuencias?

—¡Fue una cena para celebrar el aniversario de su hijo menor!

—Acaba de afirmar que apenas ve a su familia.

—Ni siquiera quería asistir. Fui por compromiso. Tienen que creerme —dijo mirando a Dmitry en busca de comprensión, quizá porque no le interrogaba o porque era un hombre y pensó que le entendería mejor que Antje.

—Le creo, Ismail —replicó ella rebajando el tono antes de dar el tiro de gracia—. Por eso espero que esté dispuesto a colaborar.

—¿Colaborar cómo?

—Evitando que haya más muertes. Facilitándonos información útil y concreta acerca de los planes de *al-Dawla*.

La frente de Kathari se perló de sudor.

—Esto no me puede estar pasando. ¿Quiénes son ustedes? ¿Cuáles son sus nombres?

—No necesita esa información. Solo debe decidir si va a estar en el lado correcto o piensa seguir protegiendo a quienes hacen planes para que una masacre suceda ahí mismo —dijo señalando la ventana desde la que se veía la torre de la Televisión recortada contra la panorámica general de Berlín.

—Soy un hombre de paz —aseguró cada vez más nervioso—. Estoy en contra de cualquier forma de violencia. Son ustedes, si es cierto que son agentes del gobierno, los que deberían ocuparse de evitarlo.

—Es lo que estamos haciendo —explicó Antje con frialdad—. Nos estamos ocupando.

Kathari los miró, primero a Antje y luego a Dmitry, igual de inexpresivo y frío. Comenzó a comprender que había metido el pie en un cepo y que la liberación, si es que se producía, sería difícil y dolorosa.

—Váyanse —dijo señalando la puerta—. Váyanse ahora mismo o deténganme. No tengo nada que ocultar. Soy musulmán, nací en Yemen y vivo en Omán, pero, a menos que eso sea un delito en su país, no he cometido ningún otro. No toleraré que me amenacen ni que calumnien a los míos. Es mi última palabra.

Se fue hacia el interior de la suite como si confiase en que aquel gesto fuese suficiente para hacerlos desaparecer.

—¿Por qué está aquí, Ismail? —preguntó Antje, implacable—. ¿Por qué viene cada dos semanas a Berlín?

—¡Se lo he dicho! —exclamó perdiendo los nervios—. ¡Tengo trabajo que hacer! No soy ningún terrorista, no soy un conspirador. ¡Mi empresa va a invertir dinero en su país!

—Su trabajo es un fraude, igual que su vida. Cobra por hacer de asesor y poner su firma en los documentos que le indican. No tiene experiencia, no tiene preparación. La familia de su esposa le buscó ese puesto para que tuviera un empleo honroso. Dígame la verdad, ¿para qué viene a Berlín?

—¡Me está insultando!

—¿Solo por motivos de trabajo? ¿No tiene ningún otro interés?

—¿A qué interés se refiere? ¿Cree que soy uno de esos radicales? ¡Es ridículo!

—Me refiero a Athieng.

Kathari palideció.

—¿Athieng?

—Athieng Nkone —replicó Antje antes de que tuviera tiempo de negarlo—, sudanesa, veintiún años. Llegó a su país huyendo de la guerra y trabajó durante tres meses como su asistente personal. Hasta que la dejó embarazada y la trajo aquí, a Berlín.

—Eso... Eso no es...

Comenzó a desmoronarse. Incluso Dmitry, que se limitaba a observar con la curiosidad de quien ve cómo el gato juega con el ratón antes de zampárselo de un solo bocado, sintió algo de lástima por él.

Pero Antje no.

—¿No es verdad? ¿Es lo que iba a decirme?

—No... Yo no... ¿Qué quieren de mí? —preguntó sin fuerzas.

—Lo que le he explicado, queremos que colabore, que nos

ayude a evitar que haya nuevos atentados. Si acepta, Athieng podrá seguir viviendo en Berlín. Si se niega, si nos da información falsa o inútil, la expulsaremos, la devolveremos a su país de origen.

—¡No puede! No puede mezclar a Athieng en esto. Es una refugiada. Tiene todos los papeles en regla.

—La ayudó a tramitarlos, ¿no es así? Consiguió que diesen prioridad a su caso, falsificó la documentación, le buscó una casa en Berlín. Estaba esperándola cuando llegamos. Dígame, ¿por qué aquí? Puede pagar algo mejor.

Solo respondió a la última pregunta. Estaba demasiado abrumado para negar las otras.

—No le gustan los sitios caros. No se siente cómoda. Prefiere las cosas sencillas.

Se sentó en uno de los sillones y agachó la cabeza. No era un hombre joven, pero pareció mucho mayor que hacía tan solo unos minutos.

—¿Sabe dónde se encuentra Athieng? —insistió Antje.

Kathari se temió lo peor.

—¿Qué han hecho con ella?

—Puede verlo usted mismo.

Sacó el móvil y le mostró la imagen que acababa de enviarle Werner. Athieng estaba sentada en un banco de una comisaría de policía con su bebé en brazos y un gesto de incomprensión y miedo que desarmaban.

—¿Por qué la han detenido? —dijo cada vez más alarmado.

—Está bajo arresto hasta que comprobemos las irregularidades detectadas en su expediente.

—Tengo que llamarla —dijo Kathari recuperando el ímpetu.

—¿Ya ha pensado lo que le dirá? —contratacó rápida Antje—. ¿Le explicará que debe regresar a Sudán porque no quiere colaborar con nosotros, porque es más fácil cerrar los ojos y no ver lo que ocurre a su alrededor? Porque no quiere renunciar a su casa de Al Dimaniyat ni que su hijo mayor pierda la oportunidad de estudiar en una universidad occidental. ¿Qué le contará a su esposa cuando le nieguen el visado para viajar a Estados Unidos? ¿Sabe ella lo de Athieng? No lo creo. No le habría gustado enterarse. Puede que solo sea una mujer y que a nadie le importe lo que piense allá en su país, pero aún tiene algún poder, aún puede ocuparse de que reciba un buen escarmiento. Por eso tuvo que sacarla de Omán y le da el día libre a su escolta para que no le chantajee. Aunque quizá me equivoque, quizá Athieng no sea tan importante. Siempre puede buscarse a otra. Hágalo, deje que la enviemos de vuelta a Sudán. Olvídela. ¿Es eso lo que quiere?

—¡Basta! ¡Ya basta! Solo quería protegerla. Usted no lo entiende. La quiero, quiero a Athieng. ¡La quiero de verdad!

Kathari enterró el rostro entre las manos y comenzó a llorar. Durante unos segundos su llanto y la respiración alterada de Antje fueron lo único que se oyó en la habitación.

—Confío en usted, Ismail, sé que hará lo correcto. Denos algo con lo que trabajar. Averigüe qué planea *al-Dawla* y podrá venir los fines de semana a Berlín, ser un buen padre y un buen marido y seguir mintiéndole a Athieng, contándole que pronto abandonará a su esposa y vivirán juntos en Berlín.

—¿Y si lo intento y no averiguo nada? ¿Y si está equivocada y no existen esos planes o si Talib no tiene nada que ver en ellos? Por todas partes hay grupos de extremistas, en Irak, en Arabia, en Siria, también aquí en Europa, ¡miles de exaltados!

—Si estamos equivocados y no consigue nada, Athieng y su pequeño acabarán subidos en un avión y en manos de las milicias *yanyauid*. Así que por su bien espero que nuestros informantes estén en lo cierto y pueda ayudarnos. ¿Sabe lo que hacen con las madres solteras en Sudán? ¿Va a permitirlo? ¿Va a dejar que violen y maten a pedradas a la mujer que ama y que utilicen la cabeza de su hijo como si fuese un balón de fútbol?

Aquello fue ir demasiado lejos.

—*Kaliba bidun qalb!*[4] ¿Qué clase de mujer es usted? ¿No tiene sentimientos? ¿No tiene hijos?

Su abatimiento desapareció, se lanzó contra ella. Dmitry se interpuso y apartó a Kathari de un empujón antes de que tuviera tiempo de rozarla.

—Ni se te ocurra ponerle un dedo encima.

Hizo efecto. Kathari volvió a hundirse.

—Animales, asesinos... No sois mejores que ellos.

Antje estaba más afectada de lo que podía permitirse demostrar, pero consiguió encontrar su voz y que sonara firme.

—¿Qué hará, Ismail?

Y él se rindió.

—Dígamelo. Debe saberlo. Lo sabe todo. Dígame qué debo hacer.

—Alguien se pondrá en contacto con usted a su vuelta. Solo deberá seguir sus instrucciones. Le ayudaremos. Le daremos apoyo.

—Apoyo... —escupió Kathari—. ¿Y si acepto podré ver a Athieng?

—Hoy mismo, pero si intenta cualquier cosa, si la alerta, si trata de salir del país... Lo sabremos y no habrá trato. La perderá. Lo perderá todo.

—Está bien, ¡ya tiene lo que quiere! Acepto. Haré todo lo que ordenen, pero dejen a Athieng en paz.

La habitación se quedó en silencio. Antje sabía que no conseguiría más, había hecho cuanto estaba en su mano. Si finalmente Kathari decidía darle la espalda a Athieng, ya no dependería de ella.

—Daré la orden para que la liberen. Volveremos a vernos a su vuelta a Berlín. Hasta entonces piense en lo que le he dicho.

—¡Espere! Yo también tengo una pregunta. ¿Está orgullosa de lo que hace? ¿Se siente feliz con este trabajo? ¿Puede dormir por las noches?

Dmitry volvió a frenarle.

---

4   Perra sin corazón.

—Basta. Es suficiente.

—Espero que no —continuó—, espero que esta noche cuando se acueste recuerde que ha amenazado con destruir la vida de un niño de cuatro meses. Espero que le pese en su conciencia.

Antje no respondió ni bajó la mirada. Fue Dmitry el que la tocó en el brazo y la sacó de la habitación.

Tan pronto como estuvieron en el pasillo, el auricular de Antje emitió un sonido de estática.

—Enhorabuena, Heller —dijo Baum.

—Gracias.

Apenas le salían las palabras. Tuvo que hacer un esfuerzo para responder en un tono normal.

—Avisaré para que dejen en libertad a la chica. Opino que no hay peligro de que Kathari intente nada extraño.

—Pienso lo mismo. Hazlo. Di a los agentes que la dejen marcharse.

—Has hecho un buen trabajo

—Estoy cansada, Baum, voy a desconectar. Hablamos más tarde.

—Desde luego. Tómate algo de tiempo. Ya hablaremos.

Se deshizo del auricular y del micro y avanzó por el corredor a paso rápido. Dmitry la llamó, pero le ignoró. Su resistencia tenía un límite. Dio con las escaleras. Estaban vacías. Todo el mundo utilizaba el ascensor. Se detuvo en el rellano, doblada en dos, con las manos contra el estómago y la opresión minándola por dentro.

Dmitry la encontró así, combada y encogida.

—¿Te encuentras bien? —preguntó dudando. No estaba seguro de si debía tocarla, ofrecerle su ayuda, o esperar a que fuera ella quien se la pidiera. Si es que la necesitaba.

Antje luchó por hacerse con el control. Solo necesitaba un poco más de tiempo, respirar despacio, esperar a que se deshiciera el nudo.

—Estoy bien. Se me pasará.

Estuvo así unos segundos. El puño que la atenazaba se fue encogiendo, se convirtió en algo soportable, algo con lo que podía lidiar.

Empezó a pesarle haber dejado que lo viera, mostrarse débil ante él. Habría sido suficiente con que hubiese aguantado un poco más. Después de todo, ¿qué le importaba a ella Kathari? ¿Qué le importaba Athieng y su pequeño hijo? Nada, absolutamente nada.

—No te culpes. No había otra forma. Has hecho lo necesario.

Antje lo miró. Pocas veces lo había visto así, con el rostro serio y sin rastro de burla o de la antipatía de la que solía hacerle objeto. Casi habría jurado que podía entenderla.

—No me culpo.

—Ya. Yo tampoco.

Quizá fue por eso, por el peso que compartían. O por todo lo demás, porque a veces Antje era su peor enemiga y se saboteaba a sí misma, se ponía pruebas y encrucijadas y se metía en laberintos para los que después no encontraba salida y vagaba por ellos aparentando que sabía lo que hacía. O tal vez fuera solo porque era humana y necesitaba que algo, o mejor alguien, se lo recordase.

O porque había sido una mañana horrible y ya nada podía hacerla peor.

Improvisó una media sonrisa y propició un acercamiento. Dmitry estaba muy cerca, así que fue fácil que sus manos se rozasen. Un toque casual, un gesto mínimo.

—Gracias. Por estar ahí y por defenderme.

Le sorprendió. Lo leyó en sus ojos. Eran muy expresivos, cambiantes, del azul claro pasaban al gris, según recibiesen la luz.

—No ha sido nada —respondió en voz baja.

Ella no replicó, pero sus ojos también enviaron un mensaje. «Vamos, atrévete. Hazlo. Asume el riesgo».

Pasaron cuatro, cinco, seis segundos. Antje no los contó,

pero sí estuvo esperando mientras mantenía la mirada, calculando el tiempo que él tardó en lanzarse a su boca.

Fue un ataque rápido, pero en absoluto inesperado. La angustia que la había dominado hacía tan solo un instante desapareció, y en su lugar la invadió una sensación dulce. Después de todo no era tan odiosa y aunque le sacase diez años, aunque ni siquiera le gustase, si se lo proponía, aún podía atraer a un hombre, y más exactamente a él.

Había sido rápido pero prudente. Sus bocas estaban juntas, pero Dmitry todavía le ofrecía la oportunidad de rechazarlo.

No lo hizo.

Le buscó más allá de los labios y apoyó la mano contra su hombro. Él ya no se frenó, la empujó entre la pared y su cuerpo.

Y Antje celebró aquella nueva victoria.

Se concedió una tregua, unos instantes para sentirse deseada y olvidar que existían responsabilidades, inconvenientes… Solo la urgencia, su respiración quemándola y sus manos despertándola, su propio deseo profundo y latiente. También Antje hizo ondular las caderas hasta sentirle crecer y endurecerse contra ella.

Y lo obtuvo, nítido, firme y sin el menor resquicio para las dudas.

Cuando ya has conseguido lo que deseas llega el momento de parar.

—Dmitry…

No dio señales de haberla escuchado, siguió apretándola y respirando acelerado contra su cuello. Tuvo que levantar los brazos y alzar una barrera, levantar también la voz.

—Dmitry —repitió más seca.

Se apartó. La respiración era entrecortada y había desconfianza en su mirada. Tampoco la expresión de Antje era amable. La soltó, dio un paso atrás y recuperó el toque cínico, aunque le costó más que otras veces.

—¿Ya hemos acabado? ¿Tan pronto? Eres rápida, Heller.

—Es tarde. Tengo que irme.
—¿Tarde para qué? Yo no tengo nada mejor que hacer.
Detrás del tono ligero, Antje percibió la irritación.
—Yo sí tengo otras cosas que hacer. Ya nos veremos —dijo escapando por el hueco que le dejaban la pared y su cuerpo.
Contestó cuando ya había puesto algo de distancia.
—Sí. Nos veremos.
Bajó a la siguiente planta, encontró el ascensor y, por suerte, apenas tuvo que esperar. Cuando se cerró la puerta y se encontró sola y aislada, en lugar de la sensación de claustrofobia, lo que la asaltó fue el arrepentimiento.
Y no estaba nada segura de que fuese una mejora.

CAPÍTULO 9

—Buen día, señora Heller. ¿Aprovechando el sábado para hacer compras?

Antje sacó las bolsas del coche y dirigió una sonrisa de cumplido a su vecino octogenario y con demasiado tiempo libre.

—Así es. Buen día también para usted, señor Schmidt.

Le dejó atendiendo el jardín y se dirigió a su casa. Era un barrio tranquilo. Una bonita zona residencial con muchos espacios verdes y circuitos para correr y montar en bici. La clase de vida que Antje se esforzaba por conservar.

Podía habérselo mostrado a Kathari, haberle dicho: «¿Lo ve? Esto es lo que me importa. Lo que quiero proteger».

Estaba segura de que, si la sepultaba una montaña de escombros, a Kathari no le afectaría lo más mínimo. Y, si íbamos a eso, tampoco a Dmitry, así que no tenía nada de lo que acusarse, estaban empatados.

Cogió las llaves, abrió la puerta y se encontró con la señora Faber.

—Hola, querida. Deje que la ayude con las bolsas.

—No es nada. Puedo yo —dijo rechazando su ayuda, pero agradeciéndola.

Su asistenta estaba a punto de cumplir sesenta años y llevaba más de quince trabajando para ella, encargándose de la casa, las compras, las comidas... Libraba los fines de semana, pero justo aquella tarde Daniel celebraba un acto social, una reunión con otros profesores de la facultad y algunos amigos. Antje se había sentido desbordada. Le había preguntado a la señora Faber si podía hacer una excepción y trabajar el sábado y había aceptado.

—Ha regresado temprano.

—Todo se ha solucionado en menos tiempo del que esperaba.

—Estupendo —dijo la señora Faber con un gesto afable.

Siempre tenía una sonrisa, un gesto cariñoso, nunca iba más allá. Antje se preguntaba si sería tan desconocida para su asistenta como lo era la propia señora Faber para ella.

—Le he dejado las bandejas en la nevera. En el estante de abajo tiene las que deben calentarse. Con que las meta en el horno diez minutos será suficiente, pero recuerde precalentarlo antes. He olvidado anotarlo. ¿Cree que se acordará? Puedo hacerlo ahora. Estamos a tiempo —dijo con el abrigo ya en la mano.

—Lo recordaré. No se preocupe.

—Entonces me marcho, disfruten de la velada.

—Lo haremos. Gracias, señora Faber.

La mujer se marchó y Antje se dirigió al salón. Peter ni siquiera se dio cuenta de su presencia. Estaba concentrado en la videoconsola, luchando contra un ejército de invasores zombis.

—¿Cuánto tiempo llevas con eso? —Tenía puestos los auriculares y hablaba con sus compañeros de juego online. Tuvo que repetir la pregunta para que la oyera—. Peter...

Le dirigió un vistazo y dejó que lo besara en la frente antes de continuar con la partida.

—Solo un poco. Acabamos de empezar.

—¿Y papá?

—No está. Le dijo a Gretchen que no preparase comida, que llegaría tarde.

Peter no quitaba la vista de los zombis. Montones de disparos, hombres armados con ametralladoras y lanzagranadas, cabezas reventadas y miembros seccionados. La sangre inundaba la pantalla.

—¿Siempre tenéis que jugar a esto? ¿No hay otra cosa?

No contestó. Tenía catorce años. Durante mucho tiempo le había prohibido los juegos violentos. Hasta que un día cedió. No tenía sentido mantenerse al margen.

Se sentó a su lado en el sofá. Cada vez que lo miraba, lo encontraba cambiado. Crecía por momentos, se convertía en un adolescente alto, espigado y que la mayor parte del tiempo vivía en un mundo diferente y alejado del de ella.

—¿Comemos?

—Ya he comido con Gretchen. Creía que tampoco vendrías. —Siguió concentrado en el juego, cambiando instrucciones con sus amigos, aunque al poco se volvió y añadió—: Pero si quieres te acompaño, en cuanto acabe la partida.

—No importa —dijo declinando la oferta—. Seguramente termine yo antes.

Fue a la cocina, abrió la nevera y vio las bandejas preparadas y envueltas en film transparente. En un recipiente aparte encontró un lenguado salteado con verduras.

Le dio tiempo a comer, a lavar y recoger lo poco que había ensuciado, a quitarse el traje de chaqueta y cambiarlo por una blusa azul cobalto y un pantalón negro y recto. A dejarse suelto el pelo y peinarlo para que las puntas se curvasen hacia fuera a la altura de los hombros, a desmaquillarse y volver a empezar de nuevo usando tonos más tenues.

Se miró en el espejo y se preguntó si sería suficiente y la respuesta era que no. Seguía siendo la misma, y de hecho se encontraba más cómoda con el traje gris oscuro y el rojo mate en los labios.

Daniel llegó cuando ya había puesto a calentar el horno, preparado la mesa y pedido varias veces a Peter que dejase la videoconsola y subiera a cambiarse.

—Siento el retraso. Surgió un compromiso y no he podido escaparme hasta ahora. ¿Necesitas que te ayude? Dime qué puedo hacer.

No estaba contenta y no trató de disimularlo.

—Nada. Ya está todo hecho.

—No quería dejarte sola con esto. Te lo compensaré. Voy a cambiarme. Te queda muy bien esa blusa.

Quizá el cumplido era parte de la compensación, pensó Antje. Llevaban veinte años juntos, dieciocho casados, desde que se conocieron en la facultad de Ciencias Políticas y Sociales. El tiempo había hecho que la convivencia también se convirtiese en un asunto político, una negociación con un mínimo de objetivos a cumplir.

—¿Qué tal tu día? —preguntó desde las escaleras.

—Fantástico —respondió y agregó en voz más baja—: Al menos tan bueno como el tuyo.

—¿Decías algo?

—Nada, apresúrate. Deben de estar a punto de llegar.

Bajó veinte minutos más tarde y había sustituido la camisa oscura y los vaqueros por una chaqueta y un pantalón con la raya planchada por la señora Faber. Antje se preguntó si le pasaría al contrario que a ella, si se sentiría más cómodo con esa imagen juvenil que se esforzaba en dar.

Si Daniel le hubiese pedido su opinión —algo que ya no ocurría—, le habría contestado que no necesitaba camuflarse. Tenía cuarenta y un años. Seguía conservando el atractivo que tenía a los veinte y la madurez le daba un toque interesante. No necesitaba aparentar una edad que no era la suya.

El timbre comenzó a sonar. En poco tiempo la casa se llenó de parejas. Eran los menos los que llegaron en solitario y excusando a sus acompañantes. Varios de los rostros le eran familiares, otros los desconocía por completo, pero aceptó las botellas de vino, las flores y los dulces con su mejor sonrisa y se esforzó por que la tarde fuese lo más agradable posible.

Peter apenas asomó la cabeza para que Daniel se la estrechara en un abrazo y todos comentaran lo mayor que estaba. Enseguida huyó a su cuarto.

Daniel le había explicado de qué se trataba. Se avecinaban cambios en la universidad, pronto habría un nuevo rector. Existían diversas corrientes entre los departamentos y las posiciones estaban alineándose. Después de años de letargo, Políticas y Sociales volvía a ser un hervidero y Daniel estaba disfrutando a lo grande con todas aquellas intrigas y luchas de poder. A Antje se le ocurría que la palabra que mejor describía la rivalidad creciente era «mezquina», pero también se había abstenido de opinar respecto a aquello.

La velada transcurrió sin sobresaltos. Las luchas internas se dejaron a un lado y se habló de escapadas de fin de semana, de comida orgánica, de objetivos semanales de *running* y de política, pero eso fue a última hora, cuando el vino había aflojado las lenguas y algunos de los asistentes habían comenzado a marcharse. Entonces ocurrió el incidente desagradable.

Salió el tema del yihadismo. Antje se mantuvo callada, siempre lo hacía, por absurdos que fueran los argumentos que escuchaba, por irreales o inadmisibles que resultaran las soluciones propuestas, incluso cuando eran sensatas. No hacía excepción, no quería exponerse al peligro de hablar de más.

Quien habló de más fue Vogel, un catedrático de Teoría del Estado.

Una joven estaba quejándose de que no se tomasen más medidas y se vigilase a los extremistas, de que no se controlasen movimientos y conversaciones. Otro de los compañeros de Daniel le explicó con tono indulgente que no era tan sencillo, que existían las libertades y los derechos, que no podían ceder a la tentación de imponer un estado policial.

Entonces Daniel se ofreció a abrir otra botella de vino, pero Vogel, el cincuentón que había llevado a aquella muchacha bonita e ignorante del brazo, arremetió contra ella.

—Antje podría ilustrarnos. Tengo entendido que trabajas en ese campo: seguridad y derechos fundamentales.

—Me especialicé en esa rama, sí, pero no me dedico a la docencia.

—Lo sé. —Y rio como si fuese una idea estúpida—. Trabajas en la Administración, ¿no?

—Así es.

—¿En qué departamento?
—Interior.
—¿Seguridad?
—En parte.
—¿No puedes contarnos más? Sería bueno tener una visión práctica y no solo dogmática.

Se había convertido en el centro de atención, que era justo lo que trataba de evitar.

—No os interesaría. Es papeleo y burocracia. Hay muchas regulaciones, protocolos… Nos aseguramos de que se respetan los cauces legales.

—Suena a aburrido e ineficaz.

—Es una forma de verlo —dijo con su sonrisa más neutra, mientras se preguntaba si Vogel sabría más de lo que aparentaba. También en el BND había luchas internas, presiones de otros departamentos, amenazas de comisiones de investigación. Otra espada de Damocles pendiendo sobre sus cabezas.

Daniel intervino.

—El trabajo de Antje es importante —dijo con cierta brusquedad— y le dedica mucho tiempo y mucho esfuerzo. No deberíais menospreciarlo.

Y, aunque tendría que haber sido al revés, se sintió peor.

Siguió un silencio molesto que alguien rompió comentando lo bueno que estaba el pastel de manzana.

Por fin todos se fueron. Daniel se ofreció a recoger las sobras y a Antje no se le ocurrió ninguna razón para impedirlo. Se dio un baño largo y trató de no pensar en nada. En absolutamente nada. Ni en Vogel y su mirada de sospecha, ni en Kathari, ni en Athieng, ni siquiera en Dmitry y lo sucedido en las escaleras. La sensación que le erizó la piel dentro del agua no le molestó. En cuanto a las consecuencias, tampoco las temía. Tenía problemas mayores a los que enfrentarse. Dmitry debería comprender que estaban en paz y que lo mejor que podían hacer era actuar como si no hubiese ocurrido nada, igual que había hecho ella con la advertencia en el U-Bahn.

Salió del agua, que ya estaba empezando a quedarse fría. Cuando entró en la habitación de Peter vio cómo se apresuraba a esconder algo y se hacía el dormido, pero ya había sido un día bastante difícil y no quería acabarlo regañándole, así que le dio un beso de buenas noches y se llevó la tableta de entre debajo de las sábanas.

Llevaba un rato acostada cuando entró Daniel. Se sentó en la cama y comenzó a desvestirse.

—Siento lo de Vogel, es un idiota. No volveré a invitarle.

—No tiene importancia. No debiste defenderme.

—No pude quedarme callado.

Había malestar en sus palabras, así que rectificó.

—Te agradezco la intención.

—Me molesta que arremeta contra tu trabajo sin conocimiento de causa.

—¿Crees que le han hablado de mí? —preguntó preocupada, aunque intentó no traslucirlo.

—No, no creo que se trate de eso. Ahora le ha dado por reivindicar el posanarquismo. Según él, el futuro pasa por la disolución del Estado. Pídele algún día que te lo explique y no te molestará más.

Antje sonrió ante la broma de Daniel. En cambio, él se puso serio.

—¿De verdad ha ido bien esta mañana?

Ella asintió con convicción.

—Sí, era algo fácil, sin complicaciones.

—Me alegro.

Por un momento sintió que todo iba bien, un remanso en medio de un descenso por aguas agitadas, hasta que él lo estropeó.

—¿Has pensado en lo que estuvimos hablando?

El mismo dolor que la había atenazado aquella mañana regresó, más sordo, pero inconfundible. Le había preguntado al doctor si podía ser psicosomático, una exteriorización de problemas de otra índole. Le contestó que no podía descartarse, pero que muchos tejidos habían quedado dañados tras la lesión, y las secuelas, igual que los episodios de angustia, irían desapareciendo poco a poco. Debía darse tiempo.

—Aún no lo he decidido —dijo brusca.

—Tenemos que hacerlo, debemos tomar una decisión. Es un colegio exclusivo y muy solicitado. No será fácil conseguir plaza. El hecho de que yo estudiase allí le dará preferencia, pero si esperamos demasiado puede perder este curso.

Antje no contestó. Estaba concentrada en el dolor. El doctor se lo había enseñado, había grabado con una microcámara las lesiones internas, pudo ver cómo aquellas fibras minúsculas se contraían. Costaba entender que algo tan pequeño pudiera doler tanto.

—Es Canadá —insistió Daniel—. No es el fin del mundo. Y es lo mejor. Lo mejor para todos.

Lo mejor. Lo mejor para todos era que su hijo se marchase no al fin del mundo, pero sí a otro continente.

—¿Antje?

—He dicho que lo pensaré —dijo con el tono de quien no admite réplica.

Funcionó. Daniel no insistió. Apagó la luz y se acostó en el otro extremo de la cama.

La casa se quedó en silencio y todo pareció estar en calma, pero el dolor se negaba a desaparecer. Antje tenía las pastillas que le había recetado el doctor al alcance de su mano, en el mismo cajón en el que guardaba el arma, pero solo las tomaba cuando ya no resistía más. Lo abrió y se tomó una.

Daniel la oyó.

—Piénsalo, pero tendrás que decidirte pronto.

Una hora después él dormía y ella aún seguía despierta, incluso aunque la pastilla hizo efecto y el dolor desapareció. Así que, tal y como había deseado Kathari, tardó en conciliar el sueño, pero no por los motivos que él habría supuesto, sino porque Daniel también era bueno haciendo amenazas.

CAPÍTULO 10

Las luces vibran al ritmo de los *samplers*, la música llena el espacio, golpea los cuerpos, rebota y vuelve, lo invade todo. El ritmo sube, absorbe. No existe nada más. Solo el mismo motivo repitiéndose una y otra vez.

Y ella.

Nadina baila y lo demás queda en segundo plano.

Los ojos cerrados, los brazos en alto, la certeza de que solo importa el aquí y ahora. Y por ese único instante da por bueno todo lo que ha tenido que ocurrir para verla así, feliz e iluminada por los focos que inundan la pista.

Abre los ojos, ve su cara de idiota enamorado y ríe. No le importa porque está loco por ella y sabe que no hay doble intención, que su risa es alegre y no cruel ni desesperada, y se siente feliz de haber hecho algo bien, de haber acertado por una vez.

—Ven. Baila conmigo —dice.

Lo toma por las manos y se envuelve con ellas. Se deja caer contra su cuerpo, se apoya en él y deja que la abrace. Saltan juntos, se elevan, se besan. Se aman y bailan en medio de la marea de gente, ruido y luces.

Era tan perfecto que solo podía desvanecerse.

—Qué mierda…

Dos hombres se le echaron encima. Apenas tuvo tiempo de reaccionar y apartarlos de un empujón.

El más alto se giró alzando las manos, pacífico, pero con una advertencia.

—Tranquilo, amigo. Ha sido sin querer.

Era una pareja de mediana edad, barbudos, tatuados, vestidos de cuero y cargados de cadenas y anillos. Acababan de arrollarle en un exceso de entusiasmo mientras se besaban.

—Estoy muy tranquilo. Fijaos por donde andáis.

El que había permanecido callado tiró de su amigo y le mordió en la boca para que le prestase atención y olvidase a Dmitry. El otro le enseñó la mano derecha cerrada con el dedo medio extendido.

Tuvo que hacer un esfuerzo para calmarse. Llevaba todo el día conteniendo el malhumor, o para ser más exactos desde que Heller lo había dejado colgado en las escaleras del Park Inn. No entraba en sus planes rematar la jornada peleándose con una pareja de gays.

Para colmo había pasado dos horas haciendo cola a las puertas de Berghain. Razón de más para no meterse en líos que lo llevasen de vuelta a la calle. Ya había sido bastante humillante tener que pasar por la aprobación del portero, pero era aún más duro verse rodeado por la multitud que inundaba el impactante decorado industrial y ser consciente de todo lo que había perdido. La iluminación era más fría, el espacio inmenso, la música agresiva, mecánica, muy distinta al *techno* envolvente y progresivo que sonaba en Lumière, pero tanto en un sitio como en otro se rendía culto a la misma fe, la que predicaba apurar el presente como si no hubiese un mañana.

Se abrió camino hasta la planta superior. El espacio estaba dividido en tres alturas. Abajo estaba la zona más oscura —en todos los sentidos— y arriba se encontraba el espacio más espectacular. Los techos más altos, los juegos de luces más elaborados y lisérgicos, el sonido más limpio. La construcción aislada, cuadrada y tétrica que podía contemplarse desde el exterior se transformaba al cruzar las puertas en pura vibración. Antes de convertirse en templo de la música electrónica y referencia viva del *underground* berlinés, Berghain había sido la central encargada de suministrar corriente eléctrica al Berlín Este.

Ahora el tipo de energía que fluía era otra.

Cientos de *ravers* dispuestos a pasar el fin de semana sin salir de sus muros, bailando y saltando hasta la extenuación, cuartos oscuros en los que la única norma válida y cumplida a rajatabla era la prohibición de hacer fotografías, exhibicionistas, *voyeurs*, curiosos, primerizos dispuestos a ser iniciados y veteranos fieles al espíritu del Berlín más contracultural y transgresor. Llevaba solo media hora dentro y tenía que reconocer que todo lo que había escuchado se quedaba corto. Lumière era un jardín de infancia comparado con Berghain.

«Y con todo tenía algo especial. Brillo propio».

O ella se lo prestaba. Cuando perdió a Nadina no quiso saber qué había pasado con el club. Ni siquiera se molestó en comprobar si había reabierto sus puertas.

Pero no había ido a Berghain a llorar por los viejos tiempos. Le interesaba lo único que valía la pena conservar. Tenía varias cuentas repartidas por distintos paraísos fiscales. No le daría para construir una mansión junto al mar, pero sí para instalarse en un lugar donde siempre fuese verano. Un barco, un bar de esos a los que la gente acude a ver el atardecer. Nada demasiado ambicioso, sería otro error llamar la atención. El problema era que no podía acceder al dinero. No tenía pasaporte y el simple hecho de ponerse en contacto con la sociedad intermediaria que hacía de testaferro dispararía las alarmas. Pero, si le daba a Hardy algo de valor, si le entregaba una pista fiable sobre quién estaba vendiendo armas rusas a los yihadistas, si le conseguía la cabeza de Saud Alouni, podría recuperar las cuentas y mandarle a la mierda a él y a Berlín.

Le costó dar con el tipo que buscaba, pero, una vez que lo localizó, no tuvo la menor duda de que se trataba de su objetivo.

Esperó a que terminase el intercambio con un par de chicos con tanta cara de novatos que Dmitry supo que les cobraría el doble.

Los chicos acabaron y llegó su turno.

—¿Cuánto cuestan?

—¿Cuántas quieres?

—Depende de lo que cuesten.

—Veinticinco cada una.

Dmitry cambió al ruso.

—¿Veinticinco? En la calle no cuestan ni diez.

El tipo lo miró con recelo. A Dmitry le molestó que también quisiese timarle. Sabía de sobra cuánto costaba cada pastilla. Conocía un laboratorio en Vilna donde podías comprar todas las que quisieras a veinte euros la caja con mil.

—No estamos en la calle. Cómpralas o vete a joder a otro sitio.

Y entonces recordó, un poco tarde, que no había ido allí a discutir sobre costes y márgenes de beneficio.

—¿Y si quiero algo más que pastillas?

—¿Qué quieres?

—Quiero armas. Armas rusas de verdad, no juguetes. Un amigo me habló de ti. Me dijo que buscase a Viktor. —Václav también mencionó la araña tatuada en el cuello. Por eso Dmitry nunca había querido hacerse tatuajes y menos de los que se distinguían desde lejos.

El recelo se transformó en curiosidad.

—¿Cómo te llamas?

—Los amigos me llaman Dima.

Era otro riesgo, pero ya se estaba cansando de andar siempre escondiéndose.

—Está bien, Dima. Puede que conozca a alguien. Hay un restaurante ruso cerca de la estación de Görlitzer. El dueño se llama Orlov. Pregunta por él y di que vas de mi parte.

—Lo haré.

Más gente esperaba su turno. Viktor recuperó su sentido práctico.

—¿Y qué pasa con las pastillas? —dijo volviendo al alemán—. ¿Aún las quieres?

—Dame tres.

Le pasó unas pequeñas píldoras de color azul claro con un relámpago impreso. Dmitry le entregó el dinero y se las guardó en la mano.

Era la una de la madrugada. Ya había resuelto lo que le había llevado a Berghain. Faltaba por ver si la pista era buena, pero hasta que no conociese a Orlov no saldría de dudas. Tendría que dejar pasar algunos días. No convenía parecer demasiado ansioso. Tampoco le apetecía volver al desangelado apartamento de Kreuzberg al que llamaba casa. El día había sido largo, pero la noche acababa de comenzar.

Fue a una de las barras y pidió una cerveza. Buscó el lugar donde la música sonaba más atronadoramente alta y se la bebió solo y en pie, contemplando cómo los demás se divertían.

Lo único que él deseaba era irse lejos. Y ni esa arpía amargada ni ningún otro podría impedirlo.

Dmitry era temperamental, pero también analítico. Había cometido muchos errores —y el más grave tenía el pelo rubio y corto y los ojos grandes y oscuros—, pero siempre había salido a flote. Lo volvería a hacer y, si Antje Heller creía que podía manejarlo como había hecho con ese pobre infeliz, con Kathari, le mostraría lo que era jugar con fuego y ya veríamos quién se quemaba.

Todavía le escocía la trampa de aquella mañana, la facilidad con la que se había deshecho de él tras enredarle con su actuación, después de fingir que estaba afectada, de hacer el papel de mujer vulnerable y necesitada de consuelo.

No debió caer con tanta facilidad. Aunque era cierto que no estaba acostumbrado a poner inconvenientes cuando recibía las señales correctas.

Incluso cuando no las recibía.

Le dio otro trago a la cerveza. Antje le había puesto de cero a cien en segundos y luego había frenado en seco. Pero la partida solo acababa de empezar y él ya había escogido sus cartas.

Había una chica bailando frente a él, haciendo como que no se daba cuenta de que no dejaba de mirarla.

Tenía el pelo castaño y liso. Lo llevaba recogido con ese aspecto de haberlo hecho de cualquier modo que sienta tan bien a algunas. Los ojos eran azules, un poco más azules que los de Heller, y tenía la mitad de años que ella.

Por fin lo miró abiertamente. Dmitry sonrió. Ella lo imitó. Llevaba un top azul eléctrico que le dejaba los brazos al aire y se abría en pico por delante. Unos pantalones negros de cintura baja. Nada demasiado estridente. Por alguna razón pensó que Heller podía haber vestido así si alguna vez se decidía a deshacerse de los trajes de corte recto.

Le hizo un gesto con la botella de cerveza. Ella rio. No esperó más para acercarse.

—¿Me dejas que te invite? —preguntó él.

—¿A cerveza?

—A algo distinto.

Extendió la mano, la abrió y le mostró las pastillas. Apenas titubeó, lo miró provocativa, tomó una y se la llevó a la boca. Luego cogió la botella de cerveza, le dio un trago y se la devolvió.

—¿Tú no quieres?

—No, quédatelas. Considéralo un regalo —dijo tomando su mano. Dejó en ella las otras dos pastillas y se la cerró.

—¿Por qué no?

—No las necesito. Tengo algo mejor.

—¿Y qué es? —preguntó con curiosidad.

—Tú.

Y casi no mentía. No necesitaba recurrir al éxtasis para ver la música, para escuchar las luces, para sentir mejor y más profundamente. Ya había experimentado aquello —y sin necesidad de recurrir a la química— y aquella noche no buscaba eso. Lo único que pretendía era curar el orgullo herido y no quedarse con las ganas y la frustración guardadas.

No podía decir que no aprovechó el tiempo en Berghain. En Berlín amaneció mientras aún seguía dentro, pero en el club no había noches ni días. Acabó la fiesta en una sala en la que la única luz era un efecto flash que duraba décimas y al que seguían segundos enteros de total oscuridad. Solo fue consciente de los jadeos anónimos, apagados por la música, de los otros cuerpos, los de Famke —así se llamaba ella—, los suyos, y la liberación que siempre obtenía del sexo, más intensa que cualquier droga. Sobre todo, si era crudo y descarnado como el que tuvo con Famke.

Cuando se marchó, el sol brillaba y el cielo era de un azul radiante. Dmitry recurrió a sus gafas de sol, pero antes miró el móvil. Lo había olvidado durante horas.

Sorprendentemente no había ni un mensaje, ni un aviso ni una sola llamada al orden.

Lo lamentó porque si Heller le hubiese preguntado qué estaba haciendo en Berghain, habría sido sincero. Habría contestado que la mayor parte del tiempo había estado pensando en ella.

CAPÍTULO 11

—Heller —dijo Werner llamándola desde la puerta—. Ven, tienes que oír esto.

Dejó lo que tenía entre manos y se apresuró a seguirle. No la habría interrumpido sin una buena razón.

El puesto de trabajo de Werner estaba repleto de monitores, procesadores de información, equipos para la vigilancia vía satélite, pantallas con acceso a la red urbana de cámaras de seguridad, discos duros con tantos datos que analizarlos suponía un problema aún mayor que conseguirlos. Lo que había llamado su atención era una conversación telefónica.

—Escucha.

Le pasó los auriculares. Al principio su rostro solo mostraba concentración, luego las líneas que lo perfilaban fueron crispándose. Podía notarse la tensión en la mandíbula, en los pómulos o en los arcos afilados que dibujaban las cejas.

—Tengo que contárselo a Baum.

Irrumpió en su despacho igual que Werner había hecho con ella minutos antes, tras dos toques rápidos que apenas servían de aviso. Después de todo, la privacidad no era una de las prioridades del BND.

—¿Estás ocupado?

Se encontraba en pie, junto a la ventana salpicada por las

gotas de lluvia. El sol había vuelto a huir de Berlín. Baum le pidió que aguardara mientras terminaba la llamada.

—Hablaremos en otro momento… Sí, esperaré… Cuanto antes. Lo mismo te deseo. —Dejó el móvil y le concedió su tiempo—. Nunca estoy ocupado para ti. ¿De qué se trata?

Se sintió incómoda por haber puesto fin a algo que tal vez fuera importante, pero también lo era el hallazgo de Werner.

—Es Alouni. Está en Berlín.

Su reacción le confirmó que había hecho bien en no esperar.

—¿Estás segura?

—El programa de análisis de voz ha determinado la identificación con un noventa y cinco por ciento de posibilidades de acierto. Acabo de escucharlo. Yo también estoy convencida de que es él.

—¿Cómo lo habéis encontrado?

—Esta mañana mantuvo una conversación con Karim Yilmaz. Hace unos meses descubrimos que Yilmaz trabaja para el SVR y decidimos investigarlo. Werner está tratando de descubrir la ubicación exacta desde donde se produjo la llamada, pero ya tiene la certeza de que el operador es nacional.

—¿Los servicios secretos rusos han conseguido infiltrar un hombre entre los yihadistas y llegar hasta Alouni? —dijo Baum con la misma mezcla de escepticismo y admiración profesional que había sentido ella.

—Eso parece.

—¿Y de qué han hablado Yilmaz y él?

—Se han interesado por la salud de sus respectivas familias, Alouni ha dicho que echaba de menos a los viejos amigos y Yilmaz se ha ofrecido a organizar una reunión.

—¿Tienes idea de cuándo y dónde?

—No. Alouni ha contestado que hablarían más adelante.

Existían motivos de sobra para hacer saltar las alarmas. El nombre de Saud Alouni había salido a relucir por primera vez durante los atentados de marzo de 2016 en Bruselas. Treinta y dos ciudadanos murieron en un ataque doble con bombas y fusiles AK-47 en el aeropuerto y la estación de metro de Maelbeek. Alouni había mantenido contactos tanto con los autores de los atentados de noviembre en París como con los de Bruselas. Desde entonces su presencia había sido una sombra que se cernía sobre otros muchos atentados. Los informes aseguraban que estaba recaudando nuevos fondos —los del cuñado de Ismail al Kathari entre otros—, las alertas avisaban de una inminente ola de atentados. Eran motivos más que suficientes para que los servicios de inteligencia de toda Europa lo destacasen en rojo entre sus objetivos.

—¿Qué sabemos de Yilmaz?

—No mucho. Hasta ahora había mantenido un perfil bajo. Vive en Kreuzberg, acude a rezar a la mezquita de Karl Marx Strasse y es propietario de una tienda de telefonía móvil, aunque su formación es más elevada que la de un simple comercial. Cuando se estableció en Berlín, trabajó como informático para varias empresas, pero hace dos años lo dejó y se estableció por su cuenta. Creemos que fue entonces cuando empezó a trabajar para el SVR.

—Los rusos son expertos en captar a los mejores *hackers* —dijo Baum pensativo.

—Hay algo más. Viajó a Turquía nada más conocerse la noticia del asesinato del embajador ruso en Ankara. Estuvo allí un par de semanas.

—Sigo sin ver la conexión. ¿Para qué viajar a Ankara si el mal ya estaba hecho?

—¿Qué es lo que tiene sentido con los rusos? Lo único seguro es que no dan un paso si no es en su propio interés. —E inevitablemente Antje pensó en el ruso con el que más contacto había mantenido durante las últimas semanas. Aquello le servía también para Dmitry.

—No podemos menospreciarlos. Si Yilmaz tiene información valiosa, debemos hacer todo lo posible por conseguirla. Deberíamos reclutarle.

A Antje no acabó de agradarle la idea. Era algo habitual en los servicios secretos, espionaje, contraespionaje, agentes dobles o triples. Prefería trabajar con quien tenía claras sus lealtades.

—Yilmaz no será tan fácil de manejar como Kathari.

—Sé que no. ¿Has tenido noticias suyas?

—¿De Kathari? Solo han transcurrido diez días. Aún es pronto.

Trató de no responder con excesiva dureza, pero no lo consiguió. Baum debería saber que era poco o nada probable obtener resultados con tan escaso margen de tiempo. Se sintió presionada y él lo notó.

—No me hagas caso. Es solo que estoy cansado de apuntar a todas partes y no dar en el blanco. ¿Me crees si te digo que echo de menos el trabajo de campo? Al menos entonces me sentía útil.

—Puedes volver. Seguro que lo harías bien.

—Ahora te burlas de mí y me lo merezco.

—Nunca me burlaría de ti.

—Te tomo la palabra. Haremos algo con Yilmaz. Siempre podemos recurrir al viejo modo: le ofreceremos dinero.

Antje hizo otro amago de resistencia.

—¿Crees que es necesario? Tenemos pinchado su teléfono y le vigilaremos más de cerca.

—No quiero malgastar más tiempo. Por lo que cuentas, Yilmaz debe de ser un experto en electrónica. Me extraña que se haya dejado sorprender. Es posible que lo haya hecho adrede y quiera que lo encontremos.

Tuvo que considerar la idea. No lo había pensado. Quizá había pecado de optimismo.

—Enviaremos a alguien a tantearle —continuó Baum—. Se me ocurre algo. ¿Por qué no empleamos a Dmitry? Podría hacerse pasar por agente del SVR y tratar de averiguar qué están tramando.

—¿Dmitry? —dijo sorprendida—. Dmitry no está preparado para algo así.

Baum guardó silencio durante algunos segundos y Antje comprendió que había vuelto a precipitarse. Baum le sacaba ventaja en eso, siempre medía las palabras antes de hablar.

—Entonces ocúpate de que lo esté. Es tu agente.

Se tragó el orgullo y cedió. Baum era su superior directo y ella seguía las órdenes.

—¿Es tu última decisión?

—Lo es.

—De acuerdo. Hablaré con él.

—Avísame de cualquier incidencia.

—Al instante.

Regresó a su oficina, tomó el móvil y dudó antes de desbloquearlo. Aquello era un contratiempo inesperado. Tendría que meditar bien los pasos, pero antes de cualquier otra cosa debía asegurarse de que Dmitry entendía cuál sería su cometido. Podría pedirle que acudiera al BND, pero prefería no tenerle allí. Un encuentro en un hotel estaba descartado y tampoco podían discutir sobre aquello en una cafetería. Por la tarde tenía que asistir a una reunión entre departamentos y aún debía terminar de preparar los informes. Las reuniones se sucedían de forma periódica, asistían representantes de la Policía y la Judicatura, se intercambiaban ideas y se limaban roces. Por cómo se habían desarrollado las anteriores citas, era de esperar que terminasen alrededor de las seis. Se le ocurrió un lugar poco concurrido y cercano. Confiaba en que aún hubiese bastante luz para cuando concluyese la reunión. Abril avanzaba y los días eran cada vez más largos, aunque la lluvia los oscurecía. Tendría que acordarse de llevar el paraguas.

Lo pensó solo unos pocos segundos. Escribió el texto y le dio a enviar.

19.00 Tempelhof. ArtHaus

Al poco apareció la confirmación de mensaje recibido y a continuación su respuesta: tres caritas sonrientes.

CAPÍTULO 12

Aparcó el coche en una de las calles adyacentes y recorrió a pie los metros que la separaban del parque en el que se había reconvertido el antiguo aeropuerto de Tempelhof.

Era uno de esos lugares que resultaban fuera de contexto y que difícilmente podían encontrarse en otra ciudad que no fuera Berlín. Ninguna otra capital del mundo tenía un aeropuerto abandonado en pleno centro urbano.

Había una larga historia detrás de Tempelhof, incluso se organizaban visitas guiadas que recorrían los kilómetros de túneles que conectaban el aeropuerto con los antiguos refugios antiaéreos. El complejo había sido construido con anterioridad a la II Guerra Mundial y durante la Guerra Fría sirvió como base militar de los Estados Unidos y puente aéreo para abastecer al Berlín Occidental. Tras la caída del muro se convirtió en aeropuerto comercial, finalmente se clausuró y sus pistas se convirtieron en circuitos de *skate board* y zonas verdes donde las familias organizaban barbacoas los domingos. Ya solo sobrevolaban su cielo las cometas. Los edificios se habían reutilizado como pabellones para ferias y exposiciones, aunque la terminal seguía abierta e intacta, con la cinta para recoger las maletas esperando más equipajes. Incluso los hangares se habían llenado de improvisadas carpas que cobijaban a miles de refugiados sirios. Tempelhof era tan grande que lo absorbía todo, pero seguía resultando extraño, como el mismo Berlín.

Antje llevaba veintidós años viviendo allí, desde que se matriculó en la facultad, y aunque se consideraba tan berlinesa como el que más, en ocasiones aún echaba de menos la previsibilidad y el orden de la pequeña ciudad de la Baja Sajonia en la que se había criado.

El cielo seguía lleno de nubes altas, pero no llovía y el sol, ya bajo, teñía los cristales de reflejos anaranjados. El suelo estaba cubierto de charcos, Antje caminaba aprisa tratando de esquivarlos. La reunión había terminado antes de lo previsto, así que iba bien de tiempo.

Siempre le resultaba violento. Los encuentros en lugares no habituales, a veces céntricos, otras apartados, como si estuviesen interpretando el guion de una película de la Guerra Fría. No estaba segura de cómo sería antes, nunca había pensado en trabajar en Inteligencia hasta que se encontró haciéndolo. Lo que sí sabía era que en la época digital no había forma cien por cien eficaz de blindar las comunicaciones. Para evitar filtraciones, lo mejor era volver a las antiguas costumbres. Ni siquiera en la sede del BND Antje se sentía del todo segura. Quizá se estaba volviendo paranoica. Era inevitable. Iba con la profesión.

Llegó hasta un conjunto de edificios aislados. Pertenecía a una empresa que, tras adquirirlo para galería de arte, acabó abandonándolo y mudándose a otro lugar. Tenían el inmueble en venta, pero, cuando Antje empujó la puerta, cedió sin necesidad de usar la llave.

Lo descubrió cuando acudió una tarde de domingo a la Feria de Horticultura con Daniel. Él buscaba plantas para su huerto urbano. Ella se decía que aquello era lo que hacían las parejas: pasar tiempo juntos.

El espacio diáfano aún guardaba las características de la función para la que había sido diseñado: una gran sala central de altos techos con luz cenital proporcionada por varias claraboyas y otras salas laterales más pequeñas sin ventanas ni puertas. Las paredes, pintadas en tonos neutros, estaban llenas de goteras y humedad. Varios carteles, recuerdo de pasadas exposiciones, colgaban descoloridos.

Vio un montón de cartones y mantas apilados en una esquina y de pronto le preocupó no encontrarse sola. No era una idea descabellada, muchos indigentes utilizaban los edificios vacíos como refugio. Lo absurdo fue la sensación, la extraña seguridad de que había alguien más cerca.

Se acercó al montón desordenado. El corazón comenzó a latirle con fuerza, con la misma fuerza con la que resonaron sus pasos sobre el mármol cubierto de polvo y salpicado de papeles y hojas secas.

Había unos pocos enseres con restos de comida resecos. Las mantas formaban un bulto extraño, no era imposible que hubiera un cuerpo debajo.

—¿Hay alguien ahí?

No obtuvo respuesta. Antje buscó el arma bajo la chaqueta. No la sacó, pero la sujetó con fuerza. Empujó el ovillo con el pie y algo se movió con rapidez, varios algos, grises, pequeños y con largas colas. Dio un paso atrás y los ratones huyeron en todas direcciones.

—Booooh.

La aceleración de hacía unos momentos no fue nada comparada con el pico de máxima altitud que sufrió su ritmo cardiaco. Se giró alarmada y lo vio apoyado en el umbral de una de las salas contiguas.

Eran las siete menos veinte, había llegado mucho antes de la hora acordada y la contemplaba como si aquello tuviera mucha gracia. Sonreía relajado y llevaba ropa informal, cazadora, camiseta y vaqueros, todo en color negro o gris oscuro.

—No está mal, Heller —dijo mirando a su alrededor—. Tienes una habilidad especial para encontrar sitios con encanto. Si nos lo quedamos, habrá que darle una mano de pintura y conseguir unas cuantas de esas ruedas para *hamsters*, pero por lo demás es perfecto.

—¿Por qué has llegado tan pronto? —dijo tratando de controlar el miedo, la irritación, la sorpresa, la punzada que le produjo el recuerdo de la última vez que habían estado juntos. Demasiadas emociones. Necesitaba establecer un…

—Por la misma razón que tú. Para asegurarme de que todo estaba en orden.

Orden, sí, aquella era la palabra.

—Deberías haberme avisado.

—Creía que seguías mis pasos.

—Aunque te sorprenda, tengo más cosas que hacer que estar todo el tiempo pendiente de ti.

—Entonces no quieras saberlo todo. No es bueno planificar siempre. A veces hay que… ¿cómo es? *Pust' vse idet svoim cheredom*. Dejar que suceda —dijo respondiendo él mismo a su pregunta.

—¿Te enseñaron eso en el Ejército?

—*Niet*, lo aprendí antes —contestó con un punto de diversión.

—Espero que también recuerdes lo que aprendiste después —replicó Antje en un tono que advertía que no estaba para bromas—. ¿Podemos hablar ya de trabajo?

—Siempre estoy listo para ti.

—Esta vez se trata de algo distinto —dijo como si no se diese cuenta de que se burlaba de ella—. Queremos que contactes con Karim Yilmaz. Es un ciudadano de Azerbaiyán afincado en Alemania, y tenemos datos que indican que trabaja para el SVR.

—*Sluzhba Vnéshney Razvedki* —dijo Dmitry pronunciando el nombre completo de los servicios secretos herederos de la antigua KGB, el Servicio de Inteligencia Exterior—. Eso sí que es una sorpresa. Creía que no querías que me relacionara con mis camaradas.

Y no quería. Era como poner al zorro a vigilar el gallinero. Dmitry tenía tendencia a actuar por su cuenta, lo decía su historial, él mismo lo declaraba a voces. Pero no era su decisión, era la de Baum.

—No ha sido idea mía, pero haré todo lo posible por que obtengamos resultados.

—Me gusta eso de ti. Lo sincera que eres.

Tampoco se dio por aludida. Además, ¿lo era? A veces, solo a veces.

—Queremos que te reúnas con él y te hagas pasar por agente del SVR. Tendrás que decirle que sabes lo de Alouni y que tienes amigos en el BND que están dispuestos a pagar por compartir la información.

—¿Y es cierto? —dijo con repentino interés—. ¿Estáis dispuestos a pagar? ¿Cuánto? ¿Y qué es lo que hay que saber de Alouni?

Obvió el resto de preguntas y solo respondió a la última.

—Creemos que está en Berlín.

La mirada de Dmitry se aceró. Antje sabía que el DGSE tenía un interés particular por Saud Alouni y que ese interés afectaba a Dmitry. Era una de las razones por la que estaba en Berlín. Una sensación molesta la inquietó, pero logró mantenerla a raya.

—¿Solo lo creéis?

—Es lo que estamos tratando de averiguar —replicó con sequedad—. Todo lo que necesitas saber está aquí —dijo mostrándole un *pendrive*—. Además de información sobre Yilmaz, encontrarás las fichas de varios de los agentes del SVR en Berlín. Espero que entiendas que es información altamente confidencial.

Dmitry tomó el *pendrive*. Antje se resistió a soltarlo hasta obtener una respuesta. Se quedaron tirando cada uno de una punta del pequeño objeto.

—Lo comprendo muy bien —aseguró Dmitry con la sonoridad que el acento eslavo prestaba a su voz.

Antje soltó y él esbozó una sonrisa de ganador.

—¿Cuándo quieres que establezca contacto?

—Te avisaré cuando llegue el momento, antes tienes que estar preparado. Cuando hayas leído los documentos, volveremos a reunirnos y ensayaremos lo que debes decir.

—¿Como en una función de teatro?
—Algo similar. ¿Tienes alguna otra duda?
—No. ¿Hemos acabado?
Le extrañó que se mostrara tan cooperador, que no hubiera más dobles sentidos ni sarcasmos.
—Sí, si no tienes más preguntas.
—Hay algo más. Algo de lo que quería hablar contigo, pero no sobre esto. Es sobre lo que ocurrió en el hotel.
El corazón de Antje saltó de nuevo, pero con un ritmo irregular de reloj averiado, tic-tac-tac-tac, y se detuvo.
—¿Sí?
—Estuvo bien, pero quiero más —dijo muy bajo antes de besarla.
Antje sabía lo que tenía que hacer. Lo había pensado varias veces durante aquellos días. La distancia con la que respondería a un intento de acercamiento, las palabras secas que pronunciaría, la amenaza implícita con la que silenciaría cualquier reproche o el más mínimo amago de insubordinación.
Pero no salió así.
La culpa fue de su cuerpo. Él la traicionó. La piel se le erizó, sus labios reconocieron un sabor que había probado lo justo para dejarla con ganas de más y las pequeñas fibras de su lesión se contrajeron, pero solo una vez, solo un recuerdo, un aviso. Tardó en reaccionar. Cuando se quiso dar cuenta, el momento había pasado y, en lugar de rechazarlo, también estaba besándolo.
Se sentía demasiado bien, demasiado mal. Dmitry le mordía la boca, la atraía hacia él por la nuca, y Antje le devolvía cada bocado, cada caricia con la lengua, cada jadeo ahogado.
Estaba a tiempo de parar, lo haría, pero aún podía retrasarlo un poco más.
¿Cuánto más?
—¿Vas a seguir siendo sincera o vas a decir que no lo quieres?
Su acento fue suave y fundente como el caramelo. Antje se

alarmó. ¿Era eso lo que quería? ¿Quedarse con la miel en los labios o quizá ir más lejos? ¿Poner en riesgo el trabajo, colocarse en una situación complicada, dar por perdida la posibilidad de salvar su matrimonio?

Quizá sí, quizá quería todo eso, porque estaban otra vez contra la pared y Dmitry y ella se besaban como si llevasen una eternidad pensando solo en hacerlo.

Luchó por recuperar la cordura. Volvió a pronunciar su nombre, pero no encontró la firmeza necesaria y sonó más a ruego que a orden.

—Dmitry... Dmitry, espera. Vas demasiado rápido.

Y él se detuvo, aunque no se apartó. Inclinó la frente contra la de ella y apenas dejó espacio entre sus bocas.

—Está bien, está bien. Iré despacio. *Ya obeshchayu.* —Y tradujo para ella—. Te lo prometo.

Y sonó caliente como cera derretida, muy cerca y amenazando con derramarse sobre la piel al más mínimo movimiento.

—Pero antes nos desharemos de esto. —Y le quitó el arma antes de que pudiera impedirlo.

Antje palideció.

—Tranquila. La dejaré aquí.

Estaba cerca, casi al alcance de la mano. Antje experimentó el impulso de recuperarla. Se sintió aún más desprotegida, pero no quería que él lo supiera, ni admitir que entre la multitud de emociones que Dmitry desencadenaba en ella estaba presente el miedo.

Mientras pensaba en si debía recuperar o no el arma, él le bajó la chaqueta por los hombros, la besó en la garganta y en el cuello. Ella echó hacia atrás la cabeza y renunció a seguir pensando. Cerró los ojos y se estremeció al notar sus dedos soltando uno a uno los botones de su camisa. Tan lento, tan suave y cada vez un poco más abajo. Hasta el último. Solo se atrevió a encararlo cuando abrió la blusa y dejó la piel al descubierto, pero Dmitry ya no la miraba a los ojos.

Puede que no lo exhibiera a menudo, pero Antje no era de las que temían enfrentarse a su cuerpo. Lo hizo en tiempos, cuando era más joven y no todo guardaba proporción, o ella no se la encontraba. Pero con los años había logrado una curiosa armonía, una adaptación a lo que deseaba ser y, cuando se miraba en el espejo, le agradaba lo que veía.

Cuando vio la expresión de Dmitry, no tuvo ninguna duda de que a él también le gustaba.

—Siempre supe que ocultabas algo, Heller.

Y la recorrió un nuevo escalofrío y otro más cuando tiró con los dientes del lóbulo de la oreja, antes de soltar el cierre del pantalón y deslizar la mano hacia el interior de la prenda.

—¿Es suficientemente despacio para ti? —preguntó con voz ronca y profunda.

Se estaba deshaciendo.

Trató de encontrar una razón para negarse, pero no se le ocurrió ninguna lo bastante buena. Se sentía demasiado bien para rechazarlo, era más que tentador y estaba harta de tener miedo. Además, no le gustaba esa mujer que veía a través de los ojos de él. Como si pensara que era de piedra, como si fuera ridículo que pudiera sentir interés o tan solo curiosidad por ella, como si hubiera olvidado lo que era la pasión o el deseo.

No, no lo era, no era de piedra. De hecho, ponía pasión en todo cuanto hacía, y que fuera unos años mayor que él no le impedía desear y querer ser deseada.

Aunque por eso mismo, porque tenía experiencia, sabía que todo tenía un coste y que antes o después debería pagarlo.

Pero sería en otro momento.

Sus dedos se movían en círculos, presionaban con precisión y delicadeza, sabían el modo exacto en que debían pulsarla, y su cuerpo volvió a decidir por su cuenta.

Dmitry alzó los dedos y dibujó un rastro húmedo sobre su vientre.

—Chica mala.

La terminó de derretir. Se dejó de medias tintas y se lanzó

hacia él con la intención de desnudarle y estar así un poco más igualados, pero Dmitry le sujetó las manos.

—Dijimos despacio. Solo espera un poco más.

Había un montón de bases de madera apiladas en el suelo, unas encima de otras. Restos de alguna exposición. La alzó besándola, besos fuertes y cortos que la dejaban con ganas locas de más. Dmitry la subió sobre aquella torre desigual y sus cabezas quedaron a la misma altura. Él, de pie y ella, sentada.

Estaba excitada y aún un poco asustada, y él también estaba excitado, pero no asustado. La cogió por debajo de las rodillas y siguió desnudándola.

—Deja que te quite esto —dijo deshaciéndose a un tiempo de los zapatos y las medias—. Y esto —añadió tirando del pantalón y arrojándolo al suelo.

Se quedó solo con la camisa abierta y el conjunto en color *nude* que era lo primero que había visto aquella mañana en el cajón de la mesilla, cuando no se le había ocurrido pensar que acabaría el día semidesnuda en una antigua galería de arte, cada vez más ensombrecida según iba cayendo la tarde.

Pero aún había luz más que suficiente.

—Solo una cosa más —dijo Dmitry. La lengua un poco estropajosa, las palabras y la mirada turbias. Le abrió las piernas, la cogió por los talones y los apoyó a ambos lados de aquella superficie estrecha y lisa—. Solo quédate así.

La espalda contra la pared y aquella postura que la dejaba expuesta, incluso a pesar de las prendas que aún conservaba. Antje casi había olvidado la última vez que vivió el sexo como algo arriesgado y excesivo, no como un ejercicio practicado más por la fuerza de la costumbre que por verdadero deseo, ni tampoco por desquite ni por cualquiera de las razones equivocadas que alguna vez la empujaron a hacerlo. De hecho, hacía varios meses que ni siquiera tenía sexo.

Así que era normal que se estuviera quemando por dentro, pero igualmente era cierto que Dmitry sabía cómo hacerla arder. Amasó la piel más sensible de sus muslos, presionó entre sus piernas y, cuando tiró del tejido y lo apartó, la acarició tan despacio y tan profundamente que lo único que pudo hacer fue entregarse por completo a aquella sensación.

Le dio una tregua. Antje respiraba sofocada y él llevó la mano a su boca. Le pasó los dedos por los labios, luego por todo el rostro. Ella buscó el contacto, lo anheló, le ofreció cuanto él quería.

—*Ty takaya krasivaya*.[5]

Tuvo que hacer un esfuerzo por recuperar la sensatez, calmarse lo suficiente y preguntar.

—¿Qué significa?

—Significa que no te había visto hasta ahora.

Y había algo tan humano y cálido en él, que incluso la excitación perdió fuerza por un instante. Era nuevo e inesperado y aún más peligroso que dejarse llevar por la calentura de un encuentro sin testigos en un viejo almacén cubierto de polvo.

Se sintió impulsada a protegerse.

—Soy la misma de siempre y esto no cambiará nada. Lo haremos esta vez y no se repetirá.

Lo consiguió. Fuera lo que fuera desapareció y regresó el Dmitry que ya conocía.

—¿No se repetirá? Entonces hagamos que merezca la pena. Te prometí que sería despacio. Solo dime si quieres parar.

Se desabrochó los vaqueros, se liberó de estorbos y dejó que lo viera antes de dar un paso más. Antje se quedó sin palabras y casi sin respirar. Él entendió que aquello valía por un «adelante». La cogió por las rodillas, le abrió aún más las piernas y la penetró con una lentitud tan exasperante que quiso gritar.

—¿Te gusta así, Heller? —preguntó cuando entró hasta el final.

Aparte de jadear por toda respuesta, Antje maldijo para sí. El muy bastardo la tenía grande. No es que tuviera una lista ordenada por características y tamaños, pero sí hubo otros antes de Daniel, y también después, y por supuesto debía contar

---

5 Estás preciosa así.

al propio Daniel. Siendo honesta, no tenía motivo de queja en ese aspecto y no era ese el problema que estaba afectando a su matrimonio. No, no había estado con decenas y decenas de hombres, pero sí con unos cuantos y Dmitry los aventajaba a todos.

Salió y volvió a entrar despacio, y Antje lo deseaba, deseaba que fuera más rápido, que lo hiciera más fuerte, que se hundiera en ella aún más y de una vez, pero se resistía a pedírselo y eso solo hacía que aumentase su deseo.

—Dímelo, Antje. Di que a ti también te gusta.

Y fue fácil ceder porque era imposible negarlo.

—Sí, me gusta —dijo cuando comenzó a atraerla por la cintura y empujar más y más aprisa hasta que su cuerpo se incendió por entero y se aferró a sus brazos, tensos hasta el extremo, con la frente apoyada en su hombro, sintiendo que él también se rendía y su corazón latía al menos a la misma velocidad que el de ella.

Se quedaron abrazados y juntos, vencidos el uno contra el otro. Permanecieron un buen rato así, en silencio, tanto que comenzó a notarse el frío y la oscuridad que había en la sala.

Lo peor siempre es después.

Se soltó de sus brazos, dejó caer las piernas y buscó a la Antje que sabía en cada momento qué decisión tomar. Debía estar por alguna parte.

—Tengo que irme.

Dmitry se apartó y se sentó a su lado. Ella se incorporó y comenzó a abotonarse la blusa y a recoger su ropa. Estaba turbada y él serio. La miraba vestirse y ella evitaba mirarlo.

No se olvidó de la pistola. La cogió y la guardó en la funda.

—Deja que te dé un consejo. No sirve de nada si permites que te la quiten.

Antje se mordió la lengua.

—Lo sé.

La luz era cada vez más escasa. Si no se daba prisa, se haría de noche antes de llegar al coche.

—Te avisaré cuanto tengamos preparado el operativo de Yilmaz.

—Aguardaré tus mensajes.

Salió a la calle con el eco de sus pasos persiguiéndola. La avenida estaba desierta, las luces y el tráfico quedaban lejos y entre medias solo había árboles y el silencio que trae consigo la noche. Atravesó el parque sin mayores tropiezos y durante el trayecto solo se cruzó con algunos corredores nocturnos. En cuanto estuvo en el interior del coche, echó los seguros. Entonces y solo entonces se permitió mirar atrás y comprobar que estaba en lo cierto.

Entre las sombras del parque distinguió la de Dmitry, inmóvil, con la cazadora negra cerrada mirándola desde el otro lado de la calle. Todo aquel tiempo había estado siguiéndola.

Antje arrancó el motor y se incorporó a la vía.

No quiso pensar si aquello era bueno o malo. Regresaría a casa. Daría un beso de buenas noches a Peter. Le preguntaría a Daniel qué tal había ido el día. Él diría que bien o le hablaría de las clases y de sus alumnos. Ella se esforzaría por prestar atención. Después se acostarían y nada habría cambiado.

Pero antes debería pasar por la piscina, haría algunos largos y aprovecharía para ducharse. Así sería un poco más fácil hacer como si aquello no hubiese sucedido.

CAPÍTULO 13

La vio subir a un Volkswagen Passat color gris plata. Heller se abrochó el cinturón, dio las luces y se perdió entre el tráfico. Si mientras caminaba en busca de la estación de metro, Dmitry se acordó del Mercedes Clase S que conducía en París, el recuerdo desapareció con mucha más rapidez que en otras ocasiones.

Lo malo de conseguir lo que quieres es que no siempre resulta tan gratificante como esperas.

Aquel pensamiento le puso de mal humor y eso le irritó más. Quizá era por eso, porque Heller había opuesto tan poca resistencia que le hacía dudar si era ella quien se había dejado convencer o él se había dejado liar. Porque, aunque llevaba días dándole forma a aquella imagen, Heller con una de sus camisas de ejecutiva agresiva, abierta y mojada para él, realmente no había pensado llegar tan lejos. Se habría conformado con avanzar un poco más, quizá incluso un polvo rápido contra la pared. Pero ella le había dicho lo de ir despacio y él se había dejado llevar por su pequeña fantasía. Y le había puesto tan caliente verla así, le había parecido tan sexy, tan provocador su aire de bibliotecaria o de profesora de película porno, que se le había olvidado que aquello era solo un asunto de negocios.

Era un defecto como otro cualquiera, no sabía hacer las cosas a medias, lo daba todo y también lo exigía. Durante un momento había sentido ambas cosas con Heller, la exigencia y la entrega, y justo entonces ella le había dicho que no se repetiría.

«¿Va en serio, Heller? ¿Le dijiste lo mismo a Baum?».

Quizá era el tren lo que le deprimía, el olor a fracaso que se respiraba en los vagones, en la gente que regresaba dócil a sus hogares después de terminar la jornada. Se arrepentía de no haber cogido un taxi. Dmitry había crecido rodeado de fracaso y pobreza, para él venían a ser la misma cosa. La mayoría de los que decían que el dinero no da la felicidad, no sabían lo que era la miseria. No hablaba de la extrema necesidad, sino de ese tener que conformarse con la ropa prestada, con que un par de zapatos tuviera que durar varios inviernos y el olor a rancio impregnado en la piel y los huesos.

Desde que vivía en Berlín no tenía vehículo propio porque los que habría podido comprar no estaban a la altura de sus aspiraciones. La próxima vez que viera a Heller, le pediría que el BND le proporcionase un coche y estaría dispuesto a conformarse con un Passat.

La imagen regresó a su cabeza, semidesnuda y sofocada, lamiéndole los dedos, restregándose contra su mano…

Se le puso dura otra vez y, en consecuencia, se le levantó el ánimo. En el fondo no creía que Heller fuese ninguna comehombres y tampoco tenía la menor duda respecto a que habría más veces y pensaba disfrutar de ellas al menos tanto como esa. Solo tenía que recordar que no era más que sexo y que, si podía sacar alguna otra ventaja, la aprovecharía. No era su problema que Heller fuera tan estúpida como para dejarse desarmar por alguien que bien pudiera estar pensando en estrangularla o que prefiriese caminar sola por un parque al anochecer porque después de echar un polvo ya no lo necesitaba.

—«Déjame. ¿Es que no lo entiendes? No quiero que cuides de mí. No te quiero cerca. No quiero verte. ¡Quiero estar sola!».

La pena le rasgó el corazón, igual que el recuerdo rasgó el olvido. Nadina y él discutiendo en una calle de París.

Nunca volvería a cuidar de nadie más que de sí mismo.

Ya casi no dolía. La tristeza se debía a su propia estupidez. Por todas las veces que se habían hecho daño, por todo lo que hizo por ella, por lo que perdió. Nunca había pretendido herir intencionadamente a una mujer, excepto a Nadina, porque ninguna otra le había herido tanto como ella. Y ahora Heller había removido algo oscuro en él, algo que, entre otras cosas, le había impulsado a olvidar usar preservativo cuando llevaba tres en la cartera, y que después le preocupara comprobar que regresaba sin problemas al coche no era una buena señal.

Fin. No iba a darle más vueltas. Tenía otro asunto que atender antes de dar por terminado el día y esperaba que saliese al menos igual de bien que con Heller, solo que sin sexo.

Se bajó en Görlitzer Bahnhof. Grupos de africanos cambiaban señas y se repartían territorios de venta de drogas en el parque cercano a la estación. Tampoco escaseaban las opciones de consumo legal, toda la calle estaba llena de cervecerías y restaurantes: turcos, vietnamitas, italianos… También uno ruso. Llevaba por nombre Matrioshka y su dueño se apellidaba Orlov. Dmitry lo había visitado un par de veces aquella semana. El local era más bien cutre, como todos los de la zona, y los *pelmeni* —pasta rellena de cebolla y carne molidas— eran igual de pesados e indigestos que los que cocinaba su abuela.

No le extrañaba que Orlov tuviera que buscar otra fuente de ingresos.

El camarero era un rumano de pocas palabras, la escasa clientela parecía haber caído en las mesas de formica por equivocación. Orlov era un ruso de Ivánovo, veterano de la guerra de Afganistán, que había engordado al menos cincuenta kilos desde entonces —le había enseñado las fotos—, seguramente por culpa de los *pelmeni* que cocinaba su esposa.

Le saludó desde detrás de la barra.

—*Dobro pozhalovat*[6] —dijo alegre—. Llegas temprano.

—Estaba impaciente.-

---

6 Bienvenido.

Orlov rio.

—Lo entiendo, ¿cuánto hace que te fuiste de Rusia?

—Ocho años.

—Entonces llevas ocho años sin probar un vodka igual. Lo traigo solo para los amigos. Entra, te lo mostraré.

Le abrió la barra y él le siguió atravesando la cocina y el almacén hasta un pequeño despacho. Le caía bien Orlov, pero estaba todo tan sucio que se le quitaron las pocas ganas que tenía de comer nada que se cocinase en su local.

Dentro estaba Viktor. Orlov le había contado que el suministrador de drogas del Berghain era su sobrino. Eso había sido la segunda noche, después de compartir una botella de Stolichnaya que no tenía nada de especial, pero que puso nostálgico a Orlov recordando sus tiempos de soldado.

Los dos se habían puesto nostálgicos.

—Aquí lo tienes.

Estaba fuera de la caja. Era un arma de tamaño medio, apenas más grande que la Heckler & Koch de Heller y solo un poco más pesada. Más moderna, más nueva, pero por lo demás muy parecida a la que le dieron cuando ingresó en la Spetsnaz.

La desmontó y comprobó la mira, como cuando tenía diecinueve años y era tan idiota que casi se empalmó porque le hubiesen admitido en la unidad de operaciones especiales.

Entonces aún soñaba con la gloria, con hacer grandes cosas. Después le enviaron a Grozni y despertó.

—Es perfecta.

—Tal como te prometí.

—Sabía que cumplirías. ¿Y sobre lo otro? ¿Has podido averiguar algo?

Viktor echó una mirada de advertencia a su tío. Era joven, veintidós o veintitrés años, pero le pareció más prudente que en Berghain, incluso a pesar del tatuaje de araña.

—Ya te dije que no me complico la vida. Solo las Grach y solo para los amigos. No quiero saber nada de Kalashnikov ni de explosivos.

—No quiero comprar, solo quiero saber quién vende.
—*Da,* eso es lo que le preocupa a mi sobrino —dijo Orlov con más risas.
—No queremos líos —dijo Viktor—. Ya has pagado. Coge tu pistola y vete.

Se guardó el arma y Viktor no se relajó hasta que lo vio salir del despacho. Orlov lo acompañó de vuelta al restaurante. Había un par de clientes más. Nada que el camarero no pudiese atender solo.

—No se lo tengas en cuenta a Viktor. Tuvo una mala experiencia con la *Bratvá,* por eso se vino a Berlín.
—No quiero problemas. Solo se trata de negocios. Si consigo el trato, os daría vuestra parte de la ganancia. Soy un hombre de palabra. No lo olvidaría.
—Te creo. Conozco a la gente, pero fíjate en este lugar, ¿crees que soy un hombre ambicioso?

Dmitry no quiso mirar a su alrededor para no ofender a Orlov.

—No, no lo creo.
—No lo soy. Vivo feliz con mi restaurante, comiendo los platos de Lila y viendo partidos de fútbol. Algún día me jubilaré, si no me mata antes la hipertensión, y eso será todo.
—¿Entonces por qué traes recuerdos para los amigos? —dijo un poco picado por aquel discurso.
—Porque soy un viejo tonto que echa de menos tiempos aún más viejos. Me gustó conversar contigo el otro día. Me recordaste cómo era cuando no sabía si saltaría por los aires al dar el siguiente paso. Entonces era un loco y corría sin miedo, pero ahora miro más por donde piso. Toma, llévatelo —dijo sacando de debajo del mostrador una botella de vodka casero—. Es mi regalo por la conversación.

Dmitry cogió la botella, pero Orlov la retuvo.

—Si estuviera en tu lugar, me iría a casa y me bebería esta botella, pero, si quieres tentar a la suerte, te diré que en Lichtenberg está circulando eso que buscas. No sé quién las vende, solo quién las compra, y no es alguien al que convenga molestar.

—No le molestaré —aseguró Dmitry sin soltar la botella—. Solo me tomaré un par de vodkas con él.

Orlov volvió a reír.

—Eres un tipo simpático. Quizá por eso sigues vivo. Es posible que le caigas bien a Volkov, aunque he oído decir que no tiene mucho sentido del humor.

—*Spasibo*. —Orlov soltó la botella y Dmitry le estrechó la mano—. No lo olvidaré.

—Mejor vete y no vuelvas más. Mi hígado no lo resistiría.

Al salir del Matrioshka estaba comenzando a llover, una lluvia fina, pero que calaba. Su apartamento estaba solo a dos paradas de metro, pero, a pesar de la lluvia decidió ir caminando. Tenía hambre y a un par de manzanas conocía un local donde preparaban unos *kebabs* que sí se podían comer, no como los platos que cocinaba la mujer de Orlov. Su estado de ánimo había vuelto a cambiar y se sentía capaz de llevarse por delante todo lo que le pusieran. Tenía una Grach a estrenar, tenía un nuevo objetivo al que apuntar y había hecho un amigo, que era algo aún más inapreciable. Recurriría a Václav para averiguar algo más de Volkov y además tenía curiosidad por ver qué había en el *pendrive* que le había pasado Heller. Casi lo había olvidado, pero pintaba mejor que bien. Más información valiosa.

Después del bajón poscoito, veía las cosas con más claridad. Si no se torcía nada, pronto contaría con algo sólido para negociar con Hardy, con más razón si era cierto que Saud Alouni estaba en Berlín. Y Heller no sería un problema, la tenía en su mano, tan en su mano como en el almacén de Tempelhof.

Llevaba la Grach en la cintura y en contacto con la piel.

Se le puso al menos igual de dura.

Orlov no sería ambicioso, pero él sí lo era. No se había ido del agujero en el que había crecido y combatido en una guerra para acabar muerto de asco haciendo de chico de los recados del BND. Arreglaría las cuentas pendientes, se divertiría un poco con Heller —de hecho, ya estaba imaginando algo nuevo para la próxima vez— y después *Auf Wiedersehen,* Berlín.

Llegó al apartamento empapado. Era un piso pequeño en un bloque donde varias familias habían recibido viviendas de acogida. En cierta manera, también él estaba acogido porque se lo había proporcionado el BND, igual que el ordenador portátil. El piso era un asco, pero el portátil era nuevo. Se secó mientras lo encendía y apenas unos minutos después ya tenía abiertos los documentos y le había puesto cara a Yilmaz. Llevaba barba bien recortada, usaba gafas y su aspecto era de médico o ingeniero, pero no se detuvo a comprobar a qué se dedicaba. Enseguida abrió las otras carpetas, las que más le interesaban. Había tres. Los dos primeros rostros le eran desconocidos, igual que los nombres, pero cuando examinó la tercera se llevó una sorpresa.

Volvió a mirar la identificación: Iván Kuzmin. Cuando le conoció todos le llamaban *Krovaviy,* teniente *Krovaviy,* «sangriento», y a él le gustaba. Amplió la imagen y no tuvo la menor duda. Era él, era Vania.

Definitivamente el mundo era un lugar muy pequeño.

CAPÍTULO 14

El móvil de Antje emitió una vibración. No estaba en el BND, sino en la sede del Ministerio del Interior. Iba a comparecer ante la Comisión Federal de Seguridad para informar sobre los compromisos alcanzados en materia de cooperación internacional en la pasada cumbre de Londres. Lo lógico era que hubiese acudido Baum, pero prefirió delegar en ella. «Impresiónalos», había dicho.

Era una muestra de confianza, una ocasión para lucirse. Tenía la información y se trataba solo de exponerla. No era la primera vez que hacía de cabeza visible ante una comisión oficial, pero siempre imponía respeto. No estaba nerviosa, solo quería preparar la intervención con tranquilidad y por eso había llegado con antelación. El problema era que el secretario le había comunicado que la reunión tenía que aplazarse y no comenzaría hasta una hora más tarde. Demasiado tiempo para esperar, poco para emplearlo en cualquier otra cosa.

Miró el móvil con el presentimiento de que no serían buenas noticias. Nunca lo eran.

¿Puedes hablar? Es urgente.

Apenas un segundo después apareció otro.

Muy urgente.

Lo enviaba Faaria. Buscó un lugar apartado y llamó.

—Dime.

—¿Has autorizado una intervención sobre Yilmaz de la que no nos hayas informado?

El tono era agresivo, como Faaria, joven y agresiva. Antje admiraba su compromiso, pero ya debería saber que ese no era el modo de dirigirse a un superior.

—No he autorizado nada. ¿Qué ha ocurrido?

—Es Dmitry. Acaba de verse con Yilmaz.

Se le olvidó la irritación. Se sintió tan indignada como Faaria y aún más alarmada.

—¿Cuándo ha sucedido?

—Hace diez minutos. El aviso de su localizador ha saltado. Werner lo ha comprobado y ha visto cómo entraba en el local. Lo tenemos grabado.

—¿Aún está dentro?

—No. Pensamos que lo habrías acordado con él y no nos habías avisado. Decidimos esperar.

—Nunca habría autorizado algo así sin avisaros.

—Lo siento. Tienes razón. Quizá haya ido solo a reconocer el terreno —dijo dubitativa—. Es un comercio. Puede que haya preguntado por un móvil.

Faaria había aflojado el tono, pero Antje conocía mejor a Dmitry y no iba a buscar justificaciones.

—Me informaré. Hablaré con él. Gracias, Faaria, pero la próxima vez no des nada por hecho.

Cortó la llamada y buscó el número de Dmitry. Respondió al segundo tono.

—¿Qué es lo que estás haciendo?

—Buen día también para ti, Heller. No lo creerás, pero acabo de hacer algo por ti —dijo con sorna claramente perceptible por debajo del acento ruso.

—Te dije que esperaras a que te llamara.

—Y de eso hace tres días. Imaginé que estarías ocupada.

Antje tuvo que usar todo su autocontrol para dominarse y hablar despacio.

—Dime exactamente qué es lo que has hecho.

—¿Estás segura de que quieres tratar esto por teléfono? —preguntó él a sabiendas de cuál sería la respuesta.

—Estoy en Alt-Moabit, 140. Te espero junto al puente de la intersección con Lüneburger Strasse.

—Tardaré un poco. Yo estoy en Wedding. También quería hablarte de eso. Necesito....

—Ven ahora.

Colgó antes de darle tiempo a replicar. Se estaba poniendo en lo peor, calculando daños y evaluándolos. Incluso si solo había entrado a la tienda y actuado como un cliente, podía poner en peligro la operación. Y, aunque lo negase o afirmase cualquier otra cosa, ¿hasta qué punto podría confiar en su palabra? No había grabación, no había control, no había nada.

Se cruzó con un funcionario cuyo rostro le era familiar. Él la reconoció. La saludó y le estrechó la mano con cordialidad. Tuvieron una conversación banal a la que puso fin tan pronto como encontró la ocasión. Salió del ministerio a la avenida arbolada y caminó hacia el puente. El día era claro, pero el viento soplaba a rachas frías, las ramas de los árboles aún estaban desnudas. Se abrochó la gabardina y lamentó haber pensado que era buena idea retrasar el momento de enfrentarse a Dmitry.

Había sido una equivocación dejar pasar unos días. Era cierto que la semana había sido complicada y que se había alegrado de tener una excusa para no verlo. Había preferido evitarlo. Ya tenía suficiente con que su recuerdo se presentase en el momento más inesperado.

—«Iré despacio. *Ya obeshchayu*».

Se turbó, se le olvidó el frío, pero aumentó su irritación. Estaba claro que el concepto «ir despacio» le era a Dmitry totalmente desconocido. Suponía un peligro en todos los sentidos.

Apenas tuvo que esperar. Un taxi se detuvo a pocos metros y Dmitry apareció con la cazadora que ya le había visto otras veces, vaqueros azules en vez de negros y el pelo rubio cayendo sobre la frente como si aquel día hubiese olvidado peinarlo, o tal vez fuese efecto del viento. Le daba aspecto de niño grande. O era ella la que se sentía mayor para ciertos juegos.

—¿Ves a qué me refería? Necesito un coche —dijo tomando la delantera—. Un BMW como el que tienen Schlegel y Dischler me iría bien. No puedo ir en taxi y pidiendo facturas...

No le dejó acabar.

—Dame una buena razón para que no te saque del programa ahora mismo.

—No me vengas con esas. No pretendía actuar a vuestras espaldas. ¿Cómo podría hacerlo si me seguís las veinticuatro horas? Solo quería ganar tiempo.

—¿Esa es tu excusa? No puedo creerlo.

—No es una excusa. Vosotros tenéis vuestros protocolos, pero yo necesito margen. Todo lo que he hecho es ir allí, presentarme y decirle a Yilmaz que tenía un negocio que tratar con él. Le he dado recuerdos de algunos amigos de Moscú y hemos quedado mañana después de que cierre su comercio. Iba a contártelo cuando has llamado.

—¿Has hablado con él? ¿Sin consultarme? ¿Sin acordar lo que le ibas a decir? ¿Sin que supervisásemos la conversación?

—Sí, he hecho todo eso —afirmó él comenzando a perder la paciencia—. Esperé a que me contactaras y, como no lo hiciste, decidí actuar.

—Decidiste actuar por tu cuenta. Te has saltado las normas, la jerarquía y el trabajo del departamento.

—¡Pensáis demasiado las cosas! Yo no trabajo así. Yo decido algo y lo hago.

La discusión había ido subiendo de tono, no solo en cuanto al volumen, había algo más. Antje notó la presión, era algo físico, su agresividad. Tampoco ella podía trabajar así.

—Basta. Hablaré con Baum y le pediré que comunique al DGSE que vamos a devolverte a Francia. En lo que a nosotros respecta, estás ilegalmente en este país y se procederá a tu expatriación.

Le dejó con la palabra en la boca y comenzó a regresar

hacia el ministerio, pero él la retuvo por el brazo antes de que hubiese avanzado dos pasos.

—¿De qué mierda estás hablando?

—Suéltame —dijo desembarazándose de su mano.

—No me amenaces —le advirtió y su gesto era cualquier cosa menos amable, pero Antje no perdió los nervios.

—No es una amenaza, es un hecho.

—¿Cuál es tu problema, Heller? ¿Qué es lo que te molesta? ¿Que me haya saltado las normas o hay algo más? Te estoy diciendo que ha funcionado. Os he puesto la operación en una puta bandeja.

—¡Tú! ¡Tú eres el problema! No tienes encaje aquí. No si no aceptas las normas. —No lo había planeado, no tenía una alternativa ni estaba segura de si Baum la respaldaría, pero no iba a rectificar—. Estás fuera.

—¿Estás segura de eso? —dijo acercándose aún más a ella—. ¿Lo has pensado bien?

La despreocupación se desvaneció por completo. La actitud de Dmitry era amenazadora, estaba presente en su rostro, en su mirada, en la tensión que emanaba su cuerpo. Antje pensó en los coches que pasaban a pocos metros, en el andén de Kochstrasse, en la galería abandonada de Tempelhof y en cómo había conseguido de ella lo que había querido.

Solo una vez. Lo había prometido.

—Está decidido. Coge un vuelo a París hoy mismo o haré que te detengan.

—No, no lo has pensado. No has tenido en cuenta las consecuencias. ¿Crees que voy a quedarme de brazos cruzados? ¿Ahora que por fin tengo algo a lo que aferrarme? Me iré de Berlín, pero no cuando tú lo ordenes. No puedes darme órdenes.

Era una insubordinación directa. Desde que llegó al BND, Dmitry se había resistido a acatar las normas, pero nunca había llegado hasta ese extremo. Antje se daba cuenta de que había cometido un error dándole alas, pero iba a arreglarlo.

—¿Crees que porque hemos follado puedes manejarme a tu antojo? ¿Qué vas a hacer? ¿Contarlo? ¿Quedarás con toda la oficina en un bar y les dirás que te tiraste a Heller? ¿Crees que me importa lo que piensen? ¿Que me importas tú?

No llegó a tocarla, pero la acorraló contra el muro del puente. Le cerró el espacio y ella retrocedió hasta dar contra la superficie empapelada de carteles publicitarios.

—¿Contarles que follamos? ¿En qué mundo vives, Heller? Tengo algo mucho mejor que contar. ¿Se te ha olvidado todo lo que compartimos? ¿Ya no recuerdas el accidente que sufrió aquel militar iraquí? ¿Cómo se llamaba? ¿Adriss Mazeh? ¿Y aquel hombre de negocios que nunca llegó a tomar el vuelo Berlín-Londres? He olvidado su nombre. ¿Lo recuerdas tú?

Se le aflojaron las piernas, el corazón le latió no más rápido, pero sí más fuerte, a golpes grandes, y el pánico también le puso cerco. En parte sí, en parte lo había olvidado porque prefería no pensar en ello.

—No sé de qué me hablas.

—Vamos, ¿tienes miedo de que esconda un micro? Esos son vuestros juegos, no los míos.

Se sintió acorralada, así que atacó.

—No puedes contarlo. Lo hiciste tú.

—Porque me pediste que lo hiciera. También eres responsable.

—Acabarías en la cárcel. Por muchos años.

—Ya me han amenazado otras veces con la cárcel, puedes consultarlo en esos expedientes que tanto te gusta leer, y aquí estoy. Si voy a la prensa y les cuento la historia de Adriss Mazeh y dejo caer tu nombre, ¿quién crees que tendrá que dar más explicaciones? ¿Quién piensas que tiene más que perder?

—No te atreverás.

—Quizá sí, quizá no. ¿Vas a arriesgarte a comprobarlo o dejarás que me entreviste con Yilmaz y te dé la oportunidad de cazar a Saud Alouni? Tú decides.

Lo vio como era, determinado, implacable, capaz de cualquier cosa si se le metía entre ceja y ceja. Muy capaz de ir en ese mismo momento a la redacción de *Bild* o a la de *Der Spiegel* e implicarla en la desaparición de aquellos hombres. Aunque no tuviese pruebas, habría una investigación, tendría que dar explicaciones.

—No lo tomes como algo personal. No tengo nada contra ti. Basta con que no te interpongas en mi camino.

Los coches seguían pasando a pocos metros, en el ministerio la esperaban, Daniel estaría en sus clases de la facultad, Peter, en el colegio. Ajenos a todo, ignorantes de un horror que no llegaba a rozarles, pero que sucedía tan cerca de ellos como los coches que circulaban bajo el puente.

—¿Qué vas a hacer? —la apremió.

No contestó. Recurrió al móvil.

—¿Faaria? Enviad un coche para recoger a Dmitry. Ha concertado una cita con el objetivo. Ocúpate de prepararlo todo. Sí. Lo dejo en tus manos.

Cortó la llamada.

—¿Satisfecho?

—Me gusta más cuando follamos, pero tendré que conformarme. ¿Quieres que solucionemos nuestras diferencias? Te dejo que esta vez estés tú encima.

Le contestó como si no hubiera escuchado ni una palabra.

—Tengo una cita importante. Ya nos veremos.

Regresó al ministerio midiendo sus pasos, procurando que pareciesen firmes, no como si caminase por una cuerda floja en medio del vacío. En la puerta la estaba aguardando el secretario. Expresó un manifiesto alivio al verla.

—Empezaba a temer que le hubiese ocurrido algo. Comenzamos en cinco minutos.

—Estoy bien, gracias. Surgió un imprevisto, pero ya está solucionado.

Cuando se quiso dar cuenta se encontró sentada a una mesa ante un auditorio compuesto por nueve hombres y una única mujer, todos de aire adusto y concentrado.

Era solo rutina, una reunión puramente informativa, las dudas se refirieron a aspectos técnicos y las contestó con la mayor seguridad que pudo, porque durante toda la intervención imaginó a esa misma comisión formulando otro tipo de preguntas.

¿Y qué le diría a Daniel? ¿Qué le respondería a Peter?

El secretario la encontró cuando ya se habían marchado todos.

—¿Ha olvidado algo? ¿Necesita que la ayude?

La obligó a salir de la espiral de la angustia.

—No, todo bien. Solo estaba comprobando mis notas.

—No hay prisa. Tómese el tiempo que quiera.

En cuanto el secretario salió, recogió el bolso y abandonó la sala. No ignoraba que no había nada más escaso que el tiempo.

CAPÍTULO 15

Los altavoces del centro comercial anunciaron que faltaban cinco minutos para la hora de cierre. Dmitry se acercó a las cajas y esperó a que le cobrasen las piezas de fruta que llevaba en una bolsa de papel.

Había dejado el coche en el *parking* de la planta inferior. Era miércoles y más de la mitad de las plazas estaban vacías. En el número 37 letra J estaba el BMW Serie 5 en color negro metalizado y prácticamente a estrenar que había recogido esa misma mañana en un concesionario de Westend.

Estaba claro que si querías conseguir algo debías pedirlo del modo adecuado.

Era un aparcamiento moderno, con mucha luz y paredes pintadas de colores. Muy amplio y limpio. Solo algunas mujeres y hombres, diseminados aquí y allá, cargaban la compra en sus coches y se apresuraban para no llegar aún más tarde a sus casas.

Un Opel Astra blanco aparcó a pocos metros del BMW. Dmitry le habló al cuello de la cazadora.

—Está aquí.

—Confirmado. Es Karim Yilmaz —afirmó Werner.
—¿Está solo? —preguntó Antje.

—Eso parece.

Eran las nueve de la noche. Su jornada laboral debía haber terminado hacía horas, pero allí estaban los tres: Werner, Faaria y Antje, en el BND, rodeados de pantallas y sin perder detalle de la transmisión.

Habían seguido los pasos de Dmitry y ahora los de Yilmaz a través de las cámaras del centro comercial. Werner amplió las imágenes y mejoró la calidad. En pocos segundos tuvieron varias perspectivas del coche y del conductor. No se veía ningún otro acompañante.

—¿Y los agentes de apoyo?

—Están en el acceso. —Werner le señaló otra de las pantallas—. No te preocupes. No puede verlos.

—Es un capullo —dijo Faaria—. Deberíamos dejarle solo. Es lo que le gusta, ¿no?

—Seguimos los protocolos —replicó Antje—. No es una opción.

—No me lo expliques a mí. Díselo a Dmitry.

—Sé que no es fácil trabajar con él. Gracias por ocuparte.

—He tratado de hacérselo entender, lo mucho que nos ha costado dar con Alouni y cuánto ayudaría introducirnos en su red. Pero no escucha. Se cree más listo que todo eso. —Faaria hizo una pausa. Como no obtuvo respuesta, continuó—: No debería haberse encargado él. Es demasiado importante para que lo estropee.

Antje estaba completamente de acuerdo, sin embargo, respondió con cierta brusquedad.

—Este no es el mejor momento para plantear objeciones, Faaria.

—Tengo audio —dijo Werner.

—Pásalo a altavoz —ordenó Antje.

Se escucharon algunas palabras de saludo y a través de las pantallas vieron a Dmitry y Yilmaz cruzar un apretón de manos.

Antje se dispuso a poner los cinco sentidos en la conversación, pero antes escuchó el susurro de Faaria.

—Lo siento. No puedo evitarlo, me saca de quicio.

—Kozav te envía saludos —dijo Dmitry siguiendo las pautas acordadas. Según el BND, el supervisor de Yilmaz llevaba más de un mes fuera de Berlín. Si no podía comunicarse con él, sería más fácil que la operación tuviera éxito. Eso le había explicado Faaria, varias veces y muy despacio, como si pensase que tenía un grave retraso cognitivo o que aún no comprendía bien el alemán.

—¿Por qué no está aquí él? Lleva semanas sin responder a mis mensajes.

—Ha habido un cambio de planes. Moscú tiene otras prioridades. Ahora que son socios de Trump, se han olvidado de Berlín.

—¿Qué tiene que ver Trump con esto? Le advertí que no se saliese del guion —protestó Faaria.

Antje se limitó a pedir silencio con un gesto de la mano. El sonido no era muy bueno. La voz de Yilmaz llegaba baja y menos nítida. Dmitry intentaba mostrarse amistoso, pero su interlocutor estaba reacio.

—Mira, no sé quién eres, pero, si Kozav no da la cara, te lo diré a ti. Dile que no voy a seguir con esto, dile que se olvide de mí. He venido solo para dejarlo claro.

—Joder —explotó Faaria, incapaz de quedarse callada—. Te lo advertí. Lo va a estropear.

Antje cruzó los brazos contra el pecho y contuvo la respiración para calmar la impotencia.

Yilmaz estaba nervioso y a la defensiva. No le había dado esa impresión cuando se presentó en su comercio, no pareció alterarse y aceptó con rapidez entablar una reunión. Decidió dejarse de rodeos.

—Entonces es cierto, Saud Alouni regresa a Berlín y de entre todos los cientos de miles de personas que viven en esta ciudad decide llamarte a ti y vas a dejarlo escapar.

Yilmaz se inquietó aún más. Dmitry había pronunciado aquel nombre en voz alta y como si no le inspirase temor. El aparcamiento estaba prácticamente vacío. Los compradores tardíos habían desaparecido y solo quedaban unos pocos vehículos. Era inevitable que se agudizara la sensación de peligro.

—Se lo expliqué a Kozav. No quiero involucrarme en esto. Mira, dejémoslo. Me voy. Dile que venga a verme cuando regrese a Berlín. O mejor, dile que se olvide de mí.

Se fue hacia el coche. Dmitry tuvo que decidir aprisa. Había pasado toda la víspera preparando la entrevista, simulando multitud de posibilidades. Una de ellas era que Yilmaz se cerrase en banda y no quisiese escuchar. Para cada alternativa, Faaria le había propuesto una lista ordenada de respuestas y argumentos.

Era cierto que no había prestado toda su atención.

Confiaba más en el instinto.

—*Ty byl tam, verno? V Groznom.*

—¡Mierda! —exclamó Faaria.

—¿Qué dice? ¿Qué ha preguntado? —dijo Antje abalanzándose sobre la mesa, como si así tuviera más posibilidades de entender la conversación.

—Hablo tanto ruso como vosotras. Puedo intentar procesarlo con un traductor, pero llevará tiempo —dijo Werner.

—Faaria, busca en los otros departamentos. Pregunta a todo el que aún no se haya ido a casa si sabe hablar ruso. ¡Rápido!

No tuvo que repetirlo. Salió como una exhalación.

★ ★ ★

—Estuviste allí, ¿verdad? En Grozni —preguntó Dmitry cambiando a su idioma natal, dando por hecho que Yilmaz entendería—. No res de Azerbaiyán, eres checheno. ¿Fue Kozav quien te consiguió el pasaporte?

Yilmaz se detuvo en seco.

—Soy de Azerbaiyán —replicó en ruso con el mismo acento árabe que tenía en alemán.

Pero Dmitry no le creyó. Tanto en una lengua como en otra, podía diferenciar el matiz. No había pasado un año entero en Grozni en balde. No había convivido durante ocho años con Nadezhna para no reconocer la cadencia, la diferente entonación de las frases. El acento del enemigo.

—¿Los traicionaste? ¿Vendiste a algunos de tus compañeros rebeldes y les hiciste creer que habías sido un héroe? Conozco a varios que lo hicieron. Entregaban las posiciones, se quedaban durante los ataques y se aseguraban de resultar heridos para no despertar sospechas. ¿Es lo que hiciste?

—Te he dicho que no soy checheno —repitió Yilmaz.

—Lo que tú digas. ¿Cómo has conseguido que los yihadistas confíen en ti? Tienes que haberles dado algo valioso a cambio. ¿Qué es?

—No voy a hablar de esto contigo. Quiero a Kozav. ¿Dónde está? —preguntó Yilmaz cada vez más nervioso.

—¿Cuánto te está pagando él? Yo puedo darte más.

—No quiero dinero. Díselo a Kozav, dile que he saldado mis deudas.

Podría haber contestado que algunas deudas nunca terminan de saldarse, pero decidió jugarse el todo por el todo.

—No conozco a Kozav. No estoy aquí por él y no trabajo para el SVR. Tienes un problema nuevo, Karim, y marchándote no conseguirás huir de él. Puedes escucharme y tratar de sacar ventaja o irte y esperar a que te caiga encima. Yo que tú me quedaba.

Si ya estaba asustado, se alarmó aún más. Su frente se perló de sudor, sus ojos brillaron espantados tras las gafas redondas.

—¿Quién eres? ¿Quién te envía?

Faaria le había dicho algo acerca de ser sincero, que era un último recurso y que no debía emplearlo, que era mejor inventar cualquier excusa antes que desvelar la verdad. Pero a Dmitry no se le daba bien mentir.

Cuando se trataba de algo serio, de algo importante, prefería ir de frente.

—Lo de menos es quién soy, pero puedo decirte quién me envía. Ya no se trata solo de los rusos y tus viejos camaradas, ahora tienes que contar también con los alemanes. Te han cogido, Karim, y no van a soltarte.

—Posición Dos. Un vehículo está entrando en el aparcamiento. Es un Toyota Corolla negro.

Werner amplió la visual. Llevaba dos ocupantes. Dos hombres.

—¿Puedes acercarlo más? —pidió Antje.

La cámara enfocó los rostros, primero al conductor, luego al acompañante.

—Es Kurilenko —dijo Werner. También Antje había reconocido al agente del SVR—. ¿Qué está haciendo aquí?

—Posición Dos —se oyó a través de los altavoces—. Solicitamos instrucciones.

—¿Crees que Yilmaz les ha alertado?

—¿Cómo quieres que lo sepa? —replicó Antje.

Quizá Karim Yilmaz era más importante para el SVR de lo que habían supuesto, quizá seguían sus pasos y aquella reunión los llevaría a un conflicto que no habían deseado. En cualquier caso, Kurilenko era peligroso, muy peligroso.

—Deberíamos abortar. Ya. Ahora mismo. ¿Les digo que den la sirena y se hagan notar?

El coche avanzaba despacio por el aparcamiento. Antje sintió que todo sucedía a cámara lenta, pero de un modo imparable.

Como si no hubiese forma de detener aquel vehículo y lo que sucediera a continuación no tuviese relación alguna con sus actos.

—¿Heller? —le apremió Werner.

—No, no avises aún. Nos delataría. Veamos qué quieren.

Después de todo no era como si hubiese deseado que ocurriera, como si fuera ella quien lo hubiera planeado, quien hubiese decidido que eliminar a Dmitry de la ecuación facilitaría las cosas.

Se puso en lo peor y se contempló permitiendo que ocurriera, y lo que vio, lo que supo de sí misma, fue como asomarse a un vacío profundo y oscuro.

—¡Mierda! —exclamó Werner—. Posición Dos, los intrusos están armados.

Entre las sombras del coche era visible el perfil de un rifle de asalto. Antje reaccionó. O pudo más la mala conciencia.

—Es tarde. No llegarán a tiempo. Hay que advertirles. —No esperó a que lo hiciera Werner y abrió ella misma la comunicación—. ¡Dmitry!

La voz de Heller resonó en su oído como si hubiese gritado dentro de su cabeza. Se sobresaltó y Yilmaz también lo notó.

—¿Qué ocurre? ¿Tienes un micro? ¿Nos están oyendo? Corta, córtalo ya. No entiendes lo que has hecho, lo peligroso que es. ¡Nos matarán a los dos! Tenemos que irnos. ¡Tenemos que salir de aquí!

Las voces se mezclaban, tanto Yilmaz como Heller pronunciaban palabras de alerta, pero Dmitry no escuchaba. Solo prestó atención al coche acercándose a ellos, a la ventanilla bajada y al brillante y fino haz de luz roja que recorrió el espacio hasta llegar a su pecho.

Los disparos resonaron nítidos en el centro de vigilancia del BND. Por las pantallas vieron como las balas impactaban en los cuerpos, los sacudían y los derribaban.

Y después el silencio.

—He encontrado un... —Faaria irrumpió en la sala y se quedó petrificada al ver el coche detenido junto a los cuerpos—. ¿Qué...?

—Posición Dos. Hemos oído disparos. Solicitamos instrucciones. Repito. Solicitamos instrucciones.

Antje estaba conmocionada. No podía apartar los ojos de la pantalla. No quería creerlo. No podía admitir que hubiera ocurrido solo porque por un instante, un corto instante, hubiese considerado la posibilidad de que sucediera.

Kurilenko bajó del coche. Lo hizo con calma, como si tuviese todo el tiempo del mundo. Llevaba guantes y un abrigo negro y largo y sostenía un compacto fusil de asalto entre las manos.

Un charco de sangre cada vez mayor rodeaba los cuerpos. Su ejecutor se acercó para dar el tiro de gracia. Apuntó a Dmitry con cuidado. Un punto rojo iluminó su frente y sonó un único disparo.

El agente del SVR se quedó rígido antes de desplomarse. La bala le entró por debajo del maxilar y le atravesó la cabeza.

Dmitry disparó todo el cargador de la Grach contra el Toyota. Hubo un estrépito de chapa perforada y cristales rotos. El conductor aceleró y las ruedas patinaron contra el cemento pulido del *parking*. Tras él aparecieron los agentes del BND y ambos coches se enzarzaron en una persecución.

Sentía el pecho como si le hubiese pasado por encima un tanque, el aire entraba con dificultad en los pulmones y no estaba seguro de poder incorporarse, pero Yilmaz había tenido peor suerte. No llevaba un chaleco que detuviese las balas. Por el auricular seguían llegando voces. No había prestado atención. Estaba concentrado en sobrevivir, pero ahora sí escuchaba a Werner. Preguntaba si estaba bien y aseguraba que enviarían refuerzos. La voz de Heller había desaparecido.

Buscó la cámara más cercana, la localizó y miró al objetivo.
—Estoy bien. No enviéis a nadie. Me las arreglaré solo.

—¿Veis lo que os decía? Es un capullo —dijo Faaria y añadió más bajo—: pero me alegro de que esté vivo.

Antje lo vio todo a través de los monitores. El instante en que le dio por muerto, su voluntad de sobrevivir, la rabia con la que disparó contra el coche y la mirada que se clavó en ella a través de la distancia.

Y aunque compartía el alivio de Faaria, comprendió que en los próximos días tendría muchas ocasiones de arrepentirse de haber deseado que Dmitry dejara de ser ese factor que era incapaz de controlar.

CAPÍTULO 16

—¿Lo has conseguido? —preguntó Antje.
—Ya casi lo tengo.

La policía acababa de llegar al aparcamiento. Alguien los habría alertado. Werner estaba borrando las grabaciones para no implicar a Dmitry y que no se convirtiese en el objetivo de medio departamento de policía de Berlín. Cuando consultasen los registros, se encontrarían con la memoria vacía. Era el menor de los males.

—Listo, pero aún debo ocultar mis huellas y me llevará algún tiempo.

—Hazlo. Es preferible que especulen que hemos tenido algo que ver a que les demos las pruebas. Tú puedes marcharte, Faaria. Ha sido un día largo para todos.

—Me quedaré un poco más, márchate tú si quieres. Te avisaremos si hay alguna novedad.

Faaria se apoyaba contra la mesa de Werner. Él evitaba mirarla, pero Antje sintió que hacían frente común contra ella. No la echarían de menos.

—Está bien. Quédate el tiempo que quieras —dijo dejándoles el campo libre.

—Habrá que contárselo a Baum —añadió Faaria.

—Yo me ocuparé.

—Y también deberíamos averiguar por qué el SVR ha enviado a un agente a matar a Yilmaz.

Faaria era inquisitiva y determinada, inteligente, desconfiada y concienzuda, no soltaba así como así una presa. Tenía todos los requisitos para destacar y lo hacía. Antje ya había tenido bastante por aquel día, no estaba de humor para soportar las ganas de brillar de su subordinada.

—¿Hay algo más que quieras decirme antes de que me marche?

Hizo efecto. Faaria replegó velas.

—No, que descanses. —Se sentó junto a Werner, se colocó los cascos y se puso a revisar las grabaciones.

Bajó sola en el ascensor. No había nadie en el vestíbulo de entrada, excepto los agentes que controlaban el acceso. La saludaron al salir. Tenía el coche aparcado en una de las calles transversales. Eran casi las once. Había empezado a caer una llovizna fina y fría que se metía en los huesos. La calle estaba desierta. Antje caminó aprisa, huyendo de sí misma y de las mil preocupaciones y temores que pasaron por su cabeza. Solo quería llegar a casa y dormir. Buscar refugio en ese lugar cálido y seguro que llamaba hogar, al menos por unas horas.

Solo que él no la dejó.

Estaba a punto de abrir la puerta cuando cayó sobre ella. La inmovilizó, le tapó la mano con la boca para evitar que gritara y le clavó el cañón de la pistola en el costado, muy cerca de la lesión. Antje se quedó rígida, completamente inmóvil. Dmitry no le habría permitido hacer ninguna otra cosa.

—Dímelo, dime la verdad. ¿Lo has preparado tú?

Antje conocía bien los efectos del pánico, cómo te impedía pensar, cómo te llevaba a emprender las acciones más desesperadas y que una vacilación o un mal paso podían costarte la vida.

Si no cayó en el pánico, se quedó muy cerca del borde.

Él le dejó un resquicio entre los labios, aunque siguió apretando la mano con fuerza contra su cara. No necesitaba la pistola para acabar con todo en un segundo.

—No tuve nada que ver. Es la verdad. Te lo prometo.

Dmitry la escuchó negarlo. ¿Cómo iba a creerla? ¿Qué esperaba? ¿Que lo reconociese? ¿Que aceptase que había sido una forma rápida y eficaz de quitarse el problema de encima? El problema que él representaba para ella.

No era la primera vez que luchaba a la desesperada para salvar su vida. Había elegido un camino lleno de riesgos, si un día la suerte le daba de lado solo esperaba no quedarse para lamentarlo.

Pero lo que peor llevaba era que las puñaladas llegaran por la espalda.

—Sube al coche.

Abrió la puerta y la empujó dentro. Antje consideró la idea de escapar y echar a correr. La parte de su cerebro que aún pensaba con frialdad le advirtió que mejor no lo hiciera.

Dmitry se sentó en el asiento del acompañante. Tuvo que contener un gesto de dolor. El chaleco había parado la bala, pero era como si le hubieran arrancado las costillas de su sitio.

—Ponlo en marcha.

—¿Adónde vamos?

—¡Solo arranca y aléjate de aquí! —exclamó él de pésimo humor.

Antje no replicó. Encendió el contacto y las luces y salió a la avenida.

Seguía estando asustada y agarrotada, las manos crispadas en el volante y el corazón latiendo tan fuerte que lo sentía golpear contra el pecho. ¿Qué pretendía? ¿Vengarse? ¿Un escarmiento? La situación de Dmitry ya era complicada, pero, si le hacía daño, su vida no valdría nada. Necesitaba de su protección, no era estúpido. Pero nadie estaba a salvo de dejarse llevar por los sentimientos y no por la lógica.

—Nos ha cogido tan de sorpresa como a ti —dijo tratando de restablecer algo parecido a la normalidad—. Reaccionamos tarde, pero intentamos avisarte y nos hemos ocupado de no incriminarte. No tienes que preocuparte. Nadie sabe que estuviste allí.

—¿Nadie? Nadie excepto tú, quieres decir, y los dos agentes que se quedaron mirando, y Werner, supongo, ¿y quién más? Seguro que también estaba Faaria.

—Sí —dijo tragando saliva.

—Y ninguno movisteis un dedo. Os quedasteis mirando detrás de vuestras pantallas.

—Intenté…

—Calla y conduce —la interrumpió airado.

Iban en dirección contraria al centro. Pasaron las oficinas de Bayer y varios de los puentes elevados del U-Bahn, con los limpiaparabrisas chirriando contra el cristal. Apenas llovía y aquel sonido molesto los acompañó todo el trayecto porque lo último en lo que pensó Antje fue en detenerlo.

—Gira a la izquierda en el próximo cruce.

Obedeció, aunque sabía adónde conducía. No conocía bien la zona, era solo una calle secundaria, apartada y sin tráfico, pero, si no le fallaba la orientación, los llevaría justo hasta el río.

Detuvo el coche cuando se encontró con el fin de la calzada asfaltada. Más adelante solo había un desnivel de tierra y la superficie oscura y fría del Spree.

—Baja del coche.

Trató de buscar al hombre que había estado bajo sus órdenes durante seis meses. Apenas podía distinguir su rostro. ¿Qué sabía de Dmitry en realidad? No mucho y nada bueno.

—¿Vas a hacerme daño? —dijo lo más serena que pudo.

—¿Debería? —preguntó él, tan cortante que hería.

—No —se atrevió a decir.

Dmitry tardó en contestar.

—Baja del coche, Heller. No voy a arrojarte al río si es lo que estás pensando.

Bajó primero él y la dejó sola en el interior del vehículo. Antje pensó en usar la pistola. Luego recordó lo que le había sucedido a Kurilenko. Abrió la puerta y salió. Ya no llovía, pero la cercanía del río acrecentaba la sensación de frío y humedad. Había un banco cerca para contemplar el paisaje, que quizá a otra hora y en distintas circunstancias habría podido ser bucólico, pero, como muchos otros rincones de Berlín, el margen del río tenía un aspecto degradado, con los muros de contención llenos de pintadas descoloridas y desechos y algas acumulados en la orilla.

—Y ahora explícame por qué jodida razón insististe en que llevase un micro y en que hubiese dos agentes de refuerzo. Explícame por qué no me avisasteis hasta que los tuve encima.

Pensó en una excusa: un corte en la transmisión, un fallo del audio. Pensó en ella dejando que el coche avanzara inexorable y en la visión anticipada de lo que ocurriría a continuación. ¿Habría dormido mejor si fuera Dmitry quien hubiera muerto y no Kurilenko?

No más mentiras. No por esa noche.

—Fui yo. Fue culpa mía. Faaria había salido a buscar a alguien que hablase ruso y Werner quiso dar el aviso, pero le ordené que esperase.

Fue fácil reconocerlo. No la paralizó la angustia, no la atenazó el dolor en el costado, lo que experimentó fue una extraña paz. Tal vez era la serenidad que precedía al fin.

Dmitry apretó los puños en un acto reflejo. Lo sabía. Estaba seguro, no podía ser de otra manera y, sin embargo, le hirió igual. Le dolió que hubiese estado dispuesta a permitir que le ejecutaran como a un perro.

—¿Es eso lo que haces con todos tus agentes o me has dado un trato especial? Deberías haberme avisado. Me lo habría pensado dos veces antes de aceptar el puesto.

Veía su ira, aunque tratase de disimularla bajo el velo de sarcasmo, pero intentó seguir siendo sincera.

—Nunca he puesto en riesgo la vida de uno de mis agentes. Jamás dejé que nuestra relación personal pudiera afectar al trabajo. Excepto contigo.

Dmitry rio sin humor, apoyado contra el coche como si no tuviesen nada mejor que hacer que pasar la noche al relente del río.

—Tú sí que sabes cómo hacer que un hombre se sienta único.

Antje reunió más valor.

—Dejé que sucediera porque me amenazaste. Después me arrepentí, pero eso no cambia la realidad. Es cierto, tengo miedo de ti, de lo que puedas contar, incluso de lo que soy capaz de hacer cuando estoy contigo. No puedo controlarlo. He pasado estos días pensando en cómo se desmoronaría mi vida si le hablases a la prensa de mí y tampoco puedo quitarme de la cabeza lo que pasó en Tempelhof.

Parecía tan dura, tan segura. Manipuladora y fría. Dmitry lo había visto con Kathari, con las operaciones planificadas al milímetro, y también, por más que lo negara, con el sexo. Solo hasta donde ella quería y cuando quería.

—Me amenazaste con devolverme a París. Me tienes atado de una soga y tiras de ella cuando se te antoja, ¿qué más quieres de mí, Heller?

—¿Atado de una soga? Me amenazaste con arrojarme al tren.

—¡No pensaba arrojarte al tren! ¡Quería que entendieses que necesitamos confiar el uno en el otro!

—¡Debiste encontrar otro modo de explicarlo!

Él ahogó una maldición en ruso.

—Está bien, tú ganas. Coge tu coche y lárgate.

Se quedó inmóvil, desconcertada porque terminase así.

—¿Y tú? ¿Cómo volverás?

—Me las apañaré.

—Puedo llevarte. ¿Qué has hecho con el coche?

—Lo dejé en Wedding con las llaves puestas por si lo buscaba la policía. Se lo llevaron en diez minutos. —Y lo lamentó porque de veras le gustaba aquel coche.

Antje asintió y trató de no pensar en la asignación de treinta mil euros que había aprobado para comprar el BMW.

—Buscaremos otro. Encontraremos el modo de trabajar juntos. No más desconfianzas a partir de ahora.

Dmitry aprovechó la situación.

—Entonces deja que me quite el localizador, dime que no necesitas saber en todo momento dónde estoy para confiar en mí.

Antje recordó tarde que era mala idea hacer ofertas que no se podían cumplir.

—No puedo hacer eso.

—¿Y qué es lo que puedes hacer? —dijo alzando otra vez la voz, la agresividad presente en el aire.

Ella calló y Dmitry hizo un esfuerzo por dominarse.

—¿Sabes al menos quién era el cabrón que me disparó?

—Se llamaba Kurilenko. Era un agente del SVR. Creemos que está implicado en la muerte de varios ciudadanos rusos en Berlín, pero no teníamos pruebas para acusarle.

—Estupendo, un camarada.

—¿Habrías preferido que fuese alemán? —dijo picada.

—Habría preferido que no me disparasen.

A Antje no se le ocurrió qué contestar a eso. Recordó el momento en el que lo vio desplomarse y a Kurilenko acercarse con calma dispuesto a rematarle. Sabía lo que era que te disparasen, aunque un chaleco parase la bala.

—Debe dolerte.

—Solo cuando me rio.

Seguía de mal humor, pero la tensión había desaparecido. Antje se había acostumbrado a la oscuridad y ya no tenía problema en distinguir sus rasgos duros, los ojos claros y el pelo lacio y revuelto. No podía confiar en él, pero tampoco creía que fuera a hacerle daño. No si no había ocurrido ya.

Quizá podía ofrecerle algo más a cambio. Era posible que incluso se sintiera menos culpable si lo hacía, que fuera una manera de equilibrar las cosas. O quizá terminara por odiarla del todo y así sabría a lo que atenerse.

—Deja que lo vea.

Trató de tocarlo, pero él le sujetó la mano antes de que lo hiciera.

—*Niet*.

Mantuvieron el pulso unos segundos, con el rumor del río de fondo y las luces lejanas como único testigo.

—Déjame. Deja que intente compensarte. —Renunció a tocarle donde había recibido el impacto de la bala. En lugar de eso, apoyó la mano junto a la parte más baja de su estómago y Dmitry ya no rehusó el contacto.

Había en él algo frío, casi metálico, aparentemente inaccesible, pero Antje ya creía conocerlo mejor e intuía que no era difícil encontrar una grieta por la que colarse.

Lo besó en la esquina de la mandíbula y buscó su tacto, hasta sentirle crecer y desperezarse, primero reticente, pero enseguida pujante.

Apenas le dejó acariciarlo.

—¿Esto es lo que entiendes por compensación? —dijo con voz ronca.

La sujetó por las manos, la empujó contra el coche y lanzó el corazón de Antje por una montaña rusa.

—Di, ¿era en esto en lo que pensabas? —dijo tratándola con dureza, cercándola, haciéndole sentir su fuerza—. Contesta, Heller.

Le hacía daño, apretaba demasiado, seguramente deseaba lastimarla, pero no era nada que no pudiese soportar y de algún modo era lo justo. Tampoco ella estaba para caricias y besos tiernos. No esa noche.

—Sí, justo esto —dijo ignorando el aviso del miedo y el temblor en la garganta.

—¿Y qué hay de lo de solo una vez y nunca más? ¿Tienes más condiciones?

Y apenas dudó.

—No. Sin condiciones.

—Es todo lo que quería escuchar —dijo Dmitry y su tono hizo que muchos puntos de su cuerpo sufrieran un repentino aumento de temperatura, mientras que otros se estremecieron con un escalofrío.

La cogió por la cintura y la giró con brusquedad. Las caderas contra la superficie de acero del coche y el cuerpo de Dmitry tras ella impidiéndole retroceder. Tiró del pantalón y la desnudó de cintura para abajo.

—No esperes que sea delicado esta vez —dijo antes de entrar en ella de una vez y de golpe.

Sus manos buscaron apoyo en la chapa para no ceder. Se mordió los labios para no gritar ni gemir y sintió el sabor de la sangre. Fue duro y violento. La sujetaba con fuerza, sus dedos se clavaban en la carne, en una de las veces se golpeó la frente contra el cristal y, sin embargo, no sintió dolor. Aquello no era nada comparado con el puño que sin previo aviso le golpeaba las entrañas, con la opresión que le nacía de la angustia, con la rigidez que le dejaba el miedo. Era distinto, una invasión que podía aceptar, que se hacía más intensa y acompasada a cada movimiento, más profunda, más real. Cuando sus manos soltaron su cintura y agarraron las de ella abrazándola contra él, comprendió que Dmitry necesitaba aquello tanto como ella.

Fue liberador correrse juntos.

Murmuró algo en ruso que Antje no entendió, pero que le dejó en el cuello el calor de su aliento.

El corazón le iba a mil a Dmitry. La sujetaba como si su vida dependiese de ello. Se sintió sucio, desarmado y expuesto. Solo otra mujer le había hecho sentirse así.

No quiso pensarlo. Ni siquiera contempló admitirlo.

Se apartó de ella y puso todos sus esfuerzos en parecer frío e indiferente.

—¿Estás bien?

Antje asintió. La vergüenza se le echó de golpe encima, tan pronto como él la soltó. Trató de recomponer su aspecto y no quiso pensar en la imagen que ofrecía.

—Estoy bien. Sube al coche. Te dejaré en el centro.

Ya no rechazó su ofrecimiento. Se abrocharon el cinturón de seguridad en silencio y Antje condujo mientras él miraba las calles vacías. Era bueno tener las manos ocupadas, asidas a algo firme, evitaba que temblasen.

—Déjame aquí —pidió al llegar a Friedrichstrasse.

Se echó a un lado. Dmitry abrió la puerta. Ya se iba, pero se volvió en el último instante.

La besó con toda el hambre que guardaba, con toda la rabia, con dulzura, con todo el amor que era capaz de dar. Le dijo lo primero que le pasó por la cabeza.

—*Ty opasnaya zhenshchina,*[7] Antje.

Ella puso aquel gesto de incomprensión.

—Significa que eres un peligro mayor de lo que creía —dijo sujetándole el rostro por la mejilla.

La soltó y salió del coche. Antje lo vio alejarse y en aquel mismo instante comenzó a añorarle.

---

7 Eres una mujer peligrosa.

CAPÍTULO 17

—¿Cómo consiguió la pistola? —preguntó Baum.
—Dice que la compró a un conocido, que no piensa renunciar a llevarla y que le da igual lo que opinemos al respecto.

Habían transcurrido cuatro días desde la operación fallida. Los medios se habían hecho eco de las muertes en el aparcamiento de Wedding y hablaban de guerra de mafias en Berlín. La embajada rusa había emitido una nota exigiendo un rápido esclarecimiento y solicitando que el cuerpo de Kurilenko les fuese entregado con la mayor rapidez a fin de devolverlo a sus familiares. Baum había estado ocupado tratando de mover hilos y recuperar favores y durante aquel espacio de tiempo Antje había tenido dos nuevos encuentros con Dmitry.

—«¿Te gusta así, Heller?».

La piel se le puso de gallina. Tragó saliva e intentó volver a concentrarse en lo que decía Baum.

—¿Y la conversación con Yilmaz? Su afirmación de que estuvo en Grozni. ¿Piensas que es posible que se conociesen?
—Él lo niega, asegura que fue su acento lo que llevó a afirmarlo. Hemos investigado a Yilmaz y seguimos buscando alguna relación con Chechenia. Aún no hemos encontrado nada, pero todo indica que lo de Azerbaiyán era una tapadera.

—«Sé de lo que hablo. Era de *Chechniá*, estoy seguro. ¿Entonces puedo olvidarme de los preservativos?».

Tuvo que morderse la lengua para no responder que era un poco tarde para preocuparse por eso. Además, usaba un DIU desde que nació Peter y, en cuanto a posibles contagios, en su ordenador tenía los resultados de los análisis de sangre de Dmitry. El último de hacía menos de un mes, negativo en tóxicos y en ETS's.

—«Mejor. Así nada se interpondrá entre nosotros».

—¿Antje?

La voz de Baum la sacó de su abstracción. Se acaloró un poco.

—Perdona, me he distraído. ¿Qué decías?

—Decía que es una conexión interesante, pero, ahora que Yilmaz está muerto, no servirá de nada investigarlo. Debemos volcar todos nuestros esfuerzos en localizar a Alouni.

—Estamos trabajando con un programa de reconocimiento de rostros y Werner sigue rastreando el móvil desde el que hizo la llamada a Yilmaz, pero lleva días inactivo.

—Se habrá deshecho de él. Seguiremos buscando. He leído tu informe y estoy de acuerdo en lo esencial. Lo más probable es que los rusos tuvieran en el punto de mira a Yilmaz, su reacción al saberse descubierto así lo indica, pero no podemos descartar al cien por cien que Dmitry no tenga algo que ver. Quizá vendió la información y el SVR decidió que no tendrían que pagar si lo eliminaban. ¿Has averiguado algo más sobre Viktor Orlov?

—«Espero que os estéis tomando en serio lo de averiguar la filtración. ¿Te he dicho que aún me duele cuando hago un esfuerzo?».

Lo dijo justo cuando estaba haciendo un esfuerzo considerable, así que debía de ser un dolor más que soportable.

—Solo lo que consta en el informe. Estuvo ingresado en un hospital a causa de una paliza, sufrió lesiones y fracturas graves. Dejó Rusia y vino a Alemania bajo la protección de un familiar, Vasili Orlov. Se dedica al tráfico de drogas a pequeña escala y apostaría a que fue él quien le proporcionó el arma.

—Apuesta solo si sabes que vas a ganar. Te debo una disculpa. Estabas en lo cierto. Fue arriesgado implicar a Dmitry. No podemos estar seguros de su lealtad. Comprendo que dudases en el aparcamiento, yo habría hecho lo mismo.

Antje se mantuvo imparcial.

—Fue un desastre. Reaccioné tarde, perdimos a Yilmaz, tuvimos que borrar las pruebas, nos hemos metido en un conflicto con los rusos…

—Yilmaz no era de los nuestros y mantendremos a los rusos a raya. Les daremos una patada en el culo si se propasan.

Las palmadas de consuelo de Baum obraron un efecto contrario al pretendido. Se sintió peor y las ganas de regresar a su despacho aumentaron. La mirada de él era amable pero inquisitiva. De repente se fijó en un punto concreto.

—¿Qué tienes ahí?

—¿Dónde? —preguntó, aunque bastaba con seguir la dirección de su mirada para saber a qué se refería.

—En el labio —dijo señalando su propio rostro—, ¿te has hecho daño?

Apenas era visible. La magulladura era interna, pero la piel contigua estaba un poco inflamada. Daniel ni siquiera se había dado cuenta o si lo hizo prefirió no preguntar. Dmitry sí lo había visto.

Le había lamido la herida.

—Fue un accidente tonto, me mordí.

—Demasiada tensión —dijo Baum con otra de sus sonrisas afables.

No era solo su superior. Cuando Peter tenía nueve o diez años, después de que Daniel le confesase que tenía una aventura —alguien más en su vida, fue la expresión que utilizó él—, y los dos acordaran tomarse un tiempo para poner en claro sus sentimientos, Antje cometió el error de utilizar a Baum en un fracasado y corto intento de revancha.

Le puso fin incluso antes de que Daniel le anunciase que la relación con una de sus alumnas ya había acabado.

Baum lo aceptó con una sonrisa atenta, idéntica a la que mostraba en ese momento. Nunca le hizo reproches ni hubo más intentos de cruzar la línea, pero a veces la sensación incómoda regresaba.

—No quiero retenerte. Tendrás mucho que hacer —dijo Baum como si hubiese leído sus pensamientos—. Centraos en Alouni. Yo me ocuparé de lidiar con los rusos. El embajador ha solicitado una reunión.

—¿Y qué hacemos con respecto a Dmitry?

—Es difícil de controlar, ¿verdad?

—Así es —reconoció con total sinceridad.

—Seguiremos vigilándole de cerca. Deja que se mueva un poco y veamos dónde nos lleva. Si descubrimos que nos está traicionando, siempre nos queda la opción de devolvérselo a los rusos. Seguro que nos agradecen que les entreguemos al responsable de la muerte de Kurilenko.

Antje asimiló aquella posibilidad, ambas posibilidades, la de que Dmitry actuara en contra de los intereses de BND —de los intereses de Antje, al fin y al cabo— y la de verlo esposado y en manos del SVR. Tanto una imagen como otra la descompusieron.

—Te mantendré informado.

—Con eso bastará.

De camino a su despacho pasó por los aseos. Se miró en el espejo. Había que fijarse mucho para notar la ligera inflamación en el labio inferior. Se retocó con el lápiz rojo y volvió a examinarse. El traje de chaqueta, el peinado formal, el gesto crispado del que cada vez le costaba más desprenderse. Estaba en la frente, en los pómulos, en la boca…, ya se había acostumbrado a verlo.

Aquella mañana estaba un poco menos presente.

Regresó al despacho. Sobre la mesa tenía varias carpetas con documentación por revisar y mucho más trabajo pendiente en el ordenador. Empezaría por las carpetas, pero antes tomó el móvil, buscó entre los contactos y tecleó una hora.

18.30

La confirmación de mensaje recibido no se hizo esperar y tras ella apareció una respuesta.

18.00

A Antje se le escapó una sonrisa que deshizo un poco más el gesto tenso que tan poco le gustaba. No tardó en recobrar la seriedad. Borró los mensajes, dejó el móvil y se puso a trabajar. Aún tenía mucho que hacer hasta que dieran las seis.

CAPÍTULO 18

—No me importa el acuerdo que tengas con Hardy, no es un funcionario alemán, es francés, y no tiene ninguna competencia en nuestro país. Si quería que trabajaras para él, debió pedirte que lo hicieras desde Francia, no expulsarte.

—¿Lo que es bueno para Francia no lo es para Alemania? Pensaba que eso estaba superado.

—No desvíes la cuestión. No puedes actuar por tu cuenta, acabará mal si sigues haciéndolo.

—Dijimos que no más amenazas.

—No es una amenaza. No puedo protegerte si te sales de los cauces.

—¿Protección como la del aparcamiento de Wedding?

La desesperó.

—¿Crees que intento perjudicarte?

—Lo que creo es que no te gusta que las cosas escapen de tu control. —Y para demostrarlo le sujetó las manos y la inmovilizó bajo su cuerpo.

No, no le gustaba, la intranquilizaba, y tampoco le agradaba que no la tomase en serio o que pensara que podía hacer con ella lo que quisiera.

Pero era difícil imponerse cuando estaba tan cerca. Más bien imposible.

—No se trata de eso —protestó—. Estamos hablando de seguridad, de tu seguridad.

—Sé cuidar de mí mismo. Deberías saberlo —dijo besándola y Antje no lo negó.

La luz languidecía tras los cristales. La hora, el silencio y los tonos blancos en los que estaba decorada la habitación contribuían a crear una sensación de calma que Antje agradecía. Estaban en uno de los pisos francos del BND. Había decidido que no tenía sentido escoger más lugares abandonados y solitarios como punto de encuentro. El apartamento llevaba meses desocupado. La última vez que lo usaron fue como refugio provisional de un disidente turco contrario al régimen del presidente Erdogan. Se encontraba en el distrito de Tiergarten, en una zona de nueva construcción, de edificios modernos y estética estridente y llamativa, con fachadas en pendiente, colores vivos y muchos grandes espacios abiertos alfombrados de césped. Era un ático y no tenía apenas muebles, pero casi todas las habitaciones contaban con un muro de ventanales corridos por los que contemplar el cielo de Berlín.

A Dmitry también le gustaba. Lo primero que dijo en cuanto entró por la puerta era que si podía cambiarlo por su apartamento de Kreuzberg.

Había intentado explicarle que no estaban ciegos, que sabían lo que estaba haciendo, que solo tenían que seguir sus pasos e investigar un poco para advertir que tenía su propio plan de ruta. El monitor del gimnasio de Friedrichstrasse, el dueño del Matrioshka y otros nombres que aparecían al comprobar sus movimientos, todos eran excombatientes rusos. Había tratado de hacérselo entender, pero él había comenzado a quitarse la ropa y era difícil hablar de trabajo o de cualquier otra cosa mientras se desnudaba. Era irritante y presuntuoso, era sensual, era atractivo, le gustaba exhibirse, le divertía turbarla, gritaba sexo a voces y ella se dejaba aturdir.

Por un tiempo.

—No puedes confiar en que saldrás siempre bien librado. Nadie puede.

—¿Eso fue lo que te pasó? ¿Te confiaste?

Había seguido besándola. Había bajado por la cintura y llegado a la cicatriz que la delataba. Tenía el tamaño de una moneda de cinco céntimos y un tono más enrojecido en la piel. Era solo una leve hendidura rodeada de pequeñas estrías, su particular herida de guerra. De frente apenas se veía, pero a esas alturas Dmitry ya conocía su cuerpo de frente, de espaldas y de perfil, aunque era la primera vez que comentaba algo al respecto.

—No, o en parte sí. No, no lo esperaba.

No le apetecía hablar de ello, lo tenía aún muy presente. Se decía que podía haber sufrido cualquier otro accidente, padecer peores secuelas que el dolor repentino en el costado o los amagos de crisis de angustia. Podía haber sido mucho peor.

—¿Cuándo ocurrió?

—Hace algo más de un año, y no, no llevaba chaleco ni puedo ir siempre con uno. No hago ese tipo de trabajo.

—No tienes que convencerme. Yo también hago cosas estúpidas. Seguro que lo has notado.

Volvió a desconcertarla. La hizo reír.

—Y puedo mostrarte mis cicatrices, aunque ya las has visto, ¿no?

Lo dijo con una sonrisa procaz que casi la sonrojó. Tenía razón. Habría podido encontrar a ciegas sus marcas.

Tenía una recta y fina en el abdomen, como la que deja el filo de una navaja. Otra en el muslo derecho, muy similar a la que Antje tenía en el costado, una quemadura por fricción en uno de los hombros y el recuerdo de un corte que había necesitado puntos junto al mentón y que se apreciaba mejor cuando se acababa de afeitar.

Le gustaba esa marca y aún más la del abdomen, le provocaban un irresistible deseo de besarlas. Cuando cedía a las ganas, él le hacía inclinar la cabeza hacia atrás y la mordía en el cuello.

—¿Cómo pasó? —preguntó sin dejar de acariciarla, trazando círculos alrededor de la pequeña hendidura.

La confundía que actuara así, que pudiera ser rudo y un instante después tierno. Pero sería absurdo reprocharle que fuera amable.

—Teníamos un colaborador, un diplomático saudí. Me reunía con él cada cierto tiempo, casi siempre en habitaciones de hotel. Debieron de descubrirlo.

Había dejado a Tayeb y ya se marchaba cuando un hombre entró en el ascensor. Tenía lo que convencionalmente se admite por buen aspecto: traje, corbata, Antje recordaba que olía a colonia cara, pero eso no evitó que experimentase una mala sensación cuando avanzó hacia el fondo y se situó justo detrás de ella. Recordaba la tensión, la intranquilidad, las miradas nerviosas que echó al visor del número de planta mientras sentía su presencia tras ella, cerca, demasiado cerca.

Las puertas estaban a punto de abrirse cuando sonó la detonación y el dolor la desgarró por dentro. Se llevó las manos al costado, incapaz de reaccionar, conmocionada. El hombre pasó por su lado y se marchó sin mirar atrás.

Nunca había sentido aquel pánico. La certeza de que no podría detener lo inevitable. Se tapaba la herida y la sangre se le escapaba a chorros entre los dedos.

Otro huésped la encontró encogida, doblada en dos en el suelo del ascensor.

—Tuve suerte. Enseguida llegó un equipo médico. Detuvieron la hemorragia y me trasladaron al hospital.

Le ocultaron la verdad a Peter, le hablaron de una intervención de urgencia sin mencionar que el motivo era una herida de bala. Con Daniel fue imposible buscar excusas. Después de años de asegurarle que no corría ningún peligro, que no era como en las películas, que todas las veces que llegaba tarde a casa o trabajaba los fines de semana era porque se quedaba en el BND.

No ayudó a que las cosas entre ellos mejoraran. Las primeras semanas los dos la trataban entre algodones. Peter no se separaba de ella, Daniel estaba más atento que nunca.

Hasta que volvió al trabajo y la tregua se acabó.

—¿Quién te delató? —preguntó Dmitry con un matiz acerado en los ojos—. ¿Tu contacto?

—No. Tuvo que ser alguno de sus superiores. Hay un sector vinculado al ISIS dentro de la administración saudí. Debieron advertir que Tayeb nos pasaba información y lo devolvieron a su país el mismo día en que me dispararon. Recibimos informes de que lo habían encarcelado.

—¿Encarcelado? —preguntó él escéptico.

—O ejecutado, sí. Es lo más probable —reconoció ella y el eco del dolor retornó a pesar del contacto cálido de Dmitry.

Tayeb era inestable, colaboraba con ellos por dinero, tenía problemas con el juego, acumulaba montones de deudas, era imprudente. Antje siempre insistía en que igual de importante que la información era no exponerse. Al principio quiso culparle, luego se sintió responsable y movió cielo y tierra para averiguar qué había sido de él. Hasta que Baum, con el tacto que le caracterizaba, le hizo saber que ya era suficiente.

—¿También te acostabas con él?

La presión en el costado aumentó y no fue imaginaria.

No le gustó. Se arrepintió de habérselo contado. Se sentó sobre la cama y comenzó a buscar su ropa.

—No tengo por qué darte explicaciones de con quién me acuesto o me dejo de acostar.

Se incorporó, se quedó tras ella y la rodeó con los brazos para impedir que se vistiera. No apretaba, pero Antje no tenía la fuerza suficiente para liberarse. Era frustrante.

—¿Quieres apartarte? —pidió de malhumor.

—No te enfades. ¿Es que no te gusta que sienta celos de ese tal Tayeb?

Lo decía con ese tono de «no te tomes en serio todo lo que diga» que ya iba reconociendo en él, pero de todas formas le escoció y, por supuesto, no pensaba contarle que nunca hubo nada físico entre Tayeb y ella, ni siquiera amistad, porque su relación era una constante lucha por el dinero por parte de Tayeb y de ella por la información. Pero no iba a reconocerlo, como no le hablaría nunca de Peter ni de Daniel. Había límites que no estaba dispuesta a traspasar. No podía permitirse involucrarlos. Daniel no se lo perdonaría y ella tampoco.

—Suéltame —advirtió en tono seco.

Surtió efecto, Dmitry apartó los brazos y la dejó libre.

Había conseguido recuperar parte de su ropa de entre las sábanas cuando volvió a preguntar:

—¿Y el hombre que te disparó? ¿Qué ocurrió con él?

Se sintió abrumada. Inspiró despacio y controló la voz.

—No ocurrió nada. La investigación determinó que se trataba de un trabajo de encargo. Seguramente recibió la orden de que la bala no fuese mortal. Solo era un aviso.

—¿Y no conseguisteis detenerlo?

—No.

—¿Y tampoco sabes qué ha sido de él?

—No —repitió sosteniéndole la mirada.

Dmitry calló unos segundos.

—Debería estar muerto.

Antje no replicó, pero, cuando volvió a abrazarla, ya no opuso resistencia.

—*Khrabraya i upryamaya*[8] —dijo besándola desde atrás. Antje cedió, reclinó la cabeza contra su hombro y se dejó abrazar y que la rodeara por la cintura.

—Sabes que no entiendo una palabra.

—Mejor. Son insultos terribles. No quieres saberlo.

Volvió a hacerla reír y a confundirla. A ratos se sentía furiosa con él, aún le inspiraba alarma, la sangre se le detenía en las venas cuando pensaba en lo que hacían cuando estaban juntos y solos, pero además —y cada vez más a menudo— las sonrisas se le escapaban.

—*A ty dazhe krasiveye kogda ulybayesh'sya.*[9]

---

8 Valiente y obstinada.

9 Y eres aún más bonita cuando sonríes.

Sonaba tan dulce y cálido que tenía razón: prefería no saber qué decía, pero le siguió la corriente.

—¿Y ahora?

Le mordió en el labio, muy cerca de la herida, y tiró con suavidad de él.

—Tendrás que torturarme para que lo confiese.

Tenía aquel acento, el tacto de cera fundida, la quemaba, la envolvía.

Empezó a tomarla, a mordisquearla en el cuello, a extenderle los brazos y amasarle en círculos los senos, a recorrer la piel más tersa de los muslos y a comerla a besos. Ya lo habían hecho con prisas esa tarde, de aquel modo brusco y violento que Antje resistía como quien resiste un vendaval, y ahora derrochaba con ella mimos y besos.

Y Antje lo quería todo, las caricias rudas y las tiernas. De hecho, quería más.

Se volvió para besarlo y volcó todo su peso para intentar vencerlo. Dmitry acabó cediendo a medias, se echó sobre la cama y se giró arrastrándola consigo, aunque no la dejó abajo sino a su lado, el uno frente al otro y muy cerca, piel contra piel.

—¿Qué es lo que quieres, Antje?

La conmovió su expresión, porque era abierta y sincera y por un momento pareció que estaba dispuesto a darle cuanto deseara. Bastaba con que se lo pidiera.

Pero no trató de ir más allá y su petición fue práctica y razonable.

—Quiero que me escuches, que tengas cuidado y no te saltes las normas.

—¿Y nada más?

—Sí, algo más.

Le besó la cicatriz del mentón y luego la boca, se pegó a su cuerpo y, cuando él trató de abrazarla, le cogió las manos para que no lo hiciese. Le lamió el cuello muy despacio. Él inclinó hacia atrás la cabeza y Antje sintió el sabor a sal y cuánta fuerza contenía.

Le devolvió todas las caricias, todos los besos. Se permitió sentirse avariciosa y disfrutar de su cuerpo. Se olvidó de si hacía lo correcto y bordeó los músculos que delimitaban su vientre para incitarlo sin llegar a tocarlo, para sentir erguirse su sexo y tomarlo entre los dedos cuando ya estaba completamente erecto, para endurecerlo aún más y notar la suavidad y las venas pujando, el calor, la tensión, el anhelo. Lo sintió todo. La respiración de él haciéndose cada vez más pesada, igual que sus besos, sus manos frenándola o animándola a ir más aprisa, mostrándole cómo le gustaba, susurrando palabras bajas que Antje no entendía, pero la excitaban igual, el momento en que supo que no aguantaría más y se derramó entre sus dedos. El placer intenso y compartido, incluso aunque no le perteneciera.

Dmitry se dejó caer a un lado, como quien llega a una orilla después de cruzar a nado un mar revuelto. Cuando se recuperó, la miró extrañado.

—¿Esto era lo que querías?

—¿No te ha gustado?

—*Ty shutish?* —Y esa vez sí tradujo—. ¿Lo dices en serio?

—No se me da bien hacer bromas.

La besó, un beso de calma después de la tormenta, la miró a los ojos. A Antje le trajo recuerdos de otros besos, otras miradas que en su momento fueron sinceras, instantes únicos que ya quedaban lejos. Se asustó. Trató de imponer la lógica.

—Escucha, sé que quieres recuperar tu dinero y marcharte de Berlín y no voy a hacer nada para impedirlo, incluso te ayudaré a conseguirlo, pero no puedes actuar al margen del BND. Tienes que garantizarme que solo trabajarás para nosotros.

No respondió. Antje buscó su mirada, él la apartó.

—¿Tengo tu palabra?

—¿No crees que es mucho pedir a cambio de una paja?

Lo encajó lo mejor que pudo.

—Como quieras.

Recogió su ropa y se la llevó consigo al baño. Cerró la

puerta y no abrió hasta que estuvo vestida, peinada y recuperó el color rojo en los labios. Cuando salió, lo encontró vestido.

—No era eso lo que quería decir.

—Olvídalo. No importa.

—Sí importa. Espera —insistió deteniéndola, impidiendo que se marchara—, hagamos un trato. Si averiguo algo, te lo contaré y te escucharé antes de tomar una decisión. ¿Es razonable?

—No es razonable. Esto no es una negociación, ni siquiera debería considerarlo.

Él hizo un esfuerzo por contenerse.

—Dame un respiro, Heller. Me lo debes.

Y cedió. Más que nada porque sabía que lo haría con su aprobación o sin ella.

—Me informarás de todo lo que hagas, todos los contactos, lo que oigas, cualquier indicación que recibas por parte del DGSE o que te llegue por cualquier otro cauce. Me lo contarás todo.

—Sin secretos —aceptó él.

Antje dudó. No era suficiente con su palabra y, suponiendo que fuera sincero, seguía siendo comprometido y arriesgado. También era cierto que ella no habría podido hacer el mismo ofrecimiento.

—Está bien, tú ganas.

Dmitry sonrió, como siempre que se salía con la suya. No era bueno. La hacía sentir mayor y agriada. De hecho, lo era. Ambas cosas.

—Deberíamos irnos. Es tarde.

La noche había caído sobre Berlín. En los edificios cercanos solo unas pocas ventanas destacaban iluminadas mientras que el resto permanecía en sombras.

—¿Te importa que me quede un rato más? Me gusta este sitio.

Otro tira y afloja, incluso por las cosas más nimias.

—No puedes quedártelo.

—Lo sé. Ya me lo has dicho.
No quería discutir más por ese día, así que accedió.
—Solo un poco más.
—*Ne perezhivay.*
Antje lo miró interrogante.
—Quiere decir que no te preocupes. Me marcharé enseguida. Ten cuidado.
—Tú también.

Lo dejó en el apartamento y salió sola al descansillo. Era el único ático en un piso doce. La mayoría de las viviendas estaban ocupadas, pero los aislamientos debían ser buenos y no se oía ningún sonido. Llamó al ascensor, que no tardó en aparecer. Las puertas se abrieron silenciosas y le mostraron el interior vacío y una luz fría iluminando el espacio reducido y cerrado.

Mentiría si no hubiese reconocido que sintió el peso del miedo hasta el punto de considerar seriamente bajar los doce pisos por las escaleras.

Pero fue solo un momento. Se sobrepuso, entró y pulsó el botón del cero. Llegó abajo en apenas unos segundos, sin detenerse y sin contratiempos.

Cuando estuvo en la calle miró hacia arriba y vio los ventanales iluminados del ático.

No sabía si se estaría equivocando, pero no se podía vivir sin asumir riesgos.

CAPÍTULO 19

Con la noche el apartamento perdía encanto. La luz cambiante del atardecer desaparecía de los ventanales y la sustituía un uniforme fondo negro. Los tonos claros y el mobiliario de catálogo de Ikea transmitían sensación de paz y limpieza, aunque según cómo se mirase resultaba desangelado y frío como una habitación de hospital.

«Y Heller sería la doctora».

Se habría enfadado si le hubiese dicho algo así. Sus labios se habrían convertido en dos líneas finas y los delgados arcos de sus cejas se habrían tensado. Entonces él habría experimentado la imperiosa necesidad de fundir esa superficial capa de hielo y hacerla gemir, verla con el carmín corrido, la ropa a medio quitar y la mirada turbia de quien desea más.

Aunque quien había esperado por más aquella tarde había sido él.

La habitación se estaba quedando fría por momentos, pero la sangre le calentó la piel.

Si después de hacer que se corriera, Heller le hubiese pisado el cuello con la aguja del tacón de uno de sus zapatos y le hubiese ordenado que los lamiese, habría obedecido sin protestar. En lugar de eso, le aseguró que le ayudaría a marcharse de Berlín.

No era lo mismo que él quisiese irse a que ella lo echase.

«Idiota. Idiota y patético».

Mendigando migajas, diciéndose que tenía el control de la situación, solo le faltaba enamorarse de Antje.

Era estúpido esperar afecto por parte de ella y tampoco es que hiciese mucho por ganárselo, pero una parte de él lo deseaba.

Debía de ser Berlín, la falta de luz. Quizá influía que Antje solía llegar con el atardecer, cuando el sol conseguía abrirse paso entre las nubes altas y regalaba unos minutos de brillo a la ciudad. O porque le gustaba más de lo quería admitir sentir en sus manos el peso grávido de sus senos, hundirse en ella, dejarse arrastrar a aquel espacio oscuro en el que no estaba claro quién perdía y quién ganaba. O tal vez solo repetía malas pautas y, cuanto más pretendía que no le importaba, más atraído por ella se sentía.

Era deprimente. Le frustraba pensar en Heller, en si sus gestos eran sinceros o impostados, en lo que no le contaba, en los otros hombres a los que dejó que la follasen contra un coche, si seguía esperando el momento más oportuno para deshacerse de él o por qué había mentido cuando dijo que no sabía qué había sido de su agresor.

Le pasaba a menudo, esa clase de certezas, con algunas personas más que con otras. Ella era buena fingiendo, pero la sensación de que callaba más de lo que contaba persistía.

Así que no sintió remordimientos cuando aprovechó el rato que le dejó solo para hacer una copia de la memoria de su móvil. Además, él llevaba un localizador GPS. Ni siquiera llegaba a igualarse.

Miró la lista de llamadas. Solo aparecían las de ese día. Varias no estaban identificadas, pero de algunas sí constaban los nombres, Faaria, Baum, también una de un tal Daniel. La había llamado a las cuatro y hablaron durante un par de minutos.

Abrió las carpetas de archivos, buscó mensajes, imágenes, correos... Lo revisó varias veces sin resultado. Estaban vacías, no había rastro de conversaciones, ni siquiera las que mantenían para establecer sus citas. O la copia no había funcionado o Antje era cuidadosa y borraba cualquier indicio comprometedor. Dio por hecho que era lo segundo y se sintió decepcionado. Una parte de él había esperado encontrar algo sucio, una prueba de que mentía, información confidencial, imágenes de rostros velados y cuerpos en primer plano practicando sexo extremo, un registro de los hombres con los que se acostaba por horas y orden alfabético…

Sí, ideas así eran las que le hacían darse cuenta de cuando algo deja de ser una distracción y se convierte en obsesión.

Borró los datos y se dijo por enésima vez que acostarse con Antje era algo que hacía en su provecho y, aunque fuese solo un pequeño avance, había conseguido que cediese respecto a la pista de las armas.

Eso era bueno porque aquella misma noche tenía una cita importante. Seguía sin coche —y eso era malo y demostraba que Heller no le había perdonado—, así que tendría que recurrir una vez más al transporte público. Abandonó el apartamento y bajó en el ascensor. Se detuvo un par de pisos más abajo. Un hombre de sesenta años largos y aspecto despistado subió con un teckel de color canela sujeto con una correa. Le saludó y se quedó cerca de la puerta. Dmitry permaneció al fondo y recordó la historia de Heller mientras el perro le olisqueaba los pies.

No fingía respecto a eso, respecto al miedo. Era algo que podía entender, resultaba duro vivir sin saber en quién confiar.

El ascensor se abrió y el hombre salió tras dirigirle una despedida amistosa. Dmitry olvidó a improbables asesinos a sueldo de la tercera edad y se dirigió hacia la estación de U-Bahn.

Se le fue casi una hora en llegar a Lichtenberg. Los edificios no eran vanguardistas, como los de Tiergarten, pero muchos habían sido reformados y presentaban fachadas de colores y algún que otro lavado de cara para hacer menos patente la monotonía de la estética socialista. Muy cerca de la estación se encontraba la antigua sede de la Stasi. Él había crecido con la *glásnost* y la *perestroika*, había visto desmoronarse la Unión Soviética y desmontarse una tras otra todas las mentiras que les contaban en la escuela. Cuando tenía dieciséis años solo pensaba en irse lejos y hacerse rico. Cuando le llamaron para el servicio militar obligatorio, ya había decidido que no volvería a Krasnodar ni trabajaría en el campo, pero tampoco tenía intención de quedarse en el Ejército.

Entonces empezaron a hablarles de gloria, de grandeza, de la sagrada madre Rusia y de los terroristas que mataban niños. Tenía dieciocho años y fue tan idiota de dejarse engañar una vez más.

Dmitry cargaba con sus propias culpas. Podía con ellas, pero no serviría más a los intereses de otro, ni al DGSE, ni al BND, ni al puto Ejército ruso. Si Heller pretendía utilizarle, haría lo mismo con ella. La usaría y recuperaría el control de su vida.

Llegó al lugar que buscaba y se detuvo antes de entrar. No se iba a hacer aquella clase de negocios solo. Echó de menos a Boris y su apoyo incondicional y sin fisuras. O a Václav. El Ejército era un lugar de mierda, pero allí había hecho amigos de verdad, les habría confiado su vida con los ojos cerrados. A falta de amigos, incluso la compañía de Girard habría sido útil. Por más que le pesara reconocerlo, Girard sabía lo que se hacía y además iba de frente. De frente y ante sus ojos se había llevado a Nadina.

Aquel nuevo ataque de conmiseración le hizo reaccionar. Empujó la puerta y entró al local. La música estaba alta y las luces eran como de un casino de Las Vegas. Era mucho más grande de lo que parecía desde fuera y los sillones y las mesas estaban ocupados por hombres de cierta edad y mujeres jóvenes de largas melenas alisadas, vestidos muy cortos y altísimos tacones. Ellas eran prostitutas y ellos sus clientes. La prostitución era legal en Alemania desde 2002, así que en las grandes ciudades habían proliferado macroburdeles como aquel de Lichtenberg.

Dmitry estaba acostumbrado a frecuentar lugares parecidos, nunca se había sentido a gusto en ellos, aunque se esforzara por ocultarlo. La primera vez fue al poco de entrar en el Ejército. Habían bebido, alguien lo propuso y no quiso ser él el que se rajase.

La mujer se desnudó y se tumbó sobre un colchón mugriento. No sería mucho mayor que él, veintitrés, veinticuatro años, pero parecía que hubiese dejado de ser joven hacía mucho tiempo. Mientras Dmitry se desvestía, ella esperó indiferente.

Tenía dieciocho años. Le gustaba el sexo, pensaba en él a todas horas. No pudo hacerlo, no se excitó. Ella dijo que estaba bien y que no tenía por qué pagarle, él se empeñó en darle el dinero de todos modos.

Fue lo más parecido a un trauma. La libido le bajaba a niveles mínimos cada vez que entraba a un prostíbulo. Sin embargo, cuando Nadina dijo que quería tener su propio apartamento y él se negó y le dijo que no necesitaba un apartamento, y ella se acostó en su cama —la cama de los dos— con uno de los hombres que trabajaba para él, Dmitry —después de que le pusieran una denuncia por agresión y despido improcedente— buscó a una prostituta y se acostó con ella.

—«No me importa. Me da igual con cuántas putas te acuestes».

—«A mí tampoco me importa cuántos tíos dejes que te follen».

Era fácil lastimarse, mucho más que amarse.

Había preguntado por el hombre con el que se había citado y esperaba en la barra frente a una cerveza que no había probado cuando alguien se le acercó.

—¿Dmitry? Soy Anton Volkov. Recibí su mensaje.

Tenía el pelo gris, las cejas anchas y pronunciadas bolsas bajo los ojos. Una chaqueta corriente y un jersey negro de cuello alto. Le acompañaban dos guardaespaldas vestidos con traje y corbata que sacaban treinta centímetros a Volkov y diez a Dmitry, que rayaba el uno noventa. Profesionales, nada de matones de tres al cuarto.

—Quiero agradecerle que me haya recibido. Sé que no le sobra el tiempo.

—No hay nada que me sobre, y menos que nada el tiempo. Dígame, señor… ¿Cómo era su apellido? Lo he olvidado.

—Lébedev —mintió usando el nombre que aparecía en el pasaporte que le había proporcionado Hardy.

—Lébedev —repitió—. Conocí a un Lébedev en Perm.

—No era yo.

Volkov rio.

—No, no se trataba de usted. El Lébedev que yo conocí acabó envuelto en un saco y en el fondo de un río —dijo como si fuese un detalle sin importancia—. ¿De qué quería que hablásemos?

—Tengo algunos socios en París. Poseen negocios parecidos al suyo y a veces llegan clientes interesados en comprar otra mercancía. He oído que tiene contactos que le permiten acceder a ella. Podría hacer de intermediario fijando la comisión que considere justa.

—París, bonita ciudad. Pero mi negocio está en Berlín, ¿por qué iba a tener tratos con alguien que vive tan lejos?

—Porque yo me encargaría de todo y usted solo tendría que entregar el material, y porque estar lejos es una ventaja. ¿Qué le puede importar lo que suceda en París?

Volkov dejó escapar una sonrisa bajo su aspecto de zorro viejo y desconfiado.

—Parece fácil y cómodo. ¿Qué es lo que querría exactamente?

—Nada complicado. Una docena de AK-47 serviría para empezar.

Quizá había ido demasiado lejos. Volkov lo observó silencioso. Los guardaespaldas esperaban solo una orden. Dmitry sabía lo que acostumbraban a hacer con quienes hablaban demasiado. Les rajaban la garganta y les sacaban la lengua por la tráquea.

No era el modo en el que le gustaría morir. No es que tuviese uno favorito, pero había algunos que le revolvían las tripas.

—Es una solicitud extraña —dijo Volkov—. ¿Quién le dijo que recurriera a nosotros?

—Un buen amigo.

—¿Y no le ha acompañado? —preguntó con una sonrisa casi cordial.

—He preferido venir solo.

Su interlocutor cabeceó aprobador.

—Es de admirar. Me gustan los hombres con iniciativa. ¿Y mujeres? —dijo cambiando con rapidez de tema—. ¿No estarían interesados sus socios en conseguir mujeres? Tenemos muchas. Ese es nuestro auténtico negocio —añadió señalando a su alrededor.

—Ya tienen mujeres. Es la otra mercancía lo que están buscando.

—Entiendo... Está bien, señor Lébedev —dijo con el tono rápido y ligeramente aburrido de quien se ve obligado a escuchar muchas propuestas que no le interesan—. Lo consultaré con mis proveedores y cuando tenga una respuesta volveremos a hablar y tomaré mi decisión. Mientras tanto puede venir por aquí siempre que quiera. Tratamos bien a nuestros clientes. Todos repiten.

—Se lo agradezco —dijo tendiéndole la mano. Volkov correspondió con un apretón firme antes de desaparecer acompañado de su séquito de escoltas.

No le pareció buena idea quedarse allí. Salió a la calle. Hacía un viento que cortaba, el U-Bahn ya no funcionaba y estaba perdiendo facultades. No se engañaba, si los papeles estuviesen cambiados y se encontrase en el lugar de Volkov, ni siquiera se plantearía tomar su oferta en cuenta.

Se subió el cuello de la cazadora y echó a andar. Al día siguiente tendría que explicarle a Heller por qué estaba intentando que un proxeneta ruso le vendiese armas.

CAPÍTULO 20

—Es una vía sin salida. Aunque consigas que te vendan las armas, ¿qué demostrarías?

—¿Te da igual que se vendan fusiles automáticos en Berlín fuera de cualquier control?

—No me da igual, pero es una operación de paja. Eres tú quien les está induciendo. Y no me sirve que ya hicieras algo parecido en Francia, aquí no hacemos las cosas así.

Heller no había respondido a sus mensajes en todo el día, pero la encontró esperando cuando regresaba a su apartamento después de pasar la tarde en un gimnasio del centro.

—¿No podemos subir y discutir esto arriba? ¿Crees que es buena idea hablar aquí fuera?

—Ya te lo he dicho, tengo prisa. No puedo entretenerme.

Estaba de mal humor. Había intentado besarla en el cuello. Ella se apartó y se pasó la mano para borrar el contacto. Fue un gesto tenso. Dmitry pensó que ya se estaba cansando de él. Tan pronto.

—Pues vete, ¿quién te detiene?

Antje acusó el tono. La hirió un poco más, pero no podía dejarlo así.

—¿Irás otra vez?

—¿Adónde? —preguntó, aunque supuso a qué se refería, pero prefirió que lo dijese ella.

—Al burdel de Lichtenberg en el que estuviste anoche.

Entonces creyó adivinar. Quizá lo había entendido mal, quizá no estaba harta de él, lo que estaba era celosa.

—¿Por eso estás enfadada? ¿Porque estuve en un burdel?

Dmitry tenía aquel gesto, como si fuera muy divertido. Antje se repitió que todo era culpa suya por enredarse con él. Ella sola se lo había buscado.

—Espero que esta vez sí usases un preservativo.

Trataba de ser dura, pero escocía. Durante la mañana se había resistido a mirar el registro de movimientos. Luego se había dicho que era su obligación. Vio el lugar e imaginó sus respuestas: la pista rusa, las armas..., pero conocía la práctica. No era necesario haber trabajado durante doce años en Inteligencia y tener acceso a los informes sobre la vida privada de políticos, diplomáticos, empresarios o delincuentes para saber que ninguno de ellos iba a un prostíbulo solo para charlar de negocios. Y cuando pensaba en Dmitry en ese lugar, apenas unas horas después de estar con ella en la cama, lo que sentía tenía un único nombre y era asco.

Él la cogió por el brazo. Antje trató de desprenderse, pero no la dejó. Se acercó más y la hizo retroceder hasta la pared, en aquella acera estrecha y concurrida, mientras más gente pasaba sin prestarles atención: una mujer musulmana vestida al modo tradicional y empujando un carrito de bebé; un *hipster* de barba cuidada y peinado de diseño escuchando música por los auriculares.

—No estuve con ninguna mujer. No he estado con ninguna otra desde que lo hicimos en el edificio abandonado de Tempelhof. Fui a Lichtenberg y solo hablé con Volkov. Estuve allí media hora. Puedes comprobarlo, aunque preferiría que confiases en mí.

Había estado cuarenta y dos minutos. Lo había comprobado. Lo peor era que no sabía si creerle. No sabía si quería hacerlo.

—Te prefiero a ti. Me gustas más tú. No te cambiaría por ninguna prostituta, Heller. ¿Es lo que quieres oír?

La empujaba contra la pared. Le susurraba al oído. Bajo su camiseta sentía la tensión de todos los músculos que acababa de trabajar en el gimnasio. La excitaba.

—Sube conmigo. Esta mañana me desperté pensando en ti. Ahora estoy pensando en ti.

La tomó de la mano y Antje adivinó a qué parte de su cuerpo pensaba llevarla. Se soltó como si le hubiese dado un calambre. Eran las siete, apenas atardecía. Un montón de gente había salido a la calle aprovechando que el sol lucía después de otro aguacero de finales de abril. No iba a dar un espectáculo a plena luz del día. Ya había hecho bastantes estupideces desde que cruzaron la línea en el Park Inn.

El tacto frío de su rostro, su respiración caliente, su cuerpo contra el de ella y lo que le hacía sentir, las ganas de que hiciera con ella más cosas sucias, exasperantes o tiernas…

—*Pozvol' mne tebya lyubit'*,[10] Antje —susurró.

No lo entendió, pero le dio vértigo. Tuvo miedo de ceder, se sintió mal y por una vez no tuvo nada que ver con el trabajo. Tenía cuarenta años, él, treinta. Se ponía enferma solo de pensar que pudiera alternarla con otras mujeres, a él le parecía gracioso. Su vida —su vida real— estaba en otro lugar, pero se consumía cuando la tocaba y, si se quedaba, haría algo de lo que después se arrepentiría.

—Tengo que irme.

Y él la soltó.

—Como quieras —dijo pasando de un momento a otro de la calidez a la irritación.

—Espero que te haya quedado claro que no tienes la autorización del departamento para negociar ninguna compra de armas.

—No dije que fuese a esperar tu autorización. Solo que te mantendría informada de lo que hacía.

—Tendrás que atenerte a las consecuencias.

—Nunca he dejado de hacerlo.

---

10 Déjame quererte.

También Dmitry comenzaba a estar ya cansado de mantener la partida siempre en tablas, de no avanzar y girar en círculos. Habría querido subir con ella a ese piso pequeño y rodeado de vecinos ruidosos, hacerle el amor en medio del pasillo y que lo de menos fuese quién vencía o convencía a quien. Aún no sabía a dónde iba a llevarles aquello, pero, a diferencia de Antje, no tenía miedo a averiguarlo.

—Advertiré a Baum —amenazó ella.

—Sí, hazlo, cuéntaselo —dijo él todavía de peor humor.

Se fue sin despedirse. Dmitry la miró alejarse y estuvo tentado de llamarla, pero ¿qué iba a decirle?

«No me pongas contra las cuerdas, Heller. Dame una oportunidad».

Llevaba semanas intentándolo sin éxito. Sí, había cedido un poco, pero no por eso se fiaba más de él.

Subió al apartamento. Era pronto para regresar a Lichtenberg, aunque le entraban ganas de ir solo para llevarle la contraria a Antje, pero se resistió. Era mejor dejar pasar unos días y esperar a que Volkov le diese alguna respuesta. Se quedaría el resto de la tarde allí, muerto de asco. Se haría algo de cena, leería un poco, lo hacía todas las noches para mejorar su alemán. Nada complicado, el libro que tenía entre manos lo había comprado en una estación de tren, algo sobre una presentadora de televisión que moría y volvía a nacer convertida en hormiga. Una historia completamente absurda que era justo lo que necesitaba para no pensar en por cuánto tiempo más debería quedarse en Berlín. También estaba comenzando a aprender español. Contemplaba varios posibles destinos para cuando recuperase el dinero. Le gustaba Costa Rica.

Se estaba cambiando cuando llamaron a la puerta. Iba a ponerse la camiseta, pero mientras pensaba en quién podría ser se le ocurrió que solo podía tratarse de Antje, que había cambiado de idea y quería pasar la noche con él —incluso discutir sobre Volkov, pero eso sería después—, así que abrió la puerta descalzo y solo con los pantalones de deporte que usaba para el gimnasio, con la excitación ya presente por la simple posibilidad y...

No había nadie.

El golpe llegó desde atrás, en el occipital, a pocos centímetros de la nuca; seco, brutal, metálico. La cabeza le estalló de dolor.

Cayó al suelo y luchó por no perder el conocimiento, pero solo logró ver unos zapatos de piel cuidadosamente lustrados. Antes de hundirse por completo en la inconsciencia le vino a la memoria el nombre de aquella novela sobre la mujer que se convertía en hormiga.

Maldito karma.

CAPÍTULO 21

La pesadez era peor que la de cualquier resaca. El dolor era intenso y localizado, empezaba en la base del cráneo y se extendía por toda la cabeza como si se le fuese a partir en dos. Poco a poco se hizo más tolerable, le permitió ser consciente de la situación. Se encontraba tendido sobre una superficie dura y elevada, tenía los brazos y las piernas sujetos por un material delgado, resistente y que se clavaba en la piel, hilo de *nylon* probablemente. Fácil de transportar, económico y eficaz. Propio de él. Vania solía decir que desaprovechaban los recursos. ¿Para qué gastar balas con los rebeldes apresados en los controles si de un solo tajo en el cuello morían igual?

Era verdadera mala suerte —o puto karma— que en un mundo tan grande hubiese ido a parar a manos de Iván Kuzmin, alias *Krovaviy*, Vania para los que le conocían de cerca.

Era solo cuatro o cinco años mayor que él, pero había hecho carrera en la Spetsnaz y alcanzó pronto el grado de teniente. Tenía habilidades naturales. Seguía conservando los rasgos finos e inquietantes, el cabello corto, de un rubio ceniza con la raya cuidadosamente marcada a un lado. Estaba sentado a poca distancia sin quitarse la chaqueta oscura, mezcla de lana y paño y aspecto de no haber sido nada barata, las manos cuidadas y una perfecta manicura y los impecables y relucientes zapatos negros. Otra marca de la casa. Era un maniaco obsesivo, además de un puto sádico.

Le había arrastrado a la sala y atado a la mesa con varios lazos corredizos. Si intentaba mover los brazos o las piernas, el hilo de *nylon* se cerraba alrededor del cuello. Le ahogaba.

—No me hagas perder el tiempo. Sé que estás despierto.

—Y yo sé que eres un hijo de perra, Vania, pero te has pasado de la raya. Te voy a abrir la cabeza cuando consiga soltarme.

—Cuando consigas soltarte… Me gustaría saber cómo piensas hacerlo —dijo con una leve sonrisa—. ¿No? ¿Nada que compartir? —insistió ante su silencio—. Está bien, comenzaré yo. Como ya imaginarás tengo mis propios planes. He venido a arreglar cuentas, Dimka.

Sacó un objeto del bolsillo de la chaqueta. Era una navaja de barbero. La abrió y la hoja relució limpia, cortante y muy afilada.

Intentó librarse de las ataduras en un acto reflejo y el hilo se cerró alrededor del cuello. Tragó saliva, aflojó la tensión y respiró despacio para no darle el gusto de que lo disfrutase. Fue inútil. Vania lo observaba con un placer malévolo.

—Esto te gusta, ¿verdad? Te encantan los putos juegos.

—Por supuesto que sí, pero no he venido aquí y me he tomado todo este trabajo para hablar de mí. No soy tan vanidoso, aunque pienses lo contrario. Prefiero que seas tú quien se ponga al día. Tienes tanto que contarme… Me desilusioné mucho cuando desapareciste de Grozni. Había tenido paciencia contigo porque pensaba que valías la pena. Tenías algo que te hacía diferente a los demás. No les gustabas a todos, pero los que te querían lo hacían a muerte. Te amaban. Dejabas huella en ellos.

—No me jodas, Vania. Desátame.

—Y, sin embargo, te fuiste sin avisar. Jugaste sucio. Yo esperaba algo de ti.

—Si lo que esperabas era que te comiese la polla, puedes seguir esperando hasta el día del juicio final.

Vania rio como si tuviera auténtica gracia.

—Qué seguro de ti mismo… ¿No has oído eso de «nunca digas de esta agua no beberé»? —dijo pasando el dedo por el filo de la navaja. Se hizo un minúsculo corte del que brotó una gota. Vania la limpió entre los labios—. Puede que llegue el día en que estés muerto de sed.

Le puso el vello de punta.

—Pero antes de pasar a la diversión debo hacerte algunas preguntas. Pura formalidad, ¿qué haces trabajando para los alemanes? —dijo cambiando el falso tono amigable por otro tan cortante como el filo de la navaja.

Dmitry tragó saliva.

—No trabajo para los alemanes. No trabajo para nadie. Solo trabajo para mí.

—Entonces, ¿por qué mataste a uno de nuestros agentes?

No intentó negarlo. Eso solo alentaría más a Vania.

—Vuestro agente iba a pegarme un tiro en la cabeza.

—Comprendo. Es una buena razón. Pero también Kurilenko tenía las suyas. Estabas en el lugar equivocado. Debiste recurrir a nosotros y ahora no estarías metido en problemas. Aunque quizá puedan solucionarse. —Se incorporó, le cogió por la barbilla y le echó la cabeza hacia atrás con brusquedad. Los músculos y los tendones del cuello se marcaron tirantes como el hilo que los apretaba. Vania le puso el filo de la navaja en la garganta, junto a la yugular—. Suplícame que te perdone la vida y tal vez lo piense.

Si se movía un milímetro, la hoja le cortaba la piel. Habló lo más despacio que pudo.

—Una mierda voy a suplicarte.

—Entonces buscaremos otra forma de solucionarlo. No sufras, no será rápido.

Le cortó, no en la vena, pero sí muy cerca. Un corte superficial que afectó solo a la piel, pero del que brotó la sangre en un hilo denso y tibio. Dmitry la sintió deslizarse por su cuello.

—Suéltame y prueba a intentarlo otra vez, cabrón.

—¿Tú con las manos desnudas y yo con la navaja? Sería interesante. Quizá un poco más tarde. Antes deja que vea hasta dónde quieres llegar —dijo llevando la hoja al pecho, justo al comienzo del esternón, como un forense que se dispone a iniciar una autopsia—. ¿Cuánto estás dispuesto a perder? Solo se trata de tu orgullo. No lo hagas más difícil. Estoy siendo generoso. Puedo entender que lo mataras, yo en tu lugar habría hecho lo mismo. Solo dime: «Por favor, por favor, Vania, libérame» —dijo dando un tono lastimero y de súplica a sus palabras— y te aseguro que lo haré.

Le gustaba jugar con sus víctimas, juegos crueles y caprichosos, y sobre todas las cosas le gustaba la sangre, le excitaba. Dmitry lo sabía, pero, si no hubiera sido así, le habría bastado con mirarlo a los ojos para adivinarlo.

—¿Esto te la pone dura, Vania? Suéltame y te mostraré lo agradecido que estoy. Tienes la navaja, tienes ventaja. ¿No confías en ti?

—Ah, Dimka —suspiró teatral—. Tenía muchas ideas acerca de nosotros cuando aún servíamos en la Spetsnaz. Es una lástima que nunca quisieras probar. Estoy seguro de que te hubiese gustado más de lo que piensas. A mí me habría gustado —aseguró llevando la navaja al extremo opuesto de aquel por el que aún escurría la sangre del primer corte. Trazó una línea recta desde la clavícula hasta la mitad del pecho de la que brotaron multitud de gotas que se unieron en otro pequeño reguero. Escoció como el infierno, pero dolió más la humillación.

Vania lo contemplaba como si fuera una obra de arte.

—Siempre deseé hacerlo. Espero que lo supieras.

Lo sabía. Todos sabían que disfrutaba por igual sometiendo a hombres o a mujeres. En el Ejército ruso y en cualquier otro caso, aquellos gustos podrían haberle costado la vida, una paliza de las que dejan al borde de la muerte como mínimo; pero nadie se había atrevido a volverse contra *Krovaviy* y se rumoreaba que eran muchos los que cedían antes que enfrentarse a él. Dmitry había procurado mantenerse a distancia. Ya tenía suficientes problemas en Grozni, la atención de Vania no era algo que deseara. Los últimos meses las cosas se habían complicado. Tenía que sacar de allí a Nadina, se había enfrentado con traficantes de drogas, había llegado a un acuerdo con otros a cambio de una parte de las ganancias, pidió muchos favores, algunos al teniente. Vania accedió a mirar para otro lado. Dmitry se largó antes de que llegase el momento de devolverlos.

Pero según las leyes del karma todo vuelve.

—Veamos, ¿qué te parece aquí?

Abrió otro corte transversal cruzando los oblicuos en la parte más baja del abdomen, despacio, más profundo y disfrutando de cada contracción de la piel. Dmitry gimió de pura impotencia. La sangre le corría por todo el pecho en hilos finos y se estaba mareando de repulsión. Cada vez que se movía, las ligaduras le cortaban la piel y la respiración, y para colmo tenía que ver a Vania disfrutándolo.

—Dime, ¿qué fue de aquella chica? La pequeña chechena rubia a la que escondías. ¿Cómo se llamaba? ¿Natasha? ¿Nadezhna? ¿Conseguiste sacarla de Grozni? —dijo haciendo un nuevo corte.

—No. Murió —aseguró sin dudar y apretando la mandíbula para no dejar escapar un gemido de dolor. Ante todas las cosas había intentado mantener alejada a Nadina de Vania. De hecho, no recomendaría a ningún ser humano estar cerca de él, pero ya por aquel entonces tenía la misma habilidad para estar informado de todo lo que ocurría a su alrededor.

—Mientes, pero lo entiendo. Todos tenemos debilidades. —Se inclinó sobre él apoyando las manos a ambos lados de la mesa. Acercó tanto su rostro al de Dmitry que pensó que iba a besarlo. Volvió a tensarse inútilmente y sintió asco, furia e impotencia, pero, en lugar de besarlo, Vania hundió la cabeza en su cuello y lamió muy despacio el rastro de sangre.

Le sacudió un escalofrío, se le erizó la piel y la adrenalina subió a niveles de fuegos artificiales. Incluso, y muy, muy a su pesar, la parte más sensible de su cuerpo experimentó una leve reacción. Consiguió contenerla pensando en las vísceras de Vania desparramadas por el suelo de la sala de estar, pero no tan rápido que él no lo notase.

—Sí, habría sido divertido. Es una pena que seas tan orgulloso.

Acercó la navaja al cuello. Dmitry esperó el golpe definitivo, pero, en lugar de rebanarle la carótida, Vania cortó el hilo de plástico. Seguía atado de pies y manos, pero ya no se asfixiaba si se movía.

—Es justo lo que me gusta de ti y no pierdo la esperanza de que un día cambies de idea. Relájate, no voy a matarte, sería un desperdicio, y tampoco espero que me supliques. No habría sido propio de ti —añadió malévolo.

Dmitry trató de recuperar el aliento, respiraba mejor, aunque seguía enfermándole el olor de su propia sangre.

—Eres un puto enfermo.

—Y tú un idiota arrogante que confía demasiado en su suerte —dijo reprendiéndole como si aún fuese su superior—. Te has dejado coger como un aficionado. ¿Qué haces en Berlín bajo la supervisión de *herr* Baum y estrechando relaciones con *frau* Heller? Oí que habías ganado dinero en París, vi las fotos con esas actrices norteamericanas de tetas operadas. ¿Qué has hecho con él?

—Lo perdí —dijo apretando los dientes y aún más furioso porque Vania conociera todos los detalles de su vida—. Por eso tengo que quedarme en Berlín, pero nunca he ido contra un camarada. ¿Por qué liquidasteis a Yilmaz y por qué quiso matarme vuestro hombre? ¿Ahora estáis de parte de los yihadistas?

—Yihadistas, americanos, alemanes... El SVR solo hace lo que es mejor para Rusia. Teníamos acuerdos con el BND y en este momento corren peligro, y tú andas paseando por Berlín, haciendo preguntas y metiéndote donde no te llaman, cuando los muyahidines ofrecen un millón de euros por tu cabeza. Un millón de euros, Dimka... ¿A quién enfadaste?

Aquella información le revolvió más el estómago, pero hizo cuanto pudo por no demostrarlo.

—¿Vas a venderme al DAESH?

—Tienes suerte de que no soporte hacer tratos con los muyahidines, pero otros no serán tan escrupulosos. Yo que tú tendría más cuidado. Si no, no podremos repetir —dijo acercando la navaja a la parte más baja de su vientre, amenazando con cortar más allá del elástico del pantalón de deporte—. Apenas hemos hecho más que empezar.

—Ponme otra vez un dedo encima y te juro que lo lamentarás.

—¿Me estás provocando? Voy a acabar pensando que lo estás deseando.

—Sigue soñando con ello mientras te haces una paja, Vania.

—Lo haré —dijo tras hacer un nuevo corte más doloroso e injuriante que los otros, tan cerca de la ingle que los pensamientos de abrirle la cabeza a Vania contra la pared lo ocuparon todo—. Transmite mis saludos a *frau* Heller. Dile que es una mujer afortunada y cuéntale que he sido razonable, pero que no es recomendable abusar de la paciencia del SVR. La próxima vez que quiera saber algo, dile que nos pregunte directamente. Puede que obtenga algunas respuestas. Me ha gustado verte, Dimka. Búscame cuando quieras probar algo distinto. Prometo esforzarme.

Se marchaba dejándole atados las manos y los pies. Prefería liberarse solo, aunque tuviera que desollarse la piel, pero lo retuvo un poco más.

—¿Cómo sabes tantas cosas? ¿Cuánto tiempo lleváis siguiéndome?

—¿Siguiéndote? Nadie está siguiéndote. No lo necesitamos. Llevas ese trasto —dijo señalando el localizador GPS de su muñeca—. Conozco todos tus pasos un instante después de que los des. Sé lo del apartamento de Tiergarten, tu visita a Lichtenberg, a qué gimnasio vas. ¿Me lo recomiendas? Podemos quedar allí alguna tarde.

Le noqueó que tuviera acceso a los datos del GPS. ¿Los robaba al BND? ¿Los compartían? ¿O solo quería hacerle dudar y llevaba días vigilándole? Vania esbozó una nueva sonrisa adivinando sus pensamientos.

—Adiós, Dimka. Hasta la vista.

Oyó la puerta cerrándose y gritó de pura frustración. Primero trató de soltarse, pero solo consiguió hacerse más daño. Después se obligó a pensar con calma y tras varios intentos consiguió volcar la mesa. Se golpeó contra el suelo con el hilo de *nylon* lacerándole y los cortes palpitando. Si volvía a encontrarse con Vania, lo estrangularía tan despacio que sería él quien suplicase que acabase de una vez.

Y seguramente le gustaría, pensó furioso, mientras se tensaba hasta conseguir deslizar una de las ataduras por la pata de la mesa y liberarse.

No se detuvo a tomar aliento. Se terminó de desatar, cambió el pantalón de deporte por unos vaqueros, se limpió con una toalla mientras soltaba maldiciones en ruso y se puso una camiseta sin pensar en curar los cortes ni en examinar más despacio las heridas. Cogió la cazadora y los dos mil euros que escondía en un sobre detrás de la nevera y dejó atrás todo lo demás.

Salió a la calle y no vio ni rastro de Vania ni de nadie que pudiera estar vigilando. Había anochecido y la calle estaba mucho más vacía que horas antes. Se dirigió a la estación y esperó en el andén desconfiando de todos los viajeros.

Cuando el tren se detuvo, entró en el primer vagón, pero, antes de cruzar la puerta, se arrancó el localizador GPS y lo arrojó a las vías.

Nadie más había subido con él y el resto de los pasajeros no le prestó mayor atención. El corazón le golpeaba sin control, se sentía vigilado, pegajoso y asqueado, enfermo del olor a su propia sangre. Se subió hasta el cuello la cremallera de la cazadora para tenerlo un poco menos presente.

En el BND las alertas estarían saltando, pero no tuvo ninguna duda de que había hecho lo correcto. Solo lamentó que hubiera sido Vania quien le empujara a tomar la decisión. Pensó en todo lo que le había contado, en el precio que habían puesto a su cabeza. Podía marcharse de Berlín, pero tendría que estar siempre ocultándose, viviendo con esa y otras amenazas pendientes. No quería hacerlo, no quería huir con el rabo entre las piernas, no era su estilo, pero si se quedaba necesitaría ayuda. No podría hacerlo solo.

Solo le vino a la cabeza un nombre.

Cuando vio la llamada, vaciló. Se había resistido a Vania, pero tendría que suplicarle a ella.

CAPÍTULO 22

—¿Van a tomar postre los señores?
—Nada más para mí, gracias —dijo Antje rechazando el ofrecimiento del camarero.
—Creo que todavía tengo un hueco —dijo el amigo de Daniel golpeándose el estómago. Era de constitución fuerte, algo pasado de peso, parecía muy capaz de comer no uno sino varios postres—. ¿Tú qué dices, Helga? ¿Lo compartimos?
—No debería —rio su esposa.
—Traiga la carta y ya decidiremos —pidió Daniel.

Los había conocido esa misma noche, pero no era esa la razón por la que a Antje le costaba ser cordial y todas las sonrisas que conseguía esbozar eran tensas. El restaurante, en plena Potsdamer Platz, era tranquilo y acogedor, Markus y Helga, una pareja agradable. Salir a cenar sin haberlo planeado, solo por un comentario que había hecho Daniel en el desayuno, no le provocaba mayor entusiasmo, pero últimamente apenas hablaban y pensó que no podían seguir esquivándose. Cuando llegaron al restaurante y descubrió que los hijos de Markus y Helga iban al *college* canadiense en el que Daniel quería matricular a Peter, se dio cuenta de que aquella cena improvisada era una encerrona.

No habría forma de evitar la discusión con Daniel y Antje comenzaba a sentirse sobrepasada. Ya había tenido un enfrentamiento aquella tarde con Dmitry y la razón se le antojaba ahora pueril, toda su relación con él era absurda e inconveniente. La decisión sobre el futuro de Peter era mucho más importante y se negaba a admitir que lo mejor para su hijo fuera irse a estudiar a Montreal, a seis mil kilómetros de Berlín. Sabía que a Daniel le preocupaban más motivos además del expediente académico, que desde que sufrió la agresión que la condujo al hospital se habían distanciado aún más y en ocasiones su marido la miraba como si fuese una desconocida, un riesgo en potencia. Además, sospechaba que de nuevo había «alguien más en su vida», y si todavía no habían hablado abiertamente de ello era porque Antje se resistía a aceptar que, después de veinte años de convivencia, lo único que les quedaba por acordar era dónde enviarían a estudiar a Peter.

Aquella era la conversación que la esperaba esa noche, en cuanto acabara la cena antes del giro de los acontecimientos.

Su móvil comenzó a sonar. Daniel reconoció el tono y apenas disimuló el malestar. Antje se levantó de la mesa y se excusó.

—Disculpad. Debo atenderlo.

—Condenados móviles… —dijo Markus—. Vivíamos mucho más felices sin ellos.

—No lo dices en serio. Gracias a los móviles ha sido como si los chicos no se hubiesen marchado. Hablamos más ahora que cuando estaban en casa —bromeó Helga.

Los dejó conversando y devolvió la llamada.

—¿Werner? ¿Qué ocurre?

—Es Dmitry. Su localizador ha dejado de registrar constantes. Acaba de llegarme el aviso. Si entras con tu clave, podrás verlo.

—¿Estás seguro? ¿No puede tratarse de un error?

—No hay ningún error. O lo ha arrojado en la estación de Hallesches Tor o ha sido él quien se ha arrojado —aseguró como si las dos posibilidades fuesen igual de plausibles— y hay algo más. He estado comprobando los registros. Hay muchos picos de estrés desde una hora antes, cuando aún estaba en el apartamento de Kreuzberg. No son normales, creo que le ha ocurrido algo. Algo grave.

Lo logró, consiguió preocuparla.

—¿Has intentado hablar con él?

—Es lo primero que he hecho y no ha respondido. Por eso te he llamado. ¿Quieres que envíe a alguien a Hallesches Tor a comprobar qué ha pasado?

—Espera. Intentaré localizarle y si no lo consigo volveré a llamarte.

Colgó y marcó el número de Dmitry. Aguardó el tono dando paseos impacientes y con la inquietud escalando puestos por momentos. Había estado con él hacía solo unas pocas horas. Habían discutido, sí, pero nada le había hecho pensar que tomaría una decisión tan radical como desprenderse del localizador, ni que hubiese una amenaza inminente planeando sobre su cabeza.

Pero no ignoraba que los peores golpes llegan por la espalda y a traición.

No respondía. Volvió a pulsar la rellamada. Ya iba a desistir y a decirle a Werner que enviase a dos agentes a Kreuzberg cuando oyó su nombre.

—Antje…

No iba a perdonarle, no olvidaría la angustia enroscándose dañina y fría en su cuerpo, no pensaba tener piedad con él ni ningún trato especial.

—¿Qué has hecho? ¿Cómo se te ha ocurrido? ¿Crees que puedes hacer lo que te dé la gana? Dime dónde estás y enviaré a una pareja de agentes a recogerte para que te conduzcan al BND.

—No voy a ir al BND y no pienso dejar que me recoja ningún agente. Solo hablaré contigo.

Su voz era tensa y determinada. Intentó darle el beneficio de la duda, pero aquello era demasiado.

—¿Sabes lo que me estás pidiendo? ¿Todo lo que estás poniendo en peligro?

—Te estoy pidiendo que confíes en mí. Voy hacia Alexanderplatz. Te espero en el Park Inn. Si no vienes, lo entenderé, pero me desharé del teléfono y me largaré de Berlín esta misma noche.

—Pero ¿qué...?

—Ven —la interrumpió y rogó de nuevo—. Ven, por favor.

La llamada se cortó. Antje se quedó con el móvil en la mano dudando entre la incredulidad y la indignación.

No iba a ir. No era responsable, no era justo, no era seguro.

Regresó a la mesa. El gesto de Daniel era forzado, Helga y Markus seguían conversando apacibles. No pretendió ser razonable, simplemente supo que allí estaba de más y que era más necesaria en otro lugar.

—Ha surgido un problema. Lo siento de veras, pero no tengo más remedio que marcharme.

—¿Es grave? —preguntó Daniel.

—Aún no lo sé. Quédate el coche. Iré en taxi.

—¿Estás segura? Puedes llevártelo. No me importa.

—Nosotros podemos llevar a Daniel —se ofreció Markus.

—No hace falta. Estaré bien. Lo siento mucho —repitió cogiendo el bolso y la chaqueta e ignorando las caras sorprendidas de Helga y Markus y la decepcionada de Daniel.

Salió del restaurante y caminó bajo las luces cambiantes y el espacio futurista de la cubierta del Sony Center. Cruzó Potsdamer y no tardó en encontrar un taxi.

—¿Adónde?

—A Alexanderplatz.

CAPÍTULO 23

Eran las once y diez y el hotel estaba mucho más tranquilo que la última vez que lo visitó. En el vestíbulo solo encontró a unos cuantos chicos y chicas con bolsos y mochilas a su alrededor, charlando en inglés y riendo.

La sorprendió por la espalda. Le pasó el brazo por detrás y se la llevó hacia los ascensores.

—Vamos.

La iba a matar de un infarto. Aparte del gesto huidizo no notó en él ningún daño. Quiso dar marcha atrás y tomar una decisión drástica. Enviar un mensaje a Werner y solicitar ayuda, pedir que se llevasen a Dmitry a un lugar donde dejase de ser un factor incontrolable. Lugares donde nadie pedía explicaciones. Existían sitios así, Antje conocía unos cuantos, no en Alemania, pero sí en Turquía o en Eslovenia.

Tenía los nervios a flor de piel. Las puertas del ascensor se abrieron y reaccionó instintivamente. Dio un paso atrás.

Dmitry se volvió hacia ella.

—No dejaré que te hagan daño. Te defenderé con mi vida. Los mataré con mis propias manos antes que consentir que te toquen.

La tomó por absoluta sorpresa aquella declaración, pero parecía tan convencido, tan leal... Le tocó el corazón, aflojó el nudo de la ira y la angustia de tal forma que se deshizo y se dejó conducir al ascensor.

Pero, cuando estuvieron dentro y ella trató de obtener una explicación, Dmitry evitó mirarla y lo postergó.

—¿Por qué no has respondido a Werner? ¿Por qué te has deshecho del localizador? Teníamos, tenemos —rectificó— un acuerdo.

—Te lo contaré, te lo explicaré todo. Solo dame algo más de tiempo.

Abrió la puerta de la habitación con la tarjeta magnética y en cuanto entró se deshizo de la cazadora y se dirigió al baño mientras se quitaba la camiseta.

Antje no daba crédito. Se comportaba de un modo extraño, pero algo parecido ya había sucedido otras veces. Él desvistiéndose y dando por hecho que no había nada que no pudiese esperar, que era más importante tener sexo que cualquier otro asunto que hubiera que tratar.

Y no estaba dispuesta. Se sintió defraudada y manipulada.

Hasta que se fijó en la camiseta tirada en el suelo y vio la sangre.

Le siguió al baño. Estaba desnudo, de espaldas. Pero de frente o de espaldas y pese a su sincera indignación de hacía tan solo un momento, le faltaba el aliento al verlo. Había fuerza en él aun cuando su cuerpo no era exageradamente musculado, no poseía esa apariencia artificial y excesiva de quienes viven por y para modelarlo. Antje lo miraba y, a pesar de todos los sentimientos contradictorios que Dmitry le inspiraba, habría querido acercarse a él, cerrar los ojos y abrazarse contra su espalda.

—¿Qué ha pasado? ¿De quién es la sangre?

No respondió. Abrió la cabina de la ducha y cerró la puerta.

Antje empujó la mampara. No iba a dejar que un cristal la detuviera.

—Dmitry, ¿por qué está tu ropa manchada de sangre?

Tampoco hubo respuesta. Abrió el grifo y elevó la cabeza para recibir el agua en la cara. La ignoraba. Antje se puso más nerviosa. Alzó la voz.

—Te he hecho una pregunta, ¿de quién es esa sangre?
El agua resbalaba por su cuerpo y caía teñida de rojo.
—¿Dmitry?
Se giró. Dejó que lo viera.
—¡Mía! ¡Es mía! ¿Satisfecha?
No pudo evitar retroceder. Tenía el pecho y el abdomen llenos de cortes, algunos ligeros y superficiales, otros abiertos y sangrantes. Pero no parecían el fruto de una pelea, no eran casuales, sino que guardaban cierto orden, cierto criterio estético, aunque la misma Antje se estremeció al pensar en aquella palabra referida a algo tan retorcido.
—¿Cómo ha pasado? ¿Quién ha sido?
—¿Recuerdas a Vania Kuzmin? Estaba en el expediente de Yilmaz. Lo encontré esperándome cuando subí al piso. Me tendió una trampa.
—Pero ¿por qué? ¿Qué pretendía?
—¡Porque es un puto psicópata y disfruta con esto!
Estaba alterado y ella también lo estaba. No lo entendía, pero trató de seguir una lógica, restablecer la normalidad, aunque era difícil viéndolo desnudo y mojado y con todas aquellas heridas marcándolo.
—Tiene que verte un médico. Vístete, iremos a uno y luego hablaremos con Werner. Le diré que estabas sometido a presión y que por eso te deshiciste del localizador.
—No voy a ir a ningún médico y no pienso ponerme otro puto localizador. Si no vas a ayudarme, ya puedes largarte —dijo metiendo la cabeza bajo la ducha.
—Hablaré con Baum, trataré de explicarle lo que ha ocurrido, pero no puedes desaparecer sin más. Tienes que presentarte en el BND y...
Golpeó el cristal y la hoja vibró bajo su mano.
—¡Lo sabía todo sobre mí, Antje! Tenía acceso a los datos, sabía lo del apartamento de Tiergarten y que fui yo quien mató a Kurilenko.
La aturdió. No sabía mucho de Kuzmin, mantenían una

relación tirante y a distancia con los rusos, pero había oído algunas historias sobre él. No eran compasivas.

—Entonces, ¿por qué te dejó ir?

Volvió a rehuir su mirada.

—No lo sé. Puede que fuera porque nos conocíamos.

—¿Porque os conocíais?

—En Grozni. Estábamos en la misma unidad.

Era mucha información de golpe. Sus certezas se tambalearon. Consideró la posibilidad de que Dmitry estuviera haciendo un doble juego, trabajando para ellos y para los rusos, para ninguno de los dos al cabo. Solo para su propia conveniencia. Tuvo la sensación de que todo se derrumbaba por momentos.

Se aferró a lo conocido, a las reglas, al compromiso adquirido.

—Lo investigaremos, pero tienes que volver a llevar el localizador y tendrás que prestar declaración…

No la dejó continuar, la tomó por los hombros, la acercó a su cuerpo y apoyó la cabeza contra la de ella. Antje se estremeció y dejó escapar todo el aire de golpe. Porque le empapó el rostro y la blusa, porque era el efecto que le producía su contacto, porque estaba desnudo y herido y ella afectada y confusa.

—Antje, Antje, escúchame —suplicó—. Te necesito, necesito que estés de mi parte. Os ayudaré a descubrir que pasó con Yilmaz y si el SVR está dando apoyo a grupos terroristas, pero tienes que creerme, tienes que confiar en mí.

La apretaba con fuerza. El agua pasaba chorreando en pequeños ríos tibios del cuerpo de Dmitry al de ella, golpeaba sobre su espalda y salía despedida en todas las direcciones. No podía pensar así, necesitaba un poco de espacio y calma, tenía que valorarlo, meditar los riesgos y las contrapartidas.

—Dímelo, Antje, dime que confías en mí y que estamos juntos en esto.

Y se decidió, sin pensarlo más, sin analizarlo.

—Estoy contigo. Sí, lo estoy.

Ya no esperó más para besarla. La abrazó y la giró con él, la metió bajo la ducha. Antje dejó escapar un grito de la impresión cuando el agua caliente le cayó de golpe y le puso el pelo chorreando, igual que la blusa, la falda estrecha y los zapatos de piel y tacones altos y finos que se había puesto para ir a cenar con Daniel.

Dmitry adivinó lo que pensaba, al menos una parte.

—Lo arreglaré —le susurró junto al oído—. Haré una hoguera para ti si quieres, pero no te vayas. Quédate. Quédate conmigo.

Y Antje tuvo la absoluta certeza de que era allí donde quería estar.

La besó con fuerza mientras el agua caía entre los dos y ella se aferraba a él para no caer, para no resbalar, para sentir que tenía algo seguro a lo que anclarse.

Pronto estuvo tan mojada como él, pero vestida. La blusa se le pegaba al cuerpo y se le transparentaba. Dmitry la miró y Antje se sintió presa de su mismo deseo, una necesidad salvaje, irracional. Ya solo quería cerrar los ojos y no pensar en nada, que estuviera dentro de ella, que la hiciera vibrar, que el agua no dejara de caer.

Le subió la falda, le desgarró el encaje de la ropa interior y las medias al tirar de cualquier forma de ellas, la empujó hacia atrás con su cuerpo, la cogió por debajo del muslo y la alzó hasta que la tuvo a la altura de la cadera.

Tan caliente, tan fuerte, tan invasivo y brutal… No lo habría cambiado por nada.

Lo hicieron contra el cristal, sin apenas separarse el uno del otro, sin dejar de besarse, con el agua enervándoles primero y después tranquilizándoles, ayudándoles a calmar el ritmo desenfrenado de sus corazones, lavando las heridas y el sentimiento de culpa, las dudas, los miedos. Los hizo sentirse aislados y a salvo.

Las piernas apenas la sostenían, era él quien la sujetaba. Le apartó el pelo de la cara y la besó en los ojos cerrados y en los labios, mientras el agua seguía derramándose.

—*Ty prekrasna,*[11] Antje.

Y no quiso preguntar porque ya sabía que era algo dulce, bueno y amable. Lo decía su acento más allá de cuáles fueran las palabras.

La ayudó a deshacerse de la ropa empapada y arrugada y la envolvió en jabón y caricias, mientras musitaba más palabras extrañas y cálidas. Antje se dejó hacer y supo que difícilmente podría negarle nada después de entregarle de aquel modo su cuerpo y su voluntad.

Fue una noche de decisiones sobre la marcha, como la de llamar a Daniel y decirle que no la esperase despierto o la de mentir a Dmitry cuando preguntó con quién hablaba y respondió que con Werner.

Sola frente al espejo pensó en la conversación aplazada con Daniel, en si realmente quedaba algo sobre lo que discutir o se estaba dejando arrastrar a un callejón sin salida, en todo lo que estaba arriesgando y en lo que daba por perdido.

El temor y el dolor punzante en el costado regresaron.

Pero cuando salió del baño vio a Dmitry sentado sobre la cama de aquella habitación impersonal que las medias luces hacían más acogedora. A través de la ventana se divisaba en primer plano la torre de la Televisión y todo Berlín parecía tranquilo y en paz. No había hecho una hoguera, pero había escurrido su ropa y la había tendido sobre el radiador. Seguía desnudo, los cortes ya no sangraban, pero algunas zonas continuaban abiertas e inflamadas.

Antje se olvidó de su propio dolor. Habría querido inclinarse ante él, curar sus heridas, besar cada milímetro de su cuerpo y olvidar lo demás.

La lastimaban aquellas ideas, pero cada vez era más inútil luchar contra ellas.

Recurrió de nuevo a su sentido práctico para apartarlas.

—Aún pienso que debería verte un médico.

Estaba ante él, con el albornoz puesto y el pelo ya seco

---

11 Eres hermosa.

cayendo sobre los hombros. Dmitry la cogió de la mano y tiró de ella.

—Los cortes se curarán solos. Olvídalos y yo también los olvidaré. Ven, quítate eso, quédate un poco más —dijo apoyando la cabeza contra su estómago.

No trató de resistirse. Incluso aunque su ropa hubiera estado seca, también lo deseaba: quedarse un poco más. Se deshizo del albornoz y se acostó junto a él. Dmitry la cubrió con la sábana.

—Me alegra que estés aquí.

Antje lo miró a los ojos, tan claros y expresivos, transparentes.

—Me alegro de estar.

Se quedaron dormidos y abrazados incluso antes de que ninguno de los dos pensara en apagar las luces.

CAPÍTULO 24

Las lámparas seguían encendidas cuando despertó. Apenas comenzaba a amanecer, el cielo estaba cubierto de nubes y el perfil de la torre se confundía contra el uniforme fondo gris. Dmitry dormía. Estaba tendido boca abajo, su brazo la sujetaba. Se deslizó con cuidado y salió de la cama sin despertarlo.

Su ropa estaba húmeda y arrugada, se la puso de todas formas y dudó antes de abandonar la habitación. Tendría que resolver muchas cuestiones ese día y Dmitry estaría entre ellas. Hablarían más tarde, pero primero debería solucionar otros asuntos.

Salió a Alexanderplatz y tomó un taxi. A su llegada se encontró con la casa suspendida en la calma previa a la agitación de la rutina cotidiana y las prisas. Se metió en la ducha procurando no hacer ruido y abrió el agua al máximo para no oír sus pensamientos.

Cuando salió del baño, Daniel y Peter desayunaban. Era de las pocas cosas que Antje hacía a diario: preparar el desayuno, pero aquella mañana él se había adelantado.

—Buenos días —dijo tratando de actuar con normalidad y mantener a raya el remordimiento al mismo tiempo.

—Hola, mamá —dijo Peter desviando solo un segundo la mirada del vaso de leche.

—¿Quieres que te prepare algo? —preguntó Daniel—. No sabía si ya habrías tomado café o pensabas acostarte.

—Tengo que volver a salir. No te preocupes, yo lo prepararé.

—Date prisa o perderás el autobús, Peter —le apresuró Daniel.

Peter siguió al mismo ritmo. Antje se sentó frente a él con la taza de café en la mano y lo observó. Había estirado y estaba más delgado, necesitaba un corte de pelo. Llevaba una camiseta que le veía puesta por primera vez y no tenía la menor idea de quién podía habérsela comprado. Cuando su hijo se dio cuenta de que lo estaba mirando, se levantó dejando el desayuno a medias.

—Adiós. —Cogió la mochila, le dio un beso rápido en la mejilla y salió corriendo hacia la calle.

Daniel lo siguió poco después. También debía apresurarse si no quería llegar tarde a sus clases en la facultad. Ella seguía frente a su café y lo veía moverse por la cocina.

—¿Hay algo de lo que quieras que hablemos? —preguntó deteniéndose, tenso, pero guardando las formas—. Puedo avisar de que llegaré con retraso.

Antje renunció. No tenía sentido seguir obviando lo inevitable.

—No —musitó.

Él no insistió, si algo reflejó su rostro fue alivio. Su desinterés no era una sorpresa, Daniel odiaba los dramas, seguramente tenía derecho a una vida con menos complicaciones, a alguien que lo convirtiera en el centro de su atención, un punto alrededor del que orbitar.

—He dejado los formularios de la matrícula de Peter en mi escritorio. Ya los he firmado. Espero que hagas lo mismo.

Se marchó y Antje se quedó sola en la cocina, asumiendo todos sus fracasos, incluidos el inminente alejamiento de Peter y el distanciamiento, ya irreparable, de Daniel.

Oyó a la señora Faber entrar con sus llaves. Se levantó, recogió la taza y se apresuró a marcharse posponiendo una vez más el momento de firmar los dichosos papeles.

Llegó al BND apenas diez minutos más tarde que cualquier otro día y pasó una mañana frenética. Puso a Werner al día respecto a Dmitry y le preguntó si era posible que el SVR hubiera accedido a los datos sobre sus movimientos. Él se negó a creer en la posibilidad de una filtración, pero reconoció que no era imposible interceptar la frecuencia del emisor. Después tuvo que elaborar un informe de urgencia solicitando que Dmitry quedase exento del sistema de seguimiento. Lo envió a Baum y lo firmó asumiendo la responsabilidad sobre la decisión. A continuación, llamó a Dmitry —y respiró mejor cuando le contestó al segundo toque— y le citó para una comparecencia esa misma tarde en el BND. Se dirigió a él como si siguiese siendo solo su supervisora y la respuesta llegó baja y reticente. Cuando colgó el teléfono rogó por que aquel frágil equilibrio no se desmoronase y se negó a pensar en por cuánto tiempo más podrían mantenerlo.

Estaba intentando volver a cogerle el pulso al día cuando Faaria irrumpió en su despacho. Debió interpretar su gesto, no era buen momento, pero no dio marcha atrás.

—He encontrado algo.

—Cuéntame.

Faaria cerró la puerta y Antje le dedicó toda su atención. A pesar de su juventud, nunca había tenido dudas sobre su capacidad. Llevaba solo tres años trabajando para el BND, desde que terminó la universidad. Había salido adelante sola pese a la muerte de sus padres y al brutal ataque del que ella misma había sido objeto. Cada vez que Antje recordaba todo por lo que había pasado Faaria, incluso el disparo en el ascensor perdía trascendencia, se convertía en algo banal.

—He recibido una llamada de una conocida: Malika. Es una asistente social con la que mantengo contacto. —No dio más detalles ni Antje se los pidió. Entre las razones por las que Faaria era tan valiosa, estaba la de que se movía en muchos niveles y en todo tipo de ambientes, tanto entre los barrios humildes repletos de emigrantes y trabajadores de baja cualificación, como en la reserva y el protocolo tras el que se escudaban los diplomáticos de Oriente Medio—. Se trata de una de las familias de su distrito, un matrimonio libanés y sus dos hijos. La madre está preocupada, dice que tiene miedo.

—¿Miedo? —preguntó Antje esperando algo más concreto.

—Miedo por sus hijos. Teme que se hayan radicalizado.

Las alertas saltaron. Antje no dudó de que la palabra de la asistente social merecía todo el crédito y todo su interés.

—¿Has hablado con ella? ¿Sabes quiénes son?

—No, Malika no quiere traicionar su confianza. Ha sido ella quien le ha aconsejado que hablase conmigo. Está dispuesta a hacerlo, pero quiere que le garanticemos que no les ocurrirá nada a sus hijos ni les acusaremos de ningún delito. Por eso quería discutirlo antes contigo, he pensado que podrías acompañarme y darle esa seguridad a la madre.

Había sido concreta y franca. Antje valoró las dos cosas. Podía haber antepuesto el logro personal, pero no había caído en ese error.

—Has hecho bien. Llama a la asistente social y dile que aceptamos todas las condiciones y que nos reuniremos cuando y donde ella nos diga. Si es hoy mismo, mejor que mañana.

El rostro de Faaria se relajó perceptiblemente. Había una rivalidad entre ellas que Antje habría querido evitar. Esperaba que aquello fuera un paso más en ese sentido.

—Te avisaré en cuanto tenga la respuesta —dijo saliendo del despacho.

Después del almuerzo recibió una llamada de Baum desde Hamburgo. Había leído su informe sobre Dmitry. Respondió a sus preguntas y procuró ser imparcial y concisa. Habría jurado que solo le concedió la mitad de su atención y acabó delegando la decisión en la recomendación del comité interno.

Estaba consultando el expediente de Iván Kuzmin —y revolviéndosele el estómago con la lectura, en especial con los informes sobre su intervención en el conflicto de Chechenia— cuando regresó Faaria con el bolso en una mano y un impermeable en colores vivos en la otra. Eran las cuatro de la tarde y estaba lloviendo otra vez.

—Malika acaba de llamarme. Ha quedado con la madre en el centro de salud dentro de media hora.

Antje recogió el bolso y la gabardina. Caminaba por el vestíbulo junto a Faaria cuando se cruzó con Dmitry. Llevaba otra ropa, pero la misma cazadora oscura, y tenía el pelo y el rostro empapados por la lluvia.

El corazón, el estómago y más órganos y músculos internos se le contrajeron. Cuando sus miradas se cruzaron tuvo la misma sensación de irrealidad que le provocaban las crisis de ansiedad. Lo escoltaban dos agentes para que prestase declaración ante los funcionarios que debían decidir sobre su expulsión. Si el dictamen era negativo, Antje podría oponerse, pero quedaría en una situación comprometida.

Pasaron de largo. Ella evitó mirar atrás, pero a los pocos segundos tomó el móvil y tecleó un breve mensaje.

Todo irá bien.

La respuesta llegó casi al instante, aunque no solo las palabras eran extrañas, también los caracteres.

Только потому что я доверяю тебе.

Fue directa a buscar la traducción.

«Solo porque confío en ti».

Estaban junto a la puerta. Faaria esperó a que terminara de escribir y preguntó:

—¿Va todo bien?

Antje guardó el móvil.

—Sí, todo bien.

—¿Qué ocurre con Dmitry? Tenía un aspecto extraño.

—Estaba mojado —dijo aséptica Antje sacando el paraguas del bolso y abriéndolo para resguardarse de la lluvia.

—Eso ya lo he notado —dijo Faaria aceptando la protección del paraguas—. Había algo más, su expresión... Nos ha visto, pero ha hecho como si no, estaba serio, y eso es raro en él. Además, parecía preocupado.

—Eres muy observadora —se limitó a decir Antje mientras corrían hacia el coche bajo el chaparrón. Cuando llegaron tenían los zapatos y los bajos del pantalón mojados a pesar del paraguas—. Será mejor que nos centremos en lo que tiene que decirnos tu asistente social. ¿Dónde está el centro de salud?

—En Neukölln.

Antje se incorporó al tráfico y procuró aplicarse la misma recomendación que acababa de hacerle a Faaria, pero se dijo que, en cuanto bajase del coche, debía acordarse de borrar la conversación con Dmitry, incluida la última frase que le había enviado.

«También yo confío».

CAPÍTULO 25

Era un consultorio de atención primaria, un centro de barrio lleno de madres que venían a las revisiones periódicas de sus bebés, de mujeres y hombres de todas las edades esperando para la consulta del médico de cabecera. Los pacientes eran tan diversos como el mismo Berlín, pero predominaban los de credo musulmán. El distrito era una zona de asentamiento tradicional entre los inmigrantes turcos a los que en los últimos años se habían sumado refugiados sirios y de otros países árabes. Muchos apenas se expresaban en alemán. En centros de salud y demás lugares oficiales, trabajadores voluntarios se ofrecían a hacer de intérpretes. En el caso de Malika, no era necesario ya que dominaba tanto el árabe como el alemán. La encontraron esperando en uno de los pasillos.

—*Marhaban,*[12] Faaria —dijo cogiéndola por las manos. Eran más o menos de la misma edad, la asistente social un poco más cerca de los treinta que de los veinticinco. Llevaba un pañuelo cubriéndole el cabello, pero el resto de su vestuario era occidental. La sombra de ojos y el brillo de labios realzaban sus rasgos mediterráneos, pero no conseguían disimular su preocupación—. Gracias por venir tan rápido.

---

12 Bienvenida.

—*Shukran*[13] —dijo Faaria devolviendo el agradecimiento—. Esta es Antje, va a ayudarnos con tu amiga.

Malika le tendió la mano y se la estrechó.

—Vino a hablar conmigo hace algunos días. Me contó que estaba preocupada por sus hijos. Los escuchó hablar entre ellos cuando pensaban que no los oía. Temía que estuvieran pensando hacer una locura. Traté de tranquilizarla, pero no quise restarle importancia. No sabía qué hacer y pensé en Faaria.

—Has hecho lo correcto —dijo Antje—. No queremos tener que lamentarnos cuando sea demasiado tarde.

Malika asintió apenas más calmada.

—Está dentro esperándoos, su nombre es Naila. Yo me quedaré fuera si no os importa. Creo que es lo mejor.

Antje estaba de acuerdo. Tanto si la conversación era amistosa como si se veían obligadas a ejercer presión, era mejor que Malika se mantuviese al margen.

Faaria sacó del bolso un pañuelo de un suave color azul claro, se lo colocó en un movimiento rápido y con aquel sencillo gesto consiguió transformar su aspecto. Adoptó un aire dulce y sereno, muy adecuado para combinarlo con el más duro y enérgico de Antje.

Cruzaron una mirada que valió por un «adelante». Faaria dio un par de golpes en la puerta y abrió sin esperar la respuesta.

—¿Naila?

No era una mujer joven, debía de rondar los cincuenta, pero la falta de forma de sus ropas, el velo blanco y el caftán pardo, y las profundas arrugas de su rostro, hacían que pareciese de mayor edad. Retorcía un pañuelo entre las manos y se notaba en sus ojos enrojecidos que había estado llorando. Se incorporó nada más verlas. Antje adivinó su intención y sus palabras. Las pronunció con rapidez, con un fuerte acento, pero claras y mezcladas con muchas excusas.

—Lo siento, siento haberles hecho venir, ha sido un error.

---

13 Gracias.

No tenían que haberse molestado, fui una tonta, no sé por qué le dije eso a Malika. Es muy buena conmigo, quería ayudarme, pero no hace falta. Siento que hayan perdido su tiempo.

Antje cerró la puerta y Faaria se quedó a su lado, un paso atrás y manteniendo el gesto cordial, pero haciendo equipo entre las dos para formar una barrera que dejase claro a Naila que no había marcha atrás. Era una estrategia sencilla, pero efectiva. La mujer se quedó inmóvil a pocos pasos de la puerta.

—No nos ha hecho perder nada. No tiene por qué hablar con nosotras si no lo desea, pero nos gustaría mucho que lo hiciera —dijo Antje usando un tono amistoso pero firme—. Por favor, no se vaya. No la entretendremos mucho tiempo.

No debía de ser el primer ni el segundo gran golpe que aquella mujer sufría en su vida, lo demostró la fatalidad resignada con la que regresó a su asiento. Antje tomó otra silla y se sentó, no enfrente, sino a su lado, junto a la mesa de la consulta. Era una salita pequeña, no sobraba el espacio. Faaria se quedó en pie a muy poca distancia.

—¿Son policías? —preguntó la mujer acobardada.

—No, no somos policías —dijo Antje— y no tiene nada que temer de nosotras. No pretendemos acusarla de ningún delito, lo único que queremos es ayudarla. Díganos, ¿hace mucho que vive en Alemania?

—Once años —respondió Naila alisándose el vestido. Lo estiraba una y otra vez con las manos.

—¿Y antes? ¿Dónde vivían?

—En el Líbano, en Beirut. Nos marchamos después de la *Harb Tammuz* —explicó dirigiéndose a Faaria.

—La Guerra de Julio entre Israel y Hezbolá —tradujo ella.

—Sí, la guerra. Teníamos miedo, nuestros hijos eran pequeños, conseguimos escapar antes de que cortaran las carreteras y vinimos a Berlín porque un hermano de mi marido vivía aquí. Le estoy muy agradecida a su país. Mi marido encontró un trabajo, tenemos una casa —dijo mirando a Antje.

—Conozco Beirut —intervino Faaria—. Viví allí durante

dos años, después de la primera guerra contra Israel y antes de la segunda. En el barrio de Raouché, cerca de la costa. Un lugar muy hermoso.

—¿En Raouché? —Por un segundo el temor desapareció del rostro de Naila y lo sustituyó el brillo de la añoranza—. ¿Frente a las rocas? Fuimos a esa playa muchas veces. Llevábamos a mis hijos todos los domingos.

—Mis padres también me llevaban allí a jugar. Siempre he deseado volver. Me gustaría hacerlo algún día.

—A mí también me gustaría —aseguró Naila conmovida.

Antje la dejó a solas con sus recuerdos de tiempos lejanos y felices durante unos pocos segundos. Después susurró con suavidad.

—Haríamos cualquier cosa por nuestros hijos, ¿verdad? Estoy convencida de que solo quiere lo mejor para ellos.

—Los quiero con toda mi alma —contestó un poco más serena—. Haría lo que fuera por evitar que sufrieran cualquier daño.

—Y tampoco quiere que se lo hagan a los demás. Estoy segura de ello.

Naila no contestó. Se limitó a bajar la cabeza, apesadumbrada.

—¿Le preocupa eso? —preguntó Faaria con voz llena de cariño. Antje la envidió. Nunca había sabido mostrarse de ese modo: atenta, dulce, afectuosa. No ya fingirlo, ni siquiera cuando el sentimiento era auténtico y el amor le desbordaba en el pecho, solo con Peter cuando era pequeño y podía mimarlo sin restricciones y quizá al principio con Daniel antes de empezar a comprender que los excesos emocionales le incomodaban. Luego aquel resquicio se cerró y ya no supo volver a abrirlo.

—Mis hijos son buenos, son estudiosos y trabajadores, nunca le han hecho daño a nadie —los defendió Naila.

—Estoy segura de que es así —dijo Faaria—, pero puede que hayan tenido malas influencias. Malika me habló de ello.

Por eso estamos aquí, porque queremos ayudarles. Cuéntenos lo que le preocupa. Sus hijos estarán bien, su familia no se verá perjudicada. Puede confiar en nosotras.

—Explíquenos sus temores y la apoyaremos —continuó Antje—. Le garantizo que nadie molestará a sus hijos. Podrá visitar las playas de Raouché este verano o quedarse en Berlín si es lo que desean. Nada cambiará.

—En realidad yo no sé, no sé nada —gimió y comenzó a alisar otra vez la tela de su vestido—. No es nada.

—¿No hay algo o alguien que la inquiete? —preguntó Antje—. Quizá alguna nueva amistad de sus hijos…

Naila aceptó aquella salida.

—Puede que haya un hombre.

—¿Sabe cómo se llama? —intervino Faaria con una impaciencia que delató un poco su actuación.

—No, no lo sé. Mis hijos lo llaman *muealam,* maestro.

Antje tomó la mano de Faaria. Funcionó. Dejó que fuese ella quien hiciese las preguntas.

—¿Cuándo supo de él por primera vez?

—En diciembre pasado. Fui a visitar a mi cuñada, pero había salido y regresé pronto a casa. Lo encontré hablando con mis hijos en la sala de estar.

—¿Y desconfió de él? ¿Tuvo algún comportamiento que le hiciera sospechar de sus intenciones?

—Entonces no. Pero luego…

—¿Sí?

—Luego vi cosas.

—¿Qué clase de cosas? —preguntó Faaria incapaz de estar callada.

—Es difícil de explicar. Se lo dije a mi marido y me riñó, cree que me preocupo demasiado. Pero yo sé que algo pasa, ya no me cuentan nada, no ríen como antes, cada vez están más tiempo encerrados en su habitación y apagan el ordenador cuando entro. Se han vuelto más religiosos. Siempre hemos sido creyentes, pero ahora son ellos los que nos censuran a mi marido y a mí. Y todo es culpa de ese *muealam* que les ha metido ideas en la cabeza.

—¿Qué edad tienen sus hijos? —preguntó Antje.

—El mayor ha cumplido veintiuno y el menor diecisiete.

—Son edades difíciles —afirmó pensando en Peter y en sus propias dificultades de comunicación y en lo fácil que resultaba, en cambio, que fuesen manipulados por cualquier extraño—. Hábleme de ese *muealam*, ¿sabe si sus hijos lo ven con mucha frecuencia?

—Estuvo semanas sin aparecer, pero regresó a primeros de este mes y desde entonces Yusuf y Kadiq están aún más extraños.

—¿En qué sentido? —preguntó Antje.

—No sé, como si estuviesen pensando en marcharse —dijo Naila rompiendo a llorar.

—¿Marcharse? —repitió Faaria—. ¿Adónde?

—No lo sé, no lo sé… —se lamentó Naila—. Apenas paran en casa, no me cuentan nada. Yusuf se abrazó a mí el otro día, le pregunté qué ocurría, se enfadó y dijo que siempre le estaba molestando, yo me quedé triste y más tarde vino y me pidió perdón. Y su hermano también hizo algo extraño. Tenemos un cuarto que usamos como trastero. Les he pedido muchas veces que me ayuden a limpiarlo, pero nunca me hacen caso. El viernes pasado Kadiq llegó temprano, entró en la habitación y se puso a vaciarla. Tiró todas las cajas y cuando terminó dijo que solo quería que estuviese contenta.

La mujer lloraba como si aquello fuese una calamidad, Antje y Faaria intercambiaron una mirada rápida y alarmada. Era una pauta común entre los terroristas suicidas; las familias relataban que el único comportamiento fuera de lo normal que habían detectado en sus hijos, sus maridos, sus hermanos, era que se volvían más cariñosos, más cuidadosos, más atentos. Se estaban despidiendo.

—Dice que los oyó conversar —preguntó Antje—. ¿Puede contarnos lo que dijeron?

—Malika me prometió que me ayudarían, que no les ocurriría nada malo —dijo Naila entre sollozos.
—Lo haremos, pero debe contárnoslo todo, debe decirnos la verdad para que podamos ayudarla —insistió Antje.
—Nadie perseguirá a sus hijos. Se lo prometo —dijo Faaria y llevó la mano hasta el brazo de la mujer en un gesto de amiga—. Se lo prometemos las dos. Créanos, Naila.
La mirada de Naila osciló entre la franqueza de Faaria y la seriedad de Antje. Debió decidir que no encontraría mejores alternativas.
—Dijeron que no tendrían que esperar mucho más, que se unirían a sus hermanos de Inglaterra, de Francia y de muchos otros países porque el *muealam* se lo había prometido, que muy pronto tendrían la oportunidad de servir a la fe.
Se hizo un silencio. Antje hizo todo lo posible por que su voz fuese normal y pausada.
—¿Y podría describirnos cómo es ese hombre? El *muealam*.
—No tiene nada especial, lleva barba al modo de los imanes y actúa como todos ellos, amistosos pero severos. No me inspiró confianza. Y su acento…
—¿Qué ocurría con su acento?
—Era francés. Aprendí francés de niña, en el Líbano. Él habla árabe, pero su acento es francés.
La mirada de Faaria voló hacia la de Antje. Ambas pensaron lo mismo.
No quiso llegar a conclusiones precipitadas. Buscó su móvil, lo desbloqueó y localizó una imagen de Alouni. La amplió y se la mostró a Naila.
—¿Se parece a este hombre?
Naila tomó el móvil. A Antje le costó no meterle prisa y Faaria tuvo que hacer un esfuerzo para permanecer callada.
—Sí, es él, el *muealam*.
Antje recuperó el móvil de manos de la mujer.
—Gracias, Naila. Nos ha sido de gran ayuda. Ha hecho bien en avisarnos. Este hombre es muy peligroso. Vamos a in-

vestigar lo que pretende y nos ocuparemos de que no suponga una amenaza para su familia ni para ninguna otra. Si vuelve a verlo no le diga nada, no actúe de un modo diferente, tampoco con sus hijos. Es muy importante. ¿Lo comprende?

—Sí, sí, lo entiendo, no diré nada, pero cuidará de mis hijos, ¿verdad? —dijo cogiendo las manos de Antje y apretándoselas—. Me lo ha prometido. Aún son niños, creen que son hombres, pero no lo son, no saben nada de la vida. Nos marcharemos, regresaremos al Líbano, pero no pueden enterarse de que he hablado con ustedes. No lo comprenderían. Me odiarán si saben que se lo he contado.

Su expresión era el vivo retrato del dolor. Antje intentó no agravar su angustia.

—Haré todo lo posible por que eso no ocurra. Tiene mi palabra.

Faaria murmuró algunas frases de aliento en árabe. Naila asintió un poco más calmada.

—La mantendremos informada. Déjenos su teléfono, le garantizo que no la molestaremos, solo por si necesitamos ponernos en contacto con usted.

Volvió a dudar, pero acabó dándoles un número, Faaria lo grabó y le envió un mensaje.

—Así podrá tener el mío.

—Y también puede avisarnos a través de Malika.

—¿Puedo irme ya? —rogó la mujer.

—Sí —dijo Antje—. Gracias por su tiempo.

—*Shukran* —repitió Faaria.

Naila estrechó sus manos despidiéndose. Las miró desde la puerta, dudando si añadir algo más, pero desistió y salió cerrando sin hacer ruido.

En cuanto estuvo fuera, Antje sacó el móvil.

—¿Werner? Te paso un número para que rastrees sus contactos, busca los nombres de Kadiq y Yusuf y ocúpate de establecer un operativo de vigilancia en torno a ellos. Es urgente. Salta todo lo demás y dale máxima prioridad. Estaré allí enseguida.

Cortó la llamada y se encaró con Faaria. La vio quitarse el pañuelo y guardarlo en el bolso. Se resistía a alzar la mirada, quería parecer indiferente, pero no lo era. No era posible quedarse al margen.

—Sabes que no hay otra opción. Si están implicados, habrá que detenerlos.

—Claro que lo sé, joder —dijo brusca y luego calló, avergonzada por el arrebato—. No me importan ellos, no son niños, son responsables de sus actos. Es la madre quien me preocupa. No merece esto.

También Faaria era joven. Antje había vivido lo suficiente para saber que los años no te hacían más sabia, pero sí te daban otra perspectiva.

—Debemos preocuparnos por todos. Es nuestra obligación.

—Lo sé, pero no te preocupes por mí. Estoy bien.

Apretó los puños y alzó los ojos decidida. Para Antje fue un alivio estar de acuerdo. Ya era bastante difícil, no quería enfrentarse a Faaria.

—¿Qué vamos a hacer con Alouni?

—Cogerlo. Cueste lo que cueste.

—¿Y cuando lo tengamos? Él es el verdadero responsable, es quien debe pagar.

—Buscaremos pruebas que le incriminen —dijo Antje más cortante.

—No las habrá. Sabes igual que yo que no las habrá.

—No, aún no lo sé —replicó dando por terminada la discusión. Faaria calló y Antje rebajó el tono—. No precipitemos acontecimientos. Ya decidiremos cuando llegue el momento. Tengo que regresar al despacho, ¿vienes?

—Quiero despedirme de Malika, iré un poco más tarde. No me esperes.

—Como prefieras.

La llamó cuando ya se marchaba.

—Antje, cuando llegue el momento de tomar esa decisión, recuerda que ellos no tendrían piedad.

El pequeño espacio de la consulta se hizo más opresivo, las paredes se cerraron en torno a ellas. Tuvo que aferrarse al pomo de la puerta para recuperar el dominio.

—Nunca lo olvido.

De hecho, todo el camino mientras regresaba a recoger el coche, lo hizo mirando una y otra vez atrás, comprobando que nadie seguía sus pasos.

CAPÍTULO 26

No había más de ocho o diez clientes en la cervecería. Varios se volvieron, dos incluso lo reconocieron y le hicieron un gesto con sus jarras de cerveza para que se acercase.

—Eh, tío, cuánto tiempo sin verte —dijo uno de ellos estrechándole por el hombro—. Pensábamos que ya no querías saber nada de nosotros.

—O que habías vuelto a tu país. Seguro que tienes a alguien esperándote allí. Las mujeres de Berlín son unas zorras frígidas, las rusas sí que son cariñosas, ¿tú que dices, Herbert?

Le dio un codazo a su compañero en la barriga cervecera, al que el aludido respondió con risas. Herbert y Kurt tenían treinta y muchos años, Herbert era obrero de la construcción, aunque llevaba varios meses en el paro, y Kurt trabajaba en una fábrica de repuestos concesionaria de Volkswagen, amenazada por los recortes de presupuesto tras el escándalo de la emisión de gases. Herbert estaba casado con una chica rusa que conoció por Internet, Kurt estaba divorciado y su mujer le había puesto una demanda por impago de la pensión. Los dos pertenecían al partido neonazi, eran islamófobos, homófobos y xenófobos —entre otras fobias— y a Dmitry le caían radicalmente mal.

—He estado ocupado. Me llegó un mensaje avisando de la reunión, pero no pude ir. ¿Cómo fue?

—Grandioso. Cada vez somos más. Gauland estuvo impresionante. Ese hombre sí que habla claro y sin miedo. Vamos a arrasar en las próximas elecciones. Mira lo que ha pasado en Francia con Marie Le Pen. Este domingo hemos quedado en ir todos al local del partido para ver los resultados. Verás qué cara se les queda a esos liberales de mierda cuando gane. Le daremos la patada en el culo a la Unión Europea, que se jodan los griegos, los españoles y todos los demás. Ya estamos hartos de que vivan de nuestras ayudas —dijo Herbert, que estaba más tiempo cobrando el subsidio del paro que trabajando.

Dmitry no era especialmente sensible a la problemática del enfrentamiento entre países más o menos prósperos y otros en crisis permanente dentro del marco de la Unión Europea ni era partidario de los subsidios, tampoco podía considerarse una persona amante de cumplir y respetar las normas, pero era de la opinión de que a Herbert y a otros como él les iría mejor si se dedicasen a trabajar duro en lugar de a quejarse. Sin embargo, encajaba sorprendentemente bien entre ellos. A ninguno parecía importarle que no fuese alemán, al revés, solo por el hecho de ser ruso asumían que pensaba de un modo similar. Además, muchos eran oriundos de la antigua RDA. Los lazos aún tiraban.

Creía que se había librado de ellos: de Herbert, Kurt y sus amigos, las rondas en la cervecería de Marzahn, los mítines y las concentraciones de los fines de semana. Pero, después de responder a las preguntas de los funcionarios de Asuntos Internos del BND, recibió un memorándum aprobando la petición de Antje para que fuese eximido del programa de seguimiento —dadas las circunstancias excepcionales que concurrían— y especificando cuál debía ser su área de actuación y las funciones que desarrollaría dentro de ella.

Su área era Marzahn y su función vigilar a los grupos neonazis.

Ni pensar en volver a Lichtenberg a tantear a Volkov sobre las armas, al menos por un tiempo y, en honor a la verdad, después del encuentro con Vania, se había replanteado si era buena idea exponerse o sería mejor optar por pasar desapercibido una temporada.

La semana se le había ido vigilando constantemente su espalda. Tenía un nuevo apartamento en Pankow en un estado aún más lamentable que el de Kreuzberg. Los cortes habían curado sin mayores problemas, pero las marcas todavía se apreciaban nítidas sobre la piel.

Se ponía enfermo, le entraban ganas de golpear algo cada vez que las veía.

Una mala semana. Apenas había hablado con Antje y solo por teléfono. Aparte de repetirle que se mantuviera alejado de Volkov y que no se metiera en más líos, no habían avanzado un paso. Le había dicho que estaba ocupada, que se encontraba en medio de un asunto complejo, que hablarían más despacio en cuanto encontrase el momento.

Eso fue el viernes. El lunes, después de estar pensándolo un rato largo y dudar antes de darle a enviar, le escribió un mensaje con la dirección de Pankow, aun cuando se suponía que la idea era mantenerse fuera del radio de acción del BND. Podría haberle dicho además que la esperaba, que cada noche al acostarse pensaba en la habitación del Park Inn y en ella durmiendo a su lado; pero aquellas frases se quedaron pendientes de envío.

Antje no respondió al mensaje ni apareció por el apartamento. Recibió una llamada suya la tarde del miércoles. Fue una conversación extraña, hecha de silencios. Ella le preguntó qué hacía y dónde estaba, pero no tenía el tono de otras veces, no era controlador ni autoritario. La imaginó sola en algún lugar concurrido y pensando en él. Había ruido de tráfico y conversaciones de fondo. Dmitry le habló de la cervecería de Marzahn, le dijo que iría ese viernes a última hora de la tarde.

Ella respondió que le informara si había novedades y colgó aprisa y sin despedirse.

Era viernes, así que en realidad no debería haberle sorprendido ni afectado hasta el punto de olvidar lo que le estaba diciendo a Kurt y quedarse mirándola como un idiota cuando la vio entrar en la cervecería.

—Nos están echando de nuestra casa, nos imponen su religión y sus costumbres, ¡violan a nuestras mujeres! Que se vuelvan a sus putos países. —Kurt se dio cuenta de que Dmitry no le prestaba atención. Se volvió y siguió la dirección de su mirada—. Hablando de mujeres...

Con la gabardina abierta que dejaba ver el traje de chaqueta y pantalón en color gris oscuro, los zapatos caros y altos, los labios perfilados en rojo mate y ni un solo cabello fuera de su sitio, como si se dispusiese a presidir el comité ejecutivo de cualquier gran empresa, Antje desentonaba en la cervecería de aquel suburbio obrero igual que lo habría hecho un jarro de vidrio con tulipanes en el centro de la barra.

Kurt se fijó en la mirada que ambos cruzaron.

—¿La conoces? ¿Eso es en lo que has estado ocupado? ¿Qué piensas, Herbert? ¿Lo habrías imaginado? Resulta que a Dmitry le gustan ya hechas. Tú mismo, pero donde estén dos de veinte...

Le dio otro codazo a su amigo y los dos rieron. Dmitry los ignoró.

—Os dejo. Ya nos veremos.

Se acercó a ella casi al mismo tiempo que el camarero y le interrumpió cuando preguntó qué iba a tomar.

—¿Nos vamos?

El aplomo de Antje se resquebrajó. Sabía que sucedería. Se había dicho que presentarse en la cervecería haría más fácil un encuentro neutro. Pero ningún lugar era suficientemente neutro cuando lo tenía ante ella y la miraba de aquel modo.

Necesitó de toda su fuerza de voluntad para no ceder y olvidar que tenían algo importante que tratar. Lo habría preferido mil veces, dejar la cervecería y que la llevara a aquel piso pequeño y antiguo al que se había mudado. Pero la realidad no cambiaría porque la ignorasen durante un par de horas y se sentiría peor si no se explicaba antes.

—Deberíamos hablar.

Él lo encajó solo regular. Ella se volvió al camarero y pidió una bebida con hielo y limón.

—¿Nos sentamos ahí? —preguntó señalando una de las mesas al fondo del local.

—Si es lo que quieres...

Kurt y Herbert los miraban sin disimulo, pero estaban lejos para oír la conversación y no había más clientes cerca.

—¿Estás bien? ¿Has vuelto a tener problemas? Quise venir antes, pero ha sido una semana realmente... —Antje hizo una pausa—. Ha sido una semana horrible.

Después de darle muchas vueltas y cuando no estaba en su mejor momento, cedió y firmó los papeles para matricular a Peter en el *college* de Montreal. Daniel y ella se lo explicaron durante la tarde del domingo. Fue tan malo como había imaginado. Peter se negó a razonar, no quería dejar su colegio y sus amigos, dijo que no se iría, que suspendería todas las asignaturas si le obligaban a marcharse. Estuvo agresivo y rebelde con los dos, pero sobre todo con Antje. Aunque habían tratado de mostrar una apariencia de acuerdo, Peter sabía que la idea era de su padre y había confiado en ella para que no se llevase a la práctica. Le había fallado. Desde entonces no le hablaba, se encerraba en su cuarto al llegar a casa y se marchaba sin desayunar por las mañanas.

—Estoy bien —respondió Dmitry—. Ningún problema.

Su actitud no correspondía con sus palabras. Había una reserva en él, se mantenía distante, desconfiaba. Quizá era su forma de reprocharle la ausencia de los últimos días, o adivinaba que necesitaba algo de él. O tal vez solo eran imaginaciones suyas.

La mala conciencia.

—Pero no has venido a preguntar por mi salud.

No, no eran imaginaciones suyas. No buscó excusas. Decidió ir directa al grano.

—Se trata de Saud Alouni. Lo hemos localizado.

El operativo de rastreo del móvil de Naila dio resultados y los llevó hasta Alouni. Habían seguido sus movimientos por Berlín y estaban comprobando hasta dónde se extendía el daño. Además de Yusuf y Kadiq, al menos otros cuatro jóvenes se encontraban bajo su área de influencia. Todos estaban siendo vigilados por el BND y ya contaban con base suficiente para alertar a la policía y proceder a una investigación oficial. Propaganda y activismo yihadista, movimientos de dinero sospechosos, estancias en países musulmanes en conflicto... Nada que motivase una condena prolongada, pero bastaría para desmantelar cualquier operación en marcha.

Era cuestión de horas —días a lo sumo— que se procediera a su detención. Solo estaban pendientes de un último cabo suelto.

—¿Está aquí? ¿En Berlín?

—Sí —dijo en voz baja Antje.

—Pero no vais a enviar a la policía a detenerle.

—No —reconoció bajando la vista hacia la bebida intacta.

No tenía sentido hacer lo contrario. Habría salido en libertad a las pocas semanas. Habían intervenido su móvil y rastreado sus pasos, tomado imágenes y grabado sus llamadas. Muchos indicios y nada concluyente. Antje había escuchado una conversación en la que Alouni bendecía a un joven horas antes de que este disparase a un policía francés.

La presentaron ante un juez, pero no la admitió por dos razones: la primera, porque bendecir no era sinónimo de inducir, y la segunda —y Antje sabía que era más que suficiente— porque la escucha era ilegal. Y aunque trataron de presentarla como casual y obtenida como fruto de otra investigación, el juez se negó a tramitarlo y les reprochó con dureza que no tuvieran algo más sólido.

Antje habría estado encantada de tener algo más sólido que ofrecer.

Dmitry aguardaba. La miraba y no dejaba traslucir sus pensamientos. Cogió aire. Sabía que no sería fácil.

—Alouni regresa a París el lunes para reunirse con un ciudadano francés con antecedentes por colaboración con yihadistas. Alertamos al DGSE y están de acuerdo en que debemos evitar esa reunión.

Se hizo un silencio tenso. Antje escuchó el rumor de fondo de la cervecería, las noticias en la pantalla de televisión, el camarero conversando con los clientes.

Él esperó a que Antje dejara de mirar a ninguna parte y le enfrentara.

—¿Por eso estás aquí? ¿Para que me ocupe de que Alouni no salga de Berlín?

Otra de las razones por las que había dejado pasar la semana sin verlo, sin dejarse tentar por el deseo de acariciar su piel y recorrer sus marcas, de sentirse envuelta y arrollada por él, era porque temía el momento en que tuviera que mirarlo a los ojos y pedirle que acabara con la vida de Saud Alouni.

—Sí. Así es.

Los segundos pasaron lentos. El rumor de fondo del local se hizo más presente.

—Lo haré —respondió en un tono bajo y monocorde—. Dime dónde puedo encontrarlo.

Antje se estremeció. Comprendió que en el fondo había esperado que se negase o al menos que opusiera alguna resistencia. Pensó en lo que sabía de él y en lo que desconocía, pero no le costaba imaginar. El tipo de cosas que sucedían en una guerra o cuando te conviertes en un traficante de droga. Buscó dentro de sí la indignación, el rechazo moral, pero pudo más la honestidad. No era mejor que Dmitry.

—El domingo por la noche acudirá a una última reunión con los jóvenes que ha captado en Berlín. Han estado viéndose en un local abandonado cerca de Warschauer Strasse. Es nuestra mejor opción.

El único cambio visible en Dmitry fue un endurecimiento de la línea de la mandíbula. Si se sentía decepcionado o frustrado por seguir encadenado en el mismo punto, encerrado en el círculo con o sin localizador GPS, era algo que no iba a compartir con ella. Después de todo, para Antje era solo trabajo. Un trabajo incómodo, pero no más que eso. Lo decía su gesto, más avergonzado que otras veces, cuando era solo su supervisora en Berlín. ¿Y qué eran ahora? Dmitry había llegado a creer que tenían algo distinto, pero ya no creía en nada.

—¿Eso es todo?

Sí, estaba avergonzada. Le costaba mantener la mirada.

—Es todo lo que puedo contarte. Tendrás que hacerlo solo, no puedo darte cobertura.

—Como con Mazeh.

—Sí.

—O aquel otro del que nunca llegaste a decirme el nombre.

—Así es.

—Y con el tipo del locutorio.

Se defendió, una mala excusa.

—Eso fue algo ajeno al BND, se trató de una intervención del DGSE —dijo muy bajo, pero con rapidez. Quizá, después de todo, sí que habría resistencia y era su trabajo vencerla—. Ni siquiera debería mencionarlo, pero esta operación ha sido acordada con ellos. Tu contacto en París insistió, dijo que te ocuparías. Por eso estás en Berlín, ¿no es así? Porque Hardy tiene tu dinero y no te lo devolverá hasta que hayas pagado por él.

El gesto de Dmitry se nubló más.

—¿Vas a decirme que si no lo hago lo perderé todo?

La habitual mezcla de temor y remordimiento fue más virulenta esa vez. Temió haber vuelto a levantar las barreras que antes o después se interponían entre ellos. Siempre estaban ahí, aunque ahora mezcladas con muchas otras piezas. Costaba encajarlo todo. Antje lo intentó, pero las imágenes se presentaban fragmentadas. Dmitry acariciándola, susurrando palabras extrañas y oscuras, amenazándola en la calle a plena luz del día, suplicando que confiase en él bajo un manto de agua. Dmitry capaz de lo mejor y lo peor todo al mismo tiempo.

—Olvídalo, no es necesario. Lo haré, recuperaré mi dinero y me marcharé de Berlín. —dijo de mal humor, levantándose antes de que Antje pudiera darle una respuesta—. *Do svidaniya,*[14] Heller.

Se quedó sola. Se suponía que ya tenía lo que quería. Ya podía volver a casa, esperar a oír las noticias y permitirse pensar que no tenía nada que ver con aquello, que era algo que había que hacer, algo ajeno a ella. Todas las mentiras que se había repetido otras veces.

Junto a la barra dos hombres la observaban, reían entre ellos. Antje sabía quiénes eran y qué pensaban. Quiso encontrar una distancia moral, una salvaguarda, y no fue capaz. Lo que regresó fue el dolor de estómago y la ansiedad. No les dejó imponerse. Después de todo solo eran mentiras. Tenía algo real y había dejado que se le escapara.

Se levantó de la mesa, pagó la cuenta y salió. Era noche cerrada, aunque la calle estaba llena de luces. Miró a ambos lados tratando de encontrar a Dmitry.

Tarde. Ya había desaparecido.

---

14 Adiós.

CAPÍTULO 27

La primera vez que le quitó la vida a otro ser humano fue al poco de estar destinado en Grozni. Los peores años, los de la táctica de tierra arrasada hasta no dejar un solo edificio en pie, ya habían pasado; no quedaba mucho más por destruir. Solo pequeños grupos de milicias rebeldes resistían en las montañas y, de cuando en cuando, hacían incursiones en la ciudad. Continuaban las emboscadas, las minas que saltaban al paso de los convoyes, los disparos de los francotiradores o los atentados suicidas de mujeres cargadas con bolsas de la compra que hacían estallar cinturones bomba frente a los puestos de vigilancia.

Los primeros días los vivió con una mezcla de valor y alerta constante. Valor porque no iba a echarse atrás, no era de esos; alarma por ver dónde se había metido, por haber creído lo que les decían en el servicio militar para que se alistasen como voluntarios: que el conflicto había terminado y solo se trataba de mantener la paz y acabar con los terroristas.

No había nada que mantener en Grozni. La ciudad era una pesadilla hecha de jirones de edificios bombardeados, de corrupción y muerte. Mandos y soldados se enriquecían con el mercado negro y la extorsión. Las mujeres aceleraban el paso y bajaban la cabeza si se cruzaban a lo lejos con las patrullas. En cambio, otras se te ofrecían, insistían en ello —la desesperación escrita en la cara— a cambio de un poco de comida.

Le daban lástima los niños que jugaban al balón entre los escombros a pocos metros de las patrullas. Luego, cuatro soldados de su misma unidad, hombres jóvenes recién llegados como él, saltaron por los aires hechos pedazos después de que les lanzasen una granada.

Lo hicieron los niños.

No había vuelta atrás, no existía ningún modo de salir indemne, la única opción era hacerse tan duro como el resto.

Al primer hombre al que mató lo acababan de detener en un control. Le dieron el alto y le gritaron que levantase las manos. El hombre empezó a gritar, a gesticular. Alzó las manos, pero se movía, no dejaba de rogar que no disparasen. Hablaba en ruso, aunque Dmitry no escuchaba ni tampoco Alexéi, su compañero. Todo pasó muy rápido. El hombre hizo un movimiento extraño, suplicó a la desesperada, Dmitry abrió fuego. Alexéi hizo lo mismo. El hombre se sacudió como si estuviese hecho de trapo. Dispararon hasta que se derrumbó con los brazos abiertos sobre el polvo.

El efecto fue parecido a un subidón de *speed* —también en el Ejército probó por primera vez las drogas—. No comprobaron si llevaba armas, lo remataron contra el suelo y lo dejaron allí tirado para que se ocupasen de él los cuervos. Se marcharon antes de que llegasen más insurgentes y él condujo el todoterreno a toda velocidad mientras Alexéi lanzaba tiros al aire.

En el cuartel Alexéi exageró hablando del fusil con el que el hombre iba a dispararles, sus camaradas los palmearon en la espalda y los invitaron a una ronda para celebrar que ya no eran novatos. Entonces tuvo el primer pinchazo de duda. Debió asegurarse. Debió tener el valor de comprobar si aquel hombre llevaba o no un arma.

Cuando llegó la noche, en el relato de Alexéi ya eran tres los milicianos armados que los habían atacado. Dmitry seguía pensando en los gritos de súplica del hombre, en su propio pánico cuando pensó que iba a dispararles. No conseguía dormir. Salió en medio de la noche del cuartel saltándose el toque de queda y esquivando a la guardia, ignorando la amenaza del arresto y el castigo.

Lo encontró donde lo habían dejado. Le habían quitado las botas, la ropa de abrigo, vaciado sus bolsillos. Si tenía un arma, ya había desaparecido.

Regresó sintiéndose estúpido, repitiéndose que había hecho lo necesario. Se coló en el cuartel y estuvo a punto de que un oficial lo pillase. Se excusó alegando que estaba mareado y necesitaba tomar el aire.

A aquella primera baja le siguieron otras. No faltaban las oportunidades: escaramuzas al doblar una esquina, grupos de rebeldes que se hacían fuertes en puntos de abastecimiento que después había que recuperar, órdenes de *limpiar* determinadas zonas. Pronto dejó de llevar la cuenta. Se adaptó, procuró ser más listo, actuar con la cabeza y no dejarse llevar por la ebriedad del poder y la sangre. Se fijaba en cómo prosperaban los demás, pero se mantenía al margen. Al menos hasta que se cruzó por medio aquella otra chica. Era chechena, aunque diferente a las otras. Nada espectacular al primer vistazo, pero tenía algo. Provocativa y descarada. Se pintaba los labios y, en lugar de esconderse, lo miraba a los ojos y sonreía.

No lo podía evitar y tampoco quería: le devolvía la sonrisa, le seguía el juego. Sabía lo que andaba buscando, lo que esperaba sacarle: un poco de dinero, algo de comida, una barra de labios nueva. Seguramente fantaseaba con que la sacase de allí. Era muy joven, demasiado, pero también él lo era por aquel entonces; así que no sintió remordimientos cuando una tarde al oscurecer la llevó detrás de uno de los muchos muros derruidos. Milena se dejó besar y acariciar y, en lugar de frenarle, lo urgió, así que lo hicieron allí mismo, de pie contra la pared.

Siempre tuvo la duda. Ella se hizo la valiente y actuó como si estuviese acostumbrada a hacer aquello todos los días, pero no le salió del todo bien. El brillo de sus ojos se parecía mucho a las lágrimas y su risa era quebrada. Seguramente era su primera vez.

Le hizo sentir mal, se dio cuenta de lo inexperta que era, aunque hubiese estado fingiendo lo contrario. Pero también él fingió y se hizo el duro, no quiso darle esperanzas, comenzó a evitarla. Milena empezó a mostrarse más ansiosa, insistía, le buscaba. A veces, él era débil y se dejaba querer. Lo que sentía por ella era más una vaga compasión, una sensación de estar en deuda, que amor. Cuando su edificio fue señalado como objetivo por albergar a colaboradores rebeldes, decidió que no podía dejarla morir, tenía que rescatarla. Así estarían en paz.

No pensó en su familia, ¿cómo iba a saber que tenía una hermana gemela? No podía arriesgarse a que alertara a otros. Se sintió aliviado cuando la encontró en el mercado y le propuso quedar aquella misma noche. Llevaban varios días sin verse, por eso no le extrañó que pareciese nerviosa y un poco desconcertada. Atractiva igual que siempre, de aquel modo extraño y perturbador, pero distante. Distinta.

No había hecho planes para después, no pensaba cambiar nada. No podía imaginar que aquella chica era una réplica aún más frágil y vulnerable de Milena, ni que la culpa le carcomería, que el remordimiento y el deseo se aliarían y desde aquella noche su vida giraría en torno a Nadina.

—«Me lo prometiste, Dima».

Todo aquello en lo que creyó, en lo que se empeñó; miraba atrás y comprendía que había estado viviendo en una mentira, una inmensa burbuja irisada. La salida rápida, el dinero fácil, los negocios prendidos con alfileres gracias a créditos y sociedades pantalla. Todo lo había puesto a sus pies para hacerse amar, para hacerse perdonar. Todo para nada.

Bajó del coche y cerró la puerta con un golpe seco. Era un Volvo que había alquilado esa misma mañana y debía devolver al día siguiente. Una racha de viento proveniente del Spree le zarandeó en cuanto puso el pie en Skalitzer Strasse. Le enfrió la cabeza y las ganas de culpar a Nadina. Si estaba allí aquella noche, dispuesto a acabar con la vida de Saud Alouni, era porque sus propios pasos —y sus errores, sus aciertos y sus fracasos— le habían conducido hasta ese extremo.

Pero el rencor persistió.

Cruzó Skalitzer en dirección al río sin dejar de dar vueltas a lo mismo. Llevaba todo el fin de semana con aquella idea fija, resentido con Nadina, enfadado con Antje, en guardia respecto a Hardy, furioso consigo mismo. Se sentía un instrumento en sus manos, algo de lo que te deshaces cuando ya no lo necesitas.

Una risa sonó desde algún punto distante del río. La mala sensación se acrecentó. Era demasiado arriesgado. Si alguien lo veía y daba aviso a la policía, todo se acabaría. Terminaría con un tiro en la cabeza antes de que tuviera tiempo de declarar.

Y seguramente sería Antje quien diese la orden.

Un sentimiento negro y cortante volvió a dominarlo, que se fuesen todos a la mierda. Lo haría, ejecutaría a aquel hombre como había hecho con otros antes. Le era indiferente si era un santo o un genocida. No iba a buscar justificaciones ni atenuantes. Les daría la cabeza de Alouni en una puta bandeja y luego continuaría solo.

La proximidad del río hacía que la temperatura fuese más baja, pero se notaba el avance de la primavera. El frío ya no helaba los huesos, era más fácil ver gente caminando por la calle aunque fuese noche cerrada y, sin embargo, tuvo el pálpito en cuanto lo vio. Lo supo antes de que dos vibraciones cortas sacudiesen su móvil. El lugar acordado, el hombre... Ningún mensaje. A partir de ahí estaba solo.

Lo siguió a distancia. Caminaba rápido con la cabeza un poco baja. Distinguió la barba crecida, la ropa corriente: una chaqueta, un pantalón oscuro, unas zapatillas de deporte. Dejó que se adelantase y fue tras él cruzando el puente de Oberbaum.

Avanzó bajo los arcos de ladrillo rojo y las torres, con las manos en los bolsillos de la cazadora y sin perderle de vista. Indigentes y yonquis dormitaban sobre lechos de cartón, algunos habían encendido una pequeña hoguera junto a la que se amontonaban botellas vacías. Alouni pasó de largo y Dmitry hizo lo mismo.

Continuó por Warschauer durante un tramo, pero pronto giró a la derecha por una de las calles laterales y desapareció de su campo de visión. Dmitry no aceleró el paso, sabía a dónde se dirigía.

Había muchos solares vacíos, viejas naves industriales cerradas hacía años y otros edificios abandonados en aquella zona de Friedrichshain. Alouni había estado utilizando una de ellas para sus reuniones. Pero, por mucho que esperase, esa noche nadie acudiría a la cita. A esa misma hora y en otros puntos de la ciudad, Yusuf, Kadiq y otros cinco jóvenes, miembros de la célula berlinesa de Alouni, estaban siendo detenidos. Utilizando la expresión de Antje, solo quedaba un cabo suelto.

Lo seguía a cuarenta, cincuenta metros. Las calles secundarias estaban mucho menos transitadas, de la avenida llegaba el rumor del tráfico y del río una bruma fría. Coches y bicicletas se alineaban en filas ordenadas junto a los portales y apenas se veían ventanas iluminadas en las fachadas.

Las luces y los bloques de viviendas se terminaron. Una alambrada delimitaba un solar lleno de árboles jóvenes y maleza y al otro lado se alzaba un edificio en obras.

Aceleró el ritmo y redujo la distancia entre los dos. Todo estaba vacío y en silencio. Apretó con más fuerza la Grach dentro del bolsillo. Le había puesto el silenciador, pero en el espacio abierto el sonido se oiría en muchos metros a la redonda. El ruido de sus propios pasos le pareció alarmantemente alto, sin embargo, Alouni no se volvió. Caminaba a un ritmo rápido y constante como el hombre que tiene una determinación y un propósito fijos. Pronto estuvo a una distancia segura para garantizar el éxito del objetivo. Sacó la Grach del bolsillo. Era ahora. Ahora o nunca.

Se detuvo y apuntó. Activó la mira. No lo necesitaba, pero prefirió asegurarse. Un minúsculo punto rojo apareció en la nuca de Alouni. Tan fácil... Bastaría con apretar el gatillo.

Quiso hacerlo, pero no sucedió. Permaneció parado en la calle mientras la distancia entre los dos se ampliaba. Dmitry había matado a muchos hombres, pero nunca había disparado a nadie por la espalda.

Se llamó estúpido en todos los idiomas que conocía.

Apretó la mandíbula, el rostro entero contraído por efecto de la tensión, lo llamó en voz alta.

—¡Saud! ¡Saud Alouni!

Se detuvo. Se volvió con lentitud. Sus ojos acostumbrados a la media luz que proporcionaban los focos lejanos registraron cada detalle, pero no mostraron sorpresa.

Separó los brazos del cuerpo.

—*Bismi-llahi r-raḥmani r-raḥim...*

Dmitry no entendía el árabe, pero había oído muchas veces los rezos. Siempre empezaban del mismo modo.

En el nombre de Allah, el clemente, el misericordioso...

La cabeza de Alouni se inclinó en un gesto de recogimiento y oración.

El punto rojo quedó justo en medio de su frente.

Entonces sonó el disparo.

CAPÍTULO 28

Apagó el contacto y se quedó sentado al volante. El silencio fue absoluto. Eran las tres de la madrugada. El cadáver de Alouni reposaba en el fondo del Spree. Se había deshecho de él sin interrupciones ni sobresaltos, se hundió en las aguas oscuras en cuestión de segundos.

Igual habría podido ser su cuerpo el que desapareciese sin dejar tras de sí el menor rastro.

Salió del coche. El eco de la puerta al cerrarse resonó con fuerza. La calle era aún más sombría que las de Friedrichshain. Las vías del tren transcurrían a pocos metros, las fachadas estaban ennegrecidas y llenas de pintadas, algunas cristaleras estaban rotas y electrodomésticos averiados se oxidaban en los patios traseros. En aquella zona de Pankow, las viviendas eran antiguas, construidas a principios del siglo XX. Habían sobrevivido a la guerra y la reunificación, pero la cercanía del ferrocarril y el mal estado de conservación general hacían que no mereciera la pena rehabilitarlas. Los propietarios las habían ido abandonando. Dmitry había conseguido las llaves de un ático en un quinto piso sin necesidad de mostrar la documentación ni firmar ningún contrato, seguramente porque el inmueble no cumplía las normas básicas de habitabilidad exigidas.

Tampoco había ascensor y la luz de las escaleras la proporcionaba una bombilla amarillenta. Más claridad solo habría permitido apreciar mejor los desconchones de las paredes y la suciedad de los suelos.

¿Cómo había ido a parar a aquellas ruinas? ¿Qué le retenía en Berlín? ¿Dónde más bajo iba a caer? ¿Cuántos hombres iba a arrojar al río?

Llegaba un punto en el que había que poner fin.

Estaba desengañado y asqueado, se sentía poco más que la basura acumulada en los rellanos. Le daba igual si Hardy consideraba que aquello saldaba sus deudas. No iba a seguir a sus órdenes y mucho menos a las de Antje.

La herida se reabrió. Heller era otro error. Había llegado a creer que la noche en el Park Inn marcaba una diferencia. Lo había sido para él. No más excusas ni subterfugios, quería más de ella, se le había metido en la cabeza y la piel, le hacía sentir completo y aceptado.

¿Y no era eso lo que pretendía? Era inteligente, tenía la experiencia, sabía lo que quería. Le había dejado creer que llevaba la iniciativa, pero nunca había perdido el control.

Luchó por mantener a raya el resentimiento y el orgullo herido. Muy bien. Ella ganaba, pero que no contase con él para más trabajos. Al día siguiente desaparecería del mapa y empezaría de cero en cualquier otro lugar, mejor si era en Puerto Limón o Puntarenas. Ya había tenido bastante frío para toda la puta vida.

Doblaba el último rellano cuando vio un retazo de sombra alargada dibujarse en la pared. Dejó de respirar, pero solo un instante. Se aferró a la empuñadura de la Grach y continuó ascendiendo al mismo paso. Entonces la sombra se movió. Salió a la luz. El rostro en penumbra y el perfil claramente revelado.

—Dmitry…

Las líneas angulares de sus facciones, las rectas de su traje formal, la gabardina que ya le había visto otras veces. Su voz expresaba alivio, pero no se fio. No dejó de empuñar el arma en el interior del bolsillo de la cazadora.

—No quise llamar. No sabía si estarías… —Antje se resistió a pronunciar las palabras—. No sabía dónde estarías. Solo quería asegurarme de que todo había ido bien. —Dmitry no contestó, así que continuó—: De que estabas bien.

Recordó todo lo que se había estado repitiendo hasta hacía un segundo. La certeza de que lo manipulaba, que no le importaba lo más mínimo, que le dejaría caer cuando ya no lo necesitase.

Respondió con frialdad.

—Estoy bien. Todo ha ido bien.

Antje no se conformó. Había sido una jornada de nervios de punta, coordinando las detenciones en cinco puntos distintos de Berlín mientras no dejaba de pensar en lo que estaría sucediendo en Warschauer, con el móvil en la mano y la tentación de llamar y suspender la operación, dejando pasar el tiempo hasta que ya fue tarde. Cuando salió del BND no se sintió capaz de regresar a casa y acostarse sin más. Había preferido ir a Pankow y esperar.

—Lo siento. No debí pedírtelo, de veras lo siento.

Dmitry ya no sujetaba la pistola, pero aún se resistía a creer en ella. No había olvidado. No iba a hacerlo.

—Perdóname, por favor.

Se acercó a él. Su mejilla junto a su mandíbula, los labios en la comisura de su boca. Solo una insinuación, un ruego. Escoció más. Como sal en la herida. Como un dolor que para apaciguarse necesita ser liberado.

—Deja que me quede. Déjame estar contigo esta noche.

No valdría con eso, no sería suficiente, no le valía con un compromiso para unas cuantas horas. Pero era difícil atender a razones cuando primaba el instinto.

La sujetó por la nuca y la apretó contra su boca. La besó con crudeza, con posesividad, con rabia.

No quería una noche. Quería todas sus noches.

Comenzó a tomarla allí mismo, en las escaleras. Sus manos tiraban de la piel de su rostro mientras la besaba, se hundían en su pelo, cercaban su cuello.

Su vida en sus manos. Todas las mentiras, la desconfianza...

Aquel sentimiento oscuro creció un poco más. Dmitry luchó por dominarlo. Por un segundo estuvo en un filo, a punto de caer hacia cualquiera de los lados, ganó el correcto, no era así, no la quería así. Cogió aire, recuperó la cordura y aflojó la presión.

—*Prosti*[15] —dijo soltándola—. No pretendía hacerte daño. No tienes por qué quedarte. Márchate. Estoy bien. Estaré bien.

Antje abrió los ojos y parpadeó tratando de enfocarle. Había creído que iba a usarla allí mismo, contra la pared; que otra vez descargaría en ella la tensión y la ira acumuladas y volverían a estar en tablas. Y se lo habría dado si era lo que necesitaba, lo que podía aliviarle, habría aplacado así su propia culpa, pero tampoco a ella le bastaba con eso.

—No me has hecho daño y no quiero ir a ningún otro sitio.

Y lo besó despacio. Él tardó en responder, pero cuando ocurrió su caricia fue tanto o más lenta que la de ella. Luego se fueron acelerando, la temperatura subiendo por momentos igual que la frecuencia de sus respiraciones.

—*Ty svodish' menya s yma*[16] —dijo mordiendo sus labios.

Y fuese lo que fuese lo que significara aquello, Antje se alegró de provocarlo. Reconocía el sentimiento, lo compartía.

—Ven. Vamos dentro.

Abrió la puerta, pero no dio las luces. La llevó besándola, tropezando a oscuras con los muebles. Solo cuando estuvieron en el dormitorio, Dmitry encendió una pequeña lámpara.

—Quítatelo —le pidió a la vez que le arrancaba la ropa—. Quítatelo todo. Suéltate el pelo —dijo terminando de deshacerle el peinado—. Me gusta verte así.

Desnuda, sin artificio, como la noche en el Park Inn, solos ellos dos y la noche fuera. Desnudos y abrazados entre las sábanas arrugadas de la cama sin hacer. Por más que a Dmitry

---

15 Perdón

16 Me trastornas

le deprimiese ver la cama revuelta, solo la hacía justo antes de irse a dormir.

Pero ahora tenía a Antje y le daban igual las sábanas, le daba lo mismo la voz que aún protestaba: *idiot, derevenschina, durak*...[17]

Le haría caso más tarde.

—Ven aquí.

La abrazó, la comió a besos, la amó tan despacio y tan de cerca, tan unido a ella, que sintió en su piel cada contracción, cada estremecimiento de Antje. Olvidó las dudas, la oscuridad, se hundió profunda y lentamente en su cuerpo y solo pensó en su calor, en su suavidad candente, en el instante perfecto en el que todo encajaba. Más si era él quien estaba encajado en ella.

Antje gimió arqueándose.

—Eso es, *moya liubov,*[18] un poco más —la apremió atrayéndola por la cintura hacia sus caderas, las palabras como melaza, espesas, calientes y resbaladizas.

Ella dejó escapar todo el aire de sus pulmones y se llenó más de él. Por completo.

—Dime que me quieres así, Antje.

Lo quería. Odiaba la sensación de vacío cuando la abandonaba.

—Te quiero así. Te quiero.

Dmitry se tensó. Antje se mordió los labios. No debió decirlo.

—Repite eso.

Sonó cortante y Antje calló. Él regresó a ella, muy, muy despacio y muy hondo.

—Repítelo —dijo más bajo y más suplicante.

Y ya no se hizo rogar.

—Te quiero.

Después ya no fue capaz de pronunciar más palabras ni él

---

17 Idiota, ignorante, estúpido.

18 Mi amor.

se las pidió. No hasta que todas las cuerdas internas que sujetaban sus articulaciones se soltaron a la vez y se deshicieron arrastradas por la corriente. Los dos rendidos, impregnados el uno del otro, la piel latiendo en pequeños temblores seguidos de sucesivas réplicas.

Dmitry apoyó la frente en la de Antje.

—*Ya tebya lyublyu*.[19]

E incluso Antje sabía lo que significaba aquello.

Se quedaron en silencio. Unos segundos de paz. Hasta que regresó el frío de la casa vacía durante horas. Las manchas de humedad de las paredes. La realidad.

Había un sentimiento denso y negro dentro de él. Nunca se iba del todo. Le impedía aceptar sin más cuando recibía algo bueno. Le hacía adelantarse y rechazarlo para no dar tiempo a que se lo quitaran. Era más fuerte que él y una vez más retornó.

—No tenías por qué hacerlo. No necesitabas montar todo esto.

Antje se quedó helada de golpe.

—¿Qué estás diciendo?

No contestó. No la miró. Ella trató de conservar la calma, pese a la indignación.

—¿Crees que lo tenía preparado? ¿Que he estado esperando mientras planeaba acostarme contigo para seducirte o para ganarte o qué es lo que crees?

Estaba alterada. Dmitry también era especialista en perder los papeles con rapidez. Levantó la voz.

—No lo sé, dímelo tú. ¿Por qué lo haces? ¡Por qué razón desearías acostarte con alguien que acaba de arrojar un cadáver al río!

Antje se quedó muda. Todas sus razones, sus argumentos, perdieron peso. Recurrió a la justificación que se daba a sí misma.

—Tratamos de evitar un mal mayor. Era un mal hombre, un peligro.

---

19 Te quiero.

Dmitry se rio sin humor.

—¿Y yo soy bueno?

Ella se sentó sobre la cama y deseó tener algo entre las manos. Hacía años, cuando aún estaba en la universidad, fumaba. No muy a menudo, solo cuando necesitaba calmar los nervios. Lo dejó y no había vuelto a caer, pero a veces lo echaba de menos. Aquella era una de esas veces.

—Yo no soy mejor. Te pedí que lo hicieras.

Él se resistió a aceptarlo.

—No es igual. No harás que lo crea.

Antje dudó. No era prudente hablar, le daría un arma más en su contra. ¿Pero no se las había dado ya todas? Si alguien merecía saberlo, era él.

—¿Quieres que te cuente algo?

El maquillaje había desaparecido de su rostro. Le hacía parecer más franca, más sincera, más cercana y cálida.

—No vas a convencerme de que has matado a alguien con tus propias manos.

Ella sonrió apenas. En realidad, no fue una sonrisa, solo sus labios estirándose en una fina línea.

—No fue con mis manos. ¿Recuerdas al hombre del hotel Marriott? El febrero pasado. Aquel del que no llegué a decirte el nombre.

Lo recordaba perfectamente. Cuarenta años, aspecto de ejecutivo. Recordaba cómo había muerto con una bolsa de plástico alrededor de la cabeza porque ella había dicho que debía parecer muerte natural. Recordaba lo cerca que había estado de ser él quien acabase estrangulado por el hombre del Marriott, que era cualquier cosa menos un ejecutivo. Recordó la fuerza con la que había odiado a Antje entonces y parte de ese odio resurgió.

—Sí, lo recuerdo.

—Se llamaba Krieg, David Krieg. Era el hombre que me disparó en el ascensor.

Lo dijo con la mayor serenidad que pudo, pero tuvo que

sujetarse las manos para evitar que temblasen. Nunca había hablado de ello. Jamás lo había reconocido en voz alta. Actuó a espaldas del BND y siguió el rastro de Krieg. Escogió a Dmitry porque era un recién llegado y esperaba que no durase mucho en Berlín. Había estudiado su expediente, era inestable, escaso de escrúpulos, aguantaba mal la disciplina, le gustaba el lujo.

A Antje le costaba conciliar el sueño, el dolor en el costado no solo no desaparecía, sino que se agudizaba. Cada vez que estaba en un espacio pequeño y cerrado tenía palpitaciones. Le aterraba pensar que Krieg regresase a rematarla o que hiciese daño a Peter.

Lo midió todo, lo puso en una balanza y decidió que su mundo sería un poco más seguro si Krieg desaparecía.

—¿Es verdad? —preguntó sin saber si creerla. Era irracional, pero lógico a su modo. La clase de motivación que Dmitry podía aceptar y comprender.

—¿Por qué iba a mentirte? Es la verdad. Quería que muriese. No fue ético ni justificable ni admisible, pero no me importó.

Al principio también ella le había odiado por eso, porque conocía su culpa. Su sola presencia se lo recordaba. Había sido más fácil descargar en él toda la responsabilidad.

—¿Y volverías a hacerlo?

Apenas dudó.

—Sí, lo haría.

—Bien, porque me alegro de que esté muerto.

Estaba muy cerca, no se había afeitado, tenía el rostro serio, el pelo corto y revuelto, sus ojos eran muy claros, era más joven que ella y a veces esa diferencia le parecía a Antje una eternidad. Pero había algo más acerca de lo que no había mentido. Lo que sentía por él ya no era miedo, o en parte sí, pero de otro tipo. Miedo a perderlo.

Lo besó de nuevo y otra vez acabaron enredados, pero, cuando trató de sujetarla, se lo impidió y fue ella quien se volcó sobre él. Antje no se guardó nada. Le devolvió todos los bocados, besó cada cicatriz, le hizo rogar por más en varios idiomas y, cuando Dmitry se corrió por tercera vez esa noche, le susurró de nuevo eso que tanto le gustaba oír.

—Te quiero.

Eran las cinco y media y amanecía tras los cristales. El cielo estaba despejado y prometía una mañana radiante. Dmitry pasó el brazo por la espalda de Antje, la atrajo hacia sí y cerró los ojos sabiendo que ni al día siguiente ni al otro ni en un futuro cercano se marcharía de allí.

Después de todo quizá se había estado engañando respecto a Berlín. Quizá no era tan frío, gris y deprimente. Quizá solo necesitaba aceptar que ya formaba parte de esa ciudad que no escondía sus heridas.

—*U menya yest' ty*[20] —susurró abrazándola.

Y que ella era parte de él.

---

20 Te tengo.

CAPÍTULO 29

—Enhorabuena, Antje. Un gran trabajo.
—Gracias, Helmut. Ha sido un logro de todos. El departamento está muy satisfecho con los resultados.
—Transmite mi felicitación a tu gente. Diles que estamos orgullosos.

Helmut Schnitzler era uno de los directores de Logística del BND y la suya otra de las muchas felicitaciones que había recibido en los últimos días. La noticia de las detenciones había saltado a los medios junto con la filtración de que se había impedido un atentado masivo. Aquello había desatado una corriente de entusiasmo que se traducía en enhorabuenas por los pasillos y múltiples llamadas telefónicas. Todos los indicios materiales, así como los antecedentes de Saud Alouni, apuntaban hacia la preparación de una acción conjunta y letal que había sido detenida en una fase temprana. El BND seguía investigando en colaboración con la policía y esperaban obtener más datos de los interrogatorios a los detenidos.

Pero eso ya no entraba en su área de responsabilidad y, aunque quedaban algunos flecos por resolver, toda aquella semana Antje se había dejado llevar por la sensación de alivio tras muchos días de tensión. Faaria, Werner, el mismo Baum... Todos habían recibido las mismas muestras de reconocimiento por parte de sus compañeros. Eran cientos las personas que trabajaban en la sede de Neubau y por norma los éxitos no eran comentados ni compartidos —ni los fracasos—, pero la repercusión de la noticia había hecho que aquella fuera una excepción.

Baum apareció por uno de los pasillos. Antje llevaba solo unos minutos esperándole.

—¿Vamos?

—Cuando quieras.

Tenían una reunión en el ministerio del Interior con altos cargos gubernamentales y representantes de la Policía Federal para explicar el alcance de la operación e intercambiar propuestas acerca de futuras acciones. Los esperaba un coche oficial. Antje y Baum subieron atrás. Una mampara de cristal los separaba del conductor.

—Preciosa mañana —dijo Baum en cuanto el coche salió a la avenida.

Estaban a mediados de mayo. Los árboles lucían verdes y frondosos, durante toda la semana había brillado el sol y las temperaturas animaban a salir a la calle y tumbarse en la hierba de los parques.

Antje lo sabía porque lo veía a través de la ventana de su despacho. Durante las últimas dos semanas se había estado marchando del BND cuando ya había anochecido. Los motivos eran de trabajo, pero tampoco era como si en casa la echasen de menos. Peter seguía sin hablarle y Daniel se había limitado a dar por hecho que su ausencia tenía que ver con las detenciones anunciadas en las noticias.

Cuando tenía un poco de tiempo libre, no lo utilizaba para llegar antes a casa. Lo que hacía era irse a Pankow.

—¿Sabemos algo de Abbas Gharied?

—Seguimos buscándole, pero trabajamos con la posibilidad de que haya salido de Alemania. Estamos revisando las grabaciones de estaciones de tren y autobuses y comprobando los datos de las agencias de alquiler de coches. ¿Has leído los informes? Todos los detenidos pensaban salir de Berlín en las próximas semanas. Ya habían comprado los billetes.

Gharied era una de las incógnitas de la investigación. No estaba en su domicilio cuando se procedió a las detenciones, aunque durante el registro se habían encontrado abundantes pruebas de su radicalización. Su localización se consideraba prioritaria.

—Lo más probable es que estuvieran asegurándose una vía de escape para cuando cometieran los atentados. Su táctica está cambiando. Recuerda lo que ocurrió en diciembre con el atentado en la Breitscheidplatz. El autor no fue detenido hasta que llegó a Milán. —Baum hizo una pausa—. No podemos permitir que algo similar vuelva a ocurrir.

Había sido un duro golpe para el BND. Tras años de atentados yihadistas en París, Londres, Madrid, Bruselas, tanto Berlín como el resto de Alemania parecían estar a salvo de los terroristas. No era algo cuyo mérito exclusivo correspondiese a los servicios de Inteligencia, pero sí trabajaban duro para evitar que ocurriera. Tanto por el terrible coste humano que dejaban tras de sí los atentados, como por las otras secuelas. En un momento social cambiante y complejo, con las tensiones producidas por las sucesivas oleadas de inmigrantes y refugiados, con los populismos y otros movimientos xenófobos creciendo con fuerza, cualquier acción de los yihadistas avivaba una llama de impredecibles consecuencias.

Por eso el atentado de la Breitscheidplatz había sido doblemente doloroso, además de herir el corazón de Berlín, se había comprometido gravemente la confianza en la Policía y la Inteligencia germanas.

—En cuanto a Saud Alouni… —Antje se puso en tensión. Miró al chófer que los llevaba diligente y silencioso, se suponía que no podía escuchar—, estarás de acuerdo conmigo en que es mejor no hacer ninguna alusión durante la reunión.

Baum estaba incómodo y ella fue igual de concisa.

—En lo que a mí respecta es un tema cerrado.

—Así debe ser. No debemos dejar que su… desaparición —dijo tras titubear al escoger la palabra— empañe el éxito de la operación. Quiero que disfrutes del momento.

—Te agradezco la intención, pero el mérito no es solo mío.

—Y mío menos aún. No dejes que se fijen solo en mí. Serán idiotas si lo hacen. Si me permites el cumplido, te diré que tienes un aspecto fantástico esta mañana. A decir verdad, no solo esta mañana. Luces espléndida últimamente. Sé que la recuperación fue dura tras sufrir aquel ataque. Me temo que no supe demostrarlo, pero estaba preocupado por ti. Me alegra que lo hayas superado por completo.

Fue un comentario discreto y amable, Baum siempre lo era, y así se lo tomó Antje, aunque le incomodaba hablar con él de temas personales.

—Fue duro, sí, pero ya ha quedado atrás. Gracias por preocuparte.

Se quedaron en silencio. El trayecto era corto y ya estaban cerca del barrio gubernamental.

—¿Piensas que este puede ser un buen momento para comunicar a París que ya no tiene sentido que Dmitry Záitsev continúe en Berlín?

El tono fue neutro, pero Antje no pudo obviar la intención del giro de la conversación. Lo primero que pensó fue que Baum sabía lo de Krieg y cómo había utilizado a Dmitry para librarse de él, o quizá que estaba al tanto de su relación y sus encuentros fuera de programa.

O ambas cosas.

—Me refiero a que, una vez que ya está solucionado el tema de Alouni, imagino que querrá hacer efectivo el acuerdo que tenía con el DGSE y recuperar su dinero. Tengo entendido que ese era el compromiso. ¿Me equivoco?

Antje conservó el aplomo.

—Ese era el acuerdo, pero aún no hemos recibido ninguna comunicación oficial, ni por su parte ni por el DGSE, y sigue colaborando con nosotros en el asunto de los neonazis de Marzahn. Está muy comprometido.

Baum cabeceó mirando hacia la ventanilla. Apenas faltaban algunos metros para llegar al destino.

—Eso le honra. Supongo que no nos hará ningún daño que se quede un poco más —dijo con otra sonrisa amistosa.

—No, seguro que no.

El coche se detuvo frente a la sede del ministerio del Interior.

—Bien, vamos a por ellos —dijo Baum bajando del coche.

Antje salió por la otra puerta. Él la esperó y caminaron juntos hacia el control de seguridad del edificio. Durante algunos segundos el corazón le retumbó con el eco de la ansiedad, pero duró poco. Podía controlarlo, dominar la situación.

—¿Lista? —preguntó antes de empujar la puerta.

Adoptó sin problemas su aire más seguro y profesional.

—Lista.

No iba a mostrar debilidad, y menos con Baum, por muy sutiles que fueran sus estrategias para desestabilizarla.

CAPÍTULO 30

La despertó el roce áspero en la mejilla y el peso de su mano sobre el estómago.

—Despierta, *lenivaya*,[21] ¿sabes qué hora es?

La primera intención fue recostarse contra él y seguir durmiendo, pero enseguida sufrió un amago de ataque de pánico, la noción del tiempo completamente perdida. Pensó que llegaría tarde al trabajo, que había olvidado regresar a casa. Se incorporó de golpe.

—¿Qué...?

Entonces recordó que era domingo, que Peter estaba pasando el fin de semana en casa de un amigo y Daniel había viajado a Bremen para participar en un seminario organizado por la universidad y no volvería hasta el lunes.

Dmitry rio al verla dejarse caer sobre la cama.

—Son casi las doce. ¿Aún tienes sueño?

Ella le devolvió la sonrisa.

—Me acosté tarde anoche.

—Sí, lo hiciste —murmuró él inclinándose sobre su cuello y besándolo.

Se dejó mimar. Se estiró, desperezándose, se giró hacia él y acarició su cuerpo desnudo. Los dos estaban desnudos y en la cama deshecha las sábanas conservaban un aroma

---

21 Perezosa.

cálido a sueño y sexo. No, Antje no tenía ninguna prisa por levantarse.

—¿No quieres desayunar? —ronroneó él junto a su oído—, ¿o prefieres saltarte el desayuno y que te traiga el almuerzo a la cama?

Su sexo empujaba contra su vientre y su mirada tenía ese punto de diversión y suficiencia tan masculinas que mostraba a las claras lo muy encantado de conocerse que estaba Dmitry. Quizá en otro momento, Antje habría reaccionado con cierta condescendencia, también muy femenina, pero aquella mañana no le apetecía ser condescendiente.

—Sorpréndeme —dijo deslizando las yemas de los dedos por toda la longitud de su erección.

Tuvo un efecto instantáneo. Se endureció y creció más. Dmitry murmuró algo ininteligible y obsceno y se pegó más a su piel.

—¿Es lo bastante sorprendente para ti? —dijo rodeando la mano de Antje y apretándola contra su sexo.

Una ola de excitación la recorrió. Dmitry provocaba ese efecto en ella. El deseo se transmitía por contacto, de piel a piel.

Lo acarició mientras se besaban, con suavidad y sin prisas. Escuchó el jadeo que brotó del fondo de su garganta y notó los músculos de su abdomen tirantes y firmes.

—Para, *moya liubov*[22] —le pidió mirándola a los ojos, con la voz suave y ronca a la vez—. Para y deja que entre en ti.

Lo dijo como si no hubiera ocurrido ya docenas de veces, como si no hubiera entrado en ella casi al asalto; al principio, cuando sus cuerpos aún no se conocían y necesitaban de algún tiempo para adaptarse.

Ya no lo necesitaban. Ella lo acogió como si no hubiera hecho otra cosa en todo aquel tiempo más que esperarle.

—Joder, Antje —musitó él. Ni en ruso ni en otro idioma se le ocurría otra manera de expresarlo: lo que sentía, la calidez con que le recibía, la exactitud con la que encajaban.

---

22 Mi amor.

La abrió más, la atrajo hacia sí y la miró gemir. Ella le mantuvo la mirada. A Dmitry le pareció más deseable que nunca, pero solo hasta que Antje se acarició bajo sus ojos, solo hasta que la vio pinzar y apretar la punta de sus senos, bajar por su vientre, buscar su clítoris e impregnarse de humedad los dedos. Solo hasta que contempló cómo los llevaba a su boca y los deslizaba entre los labios abiertos.

Dmitry se fundió en ese mismo instante. Fue lo más parecido a un cortocircuito.

—*Ty menya ubivayesh* —dijo con la cabeza apoyada contra su frente, tratando de controlar los espasmos e ignorar los pinchazos en la ingle después de los excesos.

—¿Y eso significa? —preguntó ella con el gesto más inocente que fue capaz de fingir.

—Significa que vas a acabar conmigo.

—Es lo último que quiero —dijo besándole dulce y muy lento.

Se quedaron enlazados, alargando los besos y las caricias. Dmitry pensó en cómo de posible sería retenerla a su lado, por cuánto tiempo, del mismo modo.

Seguramente no mucho.

Pero podía intentarlo.

—¿Qué más quieres que haga por ti? —preguntó apartándole el pelo de la cara y peinándola con los dedos, como si no se sintiera agotado como tras correr una maratón; y el solo hecho de pensar en correr le agotó aún más.

Le sonrió, despeinada, desmaquillada y relajada, serena. Dmitry decidió que no le importaría despertar así más veces. Entonces recordó que ella era una alta funcionaria del gobierno alemán y él, una pieza molesta y reemplazable en campo de nadie.

El malhumor estuvo a punto de retornar, pero Antje contestó antes.

—¿Todavía puedo pedir ese almuerzo?

Dmitry apartó sus conflictos personales y se animó en el acto.

—Está hecho, ¿qué prefieres? ¿Comida china? ¿Turca? ¿Encargamos unas pizzas? —dijo besándola. Pequeños besos por el rostro y la garganta que la cogían a traición y le hacían cosquillas.

—Te dejo escoger —dijo entre risas.

—Perfecto, yo me encargo —dijo levantándose. Salió desnudo de la habitación y se volvió desde la puerta para ver cómo le seguía con la mirada. Esbozó un gesto cómplice y pagado de sí mismo que volvió a hacerla reír.

Le oyó hablar por el móvil desde el otro cuarto. Se estiró sobre la cama sacudiéndose la pereza y contempló la habitación a la luz de la mañana. Las paredes se habían pintado hacía poco y los cuadros con naturalezas muertas que estaban ahí mismo la semana anterior habían desaparecido. El bloque seguía igual de ruinoso, pero el apartamento había ido cambiando durante aquel mes. Dmitry había tirado los muebles en peor estado y dejado otros antiguos, pero bien conservados. Había comprado un sofá nuevo y una televisión con una pantalla plana y enorme. La combinación era desconcertante, pero poseía cierto encanto llamativo, personalidad.

Alguien que está pensando en marcharse no perdería el tiempo arreglando un piso decrépito.

Hasta aquel fin de semana no había permanecido allí demasiado tiempo —y, desde luego, no para tratar de decoración—, pero no le habían pasado por alto ciertos detalles: un jarro con flores sobre el mueble del recibidor, unas cortinas nuevas en el dormitorio, un gel de baño de una conocida marca que utilizaba para sus productos exclusivamente ingredientes naturales. Nunca comentaban nada de aquello, pero Antje sentía que muchas de aquellas pequeñas cosas estaban dirigidas a ella, estaban allí por ella. Eso la conmovía y la perturbaba a un tiempo. Cada vez que miraba hacia el futuro sus pensamientos acababan estancados, girando en círculos. Ya no tenía veinte años, había pasado por suficientes desengaños. Se estaba concentrando en vivir el momento: ese fin de semana robado al estrés del día a día, el despertar de hacía un instante.

Suspiró con fuerza en la cama vacía y dejó las dudas para más tarde, se levantó y fue al baño. Abrió la ducha y esperó a que el agua saliese caliente, pisando el suelo con los pies descalzos. Aquella superficie desgastada de baldosas pequeñas y dibujos formando mosaicos, era otro de los atractivos de la casa. Le hizo pensar en su hermana. Erika dirigía el gabinete jurídico de una importante corporación empresarial en Hannover, era siete años mayor que ella y tenía debilidad por los objetos artesanales y recuperados de entre materiales de derribo.

Mientras se metía en la ducha pensó en qué habría opinado su hermana de todo aquello. Conversaban con cierta frecuencia por teléfono, pero Erika era aún más reservada en cuanto a su vida privada que ella. Se enteró de que se había separado seis meses después del divorcio cuando lo dejó caer en una conversación como si no tuviera mayor importancia. Si se lo hubiera contado, su hermana seguramente habría respondido que hiciera lo que considerase correcto.

El problema era que ya no tenía la certeza sobre qué era lo correcto.

Se aclaraba los restos de jabón cuando Dmitry entró en el baño.

—¿Puedo? —dijo asomando su sonrisa por la mampara.

Ella se apartó para dejarle sitio.

—Ya estaba terminando.

—Esperaré.

Se quedó dentro de la ducha, a un lado, apoyado contra la pared de azulejo.

Se sintió turbada. Aún le costaba acostumbrarse a ciertas cosas, aquella intimidad entre ellos. Se dijo que era absurdo y terminó de aclararse el pelo con los ojos cerrados bajo el agua.

Cuando los abrió, lo encontró mirándola. Los brazos cruzados sobre el pecho, aquel gesto intenso y determinado, desnudo, mojado.

Lo sintió de nuevo, el calambre instantáneo, la boca seca, la atracción.

—Ven, ven aquí —dijo tendiéndole la mano.

Él se la tomó y se quedaron los dos bajo el agua, sin necesidad de palabras ni otro gesto que el de estar uno al lado del otro. Permanecieron así un buen rato, en trance bajo el agua hasta que el sonido del timbre los sobresaltó. Se separaron. Antje reaccionó y cerró el grifo. Aquello se les escapaba de las manos.

—Tiene que ser la comida. Iré yo —dijo Dmitry.

Le oyó hablar con el repartidor. Terminó de secarse y se tomó tiempo para vestirse y poner orden en las emociones.

Se puso un pantalón negro y una camisa entallada y sin mangas. La temperatura acompañaba. Al salir se encontró con la puerta de la terraza abierta. Dmitry había llevado allí la comida.

También él se había puesto una camisa solo que de manga larga. Junto a las chimeneas ennegrecidas había una mesa con mantel y dos sillas de teca. La elección del menú le sorprendió solo a medias. Estaba segura de que no pediría pizzas.

—¿Qué te apetece?

Había montones de pequeños platos. Era lo que solía venderse como comida orgánica: ensaladas, verduras, humus, pan de centeno y semillas, fruta lavada y cortada. Todo bonito, apetecible, sano y caro.

—¿Qué lleva esto? —dijo cogiendo un triángulo de pan de pita con ingredientes de todos los colores.

—Berenjena, tomate confitado, sésamo, piñones y menta —recitó de corrido.

Ella lo probó.

—No está mal.

—¿Solo no está mal? —gruñó decepcionado—. Los alemanes no sabéis comer en condiciones. Prueba este.

Le pasó otro bocado colorido y vistoso y luego otro más y comieron así, en la terraza, rodeados de edificios destartalados, bajo un sol de finales de mayo y acompañados por una brisa suave. Al frente se extendían montones de tejados y en otro edificio no muy lejano se celebraba una fiesta en la azotea con farolillos de papel y música de fondo.

Probó un poco de todo y repitió de lo que más le gustó y, cuando ya no pudo más, echó hacia atrás el respaldo de la silla, se descalzó, recogió las piernas contra el cuerpo y cerró los ojos.

Tenía que hacer aquello más a menudo.

Se estaba bien allí, en paz, pero al poco oyó protestar a Dmitry en ruso. Abrió los ojos a medias porque el sol la deslumbraba. Le había dado un bocado a un albaricoque y lo había echado a un lado.

—No vale la pena. No sabe a nada —explicó decepcionado.

Ella lo cogió y lo probó. Estaba dulce, no mucho, pero sí poseía un sabor agradable y ligeramente perfumado.

—No está tan mal.

Él la miró aún con más conmiseración que cuando no se entusiasmó ante el crocante de pan ácimo y berenjena asada.

—No tienes con qué comparar. Seguro que de niña nunca probaste uno recién cogido del árbol. Recordarías la diferencia.

—Me crie en Lüneburg. No había muchos árboles frutales.

—En Krasnodar el clima es templado. Los veranos son largos. Los campos de cereal eran comunales, pero algunas familias tenían huertos. Cuando comenzaba el calor, nos saltábamos las tapias para bañarnos en los estanques y robar albaricoques.

—¿No teníais vuestros propios albaricoques? —preguntó ella haciendo alarde de moral luterana.

—Puede, ya no lo recuerdo, pero era más divertido robarlos. —Rebuscó entre las piezas de fruta. La mayoría eran pálidos y blandos, pero encontró uno más anaranjado. Lo partió en dos, lo mordió e hizo una mueca aprobatoria—. Prueba este.

Era mucho más perfumado, más dulce. Se deshizo en la boca. Podía imaginar a qué se refería.

Preguntó con cierta prevención. Era mejor no ahondar en determinados temas, pero parecía natural querer saber, incluso aunque ya conociera de antemano la respuesta.

—¿Era un buen lugar para vivir?

—Era el culo del mundo —respondió arrojando lejos el hueso de albaricoque.

A Antje le remordió la conciencia. Conocía de memoria el detallado expediente que la Inteligencia alemana había elaborado sobre Dmitry Záitsev. Sabía que sus amigos lo llamaban Dima, aunque ella nunca se decidiese a llamarle así, que era hijo de padre desconocido y madre soltera de solo dieciocho años de edad y que se había criado con sus abuelos. Ambos fallecieron con posterioridad a su alistamiento en el Ejército, él, de cirrosis hepática y ella, de cáncer de colon. La madre había dejado la pequeña localidad natal de Tjamaja para buscar trabajo en la capital cuando Dmitry tenía apenas dos años. En los informes policiales aparecían varias detenciones por prostitución. Seis años después de su traslado, la familia presentó una denuncia por desaparición, dijeron que su hija llevaba semanas sin llamar ni enviar dinero. Tardaron ocho meses en comunicarles que el cuerpo sin identificar encontrado en un parque de Moscú pertenecía a Tania Zaitseva.

—Cuando tenía dieciséis años pensaba que no soportaría vivir allí, que acabaría alcoholizado, haciendo daño a alguien más débil. Era lo corriente —dijo mirando el horizonte, la amalgama de tejados y Alexanderplatz al fondo—. Pero quizá me equivoqué y si me hubiera quedado ahora tendría una bonita casa en el campo y vendería fruta ecológica a través de Internet. ¿Tú qué piensas? ¿Crees que habría sido mejor quedarme?

Era una pregunta difícil. Antje no ignoraba la distancia que existía entre aquello a lo que aspirabas y lo que terminabas haciendo. No tenía mucho que ver una cosa con la otra.

—No sé si habría sido mejor o peor —dijo con sinceridad—, pero me alegro de que estés en Berlín.

Él calló, pero de repente le preguntó con brusquedad, a bocajarro.

—¿Qué te parecería venir conmigo a Krasnodar? No me refiero ahora, dentro de algunos meses. Podríamos buscar algún lugar tranquilo. Pasar juntos un par de semanas...

La cogió por sorpresa. No supo qué decir. Él lo notó y dio marcha atrás.

—Olvídalo. No sé por qué lo he dicho. Es una idea estúpida.

Antje pensó en todo lo que ella ocultaba. Aún no le había hablado de Peter ni de Daniel, no le había contado cómo sentía que todo lo que amaba, lo que más le importaba, lo que había creído seguro, se le escapaba de las manos; y menos aún que lo que había entre ellos dos era distinto a cuanto había vivido antes, pero que la experiencia y la lógica le advertían que no podía durar.

No dijo nada de eso. Solo pensó en lo que él quería escuchar.

—No es una idea estúpida. Me gustaría conocerlo. Sería fantástico ir juntos.

Él la miró y Antje reconoció el brillo del entusiasmo y la sombra de la desconfianza.

—¿Hablas en serio?

Ya no estaba tumbada, sino girada en su dirección, los dos cara a cara, los pies en el suelo y el cuerpo hacia delante.

—Completamente.

La creyó. La atrajo hacia él y la abrazó sin pronunciar palabra.

Antje se quedó con el rostro contra su pecho, intentando convencerse de que no había mentido. No era mentir cuando todo lo que pretendía era hacerle feliz.

CAPÍTULO 31

El hombre que leía el periódico en un banco podría haber sido un funcionario retirado o incluso un asesor legal en activo que había decidido tomarse la mañana de primeros de junio libre. Había llovido durante la noche, pero eran las once, lucía el sol y el parque de Tiergarten resplandecía en verde. Aquel hombre podría haber sido un berlinés cualquiera, como los otros que hacían ejercicio o paseaban con sus perros, pero el periódico que leía era *Le Monde* y, cuando Dmitry se sentó junto a él, la conversación discurrió en francés.

—Bonito día, ¿no le parece? Fresco, pero mucho más agradable que durante mi última visita a Berlín.

La última visita había tenido lugar en enero. Una noche tan gélida que ni siquiera las luces y la animación que siempre reinaban alrededor de la Breitscheidplatz conseguían contrarrestar el frío. Muchas cosas habían pasado desde entonces y Dmitry estaba determinado a que aquélla fuera la última entrevista que mantuviera con François Hardy.

—El hombre del tiempo dijo que las temperaturas subirían por la tarde. ¿Hay algo más en lo que pueda serle de ayuda?

—A las seis tengo una cita inaplazable en la Conciergerie, así que me temo que no puedo entretenerme demasiado. ¿Damos un paseo? Mi médico siempre me recomienda que camine, pero nunca encuentro el momento.

Hardy se levantó y dejó el periódico doblado y abandonado sobre el banco. Aunque desde enero el subsecretario del DGSE —los servicios secretos franceses— no había regresado a Berlín, en ningún momento habían perdido el contacto. Los recordatorios se producían por otros medios: llamadas telefónicas crípticas, correos electrónicos con recortes de noticias, mensajes breves y contundentes, como el que empezaba por «*Il faut...*»[23] y que recibió pocas horas después de que Antje le comunicase que habían localizado a Alouni. Mensajes que parecían referirse a cualquier otra cosa —un trabajo pendiente, una conversación interrumpida—, pero sobre los que sobraban las explicaciones.

—¿Qué tal por Berlín? Parece que ya se ha hecho por completo a la ciudad.

—Mejora cuando no es de noche a las cuatro de la tarde.

—¿Ve? No era tan complicado. Debemos enfrentarnos a los cambios como nuevas oportunidades. Eso es la vida: un cambio constante.

Hardy no le inspiraba la menor simpatía. Si fuese de fiar, ya le habría entregado un sobre con un pasaporte nuevo y las claves para desbloquear sus cuentas bancarias, pero además del dinero tenían otro tema pendiente.

—A propósito de cambios, ¿cuándo saldrá en libertad Boris Sokolov? Me aseguró que el juez revisaría la condena.

—Dije que lo intentaríamos y eso hicimos, pero por el momento no hemos tenido éxito. Contrabando de armas, pertenencia a banda organizada... Son delitos graves.

—No fueron un problema cuando me sacaron de Le Havre y me subieron a un avión con rumbo a Berlín —replicó de malhumor.

Se sentía responsable y culpable respecto al que fuese su hombre de confianza en París. Cuando se conocieron, Boris ejercía de matón para un mafioso ruso de medio pelo, mitad psicópata, mitad adicto al crack. De hecho, recibió órdenes de

---

23 Es necesario.

darle una paliza. No solo no ocurrió, sino que Boris acabó trabajando para él y, aunque su relación había empezado con un cambio de bando, nunca había tenido dudas acerca de su lealtad.

—Pero no fue una liberación sin contrapartidas. Queríamos algo a cambio.

—Algo que ya ha sucedido. ¿Por qué siguen bloqueadas mis cuentas? ¿Ha venido a Berlín solo para poner más condiciones? Se puede meter sus condiciones por donde le quepan. No voy a hacer más trabajos.

Hardy se mantuvo inalterable y Dmitry experimentó un potente deseo de borrar esa expresión neutra. Por algún motivo parecía fuera de lugar, quizá por el entorno. A plena luz del día y en el pacífico Tiergarten resultaba extraño incluso mantener una discusión.

—No tengo nuevas condiciones —replicó con cierta sequedad—. Las cuentas estaban listas para ser desbloqueadas y había prevista una reunión con el juez que lleva el caso de Boris Sokolov, pero el miércoles recibimos una noticia desconcertante y muy decepcionante. —Sacó el móvil del bolsillo y le mostró una imagen—. ¿Lo reconoce?

Era una foto de mala calidad. Se veía a un hombre subiendo a un vehículo. Tirada de lejos, un poco movida, con un fondo inconfundible de ciudad en guerra, un paisaje de escombros. En realidad, no lo reconoció. Aquel hombre podía haber sido cualquiera. La imagen no era nítida y muchos practicantes musulmanes se dejaban barbas largas y pobladas, pero al momento comprendió por dónde iba Hardy y le dio igual que estuvieran en un lugar público. No iba a tolerar bromas con aquello.

—Basta de juegos. No es él. No puede ser él.

—No me gustan los juegos —dijo Hardy tan serio o más que Dmitry—. De ninguna clase. Es Saud Alouni. Lo hemos comprobado a través de fuentes de absoluta confianza. Lo vieron el martes pasado en Mosul.

—Que les jodan a sus fuentes. ¿Me enseña una foto de mierda que podría ser de hace cinco años, qué podría ser de cualquiera, y se supone que tengo que conformarme y creerlo? Lo seguí, lo miré a los ojos y le disparé. Era él. Era Saud Alouni.

—¿Dónde está el cuerpo?

—En el fondo del Spree —replicó Dmitry manteniendo a duras penas el autocontrol—. ¿Quiere que vayamos a buscarlo?

—¿Y está completamente seguro de que era él? Acaba de decirlo, muchos se parecen entre ellos. La misma barba, la oscuridad, la tensión del momento… ¿Está seguro de que no se confundió de hombre?

—¡Lo llamé por su nombre y se volvió! —gritó exasperado Dmitry.

—¿En serio? Curioso… ¿Y qué hizo él?

—¿Cómo que qué hizo?

—Cuando lo llamó, cuando lo vio y comprendió que iba a morir.

Lo estaba consiguiendo: sembrar la duda, hacerle reconsiderar la idea. Dmitry trató de recordar los rasgos del hombre de Friedrichshain. La barba, los ojos oscuros, la ausencia de sorpresa en su expresión, la aceptación y una suerte de paz.

—Nada. No hizo nada. Solo comenzó a rezar.

—Se puso a rezar —dijo Hardy dejando tiempo para que las palabras calasen—. ¿Y no le pareció extraño?

Trató de pensar aprisa. No se consideraba un estúpido. A veces se dejaba llevar por la impulsividad, por el instinto, a veces calculaba mal, seguía a las emociones y no escuchaba a la razón. Muchas veces.

Quizá sí era un auténtico estúpido.

—Deje que le diga cómo lo veo yo —continuó Hardy—. Creo que alguien murió aquella noche y no fue Saud Alouni. Pienso que le habían advertido y que usó a alguno de sus fieles para enviarle al sacrificio y ocupar su lugar, para ganar tiempo y tener la oportunidad de escapar. Y algo así solo pudo ocurrir si la filtración se produjo desde el BND.

Ya había descubierto sus cartas. Dmitry se dio cuenta de lo cerca que había estado de creerlo, cómo había conseguido confundirle y lo sencillo que era para tipos como Hardy manipular la verdad y usarla a su conveniencia.

—Es todo basura. Se ha inventado esa historia para no cumplir su palabra y que continúe haciendo de su marioneta. Olvídelo. Renuncio al dinero. Me quedo en Berlín, pero no a sus órdenes.

Después de todo, no era tan importante. Podía volver a ganarlo. O vivir con algo menos, como aquellos últimos meses. Como el último mes. Podía acostumbrarse a eso.

Hardy lo miró con algo que casi podía ser amabilidad, cierto aprecio.

—Confía en ella, ¿verdad? En Antje Heller. Es una mujer excepcional, sin duda. Debe serlo cuando hizo que olvidara lo ocurrido en el aparcamiento de Wedding. ¿Le ha ofrecido alguna explicación convincente acerca de por qué intentaron matarlo los servicios secretos rusos?

La seguridad de Dmitry se tambaleó un tanto, pero resistió.

—No va a conseguirlo. No va a hacer que me ponga de su parte y me enfrente a ella.

Hardy se detuvo y miró a su alrededor.

—¿Qué sabe de la señora Heller? ¿Qué sabe de sus razones o de las mías? ¿Qué sé yo de usted? Podría haberse marchado de Berlín hace tiempo, pudo irse de París y evitar exponerse en Le Havre, dejar en el aire la operación y desaparecer con su dinero y, sin embargo, no nos falló. Yo creo que es una persona íntegra y siempre he confiado en que haría lo correcto, aunque la decisión no fuese fácil. Y estoy convencido de que la señora Heller actúa del mismo modo y tiene sus propias razones. ¿Sabe que está casada y que tiene un hijo? Un joven de catorce años llamado Peter, su marido, Daniel Heller, es un profesor universitario con gran proyección en la facultad de Ciencias Políticas.

Fue un golpe en la boca del estómago, uno de esos que te

dejan KO y sin respiración, fuera de combate y listo para que cuenten diez, suene la campana y todo haya acabado.

—Con seguridad los actos de la señora Heller están encaminados a proteger a su familia y a su país, es lícito, pero entra dentro de lo posible que nuestros intereses y los suyos difieran. ¿Comprende a qué me refiero?

Sentía algo negro y denso dentro del pecho, como si estuviese respirando alquitrán.

—Con esto no quiero decir que la señora Heller haya facilitado información falsa adrede. Quizá también ha sido engañada, pero esa situación nos deja en un punto muerto y con Saud Alouni en libertad para planear nuevos ataques. Por eso estoy en Berlín.

Le costaba entender las palabras de Hardy. Le veía mover los labios, oía las frases, pero necesitaba de un tiempo para encontrarles el sentido.

—La única pista que tenemos son las armas. Alguien está proporcionando AK-47 rusos a los yihadistas. Hemos desarticulado una célula en Courbevoie, tenían cinco fusiles de asalto y planeaban repetir otra matanza como la de Bataclan. Las armas partieron de aquí, de Berlín. Es prioritario averiguar quién las vendió. Lo necesito, Dmitry. Necesito que vuelva a hacer lo correcto.

Era consciente de lo que Hardy estaba haciendo, le decía lo que creía que quería oír. Era lo mismo que debía de haber estado haciendo ella. No le habría resultado difícil. Ahora se daba cuenta de que estaba deseando creerla.

Hardy aguardaba una respuesta. De repente lo vio como lo que era. Un hombre de casi sesenta años, de ojos hundidos tras las gafas, poco pelo y gris y escasa o ninguna fuerza. Si le daba un empujón se desplomaría. Si le daba una patada en la cabeza no volvería a levantarse.

—¿Va a hacerlo? ¿Nos ayudará?

Tuvo que hacer un esfuerzo para borrar esas imágenes de su mente.

—Tengo que pensarlo. Le daré una respuesta, pero no ahora.

—Comprendo. No puedo obligarlo. Pero debo hacerle un ruego, decida lo que decida no le cuente a la señora Heller ni a ningún otro funcionario del BND que sabemos que Saud Alouni sigue vivo. La información no solo es nuestro trabajo, también es nuestra mejor arma. Por eso comprendo muy bien que no quiera confiar solo en mi palabra. Espere, le daré algo.

Buscó en la chaqueta y del bolsillo interior sacó una tarjeta y un bolígrafo. Escribió un par de líneas y se la tendió.

Dmitry se resistió a cogerla.

—No tiene que hacer nada con ella. Rómpala si lo desea. Hágalo. Olvide lo que hemos hablado. Pero, si cambia de opinión, llámeme. Estaré esperando su decisión.

Cedió. Cogió la tarjeta. Hardy le tendió la mano. No se la estrechó.

—Bien. Supongo que eso era todo —dijo renunciando al saludo—. Debo coger un avión. Lamento haberle dado malas noticias.

Se alejó caminando por la avenida arbolada. Dmitry miró la tarjeta. Estaba impresa con el nombre de François Hardy y su cargo en la Administración francesa. Le dio la vuelta. En el espacio en blanco había escrito una dirección:

Antje Heller
Ahornallee, 47

CAPÍTULO 32

Ahornallee Strasse estaba enclavada en el distrito de Westend, en una zona de bonitos chalets de estilo actual en la que no resultaba extraño ver coches de alta gama, bien en los garajes o aparcados en la acera.

Un anciano recogía las hojas de su jardín. Detuvo el trabajo y le echó una ojeada desconfiada. No era la primera ni la segunda. Dmitry llevaba cerca de una hora estacionado en el mismo lugar y aquel era el tipo de barrio en el que los extraños llamaban la atención.

Hacía solo un par de semanas que se había hartado de ir en metro y se había hecho con un Opel Crossland de segunda mano pero prácticamente nuevo. Había ido con él hasta Westend, había dado con la calle y durante todo aquel tiempo se había limitado a observar a la gente que entraba o salía de sus casas.

Era algo que podía hacer: aislar las emociones, encerrarlas. Podía contenerlas, aunque eso solo hiciera que creciesen, que aumentasen hasta que saltaban por los aires y arrasaban con todo lo que tenían por delante.

Pasaban algunos minutos de las seis de la tarde. Un coche se detuvo frente a la casa de dos plantas y amplios ventanales con el número 47 en la verja. Sus ocupantes bajaron del coche. Un adolescente con mochila, camiseta de un equipo de fútbol y gesto de estar enfadado con el mundo, y un hombre alto, de unos cuarenta años, vestido con chaqueta y vaqueros y todo el aspecto de alguien a quien le van bien las cosas y no duda merecerlo. Discutían. Desde donde estaba Dmitry no distinguía las palabras, pero sí el tono. El chico insistía y el padre negaba con réplicas repetidas y cortas.

El adulto abrió la verja y entraron. La puerta se cerró con un golpe que resonó con fuerza en toda la calle. El coche se quedó aparcado junto a la acera.

Era un Volkswagen Passat de color gris plateado.

Dmitry había estado en el interior de ese coche. Fue el mismo día en el que le dispararon en el pecho, el día en que Antje dejó que dos agentes de los servicios secretos rusos se acercaran hasta que estuvo a tiro mientras ella no hacía absolutamente nada. El día en que quiso pagarle con la misma moneda y la apuntó con un arma, la obligó a subir a ese coche y después ella le pidió que dejara que le compensara.

Lo invadió el mismo dolor claro y frío, la misma furia, las ideas fijas que no le habían abandonado desde que Hardy le abriera los ojos y le mostrara lo transparente y estúpido que podía llegar a ser. Recordó cada vez que se había marchado poniendo una excusa que no le había pedido: el trabajo, la necesidad de mantener espacios personales distintos, de separar las obligaciones de lo que hacían por elección. Algo así le había dicho apenas hacía una semana, después de que ella llegara y lo besara sin mediar palabra, de que comenzara a desnudarlo y se quitara aprisa la ropa y él no pudiera hacer otra cosa más que seguirla acelerado y ansioso, incapaz de pensar en otra cosa que en tenerla debajo.

Sus gritos ahogados. Los arañazos de sus uñas. Antje buscando el contacto, sus rostros apretados, sofocada, jadeando.

—«Te quiero. Quiero esto».

Sonó un chasquido de metal al romperse. La lámina con la que había estado considerando la idea de forzar la puerta de la verja —solo para echar un vistazo a través de las ventanas, solo para tener la certeza— se partió entre sus dedos. El filo le cortó, aunque apenas fue un rasguño.

Le entraron ganas de golpear con el puño el cristal del parabrisas para sangrar por un buen motivo.

Tuvo que hacer un gran esfuerzo para contener las ganas de destrozar el coche, y ya de paso la valla del vecino que no dejaba de observarle de reojo, o como mínimo una farola. Tal vez lo hubiese conseguido o tal vez no, pero en ese momento sonó en el móvil un aviso de mensaje.

La sangre comenzó a fluir más densa, más lenta por sus venas. Cogió el móvil y lo desbloqueó.

Estoy saliendo de la oficina. ¿Nos vemos en media hora?

Como si nada hubiera cambiado. Como si él aún siguiera esperando sus mensajes, aguardando el momento de abrazar su cuerpo en la ducha y susurrarle palabras tiernas que ella no entendía, pero en las que se dejaba el corazón en cada acento.

«Te quiero a mi lado. Te echo de menos cuando te marchas. Te necesito más cada día. Estoy enganchado a ti y odio tener que soltarte».

Le había dedicado frases muy similares, había visto la sonrisa cálida que iluminaba su rostro cuando las escuchaba y se había esforzado en decirse que debía confiar, que debían darse tiempo.

Antje había cogido todo aquel tiempo y lo había empleado para mentirle. Le había dejado creer que le importaba cuando no había tenido la más mínima oportunidad desde el principio.

Se guardó todos los reproches y escribió una respuesta.

No estoy en casa. He tenido que salir.

La confirmación de lectura llegó casi al instante, pero la contestación se hizo esperar. Debió borrar y rehacer, porque el aviso de «escribiendo» se mantuvo durante bastantes segundos en la pantalla.

De acuerdo. Ya nos veremos.

Tan formales, tan impersonales, así eran siempre sus mensajes. Si alguien hubiera caído en la tentación de leerlos, difícilmente habría encontrado algo sospechoso en ellos.

Una nueva línea de texto apareció en el móvil.

¿Va todo bien?

La imaginó al otro lado, con el gesto contrariado de cuando algo no salía como había planeado y la desconfianza con la que lo analizaba todo. Debía de estar pensando en qué era lo que se le escapaba.

También él había desconfiado al principio, pero luego no. Luego había creído cada palabra, cada gesto de afecto.

Todo bien. Nada que deba preocuparte.

La ira tan sólida que habría podido masticarla y escupirla.

No hay problema. Hablaremos otro día.

Tomó la decisión en ese preciso instante y estuvo seguro de que la convencería y sin necesidad de recurrir a demasiadas palabras.

Utilizó una sola.

¿Mañana?

Antje lo pensó solo un poco.

No sé si podré. Lo intentaré.

Él replicó al instante.

No lo intentes. Ven.

Dejó pasar unos pocos segundos y añadió otra línea.

Пожалуйста.[24]

Le dio tiempo para que buscase el texto. La imaginó leyendo y sonriendo. Cuando sonreía resultaba más evidente su edad. Pequeñas arrugas se dibujaban alrededor de los ojos y los labios. No le había importado. Había amado cada parte de ella.

La pantalla se iluminó.

Está bien. Iré, aunque sea tarde.

Le contestó con varias diminutas caras que irradiaban felicidad. Ella envió otra que sonreía tímida y sonrojada. Apagó el móvil y lo dejó a un lado. Miró la calle. El anciano había desaparecido.

Si se quedaba el tiempo suficiente, la vería entrar. Si esperaba a que se hiciese de noche, podría contemplarla a través de las ventanas, verla sonreír y comprobar si resultaba igual de

---

24 Por favor.

sincera cuando dedicaba esa sonrisa a su marido y su hijo. O podía abordarla en la calle y ver en su rostro el pánico cuando comprendiese que había descubierto su verdadera vida, la vida en la que no fingía.

Arrancó el motor. La radio se encendió y un estruendo de guitarras violentas y baterías aceleradas le golpeó los oídos, pero no bajó el volumen. No, no haría nada de eso, no la asustaría, no otra vez —le daba asco pensarlo—, ni pediría explicaciones ni deseaba escucharlas. No quería oír ni una puta palabra más de su boca, tampoco aceptaría disculpas.

Todo lo que necesitaba era herirla como ella había hecho con él.

CAPÍTULO 33

Llegó a Pankow pasadas las ocho. La tregua en el BND se había dado por concluida. Después del respiro tras las detenciones, los atentados casi consecutivos de Manchester y Londres habían renovado el temor ante una nueva oleada de ataques. Los comunicados entre departamentos, las filtraciones y las consultas se sucedían sin respiro. Coordinar los operativos y contrastar la información era un trabajo ingente que ponía a prueba la capacidad de respuesta de las diversas agencias gubernamentales. Solo la víspera Antje había terminado un poco más temprano porque la reunión que tenía fijada para las seis se suspendió ante la ausencia de varios asistentes reclamados por obligaciones de última hora.

Le había prometido a Dmitry que no faltaría a la cita, pero lo habría hecho igual sin promesas de por medio. Llevaban cuatro días sin verse y con más frecuencia de la que desearía se encontraba echándole de menos, conteniendo las ganas de dejar a un lado las preocupaciones y esconderse con él en aquel edificio olvidado.

Lóbrego se quedaba corto para describirlo, pero lo pasaba todo por alto —el deterioro, la suciedad, el estremecimiento cuando pensaba en las vidas de quienes lo habitaron antes— y solo se fijaba en donde pisaba para evitar los restos de cristales y las manchas sospechosas.

Empujó la puerta exterior. La cerradura debía llevar años rota por lo que no hacía falta llave. Estaba oscuro y olía a cerrado y a humedad. En el tejado se abría una claraboya que daba claridad a las escaleras, pero el sol ya estaba bajo así que ni en la planta superior sobraba la luz.

Subió todos los peldaños, se detuvo ante su puerta y llamó al timbre. Un zumbido cascado de chicharra sonó al otro lado.

Esperó algunos segundos y no obtuvo respuesta. Volvió a pulsar. Dos toques cortos, uno a continuación del otro.

Silencio.

No quiso inquietarse, pero lo hizo. Miró a su espalda, prestó más atención y escuchó los crujidos de las vigas de madera y otros sonidos vagos e indeterminados. Tragó saliva y llamó de nuevo, un único toque más largo, con la inquietud transformándose por momentos en alarma. No era normal que Dmitry no respondiese, más después de la ausencia del día anterior.

Se le ocurrieron mil razones para que no estuviera en casa, algunas tranquilizadoras, pero también de las otras. Pensó en los neonazis de Marzahn y en la facilidad con la que recurrían a la violencia para solucionar sus diferencias, recordó al proxeneta de Lichtenberg con el que pretendía negociar una compra de armas, le vino a la mente Iván Kuzmin y su fijación por los objetos cortantes y un escalofrío le bajó por la nuca hasta la última de las terminaciones nerviosas.

Tenía el móvil en la mano cuando abrieron la puerta.

—Hola.

Lo primero que pensó fue que se había equivocado. Tenía demasiadas preocupaciones en la cabeza, demasiados temores, veía fantasmas donde no los había, y para colmo acababa de llamar a la puerta que no era.

—¿Querías algo?

Pero no. No se trataba de un error. Era su apartamento y ella una chica joven y atractiva. Alta, castaña, con la melena cortada a la altura de los hombros formando ondas suaves. Una belleza al estilo germano, con un rostro de pómulos marcados, rasgos más angulares que ovalados y una mirada azul cielo. Llevaba puesta una camiseta que apenas le llegaba a la cintura y bajo la que se intuía que no usaba sujetador, tenía las piernas desnudas y estaba descalza. Eso también le había llevado a confusión. Actuaba de forma natural, como alguien a quien tomas por sorpresa en su propia casa.

—¿Buscas a Dima? Espera, lo llamaré, ¡Dima! —dijo girándose y alzando la voz. Se volvió otra vez y le dirigió una sonrisa franca y amistosa—. Entra, no te quedes ahí fuera.

Trató de controlarlo, de frenarlo, pero no lo logró. Se sintió mal, realmente mal, patética, estúpida. El corazón le latió a redobles fuertes e irregulares, la cabeza se le fue, los brazos dejaron de responderle. Toda ella se transformó en algo torpe y desmadejado.

—Perdona que haya abierto así —dijo refiriéndose a su semidesnudez—. Se me olvida que a algunos puede incomodarles.

Tendría veinte, veintidós años. Una chica joven sin complejos ni grandes problemas a cuestas.

—¿De qué os conocéis? ¿Trabajáis juntos, sois amigos... o es algo distinto? —preguntó más forzada, cruzando y descruzando los brazos a la altura del pecho.

Experimentó una profunda vergüenza, como cuando tenía siete años y fue a pasar la tarde a casa de una compañera del colegio. En un estante había una bailarina de cristal, cambiaba de color según recibía la luz. Era algo pequeño, insignificante, pero le fascinó, sintió unos irresistibles deseos de tocarla. Le dio igual que no estuviera bien. La cogió y la guardó en el bolsillo del abrigo. Unos días después su madre la encontró en el cajón donde la había escondido. La interrogó y le hizo confesar la verdad. Después la agarró de la mano, la llevó de vuelta a la casa y la obligó a contar lo que había hecho delante de la madre y de la hija.

Llevaba años sin pensar en aquello, pero algo en el modo en que esa chica la miraba se lo recordó. Debía de estar considerando lo absurdo que era que una mujer de su edad hubiera creído que tenía alguna posibilidad frente a alguien como ella. O quizá era solo que se sintió igual de humillada.

—Sí, del trabajo —consiguió decir—. Pero no tiene importancia. Volveré otro día.

—¿Te encuentras bien? Estás pálida. ¿Dima? —Llamó girándose, cada vez más violenta—. Mira, no sé de qué va esto, pero deberíais hablarlo entre vosotros.

Apenas prestaba atención a lo que decía, pero no podía dejar de mirarla. Había algo en ella: el pelo, los ojos, la boca… Trató de entender, intentó encontrar la razón por la que Dmitry querría que se encontrara con aquella chica que guardaba cierto parecido con ella solo que con la mitad de sus años.

Solo se le ocurrió una: quería hacerle daño.

Sintió náuseas. Quiso irse. No le importó por qué lo hacía, si era un juego cruel o un capricho, solo quería marcharse, pero entonces lo vio. Las dos lo vieron al mismo tiempo.

—Estás ahí. Será mejor que os deje —dijo la joven antes de escabullirse por el pasillo y desaparecer.

Se dio cuenta de que no lo conocía. No sabía nada de él. No tenía la menor idea de quién era aquel Dmitry que la contemplaba desde el otro extremo del corredor con expresión rígida y una frialdad que acabó de hundir la daga en la herida. No lo comprendió, pero sí la hizo reaccionar. Tenía que alejarse antes de que la destrozase aún más.

Cruzó el rellano y bajó aprisa por las escaleras. Se saltó un peldaño y estuvo a punto de caer rodando, pero consiguió agarrarse a la barandilla y siguió descendiendo sin parar.

—¡Antje, espera!

Tuvo miedo. No ya a un daño físico, sino a cualquiera de las innumerables formas de causar dolor. Corrió a pesar de la taquicardia y la respiración descontrolada, del puño en el estómago y las paredes estrechas y las sombras que se le echaron encima a medida que bajaba. Consiguió mantener la ventaja durante dos plantas, dos plantas y media, pero en la tercera él la alcanzó.

—¡Escucha!

No escuchó. Trató de liberarse, lo golpeó en el pecho y en la cara para que la soltara, gritó, pidió auxilio. Él la sujetó por los brazos. Gritó más alto que ella.

—¡Estate quieta! ¡Para de una vez, joder!

Y estaba furioso. La frialdad había desaparecido. Se encontraban al borde de las escaleras. Dmitry la sujetaba y, si Antje tiraba de golpe o él la soltaba, caería rodando. El modo supervivencia se activó en su cabeza. Se quedó quieta.

—¡¿Quieres escuchar?!

Le dolían el pecho y el estómago, le lastimaba los brazos, pero recobró a tiempo el autodominio. Ya había tenido suficiente. No iba a dejarse intimidar.

—Suéltame. Vuelve con ella. Déjame en paz.

—¿En paz? ¿Crees que hemos terminado con esto? ¿Que ya está todo arreglado?

Estaba fuera de sí, Antje dudó de su cordura. O era ella la que estaba perdiendo la cabeza. ¿Cómo había llegado a confiar en él? ¿En qué había estado pensado?

—No hay nada que arreglar. No quiero saber nada más de ti. Me da igual por qué lo has hecho. ¡No me importa!, ¿lo entiendes?

—¿Por qué iba a importarte? —gritó también él—. ¿Cuándo te ha importado algo? ¿Cuándo has dicho la verdad? ¡¿Me has dicho alguna vez algo que no fuera una puta mentira?!

—No sé de qué estás hablando, jamás te he mentido —dijo alterada, la garganta quebrada—. Después de lo que he hecho estos meses... ¡Te defendí! ¡Me arriesgué por ti!

—¿Que te arriesgaste por mí? ¿A qué llamas tú riesgos? ¿A pasar un fin de semana fuera de tu casa sin que se entere tu marido?

Fue como una bofetada. De todos los reproches que había imaginado, aquel era el último que esperaba oír. Se quedó conmocionada, tratando de entender cómo había ocurrido. Imaginó a Dmitry siguiéndola, controlando sus movimientos y volvió a sentir muy cerca el miedo.

—¿Quién te lo ha dicho? ¿Has estado vigilándome?

Dmitry soltó una risa incrédula, una carcajada sin gracia.

—¿Como tú hacías conmigo quieres decir? —Antje apenas respiraba y él continuó—: Me lo contó François Hardy, ¿y sabes qué más dijo? Dijo que era natural que quisieras protegerlos. ¿Eso es lo que pensabas de mí? ¿Que suponía un peligro para tu familia?

Estaba herido y ella, confusa y mareada. Todo se estaba desmoronando. No entendía por qué Hardy la había atacado, por qué lo había vuelto en su contra. No estaba segura de que quedase algo que salvar de aquel desastre, pero lo intentó. Quiso traerlo de vuelta, apaciguarlo. Tocó su brazo.

—Deja que te lo explique…

Se apartó como si le hubiese rozado una serpiente.

—No lo hagas. No se te ocurra. No va a funcionar esta vez.

—No es eso —dijo tragándose la humillación y el picor en la garganta.

—¡Entonces di qué coño es! ¡Cuéntame por qué no has sido capaz de decirme que estás casada y que tienes un hijo!

—Te di todo lo que tenía, todo lo que me pertenecía —se defendió al borde de las lágrimas—. Los mantuve al margen porque creí que era lo mejor, pero nunca tuve la intención de herirte.

—¡Me dijiste solo lo que quería escuchar! ¡Nunca hablaste en serio ni pensabas que fuese a durar! ¡Di la verdad! ¡Dila por una puta vez!

Los dos gritaban en medio de las escaleras y ella ya no resistió más.

—¡No, no creía que fuese a durar! ¿Cómo iba a confiar en ti? ¿Cómo piensas que puedo hacerlo?

Se hizo el silencio. Dmitry se quedó rígido. El rostro contraído, desencajado.

—Dmitry…

—Vete de aquí. Vete y no se te ocurra volver.

Se le formó un nudo en la garganta. Le costó articular palabra.

—Por favor, espera un momento. Hablemos.

Apenas hizo intención de acercarse a él, pero se lo impidió. La rechazó.

—¡Que te largues de una puta vez!

La dejó en conmoción. Se marchó escaleras arriba y al poco oyó la puerta cerrarse de un golpe.

El corazón aún le iba a trompicones, le temblaban las piernas, pero rebuscó entre los restos de su autoestima y se recompuso lo suficiente para no derrumbarse en medio de las escaleras.

En la calle, la recibió el aire cálido del atardecer de junio. Avanzó unos pocos pasos hasta encontrar el apoyo de la pared más cercana y cerró los ojos. Al principio solo podía sentir su propio pulso desbocado, pero poco a poco se fue serenando y tomando conciencia de lo que sucedía a su alrededor. Un tren cercano. Voces de niños jugando. Dos mujeres que pasaron conversando.

Permaneció allí, repitiéndose que lo había sabido desde un principio y que nunca existió la menor posibilidad de algo parecido a un futuro para ellos. Que solo había sido un espejismo y que su vida estaba en otro lugar, que debía volver y hacer lo mismo que cualquier otro día. Pasar a la habitación de Peter y recordarle que no se acostara demasiado tarde. Escuchar a Daniel conversar por teléfono desde otra habitación. Escudarse cada uno detrás de sus silencios como si aún compartieran algo más que el mismo espacio.

Alguien pasó de largo, pero se detuvo un poco más adelante. Dio marcha atrás y se acercó. Era la chica.

—Perdona, ¿estás bien?

Se había puesto una camiseta amplia y larga encima de la otra. Llevaba vaqueros, bolso y botas. Antje sacó las uñas. Adoptó un tono tenso.

—Estoy perfectamente. No te preocupes.

Pareció que iba a marcharse, pero cambió de idea.

—No es asunto mío, pero no me siento cómoda con esto.

No te conozco ni tampoco a él, hasta esta mañana no lo había visto nunca. Se me acercó y bromeamos, me pareció interesante y también atractivo, joder, lo reconozco. Me dijo que quería gastarle una broma a una amiga. Yo imaginé de qué iba la cosa, pero estoy estudiando Artes Escénicas y me viene bien el dinero y él hacía que pareciese divertido, pero no ha tenido ni puta gracia —dijo mirando hacia las vías del tren, aunque se volvió de pronto como si acabase de recordar algo importante—. Y tampoco nos acostamos. Tonteamos un poco, pero me dio la impresión de que no estaba muy interesado y ahora me alegro de que no ocurriera. No quiero rollos raros y esto es muy raro. ¿Estás segura de que estás bien? Puedo llevarte a algún sitio si quieres.

Era atenta y amable y Antje se sentía mal, muy mal. También a ella le parecía retorcido y enfermo. Quizá lo único que los había mantenido unidos era aquel sentimiento malsano que había estado presente entre los dos desde el primer momento. Apartó aquellos pensamientos y luchó por rehacerse.

—Estoy bien. Gracias por contármelo y por preocuparte.

—No es nada. Deberíamos ayudarnos más entre nosotras. No sé qué le hiciste, pero seguro que tienes tus razones. No dejes que te joda la vida.

Agradeció el consejo con un asentimiento y un amago de sonrisa y la chica se marchó. Antje cogió aire y echó a caminar. Despacio primero y con más decisión después. Salió a una de las calles principales, cogió un taxi y pidió que la llevara a Westend. Eran más de las nueve y las últimas luces del día ya se apagaban y se encendían las de las avenidas.

Durante todo el trayecto mantuvo la barbilla alta y la mirada fija en la ventanilla. Estaría bien. No necesitaba ayuda. Se bastaba de sobra para joderse la vida ella sola.

CAPÍTULO 34

—Buenas tardes, señora Heller. Regresa temprano —dijo su vecino con las tijeras de recortar los setos en la mano.

El señor Schmidt acertaba. Los últimos tres días había estado saliendo del BND pasadas las nueve de la noche. Tres días sumergida en el trabajo y a la vez pendiente del móvil, revisando los mensajes según entraban solo para comprobar que ninguno era de Dmitry. Tres días diciéndose que las explicaciones estaban de más y que lo único que quedaba por hacer era poner punto final.

Sin embargo, cuando a las seis recibió una llamada, el corazón le dio un vuelco y por un instante tuvo la certeza de que era él.

Era del ministerio del Interior. Se había puesto en contacto con ellos a causa del expediente abierto contra Naila y su esposo. No solo sus hijos habían sido detenidos por pertenecer a la célula integrista desmantelada, sus permisos de residencia habían sido cancelados y se solicitó su expulsión inmediata. Le explicó al funcionario que los padres no suponían un peligro de ninguna clase, incluso, tras insistir en que la información era altamente confidencial, le reveló que la familia había colaborado en la investigación. El funcionario respondió que lo estudiarían. La llamada era para comunicarle que sin una certificación oficial y por escrito del tipo de ayuda prestada, no había nada que pudiera hacer para detener los trámites.

Tenía trabajo pendiente, pero se sintió incapaz de continuar. Dejó en silencio el móvil, cerró el ordenador y regresó temprano a casa.

—Esos rosales necesitan que les corten los tallos secos. Puedo ocuparme yo si andan escasos de tiempo. Y dígale a su marido que me han sobrado unos cuantos plantones de brócoli. Son suyos si los quiere.

Solo faltaba que el señor Schmidt, además de controlar sus horarios, se ocupase del jardín. Solía ser Daniel quien lo cuidaba, pero últimamente, igual que había pasado con el huerto, le dedicaba mucho menos tiempo, y Antje no estaba de ánimo para preocuparse ni por las rosas ni por el brócoli.

—Se lo diré. Disfrute de la tarde —dijo entrando en la casa antes de que su vecino replicara.

La televisión estaba encendida. Peter la estaba viendo. Las clases ya habían terminado y tenía tiempo libre de sobra. A pesar de la amenaza de suspender todas las asignaturas, había finalizado el curso con buenas notas.

—Hola. —No obtuvo respuesta, pero de todas formas se acercó a él—. ¿Estás solo?

—Papá está arriba —dijo sin dejar de mirar una serie de zombis.

Ya fuera en videojuegos, películas o cómics, era su temática favorita. En la pantalla un verdadero ejército de muertos vivientes avanzaba arrastrando los pies, cabizbajos y maltrechos. Se sentó con Peter en el sofá y estuvo viendo cómo los protagonistas se abrían paso a machetazos entre cadáveres descompuestos. Uno de ellos no debía de ser importante para la trama porque se quedó atrás y aquellos desechos apenas humanos lo despedazaron en cuestión de segundos.

—No sé por qué te gusta tanto ver esto —dijo desolada. Quizá en otro momento lo habría considerado pura distracción *gore*, desagradable pero inofensiva, pero aquella tarde lo veía todo negro.

—No es solo violencia y vísceras —protestó Peter—. Va de

supervivencia, de si es mejor ir por libre o sacrificarse por el bien del grupo, de los líderes que utilizan el miedo para manipular a la gente y mantenerlos bajo control.

—Ya veo —dijo Antje mientras una mujer armada con una espada de samurái cortaba cabezas con una facilidad pasmosa.

—También tiene que haber escenas de lucha —replicó Peter revolviéndose inquieto en el sofá—. Si no, sería aburrido.

Estuvo un rato más observando en silencio. El episodio terminó, pero el aviso de que otro comenzaría a continuación apareció de inmediato.

—¿Vas a verlo?

—¿Por qué no? —saltó a la defensiva.

—Es pronto. Podríamos hacer algo distinto. Ir al centro y cenar allí. ¿Te apetece?

Peter tardó en responder un poco menos de los diez segundos de pausa entre un episodio y otro.

—Prefiero quedarme en casa.

Antje desistió. Lo dejó viendo la serie y subió a su cuarto. Se quitó la chaqueta, la colgó en el vestidor y entró al baño. Se miró en el espejo. Su rostro aún conservaba el maquillaje, el rojo mate en los labios, la máscara en las pestañas, el tono que uniformaba y daba color a la piel, pero tanto los cosméticos como sus facciones acusaban el paso de las horas, el cansancio acumulado y desde luego había tenido mejores días.

Cogió un disco de algodón, lo impregnó en agua termal y comenzó a desmaquillarse.

—«Me pone ese estilo de ejecutiva agresiva que tienes por las mañanas, pero me gustas más cuando todo eso desaparece».

A veces Dmitry le decía cosas parecidas. Cuando ocurría no se sentía del todo cómoda, porque trabajaba bajo su responsabilidad directa, porque su relación era irracional y contra toda lógica, porque él era más joven y eso también le pesaba. Más joven, más visceral, más extremo y radical en todo.

Aquel día le quitó importancia al comentario.

—«Lo dices para que me sienta halagada».

Él se puso serio. Le cogió el rostro entre las manos. La acercó más a él. Ella se sobresaltó, aún no se había acostumbrado a aquella intensidad. Pero entonces Dmitry susurró algo en voz baja.

—«Lo digo porque es verdad».

A la imagen del espejo le brillaron los ojos. Antje trató de contenerse, frunció los labios, parpadeó con rapidez.

Fue inútil.

Al principio fueron solo unas pocas lágrimas que apartó con la mano y emborronaron la piel bajo los ojos. Pronto fue a más. No conseguía parar. Acabó doblada en dos, apoyada en el lavabo y sacudida por el llanto.

La puerta del baño se abrió. Antje se enderezó. Se calmó de golpe. Reaccionó como un resorte bien engrasado, contuvo el llanto y ahogó los sollozos tapándose la boca con el dorso de la mano, pero no era posible ocultar los rastros de lágrimas ni el maquillaje corrido.

—Por Dios, Antje —dijo Daniel. Debía de haberla oído, quizá incluso se había preocupado, pero ya había deducido que no era nada grave y su gesto no ocultaba el reproche.

Fue la gota que colmó el vaso.

—Vete. Déjame tranquila —le advirtió en el tono más neutro que fue capaz de encontrar.

—¿Que me vaya? Pero ¿te has visto? ¿Has perdido el juicio o qué es lo que te pasa?

—No me des lecciones, Daniel. No me digas cómo tengo que comportarme.

—Habría mucho que decir sobre cómo te comportas. Has estado todas estas semanas llegando tarde, faltando noches enteras, con la cabeza en cualquier parte menos aquí, y ahora esto, ¿es que me tomas por estúpido?

—No más de lo que tú me tomas a mí —replicó con una falsa calma.

Daniel sacudió la cabeza como si no creyera lo que estaba oyendo.

—Está bien. Tú lo has querido. Llevaba días intentando hablar de esto, pero parecía que nunca era buen momento. Supongo que este es tan bueno como cualquier otro. Voy a marcharme de casa en cuanto Peter comience el nuevo curso. Estarás de acuerdo en que es lo mejor para todos y no creo que sea mucho pedir que nos comportemos como personas civilizadas durante estos dos meses.

No fue una sorpresa. Antje ya esperaba algo así, igual que conocía las normas de ese pacto implícito cuyas reglas ambos respetaban: ser tolerantes, educados y guardarse sus frustraciones, sus desencantos y sus decepciones para ellos. Llevaban años poniéndolo en práctica, pero en lo que a Antje se refería, ya se había cansado.

—No —dijo apretando la mandíbula.

—¿No? —repitió él con un gesto de incredulidad tras las gafas que solo usaba cuando estaba en casa.

—No —repitió—. Si te vas a marchar, coge tus cosas y vete ahora. —Y para dar más fuerza a sus palabras, fue al vestidor, sacó dos maletas de los estantes y las abrió—. Ya puedes empezar.

—¿Hablas en serio? ¿Me estás echando?

—Acabas de decir que quieres irte. ¿Por qué esperar dos meses? No tienes que hacerlo ni un minuto más.

Daniel siempre había sido contenido y tolerante, igual que en sus clases de la facultad, pero esa vez no evitó la discusión. Le alzó la voz.

—¿Crees que quería que esto sucediera? ¿Te parece que ha sido fácil para mí ver que siempre tenías asuntos más importantes de los que ocuparte?

—No es verdad —dijo sintiendo cómo los ojos volvían a empañársele—. No se te ocurra reprocharme que no me he preocupado por ti.

Nunca había querido tanto a nadie como a Daniel. Cuando estaba en el último año de facultad y él apareció, todos los otros amores prolongados o pasajeros que había vivido se disolvieron como si no hubiesen existido. Daniel era brillante y ella cayó deslumbrada. De sus labios escuchó las palabras más dulces, a su lado se sentía fuerte, capaz de todo, estaban comprometidos en hacer del mundo un lugar mejor. Habían sido felices. Luego aquel brillo se fue apagando. Antje no habría sabido precisar el momento en el que perdieron la energía inicial y la vida se convirtió en una concesión constante, un pacto de mínimos, pero sí sabía que ya se sentía sola cuando él le habló de su estudiante y que solo el orgullo y la propia estima le impidieron demostrar cuánto la había herido.

Otra de las cosas de las que ya estaba cansada era de guardárselo todo para ella.

—¿Cuántas veces te has preocupado tú por mí? ¿Cuándo has querido saber qué me pasaba en lugar de conformarte con escuchar que todo iba bien? Sabías de sobra que no iba bien.

Daniel no trató de negarlo. No en vano tenía experiencia evitando entrar en esa clase de discusiones. Cedió, aunque atacó donde sabía que más dolía.

—Como quieras. Me iré —dijo empezando a apartar chaquetas y camisas—. Pero ¿ya has pensado qué va a pasar con Peter? Tú apenas estás en casa. Tendrá que venirse conmigo.

Antje contestó despacio y con su voz más firme.

—Peter ya es mayor. Puede decidir con quién quiere quedarse.

—¿Y por qué iba a decidir que quiere quedarse contigo? —replicó Daniel con una crueldad que Antje no había descubierto que poseía hasta hacía relativamente poco.

—Le preguntaremos —dijo conteniendo el escozor en los ojos.

—¿Quieres que lo hagamos ahora? ¿Bajamos y le preguntamos con quién prefiere estar? —dijo Daniel furioso, guardando de cualquier forma la ropa en la maleta—. ¿Y si tienes que salir? Si te llama uno de tus informantes en plena noche y no puedes volver hasta un par de días después., ¿lo llevarás contigo?

—Espero que no estés poniendo en duda que puedo ocuparme de Peter al menos tan bien como tú. Hablaremos con él cualquier otro día. Por hoy es suficiente con que seas tú el que te marches —replicó Antje con la misma dureza que habría empleado si se tratase de un asunto de trabajo.
—Increíble.
—Si quieres quedarte con la casa, habla con el gestor y dile que prepare la demanda con tus condiciones. Las estudiaré y te daré una respuesta.
—No estás siendo razonable, Antje —dijo él conteniéndose a duras penas.
Y fue ella la que estalló.
—¡Estoy harta, Daniel! ¡Estoy agotada de ser razonable!
Él sacudió la cabeza y continuó recogiendo sus cosas. Antje salió del dormitorio, bajó las escaleras y se refugió en la cocina. Le temblaban las manos. Tenía un nudo en la boca del estómago. Había pasado demasiado tiempo caminando por un alambre, temiendo dar un paso en falso, resistiéndose a darse por vencida y asumir que su matrimonio había terminado.
Nunca quiso acabar así, pero había llegado a un punto en el que ya no podía conformarse con fingir que no dolía.
Estuvo cambiando cosas de sitio, abriendo y cerrando puertas mecánicamente, buscando algo que no acababa de encontrar, hasta que oyó a Daniel bajar aprisa las escaleras y detenerse frente a la puerta.
—Volveré mañana y me llevaré el resto de mis cosas. —No contestó y él la examinó con dureza—. Has cambiado, Antje. Y no para bien.
Ella negó, tragándose de una vez el nudo en la garganta.
—No he cambiado. Siempre fui así. Lo que pasa es que no me conocías y yo a ti tampoco.
Daniel lo consideró.
—Es posible. Ya no tiene sentido discutirlo. Me llevo el coche. Mañana llamaré a Grohe y le diré que prepare la demanda. Puedes quedarte la casa si quieres, buscaré otra, y en cuanto a

Peter… —Hizo una pausa y cambió lo que iba a decir—. Será mejor que lo hablemos en otro momento o ambos diremos cosas de las que después nos arrepentiremos. Iré a despedirme de él.

Desde la cocina los oyó hablar. Las explicaciones cortas y firmes de Daniel y las respuestas casi inaudibles de su hijo, la puerta principal cerrándose.

Respiró hondo, hasta llenarse los pulmones. Ya solo tenía que explicárselo a Peter.

La televisión seguía encendida, pero en la pantalla solo aparecía el menú de episodios y ningún sonido. Peter estaba sentado en el sofá con la cabeza baja. Antje se sentó a su lado, con las manos sobre las rodillas, dejándole tiempo y espacio.

—Nunca os había oído discutir —empezó Peter.

—Creo que nunca lo habíamos hecho —reconoció ella.

Era absurdo dicho así. Por supuesto que habían discutido, pequeñas diferencias, asuntos más serios, pero bien por su culpa o por la de Daniel todo se había desarrollado sin apenas estridencias, sin verdaderos enfrentamientos. En parte había sido por eso, porque cada insignificante o gran decepción fue creciendo en silencio hasta cariarlo todo.

—¿Vais a divorciaros?

—Sí. Sí, lo haremos —afirmó sin dudar.

Peter calló, pero acabó preguntando por lo que más le afectaba.

—¿Por eso queréis que me vaya a Canadá? ¿Porque os vais a separar?

Y Peter había salido a ellos, reservado y poco dado a expresar sus emociones. Eso sin tener en cuenta que había muchas cosas de las que Antje no podía hablar, pero no habría sido justo mentirle.

—No es por eso. Tu padre… —se detuvo y rectificó—. Los dos nos preocupamos, pero él teme que pueda existir un riesgo para ti en Berlín a causa de mi trabajo. Y estoy de acuerdo en que hay ciertas razones para pensarlo.

—¿Tu trabajo? —dijo Peter sin entender.
—Eso es —dijo Antje frunciendo los labios.
—Pero si trabajas para el gobierno.
—Y siempre hay gente que está en contra del gobierno, pero yo jamás haría algo que os pusiese en peligro. Me crees, ¿verdad? —Le cogió de la mano y se la apretó.
—Pero ¿qué es lo que haces?
—Ya te lo he explicado otras veces. Trabajamos con información, la procesamos y analizamos. Y a veces, por seguridad, se toman decisiones... —se detuvo y trató de encontrar el modo de continuar— decisiones difíciles, Peter.
—¿Pero por qué es tan importante esa información?
—Porque es reservada. No está al alcance de cualquiera.

Quizá fue su reticencia a dar más explicaciones. O los horarios imposibles. O las conversaciones telefónicas interrumpidas si él estaba presente. La miró con los ojos muy abiertos.

—¿Información reservada? ¿Eso quiere decir que trabajas en los servicios secretos?

No trató de negarlo, pero tampoco era el mejor día para hablar de ello.

—Trabajo con información clasificada, sí, pero ese no es el tema. Hablábamos de ti, y la razón por la que queremos que estudies en Canadá no es porque vayamos a divorciarnos. Es porque ambos pensamos que es lo mejor para ti.

Peter bajó la cabeza y el pelo le cayó sobre la cara. Se lo estaba dejando largo. Antje sintió ganas de apartárselo y abrazarlo. Sin embargo, no se decidió a hacerlo.

—¿Y hasta que empiece el curso puedo quedarme aquí? Voy a cumplir quince. No necesito que me cuiden.

—Todos necesitamos que nos cuiden, Peter —dijo y la voz se le estranguló un poco.

Su hijo se le echó encima. La abrazó y se refugió en su hombro. Antje le devolvió el abrazo. Lo apretó contra su pecho.

—Te quiero, los dos te queremos, y siento que por mi culpa

todo se haya complicado y tengas que marcharte a estudiar fuera, pero trataré de solucionarlo. Te lo prometo.

Lo besó en el pelo. Él se apartó.

—A lo mejor no está tan mal. Algunos de mis amigos también se van a Estados Unidos el próximo curso. Los otros dicen que tenemos suerte. No me importa probar y ver qué tal.

—¿Y cuándo has llegado a esa conclusión? —dijo perpleja.

—Hace algunos días —respondió encogiéndose de hombros.

—Podías habérmelo dicho.

—Estaba enfadado contigo. Y con él. No me gusta su novia.

—¿Conoces a su novia? —preguntó cada vez más confundida.

—Es una de las profesoras de su departamento. Ella se ríe todo el tiempo cuando están juntos, intentó hacerse la simpática conmigo.

—¿Y cuándo ha ocurrido eso?

—En los entrenamientos. Dijo que era una amiga y que habían coincidido por casualidad, pero no me lo creí. —Antje pensó que Peter apuntaba maneras para trabajar para los servicios de información y su siguiente pregunta lo confirmó—. ¿Tú también estás con alguien?

—No —dijo sin dudar—, ahora no.

—Pero lo estabas.

—Es posible.

No insistió, pero su gesto decía que no necesitaba más confirmación.

—¿Y tú? ¿Estás con alguien? —preguntó Antje tratando de invertir las tornas.

—Me gusta Rachel. También se marcha a estudiar fuera. Nos seguiremos viendo por Snapchat y solo hay dos horas de coche desde Montreal a Vermont.

—Vaya, lo tienes todo pensado. Entonces, ¿por qué estabas tan enfadado?

Peter se encogió de hombros.

—Porque nunca me explicáis nada. Creía que era yo el que os estorbaba.

Antje asumió su parte de culpa, pero, si pensaba en positivo, lo bueno era que estaban a tiempo de rectificar.

—Está bien. Nada de secretos a partir de ahora. Excepto si es secreto oficial.

—Me estás vacilando, mamá. No me creo que trabajes en Inteligencia.

—Firmé un contrato que me impide hablar de ello.

Peter se rio y aunque seguía estando afectada y agotada, ella también sonrió.

—Entonces, ¿qué? —dijo recostándose en el sofá y poniendo los pies encima de la mesa—. ¿Vemos esa serie de zombis?

—Se llama *Walking Dead* —la regañó Peter cogiendo el mando y dándole a inicio.

—*Walking Dead*... Muertos que caminan.

—Siempre caminan y si no pueden caminar se arrastran.

—Pobres. Debe de ser agotador.

Peter rio. Se echó sobre su hombro y vieron el episodio así. Antje no se enteró de gran cosa, pero algo sí le quedó claro: no quería parecerse a uno de ellos, a uno de los caminantes, no quería volver a moverse solo por inercia ni olvidar lo que era respirar.

CAPÍTULO 35

—¿Me invitas a una copa, amorcito? ¿Qué es lo que bebes tú?

Apenas necesitó volver la cabeza para identificar a su interlocutor. Era un transexual de salvaje melena pelirroja, pestañas de pega, dibujadas cejas arqueadas, ojos de un verde imposible y labios con una perfecta forma de corazón. Llevaba un vestido palabra de honor con el que pretendía emular a las estrellas de cine de los años cuarenta, pero por muy femenino que fuese su atuendo, su espalda era casi tan ancha como la de Dmitry y la nuez del cuello andaba a la par.

—Agua tónica —respondió sin apartar la mirada de las pequeñas burbujas de anhídrido carbónico que ascendían desde el fondo del vaso.

—Qué hombretón más serio... ¿Siempre eres así de formal y sano? Diría que no, que puedes ser realmente malo. Muy... muy... malo —dijo pronunciando las palabras con una entonación artificial y afeminada—. ¿Por qué no pruebas con algo distinto? Aquí no se viene a beber agua, cariño.

Dmitry realizó todo un ejercicio de contención. Sabía que no se estaba refiriendo a la bebida, pero era una suerte para él/ella que solo hubiese pedido agua. No toleraba a quienes usaban el alcohol para embrutecerse y después se escudaban en la embriaguez para justificar toda clase de violencias. Había bebido y consumido otras sustancias sobre todo por diversión —las rondas inacabables con los amigos, un par de rayas para liberar el estrés—, así que no era por salud por lo que no había probado una gota de alcohol en toda la semana. Era porque evitaba hacerlo cuando se encontraba tan cerca de perder el control, cuando los nervios se le crispaban por cualquier mínimo motivo y una nube densa le oscurecía el juicio.

—Te estás equivocando conmigo —dijo para quitárselo de encima.

—No hay ninguna equivocación, cielito. Mírate, solitario y deprimido. ¿Seguro que no quieres un poco de compañía?

Se acercó de más. Invadió su espacio. La mano derecha de Dmitry se cerró en torno al vaso de cristal. Con la rodaja de limón y las burbujas no parecía un objeto sospechoso. Nada indicaba que con un único gesto y un golpe preciso podía dejar a alguien sin dientes.

Le habló despacio y le advirtió.

—Vete a joder a otro sitio.

Le sorprendió, pero no se acobardó. Al contrario, se creció.

—Oye, ¿qué pasa contigo? No hay ninguna necesidad de ser desagradable. ¿Estás hormonando y tienes una sobredosis de testosterona? ¿O es que eres un jodido homófobo?

Dmitry hizo un nuevo esfuerzo por calmarse. Estaba allí por una única razón y, aunque no hubiera sido así, lo último que necesitaba su ya maltratado orgullo era pelearse con una *drag queen*, por más que tuvieran la misma anchura de hombros e incluso le superara en altura por unos cuantos centímetros con la ayuda de los tacones.

Algunos de los clientes y las chicas que estaban junto a la barra se volvieron a mirarlos y aquel admirador de Rita Hayworth versión XXL se sintió apoyado y justificado.

—¿Es que eres demasiado macho para hablar conmigo? —dijo alzando la voz lo suficiente para que el comentario despertara algunas risas.

Dmitry no se rio.

—No te lo diré más. Vete a tomar por culo.

A él no le gustó el comentario.

—Tesoro, no me conoces. A mí nadie me da por culo, soy yo quien da a los demás.

Por fortuna para la integridad física y moral de ambos, alguien interrumpió la discusión.

—Discúlpanos, Lizza, ¿puedes dejarnos a solas? Tengo asuntos que tratar con el señor Lébedev.

Tuvo un efecto inmediato. Lizza dio marcha atrás, abandonó su actitud de estibador de puerto y recuperó en menos de un segundo la de *femme fatale*.

—No hay ningún problema, señor Volkov. Solo estábamos conociéndonos mejor. Estaré ahí mismo si me necesitan.

Hizo una salida digna y teatral. Se alejó agitando los hombros y la melena y fue a sentarse a una silla alta a poner en práctica sus poses más glamurosas.

—¿Le ha molestado? Lizza puede ser demasiado insistente, pero tiene su público y le cuesta aceptar un no por respuesta.

—Digamos que no voy a apuntarme a su club de fans —dijo Dmitry procurando recobrar el dominio y la sangre fría. Iba a necesitar las dos cosas para negociar con Volkov.

El propietario de aquel supermercado de la prostitución tenía el mismo aspecto anodino de su anterior entrevista, aunque había prescindido de los guardaespaldas y se mostraba tranquilo y confiado.

—Dejemos a Lizza hacer su trabajo y hablemos de lo que le ha traído aquí. Me sorprendió su mensaje. Di por hecho que había cambiado de idea.

—No voy a mentirle. Encontré otro negocio. Creí que me iría bien, pero estaba equivocado. No funcionó. —Y muy a su pesar, era solo la verdad.

Volkov cabeceó afirmativo.

—Y decidió recurrir a nosotros. No sé si me gusta la idea de ser plato de segunda mesa. Además, ya le advertí en nuestra anterior conversación, la mercancía que le interesa no es nuestro negocio. Nuestro negocio es Lizza y el resto de las chicas.

La idea era conseguir diez fusiles de asalto ligeros, fáciles de ocultar bajo la ropa y con gran capacidad de fuego. Sabía por el propietario del Matrioshka que Volkov tenía acceso al mercado de armas, pero era Hardy quien había insistido en la operación, mientras que Antje se había opuesto de plano.

—«No tiene sentido y solo puede perjudicarte, perjudicarnos a todos. ¿Qué demostrarás si consigues comprar las armas? No lo hagas. No te involucres».

Le invadió un nuevo y repentino ataque del mal humor. Si Volkov quería mantenerse al margen, no sería él quien le convenciese.

—Olvídelo —dijo levantándose—. No estoy acostumbrado a suplicar para conseguir un trato. Si no está interesado encontraré a otro.

Volkov levantó la mano pidiéndole que esperara. Lo hizo, pero no volvió a sentarse.

—No tan aprisa. ¿Quién ha dicho que deba suplicar? Solo pretendo ir paso a paso. Ya no soy joven, no lo cedo todo al impulso. Me gusta saber dónde voy a invertir mi tiempo y mi dinero. No me ha revelado nada, no tengo ninguna referencia, y me pide que ponga en sus manos algo valioso y delicado. ¿No debería estar informado de cómo va a emplearlo? Imagine que lo utiliza contra mí, contra mi gente o mis negocios. Sería muy estúpido por mi parte haber colaborado con ello.

Dmitry volvió a tomar asiento de mala gana.

—Dice que no tiene referencias ni ha oído hablar de mí. Entonces sabrá que no hay nada que me una a Berlín, ninguna estructura de apoyo, ninguna organización. Voy por libre, solo soy un intermediario. Ese pedido ya tiene un comprador, pero se encuentra a muchos kilómetros de aquí.

—Sí, recuerdo que me habló de París. ¿No podría ser más concreto?

—No revelaré su identidad. No voy a traicionar su confianza. A usted tampoco le gustaría que lo hiciera si estuviera en su lugar. Tendrá que confiar en mí. Soy un hombre de palabra.

—¿Y qué gano yo? Ya, ya… —dijo adelantándose a su respuesta—. Algo de dinero, pero hay otras muchas formas de ganar dinero. Este es un buen negocio —dijo mirando en torno a sí—. Un negocio próspero. Y legal —añadió.

Todo a su alrededor daba fe de ello. Era media tarde de un día laborable y no escaseaba la clientela. La misma Lizza ya había encontrado un auditorio más receptivo al que dedicar su repertorio de desplantes de gran diva.

Dmitry no intentó convencerle ni dar a entender posibles ventajas. Fue franco y directo.

—No tengo nada que ofrecer más que dinero. Si no es suficiente, no haremos trato.

Volkov respondió con una sonrisa de viejo zorro.

—Está bien. Los negocios no se hacen solo con prudencia. Tendrá su mercancía, las diez unidades, y le costará cien mil euros.

Dmitry protestó solo porque formaba parte del juego.

—Es cinco veces su precio habitual.

—Ambos sabemos que el problema no es comprarlas, sino esquivar al servicio de aduanas. Eso es lo que encarece el producto. Me comprometo a entregarle la mercancía en Berlín. Lo que haga con ella no es asunto mío mientras me garantice que no se usará en territorio alemán. No quiero problemas con las autoridades. Siempre hemos mantenido buenas relaciones.

—Saldrán de Alemania ese mismo día. ¿Cuándo podré disponer del material?

—Le avisaré. Daré órdenes a mis socios tan pronto como ingrese en una cuenta corriente la mitad del dinero, la otra mitad deberá entregarla en efectivo cuando se haga cargo del envío. ¿Es un acuerdo aceptable para usted?

Dmitry se tomó un tiempo para contestar. Todavía podía rectificar, mandar a la mierda a Volkov y a Hardy y desentenderse de aquel asunto. Ya había salido mal la primera vez, cuando se sentía en terreno seguro y tenía un respaldo apoyándole, cuando contaba con la ayuda de Václav, de Boris y el supuesto apoyo de las fuerzas de seguridad francesas. En Berlín estaría solo. No, no era un buen acuerdo, pero su especialidad consistía en repetir errores.

—Mañana tendrá el dinero en la cuenta.

Le tendió la mano y Volkov se la estrechó.

—Todo aclarado. ¿Quién sabe? Puede que este sea el inicio de una larga y sólida relación. Después de todo, somos compatriotas. No somos como el resto. Nos ayudamos entre nosotros —dijo mientras aún mantenía sujeta su mano en un apretón firme.

—Así es —dijo Dmitry manteniendo la presión.

Volkov se dio por satisfecho.

—Ha sido un placer, señor Lébedev. Vuelva cuando quiera. Esta es su casa.

Cuando se marchó, Dmitry echó un vistazo a las luces rojas, a las chicas como maniquíes de plástico y a los hombres que pagaban por usarlas. Ni por asomo quería considerar aquello como «su casa».

Intentó abonar la cuenta, pero la camarera dijo que estaba invitado. Salió a la calle. Fue un cambio demasiado brusco pasar de la iluminación artificial y coloreada a la deslumbrante claridad de la tarde de finales de primavera. Eran las seis y veinte, pero aún quedaban varias horas de luz por delante. Le gustaba la luz, odiaba el invierno, los días cortos y las noches interminables, pero tenía las pupilas sensibles. Habría necesitado las gafas de sol, aunque no tenía la menor idea de dónde las había olvidado.

Caminó hacia el coche mientras la vista se le adaptaba con lentitud a la claridad. Los perfiles de los objetos se difuminaban hasta que pasaba el deslumbramiento. Tenía una mala sensación y no se debía a la luz sino a Volkov. Todo había sido demasiado fácil.

«Un asunto menor», había dicho Hardy. «Nos servirá para comprobar un par de factores».

La certeza de ser una pieza sin importancia en un juego más grande regresó. No tenía muchas opciones. Era eso o abandonar la partida.

Abrió el coche y se sentó al volante. Antes de arrancar comprobó el móvil. No había ninguna llamada, ni rastro de mensajes, ningún aviso.

Marcó un número dígito a dígito y se quedó mirándolo. No era la primera vez que hacía algo parecido. Había sucedido en numerosas ocasiones durante aquella semana. La primera apenas unas horas después de echar a Antje a gritos de su casa.

No era que ya no le doliera el engaño, era que le resultaba imposible arrancársela de su mente. No se sentía capaz de dejar de pensar en ella, una parte de él no concebía aceptar que era algo acabado.

Y tenía claro que buscar a una chica y convencerla para montar aquella farsa era una de las cosas más patéticas y absurdas que había hecho en su vida. Eso teniendo en cuenta que había hecho muchas cosas absurdas y patéticas a lo largo de su vida.

Había estado a punto de arrepentirse cuando advirtió su confusión y experimentó la punzada del remordimiento al verla desorientada y herida. Le había dañado oírle decir la verdad, pero ¿podía reprochárselo? ¿Por qué habría de confiar en él? ¿Qué mujer con un poco de juicio dejaría su vida en sus manos? No si lo hubiese conocido, si supiera de él lo que sabía Antje. ¿Por qué iba a hablarle de un marido y un hijo? ¿Qué hubiese cambiado?

Dmitry soltó el móvil y tomó aire. Hacía calor dentro del coche. Tal vez las temperaturas cálidas le gustaban menos de lo que creía. Desde niño le había ocurrido. Echaba en falta lo que no tenía, en lugar de aceptar de buen grado lo que recibía.

Arrancó el contacto. No debería estar pensando en Antje. No tendría que llevar toda la semana resentido, con aquel sentimiento que oscilaba entre el rencor y el abandono. No debería estar aguardando a que ella diera el primer paso. Lo que debía hacer era concentrarse en el trabajo. Avisar a Hardy de que ingresase cincuenta mil euros en la cuenta de Volkov y le hiciese llegar otros cincuenta mil en metálico, más otros cien mil para él. Terminar con aquel asunto. Olvidar lo que aún le ataba a Berlín y empezar de nuevo en cualquier otro sitio.

Salió a la avenida, pero apenas había recorrido unos cuantos metros cuando echó el coche a un lado en un giro brusco y paró el motor. ¿A quién pretendía engañar? No quería olvidar. No sabía hacerlo.

Cogió el móvil y escribió un mensaje.

Lo siento.

No lo pensó y le dio a enviar antes de que pudiera cambiar de idea.

Las palabras se quedaron fijas en la pantalla, solitarias, tuvo la necesidad de añadir algo más.

Siento haberte herido.

De veras lo siento.

Esperó unos segundos. La confirmación de recibido apareció en el acto, pero la de lectura se hizo esperar.

Ya le estaban entrando ganas de estrellar el móvil contra uno de los árboles del paseo cuando vio el doble *check* azul.

Cogió aire y aguardó dispuesto a conformarse con solo un poco. Podía hacerlo. Podía volver a intentarlo. De hecho, llevaba años —más bien toda la vida— haciéndolo.

CAPÍTULO 36

La reunión había comenzado a las seis. Se trataba de un *briefing* entre departamentos para coordinar medidas y no superponer esfuerzos. Baum estaba citado, pero llegaba con retraso. Cuando le tocó el turno, Antje tomó la palabra por él y expuso brevemente los avances conseguidos durante aquella semana en su área de trabajo. Con mayor brevedad incluso de lo acostumbrado, porque apenas habían existido progresos en los últimos días.

Estaba escuchando la intervención de otro de los jefes de sección cuando Baum irrumpió en la sala. Muchos de los asistentes se volvieron con una actitud que oscilaba entre el reproche y la cortesía. Amables, pero censores. Todos y cada uno de ellos tenían una agenda complicada y sin embargo se esforzaban por ser puntuales.

—Siento la interrupción, lamento no haber podido acompañaros. ¿Os falta mucho para acabar?

—Aún tiene que intervenir Klein —dijo la señora Schaffer, secretaria del Gabinete Técnico y uno de los cargos con mayor peso político y efectivo dentro del BND.

—¿Te importa si me llevo a Heller? Se trata de una urgencia.

Gerda Schaffer llevaba cuarenta años de carrera en la Inteligencia alemana, doce de ellos en la antigua RDA. Su larga experiencia le había demostrado que no existían tantas cosas que no pudieran esperar quince minutos.

—Si es realmente imprescindible... —dijo observando a ambos por encima de sus gafas en un tono que indicaba que dudaba mucho de que lo fuera.

—¿Antje? —la apremió Baum desde la puerta.

Se levantó incómoda, sintiéndose observada y pidiendo disculpas.

—¿Qué ocurre? —preguntó mientras seguía a Baum por los pasillos del BND.

—Esperaba que me lo explicases tú —respondió con voz tensa e inequívocamente recriminatoria. Antje se preparó para recibir malas noticias. Comenzaba a ser una pauta recurrente en su día a día.

Cuando estuvieron en su despacho, Baum abrió el portátil, lo giró y le mostró una imagen a pantalla completa.

—No es un montaje. Lo han comprobado. La tomaron este mes de junio en Mosul.

Antje se acercó a la mesa y se inclinó sobre el portátil para estudiar de cerca la instantánea. Examinó cada detalle, cualquier posible fuente de información, buscó algún indicio que le ayudase a entender cómo era posible que Saud Alouni estuviese en la pantalla junto a Abu Ashraf, uno de los líderes de las milicias sirias opuestas al régimen de Bashar al-Ásad. Los informantes habían alertado de la presencia de Ashraf en Mosul a primeros de junio, un mes más tarde de que el BND hubiese dado a Alouni por muerto.

Evitó pronunciar frases como: «no es posible», «no puede ser», «debe tratarse de un error». Se humedeció los labios resecos y trató de obtener datos fiables. Suponiendo que aún quedara algo o alguien en quien confiar.

—¿Quién te la ha enviado?

—Un buen amigo, ¿recuerdas a Robert Burrough? Estuvo destinado hace años en Berlín.

Lo recordaba. Subjefe de la estación en Berlín de la CIA

cuando Antje acababa de empezar a trabajar para Inteligencia y aún quería creer que no sería tan diferente a su anterior cargo en el Ministerio de Interior.

Mantuvo una conversación con Burrough en una recepción en la embajada americana. Era algo informal, en vísperas de navidades, Daniel la acompañaba. Burrough le preguntó si estaba satisfecha con su trabajo. Ella dijo con absoluta convicción que mucho. Él replicó que era una señal inequívoca de que aún no llevaba trabajando el tiempo suficiente. Más adelante le destinaron a Seúl y no volvió a verle. Si le hubiera repetido la pregunta esa misma tarde, la respuesta habría sido muy distinta.

—Al parecer, los servicios secretos franceses tenían la información desde hace días y la han ocultado, pero el rumor ha empezado a circular. Robert se enteró y me advirtió. ¿Te das cuenta de lo grave que es?

Había muchas cosas que se le escapaban, pero no la gravedad de la situación.

—Hemos quedado en entredicho. Perderemos credibilidad.

—Los comentarios oscilan entre quienes piensan que estamos haciendo un doble juego y los que creen que somos extremadamente torpes, y según Robert ganan estos últimos —señaló Baum sin ocultar su irritación.

Se sintió atacada y señalada. Baum había delegado en ella toda la responsabilidad sobre la ejecución de la operación. Se había lavado las manos —igual que en ocasiones anteriores—, la había puesto entre la espada y la pared y dejado el peso de la decisión. Ella había pronunciado las palabras y Dmitry se había encargado del trabajo sucio.

Recordaba con todo detalle aquella noche. Estuvo esperándole en las escaleras del edificio de Pankow. Compartieron la culpa —entre otras cosas igual de intensas y solo un poco menos dolorosas—, pero era posible que solo hubiese visto lo que quería ver. Pensó en Dmitry fingiendo, mintiendo sobre la muerte de Alouni, mintiendo sobre todo.

Se negó a creerlo.

—No hubo control. Sabes de sobra que no pudo haberlo, pero respondo por nuestro operativo. No estoy dispuesta a admitir que nos haya facilitado información falsa a propósito.

—Comprendo que quieras respaldar a tu activo, pero ¿cuál es tu explicación?

Antje no esquivó la responsabilidad.

—Aún no tengo ninguna.

—Fue Dmitry, ¿no es así? —dijo como quien no requiere de confirmación—. Fue él quien llevó a cabo la operación.

Y ella no lo negó.

—Fue él, sí.

—Lo quiero fuera desde ya, ocúpate de que quede al margen de cualquier intervención. Habla con París y diles que todas las actuaciones conjuntas quedan en suspenso. No me gusta cómo avanza esto y lo voy a cortar de raíz.

—Pero no tiene sentido. ¿Por qué iba Dmitry a mentirnos? ¿Por qué le ofrecería París protección a Alouni? Nos han estado presionando todos estos meses para que les ayudáramos a acabar con él.

—Estás formulándolo del modo equivocado. ¿Por qué Dmitry debería mostrarse leal? ¿Por qué nos ocultaría París sus verdaderos propósitos? ¿Por qué no habría de existir algún interés de un tercero que desconocemos?

Algo era cierto, Antje había aprendido al lado de Baum. Sabía cuál era la pregunta correcta.

—¿Crees que los servicios secretos rusos pueden estar detrás de esto?

Baum suavizó el tono.

—¿Se te ocurre alguna idea mejor?

Ella se resistió a aceptarlo.

—Le dispararon. Un agente del SVR.

—Y no le hicieron ni un rasguño.

—Murieron dos hombres.

—¿Y opinas que sería un obstáculo para el SVR sacrificar a dos de sus agentes si a cambio obtuviesen un beneficio?

—Sigue sin tener sentido. Los rusos apoyan a al-Ásad en Siria. Alouni también es su enemigo.
—No tiene un sentido que conozcamos aún.
Baum ya había tomado partido y Antje sabía que sería inútil intentar que cambiase de idea. ¿Por qué lo estaba haciendo? ¿Por qué se empeñaba en defender a Dmitry? Por qué cuando la explicación más probable era la más obvia: todos mentían.
—Lo investigaré. Averiguaré qué ha ocurrido.
Trataba de ganar tiempo, pero Baum no la dejó.
—Sería formidable, pero es mejor que sea otro quien se encargue de la investigación. Prefiero que dediques todos tus recursos a evitar que vuelva a suceder algo similar.
Era una reprobación y Antje tuvo que aceptarla.
—Revisaré la situación de mis activos y haré una evaluación de riesgos.
—Es una buena idea. Envíamelo en cuanto lo tengas.
Salió del despacho de Baum con un golpe de calor en el rostro, aunque ya hacía años que no se ruborizaba. Fue al aseo y se refrescó. Se mojó la nuca y se quedó apoyada en el lavabo con la cabeza baja y los ojos cerrados.
—«Dime que me quieres así, Antje».
Una noche. Ella y él.
—«Te quiero así. Te quiero».
El recuerdo le volvió a la piel. La confundió. ¿Tan mal estaba? Tan sola y hundida que se había dejado arrastrar, que no le había importado asumir el riesgo, no solo esa, todas las otras veces, la mañana en las escaleras del Park Inn, la tarde en la galería de Tempelhof o la noche en el margen del Spree. No había sido algo inconsciente, sabía lo que hacía y lo que sentía también era real. Si lo hubiera tenido enfrente, habría vuelto a tratar de acercarse a él.
¿Incluso aunque estuviera mintiendo? Antje se obligó a considerar la idea. ¿Por qué no hacerlo? ¿Era peor trabajar para la Inteligencia rusa o la francesa que para la alemana? ¿Por qué no traicionarla cuando todos te vendían y te daban de lado a

la primera oportunidad? ¿Por qué no herirla si ella lo había herido a él? ¿Por qué no hacerse aún más daño el uno al otro?

Se sintió mal, encerrada. Hacía demasiado calor para el traje de chaqueta, pero seguía empeñándose en llevarlo. Se empeñaba en demasiadas cosas y cuando ya era tarde se daba cuenta de que no siempre valían la pena.

Levantó el rostro, recompuso el gesto, se enfrentó al espejo y se reconcilió consigo misma. No iba echarlo todo a perder por él. No iba a confiarle su vida para que la hiciese pedazos. No iba a cerrar los ojos y dejar que se ocupasen otros. Nunca lo había hecho. No iba a empezar ahora.

Salió del aseo y trató de obtener alguna seguridad. Sabía por dónde empezar.

Lo encontró cuando ya se marchaba.

—¡Werner!

—¿Sí?

—¿Puedo hablar contigo un minuto?

—¿Ocurre algo? He revisado el correo antes de salir y no he visto ninguna solicitud.

—Ha sido una incidencia de última hora. ¿Recuerdas quién se ocupó del seguimiento de Saud Alouni? Me refiero a la noche de la detención de la célula de Neukölln.

Werner se cambió de hombro la mochila, incómodo, pero respondió con normalidad.

—Fui yo. Hice lo que me pediste. Lo vigilé hasta que entró en la casa y transmití el aviso cuando salió.

—¿Notaste algo extraño? ¿Algo que te llamara la atención?

—No hubo nada extraño. No pude hacer la identificación facial porque no había suficiente luz, pero llevaba la misma ropa que horas antes y cumplía los parámetros de altura. Lo especifiqué en mi informe. ¿Hay algún problema?

Antje dudó sobre si debía contárselo. Se enteraría pronto de todos modos.

—Ningún problema, pero necesito la grabación. Quiero comprobar algo.

—¿Es urgente? —dijo aferrándose al asa de la mochila—. Puedo enviártelo mañana a primera hora.

—Prefiero que sea ahora.

No le gustó, pero cuando Antje regresó a su despacho y abrió el correo ya lo tenía en la bandeja de entrada.

Revisó la grabación. No había mucho que ver. Un hombre con la cabeza baja, barba larga y poblada y estatura media. Podría ser cualquiera. No era imposible que el error hubiera partido del BND. No podían descartarlo.

Estaba ampliando las imágenes, examinándolas desde distintos ángulos y comparándolas con las que existían en el archivo cuando sonó el aviso de mensaje en el móvil. Lo ignoró y siguió buscando una confirmación que no habían encontrado los programas de reconocimiento facial más sofisticados. Cuando comprendió que no lo conseguiría, desbloqueó el móvil y abrió los mensajes.

Lo siento.

Siento haberte herido.

De veras lo siento.

El corazón se le paró y luego comenzó a latir de nuevo a golpes fuertes, retumbaban huecos y alarmantes en el pecho.

Cerró el ordenador y fue a apoyarse contra la puerta para asegurarse de que nadie irrumpiría y la sorprendería alterada e inclinada sobre el móvil. Pensó las palabras y quiso decir muchas, pero acabó enviando las que resumían todo lo que no podía escribir.

Yo también lo siento.

La respuesta llegó al instante.

Quiero verte.

Ahora.

Déjalo todo. Ven.

Lo pensó. Lo consideró seriamente. Quiso hacerlo. Estuvo a punto de echarlo todo por la borda.

Luego recordó las veces que se había equivocado y el precio que había pagado. No iba a ponerlo todo en peligro, necesitaba algo sólido a lo que aferrarse y Dmitry había sido la tabla y al mismo tiempo la tormenta. No podía dejar que la hundiera.

No.

Se sintió vacía cuando lo escribió. Y con todo aguardó una respuesta, en pie junto a la puerta y con el móvil en la mano, pero ya no hubo más mensajes.

CAPÍTULO 37

Están en la casa de Pankow. Es sábado y ella le ha dado una excusa cualquiera a Daniel para pasar la mañana fuera. Ha madrugado, ha pasado por una tienda *gourmet* que abre temprano en Westend y ha comprado un montón de cosas para el desayuno. Cosas que sabe o espera que le gusten. Una tabla de quesos, salmón noruego, jamón ibérico, mermelada de grosella, panecillos de cebada y centeno. La bolsa de papel en la que los lleva aún está caliente cuando le ha abierto la puerta. Pero antes de que le dé tiempo a decir «buenos días», él la besa. Un beso corto, pero suficiente para descolocarla. La cerca y la besa. Le quita el aliento.

Trata de hacer como si no la hubiera puesto del revés. Sonríe. Él lleva puesta una camiseta gris y un pantalón de deporte, tiene el pelo despeinado de recién levantado y la sombra de la barba de ayer. Vuelve a besarla y es intenso, fuerte y exigente. Las manos de él están en su pelo y ella tiene el corazón en la boca. Cuando la suelta, jadea.

Deja caer los paquetes y lo asalta. Es Antje la que se abraza a él y lo besa desesperadamente. Busca su piel bajo la camiseta.

Él la frena. Le sujeta las manos y recupera el control.

—No tan aprisa, Anya.

A veces la llama así, sobre todo cuando hacen el amor. Suena como su nombre en alemán, pero más suave. Es vibrante y cálido y la hace arder de anticipación.

La gira y su espalda queda contra su pecho. La inmoviliza y comienza a acariciarla. Aprisiona sus senos, la pega a su cuerpo, y ella se deja llevar y se marea de puro vértigo porque está mal de tantas formas y al mismo tiempo se siente tan bueno que apenas le importa que acabe estallándole entre los dedos. Porque tiene tantas ganas de esto que se derrite como azúcar en el fuego, por más que cuando la culpa la ronda se justifique y se diga que no se trata solo de sexo. No es solo sexo, pero grita y se estremece hasta la última fibra cuando lo siente dentro.

Pero eso es luego. Ahora está a medio desvestir, con la camisa entreabierta y el cierre del pantalón desabrochado, y sus caricias han provocado un incendio. Los panecillos ruedan por el suelo y él hace de su cuerpo lo que quiere, y si lo que quiere es sentirla caliente y mojada ya lo tiene.

—¿Cómo has venido tan temprano? —dice en un tono ronco que la excita aún más—. ¿No podías esperar?

Se desprende de su abrazo, se gira hacia él y por una vez no le cuesta decir la verdad.

—No podía dormir. He pasado toda la noche pensando en ti, pensando en esto.

Lo acaricia mientras habla y lo siente duro y rígido, tan obscenamente grande y deseable que vuelve a sentirse culpable por querer algo prohibido, algo que no le corresponde, pero que nada va a impedir que tome.

Y no le preocupa lo más mínimo que esté mal.

—Me correré en tu mano si vuelves a tocarme —afirma él y la piel se le electriza por efecto de sus palabras—. ¿Quieres eso, Anya?

—No —dice sin vacilar—. Te quiero dentro de mí.

—*Ya tak tebia vyebu chto ty budesh umoliat o poshade.* —Y esta vez no tiene que imaginar qué significa. Él se lo explica—. Te voy a follar tan fuerte que me vas a suplicar que pare.

Y es la clase de amenaza que está dispuesta a tolerar. Se deshace de la camisa mientras él se quita la camiseta. La muerde en la boca y le baja el pantalón de corte recto, ella tira del elástico del suyo y las manos se le van, vuelve a acariciarlo, pero él la detiene. La coge de las muñecas y la arrincona contra la mesa. Le acaba de quitar la ropa a tirones, la alza y la sienta en el borde. Se quedan los dos a la misma altura, los brazos de ella alrededor de su cuello y cada milímetro de su erección justo entre sus piernas.

—Deja que te mire —le pide—. Deja que te vea.

La sujeta con fuerza por la nuca y no la suelta mientras le acoge centímetro a centímetro. El corazón le estalla, pero no es entonces cuando grita. En ese momento ni tan siquiera es capaz de respirar. Es unos segundos después, cuando él se aparta y ella le suplica, le ruega que aguarde, porque quiere tenerle más así, quiere retenerle todo lo que sea posible.

—Espera, no te muevas. Espera un poco más.

Hace lo que le pide y la abraza, solo la abraza.

—¿Así?

Así, llenándola, tan cerca de él, frente contra frente y acompasando la respiración, centrada solo en las sensaciones. La intensidad con la que reacciona su cuerpo la coge por sorpresa. A los dos les sorprende. No quería que sucediera tan pronto, pero ninguno puede evitarlo.

—*Blyat*[25] —exclama antes de seguirla, de empujar contra ella a sacudidas cortas y violentas.

Están abrazados, fundidos. Como si acabasen de atravesar un vendaval y solo permanecer juntos les hiciera resistirlo. Cuando pasa, Dmitry alza el rostro y Antje vuelve a notar la presión en el pecho. Le sucede cuando lo tiene tan cerca, cuando lo siente tan cerca.

—Di, ¿cómo lo haces? —pregunta él.

—¿Cómo hago el qué? —replica Antje sin entender.

—¿Cómo haces para que me sienta tan jodidamente bien?

Se le olvidan los argumentos, abre la boca para decir algo y vuelve a cerrarla. Por fin consigue articular algo coherente.

—No hago nada, solo te quiero. Quiero esto.

---

25 Joder.

Podría intentar explicarle que es fácil acertar con él porque no oculta sus emociones. Porque a su lado nunca tiene dudas sobre si se excede. De hecho, cuando están juntos, la sensación que experimenta es la de que Dmitry quiere más de ella, y se lo daría, pero no puede evitar ser realista. Apenas hace tres meses que cruzaron la línea. Seguramente lo que sienten pasará, antes o después se cansarán. Él antes que ella.

Algo en su interior se encoge y tiene que hacer un esfuerzo para contenerlo. Se abraza más a su cuerpo y se aferra al momento. Si fuera posible lo congelaría, se quedaría justo en ese instante.

Dmitry la estrecha contra sí.

—*Ya tozhe tebya lyublyu*.[26]

—*Ya eto znayu*[27] —responde tratando de deshacer el nudo del pecho.

Lo consigue. Le toma por sorpresa.

—¿Desde cuándo hablas ruso?

—No lo hablo. Solo me interesa conocerlo. —Se justifica porque no ha podido evitar la curiosidad y porque quiere saber más de todo lo que tenga que ver con él.

Y porque quería ver su cara cuando la oyese.

—*Obmanshitsa*[28] —dice como si estuviera ofendido y la muerde con suavidad en el lóbulo de la oreja—. Tendré más cuidado con lo que digo.

—No hace falta. Es la única frase que entiendo.

—¿Qué más te gustaría saber? Puedo explicarte todo lo que necesites.

—¿En serio? ¿Todo? —ríe ella porque le está haciendo cosquillas en el costado.

—Quizá no todo —bromea con una sonrisa traviesa que se refleja en sus ojos—. Prueba.

---

26 Yo también te quiero.
27 Lo sé.
28 Tramposa.

Lo piensa y dice lo primero que se le ocurre.
—¿Cómo se dice: me gusta tu boca?
—*Mne nravitsya tvoya ulybka.*
—¿Y me gusta que me mires?
—*Mne nravitsya kogda ty smotrish na menya.*
—¿Me gusta que me toques?
—*Mne nravitsya kogda ty prikasayeshsya ko mne.*

Su gesto se vuelve oscuro y crudo por momentos y ella sube la apuesta.
—Me excita que me susurres palabras sucias y calientes en un idioma ininteligible.
—*Menya zavodit kogda ty shepchesh mne gryaznyye slova na neponyatnom yazyke.*
—*Menya zavodit...* —repite intentando recordar la frase, pero él la interrumpe, le echa la cabeza hacia atrás y recorre con la lengua su garganta, el cuello... Baja hasta uno de sus pezones y lo moja de saliva.
—Me gusta hacerte cosas sucias y calientes.

Bip. Bip. Zzzzz.
El móvil vibró sobre la mesa de la cocina. Dos toques cortos y un zumbido, suficiente para sacarla de la evocación, pero no para devolverla del todo a la realidad. Antje lo miró como si se tratase de un objeto ajeno a ella, algo cuyo sentido ignorase, pero el móvil insistió pertinaz y repitió los avisos.

Lo cogió de mala gana, lo desbloqueó y leyó el mensaje.
Estamos en camino.

Consultó la hora. Las nueve y media. Disponía de unos cuarenta y cinco minutos y necesitaría treinta para llegar al centro. Más valía que se apresurase.

El café se había quedado frío, pero renunció a tomárselo recalentado. Esperaría a comer algo sólido a la vuelta. Era sábado, como aquella otra mañana que se había colado en su desayuno. No hacía más de tres, cuatro semanas, pero las circunstancias habían cambiado diametralmente. Ya no tenía que darle excusas a Daniel y Dmitry estaba fuera de su vida.

Quizá debería estarse preguntando por qué la marcha de su marido había ocupado tan poco espacio en sus pensamientos y en cambio no podía dejar de recordar a Dmitry, pero todo cuanto era capaz de hacer era añorarle.

Llevaba días en el mismo bucle. Rememorando instantes, secuencias, frases que se quedaron a medio pronunciar; tratando de decirse que había hecho lo correcto, lo más sensato, lo menos malo, pero no por ello se sentía mejor. No por eso dejaba de imaginarle a su lado cuando despertaba y lo buscaba cuando se giraba al otro lado de la cama.

—«Me alegra que estés aquí».

—«Me alegro de estar».

Luchó con todas sus fuerzas para detener la sensación de fracaso. Tenía una cita complicada en pocos minutos y la peor carta de presentación era llegar sin moral y derrotada. Había dedicado tiempo y esfuerzo a prepararla, era su último y mejor recurso y, si no tenía éxito, todo su trabajo se pondría en cuestión. No podía estropearlo solo porque lo que de verdad quería hacer era quedarse en la cocina contemplando una taza de café frío.

Se levantó haciendo acopio de energía. Peter estaba pasando el fin de semana con su padre, así que la casa estaba vacía. Echó un último vistazo al espejo, pidió un taxi a través del móvil y salió a esperar a la avenida. Llegó en menos de cinco minutos y la condujo a la Isla de los Museos en poco más de veinte.

La mañana de julio era luminosa y cálida, la temperatura invitaba a salir a la calle y en los jardines que bordeaban el río mayores y pequeños tomaban el sol en medio del césped. Los turistas curioseaban en el mercadillo frente al puente de Friedrich y una larga fila de visitantes esperaba en la entrada del museo de Pérgamo.

Antje no tuvo que aguardar turno. Ya había reservado el acceso con antelación. Le enseñó el código del móvil al vigilante y pasó el control de seguridad. Cuando estuvo en el interior envió un mensaje.

Estoy en la posición.

Avanzó mezclándose con los turistas y los grupos organizados. Conocía el museo. Lo había visitado en su época de estudiante y, más recientemente, con Peter. La última vez en 2014 cuando aún no habían cerrado al público la sala de la que tomaba el nombre. Aún faltaban meses para que el Altar de Pérgamo se expusiera de nuevo, una vez que concluyesen las obras de restauración; pero trabajar para Inteligencia tenía ciertas ventajas.

El móvil volvió a vibrar.

Te está esperando.

Se dirigió hacia una de las puertas con indicación de acceso restringido. Introdujo una tarjeta magnética y cedió al primer intento. La condujo a un pasillo largo y estrecho, sin ventanas, pero con cámaras equipadas con sensores de movimiento que no se activaron a su paso. Se habían ocupado de ello. Estudiaron el escenario al detalle y examinaron otras alternativas. Habían escogido el museo porque era la más segura y la menos comprometida. No tenía nada de extraño que un visitante de paso quisiera invertir algunas horas en recorrer uno de los museos más conocidos de Berlín y menos si había estudiado una licenciatura en Historia del Arte, como era el caso de Ismail al Kathari.

Lo encontró frente a la gran escalinata, absorto en la contemplación del templo y las monumentales esculturas del siglo II a. C. que decoraban el friso.

Parte de la instalación estaba cubierta por lonas y rodeada de andamiaje, otra aún aguardaba la restauración, pero seguía siendo una visión impactante. La grandiosidad de la obra, la expresividad y belleza de las figuras, la blancura del mármol, la armonía del conjunto, lo extraño de encontrarse frente a un escenario de tal magnitud bajo el espacio cerrado del museo y la oportunidad de contemplarlo en circunstancias tan excepcionales, sin la presencia de los cientos de turistas que en aquellos momentos se disputaban un hueco para hacerse una foto frente a la Puerta de Ishtar o el Mercado de Mileto.

—Es extraordinario, ¿verdad?

Kathari asintió y siguió contemplando las piezas. Antje le dio tiempo. Su estrategia había cambiado. No solo había buscado un lugar seguro para la conversación, también había pretendido que él lo apreciase. La situación ya no era la misma que en su primera entrevista en el Park Inn. Kathari había cumplido con su parte del trato y por lo tanto era un colaborador, un activo. Había facilitado información, aunque de menor importancia. Antje reconocía que después de la captación se había olvidado un tanto de él. Le constaba que la relación con Athieng se había enfriado. En cuatro meses Kathari solo había visitado una vez Berlín. Ya no podía recurrir a las amenazas. Necesitaba algo mejor si no quería perderlo.

—Mi trabajo de fin de carrera versó sobre Palmira. Me fascinaba la antigüedad, la época griega y romana, Mesopotamia... Durante los años ochenta documenté parte de los trabajos de reconstrucción de Babilonia que encargó Sadam Hussein. ¿Tenía usted constancia de eso?

—Hemos estado haciendo averiguaciones —reconoció Antje—. Sabía que amaba el arte clásico, sí.

No pareció molestarle la afirmación. Al revés, mostró cierto orgullo que se traslució en la mirada que dirigió hacia la cuidada puesta en escena que les rodeaba.

—La última vez que nos vimos dijo que yo era un fraude, que no tenía experiencia ni preparación.

Antje maldijo su buena memoria.

—Fue una conversación desafortunada. La situación era... sigue siendo crítica —corrigió—. Le ruego que disculpe mi forma de expresarme.

La última vez que se vieron Dmitry estaba con ella y no dudó en ser aún más dura de lo que se habría mostrado en otras circunstancias. Algo perverso la empujó. Algo que estaba en su interior y salió a la luz al primer intento. Pero aquella mañana estaba sola, aunque Werner o algún otro vigilase las cámaras y no muy lejos aguardasen dos agentes. Se sentía sin fuerzas y cansada y le costaba encontrar los motivos por los que Kathari debería olvidar su primer encuentro y franquearse con ella. Por suerte, su interlocutor no buscaba la revancha.

—Incluso yo había olvidado cuánto disfrutaba datando restos y estudiando el origen de una pieza rescatada del mercado negro. Durante muchos años fue importante para mí. Era mi auténtica vocación, pero se volvió difícil dedicarse a ella. La revolución chiita en Irán, la guerra de Irak, el recrudecimiento del conflicto entre Israel y Palestina… —Kathari hizo un gesto con la mano desechando la idea de seguir enumerando crisis y desastres—. Me volví cómodo, me resigné. Gasté el patrimonio de mi familia en negocios que no tuvieron éxito. Luego un amigo común le habló de mí al padre de mi esposa. Buscaban alguien culto, que hablase idiomas y tuviese mundo. Tienen negocios que lo requieren, pero fui otra decepción para ellos. No me interesan los negocios. Prefiero gastar el dinero a ganarlo. Así que supongo que tiene razón, no soy más que un fraude.

Le sorprendió solo en parte aquel arrebato de sinceridad. No era extraño, una vez que las primeras barreras caían, las demás las seguían. Hombres y mujeres confesaban toda clase de delitos, secretos de familia, perversiones, viejas culpas. ¿No le había contado ella a Dmitry sus pecados? Se llevó la mano al costado y presionó. No quería más dolor.

Recurrió al discurso establecido y se esforzó por dotarlo de convicción.

—Está haciendo algo verdaderamente útil, Ismail. Su colaboración ha sido muy valiosa y le estamos muy agradecidos. Debe sentirse orgulloso y…

No la dejó continuar.

—Estoy poniendo en peligro mi vida y traicionando la

confianza de mi cuñado. He sido una carga para la familia y mantuvimos enfrentamientos en el pasado, pero me mostraba respeto y yo se lo he devuelto colocando micrófonos en su sala de estar. ¿Qué cree que sucederá conmigo y con los míos si descubre lo que he hecho? Tengo dos hijos más, ya son casi adultos, Hamid tiene dieciocho años y Rasul, dieciséis. Mi esposa es hermana de Talib, pero solo por parte de padre. Son hijos de madres distintas. ¿Cree que mi cuñado vacilará en ordenar su ejecución? Yo debería haber cuidado de ellos. —Kathari se acercó más al friso. Una de las figuras deificadas blandía una espada y se disponía a hundirla en un mortal aplastado por el peso de su atrevimiento—. No, no me siento orgulloso.

Le comprendió demasiado bien y, por más que le asegurase que nada de aquello ocurriría, ambos sabrían que sería mentira. Si le descubrían, ni Antje ni nadie en el BND podría protegerle. Pese a todo insistió.

—Hemos tomado todas las precauciones posibles. Somos los principales interesados en garantizar su seguridad.

—Pensaba que solo les interesaba su propia seguridad. Me amenazó con expulsar a Athieng y a nuestro hijo de Alemania y devolverles a Sudán.

—Ismail...

—No gaste esfuerzos conmigo. Sé que tengo lo que me he buscado. Lo supe en cuanto la conocí, me refiero a Athieng. Era preciosa, joven, dulce... Supe que traería problemas, pero me enamoré, me enamoré como un idiota de ella.

No quería hacerse amiga de Kathari. Era un hombre cercano a los sesenta que se había fijado en una joven de diecinueve sin recursos, sola en un país extranjero en el que sería doblemente discriminada por su condición de mujer y por su raza. Y además la había dejado embarazada. No, no quería simpatizar con él, pero podía entender sus razones.

—Hay un dicho que se usa en mi país cuando quieres desearle un mal a alguien. '*Wa'atamanaa lakum taqae fi alhabi*, ojalá te enamores. ¿Ha estado enamorada alguna vez? Enamorada de tal modo que olvidaría su honor, que arruinaría su casa, que no dudaría en destruir a su familia…

Antje soltó aire y trató de centrar la conversación. Aquello se le escapaba de las manos por momentos. Kathari hablaba para sí mismo más que para ella y mostraba más interés por las columnas jónicas que por lo que tuviera que decirle.

—Necesito su ayuda, Ismail. El ISIS ha perdido terreno en Siria y hay informes que advierten de que planea dar un golpe de efecto en Occidente para contrarrestar las noticias negativas y dar nuevas fuerzas a sus fieles. Hay muchos rumores, pero necesitamos algo concreto. Cualquier información sería de un valor inestimable. No le estoy diciendo que haga nada inmoral, le estoy pidiendo que salve vidas.

—Mientras venía hacia aquí leí las noticias. Una balsa con refugiados desapareció ayer a pocos kilómetros de las costas griegas. Había más de cien personas a bordo. ¿Por qué nadie salvó esas vidas?

—Es terrible, a mí también me avergüenza, pero los atentados solo harán que la política de acogida sea aún más restrictiva.

—Athieng me ha dejado —la interrumpió sin escucharla—. Me lo dijo hace algunos días. Ella es así, no sabe mentir. Le conté que estaba tratando de encontrar el modo de venir a verla y me lo explicó todo. Ha conocido a otro hombre. También es árabe, pero más joven. Vive aquí en Berlín. Es bueno con ella y con el niño. La ayuda con los trámites y los estudios. Ha vuelto a asistir a clases y él la anima. Incluso me dijo su nombre, se llama Abdel.

Antje se mordió los labios y maldijo a Abdel y a toda su familia. Era uno de sus agentes. En un principio había intentado que fuera él quien la acompañara al encuentro con Kathari en el Park Inn, pero Baum sugirió que se acercara a Athieng y se ganara su confianza. Los informes de Abdel habían sido de rutina, referidos a horarios y actividades, pero en ningún punto había citado que Athieng hubiese abandonado a Kathari porque le prefería a él.

—Eso no cambia...

—¿No cambia nada? ¿Es lo que iba a decir? ¿No afecta al hecho de que he puesto en riesgo a mi familia y a mí mismo por una mujer que no desea saber nada de mí?

Antje aceptó la evidencia. No tenía nada para presionarle, salvo la amenaza de descubrirle y sería demasiado ruin. No iba a hacer eso. Si no se rindió fue por pura exigencia personal y profesional.

—Comprendo su frustración, pero es ahora cuando puede dar sentido a las decisiones que tomó en el pasado. Si conoce los planes del Estado Islámico y los oculta, tendrá que vivir con ese cargo en la conciencia.

—Ya vivo con un cargo en mi conciencia. Usted se ocupó de eso.

Antje soltó todo el aire de golpe, sabía reconocer cuando había perdido, por eso las siguientes palabras de Kathari la cogieron por sorpresa.

—Tiene razón. Están preparando un golpe de efecto en Europa, pero no sé las circunstancias ni la ciudad que elegirán, solo que será pronto, antes de que termine el verano.

Se quedó desconcertada, pero no trató de cuestionarlo ni preguntó por qué se lo contaba.

—¿Cómo lo sabe? ¿Cuándo lo descubrió?

—Escuché una conversación. Llegaron a un acuerdo. El ISIS tiene rehenes en Siria, varios son colaboradores y militares rusos. Los usaron en un intercambio. Liberaron a esos hombres y a cambio los rusos intercedieron por un imán relacionado con los atentados de Bélgica. Le ayudaron a ponerse en contacto con las milicias sirias. Su nombre es Saud, Saud Alouni. Él es quien se encarga de facilitar las armas a las células que ha ido reclutando. Quiere llevar la guerra a las calles, como en Siria.

Se quedó sin palabras, completamente muda.

—No sé nada más y no se lo he dicho para pedirle algo a cambio. Lo he hecho porque creo que es lo correcto, pero no daré un paso más ni me implicaré en esto. No me arriesgaré a que ejecuten a mis hijos.

Aún estaba bajo el impacto de aquella confirmación de sus peores temores, pero trató de darle esa seguridad.

—No ocurrirá. No volveremos a presionarle para que colabore con nosotros. Tiene mi palabra.

Kathari respiró más aliviado, descargado de un peso.

—Lo único que deseo es seguir adelante y olvidar todo esto, pero espero que tenga éxito y logren detener los atentados.

—Solo algo más —insistió Antje—, ¿está completamente seguro de que los hombres que ayudaron a ese imán del que me ha hablado eran rusos?

—Estoy seguro. Uno de ellos visitó a Talib. Tengo una imagen suya. ¿Quiere verla?

—Por favor.

Tres hombres estaban sentados en torno a una mesa. Uno era Talib Hassani, el otro alguien muy sonriente que Antje no reconoció, el tercero era Pável Mijáilov, un viejo conocido de los servicios de Inteligencia europeos, experto en Oriente Medio y en retorcidos pactos con los aliados más improbables e inesperados. La sensación de llegar tarde, de haber perdido, de estar ciega, la dominó. Lo único que la sostuvo fue decidir que podía esperar un poco más para derrumbarse del todo.

—Le agradecemos su colaboración y quiero que sepa que nuestras puertas siempre estarán abiertas para usted. Si averiguase algo más...

—No quiero averiguar nada más. No espere más de mí, ya le he dicho que llevo toda mi vida siendo una decepción, pero le agradezco esto —dijo señalando las columnatas simétricas y las figuras esculpidas en piedra proclamando orgullosas su victoria sobre el tiempo y las guerras.

—Me alegra que le haya gustado.

—Me ha hecho recordar y eso siempre es peligroso. Procuraré no hacerlo en adelante. ¿Me asegura que Athieng y el pequeño estarán bien?

—Nadie les pondrá problemas. Se lo garantizo.

—Tendré que creerla. No tengo intención de volver a Berlín. Me quedaré en Omán por un tiempo. Por bastante tiempo —dijo echando un último vistazo a los restos del antiguo templo heleno.

—Buena suerte entonces —dijo tendiéndole la mano.

Kathari la aceptó con un apretón corto y la dejó sola en la sala inmensa. Ella se quedó contemplando las figuras de piedra.

Faltaban muchos fragmentos, pedazos enteros habían sido arrancados o destruidos, pero el mensaje seguía estando claro más de dos mil años después de su construcción. El friso se dividía en vencedores y vencidos, y lo único que les quedaba a estos últimos era esperar el golpe definitivo.

Antje se preguntó si también habrían estado enamorados.

CAPÍTULO 38

El policía que controlaba el acceso al Reichstag verificó su identificación. Antje esperó mientras el sistema daba el visto bueno. En apenas unos segundos llegó la autorización.
—Todo correcto. Puede pasar.
Había usado la entrada por la que accedían los visitantes, la misma que empleaban diputados, funcionarios y periodistas, solo que, a diferencia de los primeros, no había tenido que solicitar con antelación el debido permiso, con la acreditación era suficiente.
Eran innumerables las veces que había visitado la sede de la Asamblea Federal, bien por motivos de trabajo o por el exclusivo deseo de estar. Como para muchos alemanes, para Antje el Reichstag contenía no solo un significado político o social, sino también una gran carga emocional. A los dieciocho años hizo cola durante horas para ser de las primeras en visitarlo tras la reapertura. Era el símbolo de la Alemania reunificada y de la voluntad de afrontar el futuro de un modo distinto. Renovación. Transparencia. Confianza. Aprender de los errores, superarlos y jamás volver a repetirlos. Todo eso representaba aquel edificio.
Evitó los ascensores y usó las escaleras para subir a la cúpula de cristal que coronaba la Asamblea. Una pantalla móvil se desplazaba por el exterior siguiendo el recorrido del sol

para evitar el exceso de radiación. Incluso contando con esa protección, la combinación de vidrio, acero y espejos, junto con la sobreabundancia de luz de la mañana de julio, creaban una sensación aún más intensa que de ordinario, un efecto con algo de irreal. La rampa que circundaba las paredes parecía suspendida de la nada, las figuras de los visitantes se veían empequeñecidas. Todo lo que no fuera luz quedaba en un segundo plano.

¿Y no era eso lo que había ido a buscar? Luz, claridad, algo que la ayudase a decidir en qué sentido avanzar.

El sistema de climatización era tan eficiente como todo el edificio y la temperatura no era sofocante a pesar de la elevada exposición solar. Turistas de todas las nacionalidades circulaban alrededor de la cúpula siguiendo las explicaciones de las audioguías, su flujo era constante, pero el espacio era tan grande y diáfano que su presencia apenas se hacía notar. Antje avanzó hasta la mitad de la altura y se quedó en la zona orientada hacia el este, desde donde se tenían las mejores vistas de la puerta de Brandemburgo, la cancillería, la catedral y, destacando al fondo, la columna gris coronada por la esfera metalizada que emplazaba Alexanderplatz.

—No tiene arreglo. No basta con unas cuantas manos de pintura ni con invertir montones de dinero en todo este cristal —señaló él mirando a su alrededor—. Lo que hicisteis, la guerra, los muertos, las cámaras de gas..., continúa estando ahí abajo.

Antje se dolió. Se sintió atacada, aunque fuera lo de menos. Había pertenecido a la generación que creyó que las cosas podían cambiar, que serían capaces de construir un mundo diferente. Era evidente que habían fallado, pero aún le costaba renunciar a aquel sueño.

En cualquier caso, solo era uno más de los muchos aspectos en los que había fracasado, y no el que la había llevado allí, así que se giró hacia él y trató de mostrarse firme, no a la defensiva. Lo consiguió solo en parte.

—¿Desde cuándo te interesa la memoria histórica?
—Me importa una mierda la memoria y la historia —dijo Dmitry.

Tragó saliva al verlo y no por la rudeza de la contestación. Ya contaba con esa actitud, pero no sabía qué debía esperar de sí misma, no estaba segura de cómo reaccionaría cuando lo tuviera delante.

Se alegró de haber escogido el Reichstag para encontrarse con él. Un espacio neutro que le garantizaba cierto control sobre la situación. Había hecho bien porque Dmitry, además de agresivo, había decidido acudir a la cita con su aire más matador. Con camisa y chaqueta, recién afeitado y con un nuevo corte de pelo. Parecía que acabara de escapar de un anuncio de perfumes, uno en el que el modelo, además de la fragancia, vendía éxito y confianza en sí mismo.

Antje se había puesto un pantalón negro de talle bajo, una camisa blanca sin mangas y unos pendientes de plata. Había renunciado a la chaqueta, pero no a los *stilettos* y aun así se sintió en manifiesta inferioridad de condiciones.

Respondió con la misma moneda.

—Si te desagrada tanto Berlín, no entiendo qué haces aún aquí.

Dmitry apretó la mandíbula. Se había prometido que no iba a entrar en su juego. No después de que lo llamara el día antes y le despachara con dos frases que eran dos órdenes: el lugar, la hora. Sí, había gastado parte del dinero de Hardy en el establecimiento de una de las firmas de moda más exclusivas de la avenida Ku'damm y se había esforzado por recuperar la antigua actitud, la que mejor le había funcionado, tanto en los negocios como en otros aspectos. Formaba parte de sus nuevos planes. Otra cosa era que una parte de esos planes consistiera en demostrarle a Antje que ya no le importaba.

Y que supiera que sus planes eran absurdos no era suficiente razón para impedir que los llevara a cabo.

Se quedaron contemplando la ciudad más allá del cristal,

encerrados cada uno en su silencio. Antje fue la primera que reconoció que no tenía ningún sentido comportarse así.

—Lo siento. No era eso lo que quería decir. Comprendo que estés decepcionado y sé que tienes derecho a estar furioso.

—Es muy generoso de tu parte —dijo él ácido.

—Pero sería de mucha ayuda que apartáramos los temas personales y aclarásemos algunas cuestiones que van más allá de ti y de mí.

—Por supuesto, salvemos a Alemania antes. ¿Qué es lo que quieres aclarar?

Sintió la tentación de abandonar. Sería inútil, una pérdida de tiempo, pero tenía una agenda, un objetivo, una obligación consigo misma y además estaba lo que le debía a él. Había decidido que lo correcto era ofrecerle la oportunidad de dar su versión de los hechos y lo iba a intentar.

—Hace unos días recibimos una comunicación oficial. La CIA la remitió a todos los servicios de Inteligencia implicados en el contraterrorismo yihadista. Se refería a Saud Alouni. Hay testigos que lo vieron en Mosul a primeros de junio.

Lo miró a los ojos y él no parpadeó.

—Ya lo sabía.

Ella abrió la boca y la volvió a cerrar sin dar crédito.

—¿Lo sabías? ¿Y me lo dices así?

Su confianza se resquebrajó. Pese a todas las evidencias se había resistido a creer que Dmitry la hubiera engañado premeditadamente. No respecto a aquello ni en otros aspectos, pero debía aceptar que había perdido toda imparcialidad respecto a él. No podía confiar en sí misma. Y aquel encuentro era un nuevo error. Tenía que haber dejado que fuese otro el que hiciese las preguntas.

—Entonces no hay nada más que hablar.

Quiso irse, pero él le cerró el paso.

—No es lo que imaginas. Me enteré por Hardy y, por si te interesa, él piensa que alguien de dentro del BND alertó a Alouni; que envió a otro en su lugar y le ayudaron a huir de Berlín. ¿No me dijiste que uno de los integrantes de la célula había desaparecido y no dabais con él? Dragad el río y comprobad si es el hombre que buscáis.

Se quedó desencajada. Se volvió hacia los lados para asegurarse de que no había nadie que pudiera escucharlos. Se tranquilizó solo en parte. Los otros visitantes estaban a distintas alturas o al otro extremo de la cúpula, y los materiales y el espacio vacío amortiguaban el sonido, no lo transmitían.

—Eso es absurdo —dijo bajando aún más la voz—. ¿Por qué iba nadie dentro del BND a sabotear nuestra propia operación?

—Quizá tenéis algún infiltrado. Es posible que Faaria haya decidido cambiar de bando. ¿Cómo quieres que lo sepa?

En el rostro de Antje no se movió ni un músculo y Dmitry se vio obligado a dar marcha atrás.

—Olvida lo de Faaria. No estaba hablando en serio. Deberías saberlo.

—Si es cierto, ¿por qué no me lo dijiste antes? ¿Por qué no me avisaste?

—¿Crees que miento? —preguntó subiendo el tono—. Dime, di una sola vez en la que te haya mentido. No he sido yo quien ha pasado todos estos meses olvidando mencionar que estabas casada.

Era imposible razonar así. Antje sabía que tenía todas las de perder si continuaban por ese camino. Trató de frenarle, pero no dio resultado.

—Dmitry...

—Siempre te dije la verdad. Si no te lo conté fue porque Hardy me advirtió el mismo día en que me habló de tu marido y tu hijo y, francamente, me la trajo floja lo que hubiese pasado con Alouni.

Antje cogió aire en una bocanada grande. Tenía razón. No podían separar lo que había entre ellos de lo demás. Todo guardaba relación. Quizá era mejor hablar claro de una vez y así, al menos, las palabras no se le quedarían atravesadas.

—Daniel y yo nos hemos separado. Ya hemos iniciado los trámites del divorcio. No pretendo que sirva de excusa, no lo es, pero nunca tuve intención de ser deshonesta contigo. No estaba fingiendo. Todo lo que te dije, lo que sentí, fue verdad.

Le tomó por sorpresa. Lo consiguió. Le hizo dudar. Dmitry se había prometido no volver a creer en nada que tuviera que ver con ella, no dejarse enredar más por sus palabras. ¿Por qué iba a ser sincera? ¿Por qué sería diferente aquella vez?

Pero era difícil resistir cuando lo que más deseaba era creer.

—¿Y por qué nunca me hablaste de ellos?

Antje trató de explicarse, decir la verdad, aunque escociese.

—Tenía miedo.

Y acertó, dolió.

—¿Miedo de mí?

—Sí, en parte... Al principio no estaba segura de que no fueras un peligro y no quise implicarlos a ellos. Preferí exponerme yo sola —dijo manteniendo la mirada a pesar de lo mucho que costaba conservar la entereza—. Después... Después fue tarde. No sabía cuándo ni cómo explicártelo. Y tampoco tenía la certeza de que fuese a durar. ¿Cómo iba a tenerla? —preguntó implorando comprensión.

Dmitry evitó responder, apartó el rostro. No tardó mucho en decidirse. Siempre le había resultado más fácil digerir la verdad cruda que el azúcar hueco con el que se envolvían las mentiras.

—Lo que te dije por teléfono era cierto. Siento haber reaccionado así. Ni siquiera conocía a esa chica. Lo hice solo porque... Lo hice porque soy estúpido. Debí hablar antes contigo.

Su mirada era abierta, transparente y en aquel instante lo verdaderamente difícil era abstraerse de ella.

—Sí, debimos hablar.

—Tienes razón, quería herirte.

La luz los rodeaba y todo el espacio tenía algo que lo diferenciaba de lo banal, de lo ordinario. Hacía que fuese más fácil ser honesto.

—Lo conseguiste —reconoció Antje.

—Lo siento.

—También yo. No he dejado de sentirlo ni un solo día.

A pesar de no haberse movido, estaban más juntos. Las manos rozándose, los cuerpos gravitando el uno hacia el del otro. Era una atracción física. La clase de fuerza contra la que no es posible luchar.

Fue él quien rozó su sien con la mejilla y ella la que buscó el contacto de sus dedos.

—Te echo de menos, Anya. No quería, pero no puedo evitarlo.

—Yo tampoco quería enamorarme de ti, pero ocurrió y no me arrepiento.

Fue aceite en las heridas, igual que lo fue besarse. Un beso lento y prolongado en aquella claridad deslumbrante.

Cuando se despegaron Antje necesitó tiempo para recuperar la orientación y Dmitry había olvidado ya sus intenciones.

—Dame otra oportunidad, Antje. Lo haré mejor esta vez, te lo prometo. Quiero hacerlo mejor.

Había pasión en su voz. Había fuerza, intensidad, vulnerabilidad, todo lo que amaba en él. Quiso creer, quería confiar, estuvo a punto de olvidar los inconvenientes, pero no fue capaz. Necesitaba algo más que palabras. No podía fiarlo todo a un sentimiento. No se trataba solo de ella.

—No puedo.

La expresión de Dmitry se nubló.

—¿Qué es lo que no puedes?

—No puedo actuar como si no ocurriese nada. No podemos seguir viéndonos mientras continúes trabajando para el DGSE o para cualquier otro servicio. No puedo respaldarte.

—¿Para cualquier otro servicio? —dijo él mordiendo las palabras—. Habla claro, ¿para qué otros servicios piensas que estoy trabajando?

—Alouni está preparando atentados con armas automáticas y explosivos y los servicios secretos rusos le han dado cobertura. Tengo pruebas. Y tú ibas a negociar una compra de armas en el mercado negro. Debería hacer que te detuvieran solo por eso.

Quería hacérselo entender, que comprendiera lo difícil que era la situación para ella. Pero no ocurrió.

—¿Lo que intentas decir es que te preocupa que esté colaborando con los servicios secretos rusos?

Vaciló. Temió estar a punto de estropearlo cuando apenas comenzaban a arreglarlo. Había cosas que sentía a ciencia cierta que habían sido reales. Sabía que su furia era sincera, que su necesidad también, que lo que habían creado juntos no era un espejismo, pero lo que estaba sucediendo fuera era demasiado confuso. No encajaba. Le faltaban piezas.

—Creo en ti, pero no sé qué está pasando, no entiendo qué pretende conseguir Hardy, y no podré protegerte si sigues actuando al margen del BND.

—No necesito tu protección —replicó cortante.

—Intenta comprender… —insistió, pero él la interrumpió.

—¿Por eso me has llamado y me has contado esa historia de que vas a divorciarte? Pues entérate, ya no funciona. Pienso seguir adelante con lo que vine a hacer a Berlín y cumpliré mi parte del trato con Hardy porque es lo que yo hago. Solo tengo una palabra. No soy como tú. No tengo una para cada ocasión.

—No es mentira. No lo he dicho para manipularte —dijo tragándose la hiel en la boca y espantando el escozor de los ojos—. Solo pretendía advertirte. No te enfrentes al BND. Acabará mal si lo haces.

Dmitry dirigió la vista hacia el cristal, hacia la ciudad. Ella sabía que se estaba conteniendo, que volvería a malinterpretar sus palabras y confundiría el aviso con una amenaza. Habría querido desdecirse y volver a intentarlo, abrazarlo, aguantar su arrebato y tratar de hacerlo entrar en razón.

—Guárdate tus advertencias donde te quepan y no te preocupes por mí. Sé cuidarme solo.

—Dmitry, espera…

No escuchó. Le dio la espalda y se marchó. Ella se quedó clavada en el sitio, viéndole ir, reprimiendo las ganas de correr tras él, e incapaz de decidir si había hecho lo correcto o se había equivocado otra vez.

CAPÍTULO 39

El asfalto estaba levantado y lleno de baches, la hierba crecía entre las grietas y escombros y pedazos de chatarra oxidada amenazaban con reventar las ruedas del coche. Por fin dieron con el lugar y Dmitry se detuvo a pocos metros de las coordenadas marcadas en el GPS. El emplazamiento escogido por Volkov para la entrega de las armas era una antigua zona industrial en el área de Treptow, al sureste de la ciudad, abandonada desde hacía décadas. El cemento se había caído de las paredes y dejaba a la vista los ladrillos carcomidos. Las puertas de chapa estaban reventadas y los cristales rajados y rotos a pedradas. Otro de los jirones del Berlín oriental que se había quedado al margen de la integración y esperaba con paciencia el derribo.

—*Prêt?*[29] —preguntó a su acompañante.

—*Bien sûr*[30]—respondió sacando el arma reglamentaria y asegurándose de que estaba cargada antes de guardarla de nuevo en la funda.

Dmitry se sintió escéptico ante aquella demostración de fuerza. Tenía su propia arma, pero eso no le impedía reconocer que la gente de Volkov llevaría la ventaja. Todas sus posibilidades pasaban por que quisieran jugar limpio. Tendría que confiar en su nuevo socio.

---

29 ¿Listo?
30 Por supuesto.

No había creído en ella, pero iba a ponerse en manos de un traficante de mujeres.

Una voz le dijo que aún estaba a tiempo de pensárselo mejor, de echarse atrás.

No la escuchó.

—*Allez*.[31]

Bajaron del coche. Eran las cuatro y media de la madrugada. No se veía un alma y no se oía un ruido, faltaba poco para el amanecer y no había dormido. Había preferido esperar despierto, ya dormía bastante mal últimamente, habría sido inútil intentarlo solo para un par de horas.

—*Ceci est une décharge*[32] —dijo su acompañante mirando las pintadas y la basura acumulada, las botellas rotas y las jeringuillas.

Se llamaba Yves Lauzier y no le transmitía seguridad. No porque sospechase una mala jugada; al contrario, parecía el tipo de hombre incapaz de fingir.

Profesional, de pocas palabras, con formación militar, pero escasa experiencia real, no en «el otro lado», donde no valían las reglas. Fue la respuesta de Hardy cuando se quejó de que no tenía apoyo ni garantías. Había llegado a Berlín la víspera y Dmitry suponía que era mejor que nada.

La temperatura era fría. El sol engañaba durante el día, pero a aquella hora el termómetro no pasaba de los trece grados. Se subió la cremallera de la cazadora. Lauzier sacó un paquete de cigarrillos y le ofreció.

—*Tu en veux?*[33]

No fumaba desde que tenía dieciocho años. Por aquel entonces una cajetilla le duraba uno o dos días máximo. Durante el servicio militar enfermó. Una semana de maniobras en pleno invierno ruso convirtió un catarro mal curado en neumonía. Acabó en un hospital que ya era viejo en tiempos de Stalin, inhalando aerosoles y conectado a un respirador.

---

31 Vamos.

32 Esto es un vertedero.

33 ¿Quieres?

Lo aborreció.

—*Non*.

La claridad iba en aumento, pero el sol se resistía a aparecer oculto tras los edificios y las nubes bajas. Una furgoneta se acercó. Era una Mercedes Vito blanca con las luces de cruce encendidas. Se detuvo a cierta distancia y sus ocupantes bajaron. Volkov y tres hombres más.

Demasiados, el doble que ellos. Dmitry volvió a escuchar la alerta. ¿Por qué estaba allí Volkov? No contaba con eso, pensaba que enviaría a alguien en su lugar y no sabía si era bueno o malo.

Uno de los hombres se quedó junto al coche, los otros acompañaron a su jefe. Lauzier tiró el cigarrillo.

—¿Su socio, señor Lébedev? —preguntó tendiéndole la mano.

—Así es. Tendrá que disculparle. Solo habla francés.

—*Bon jour*[34] —dijo ofreciendo el saludo junto con una sonrisa—. La mercancía está en el coche. Supongo que querrán examinarla antes de pagar por ella.

Dmitry tradujo para Lauzier. Era el procedimiento acordado. Él le avisaría de cualquier movimiento y le dejaría la iniciativa. Dmitry había contestado a todo que sí.

De todos modos, pensaba hacer lo que mejor le pareciese.

—*D'accord, on y va.*[35]

Se acercaron a la furgoneta. Lauzier fue primero con Volkov y Dmitry detrás con los escoltas. Abrieron el portón trasero y les mostraron las cajas. Era embalaje corriente, cartón y precinto con un código de referencia impreso en tinta negra.

Lauzier abrió la que tenía más cerca y sacó un fusil AK-47 corto. Lo desmontó y volvió a armarlo. A continuación, revisó las otras. Los cargadores iban aparte. Estaba todo tal como habían acordado.

---

34 Buenos días.

35 De acuerdo, vamos.

—*C'est correct.*[36]

—Soy un hombre de palabra —dijo Volkov—, igual que usted, señor Lébedev. En cuanto tenga el dinero, el material será todo suyo.

Dmitry se abrió la cazadora bajo la mirada atenta de los hombres. La tensión flotaba en el ambiente y no pudo evitar una media sonrisa burlona cuando sacó un sobre del bolsillo interior y se lo entregó a Volkov.

Siempre iba a ser igual de idiota.

—Cuéntalo, Mika.

Mika sacó el fajo de billetes de quinientos euros y los contó uno a uno.

—Está todo.

—Asunto arreglado. Andréi, Oleg, ayudad a cargar las cajas. Ha sido un placer hacer negocios juntos.

Los ánimos se relajaron. Dmitry pensó que no había sido tan difícil. Fue justo antes de que Oleg llamara la atención de Lauzier sobre cómo colocar las cajas en el maletero cuando Andréi le encañonó desde la espalda y le disparó a quemarropa en la cabeza. Las astillas de hueso salieron despedidas junto con la sangre y la materia gris. Le salpicaron la cara.

Notó la presión en la nuca al mismo tiempo que el frío. La clase de sensación que ralentiza el ritmo cardiaco y hace que todo suceda a cámara lenta. Dio por hecho que iba a morir y pensó que no había sido tan malo. Rápido. Limpio. Inevitable. Como Lauzier.

Se equivocó.

No recibió un disparo, sino un mazazo en la base del cráneo. Vio luces brillantes. El suelo, el cuerpo sin vida de Lauzier, los coches... todo osciló. Trataba de mantener el equilibrio cuando recibió el siguiente golpe. Fue en pleno rostro. Cayó sobre la boca y durante unos segundos perdió el sentido. Cuando lo recuperó solo pensó en una cosa.

—¡Tiene una pistola!

---

36 Es correcto.

No le dio tiempo a usarla. Una barra de hierro le machacó la mano. Sintió los huesos crujir y romperse.

—Aseguraos de que no vuelva a intentarlo —ordenó Volkov.

Le reventaron el estómago de una patada. Le golpearon en la espalda y las costillas. Se cebaron con él. Cuando dejó de reaccionar a los golpes y ya no se encogía, Volkov mandó parar.

—Basta. —La orden sonó nítida en el silencio repentino—. ¿Puede oírme, señor Záitsev?

Los oídos le zumbaban, el aire llegaba con dificultad a los pulmones, tenía la lengua hinchada y la boca llena de sangre. No intentó responder, pero comprendió.

Záitsev.

No se puede huir de lo que tú mismo has buscado.

—Ante todo soy un hombre de negocios —continuó sin esperar contestación, solo por el placer de oírse a sí mismo—. Como le dije, investigué sobre usted y me encontré con algo inesperado. Ya le advertí, las armas no son mi campo, no me dedico a eso, no de forma habitual, pero comprar y vender seres humanos... Sí, eso se parece más a lo que hago.

No replicó. No habría servido de nada. ¿Qué podría haber dicho? ¿No soy yo? ¿Se ha confundido de hombre?

Demasiado tarde para renegar de uno mismo.

—Y, compréndalo, un millón de euros es una tentación para cualquiera. Me puse en contacto con el ofertante para asegurarme de que aún estaba interesado y así fue.

Dmitry escupió sangre y murmuró algo.

—¿Cómo dice?

—Cabrón —consiguió decir más claro. Eso le valió otra patada en la boca y unas cuantas más en el vientre y las costillas.

—¡He dicho que basta! Tiene que estar vivo para la grabación. —Los golpes amainaron hasta cesar del todo—. Mika, Oleg y tú ocupaos de él. Seguid las instrucciones al pie de la letra. No quiero que el cliente ponga excusas para no pagar o pida una rebaja en el precio. Andréi, lleva las armas de vuelta a la furgoneta. Se nos hace tarde.

Los hombres se afanaron en cumplir las órdenes. Cuando terminaron de transportar las cajas se ocuparon del cadáver de Lauzier. Lo metieron en el maletero del Opel y cerraron las puertas.

—Listo —dijo Andréi.

Volkov se agachó hasta ponerse a la altura de Dmitry y desde allí lo examinó.

Aún lo veía todo borroso, pero le pareció una rata gigante y apestosa. Una gran rata que lo husmeaba esperando el momento de abalanzarse sobre él. Sintió ganas de vomitar, pero ni siquiera consiguió escupirle.

—No lo golpeéis más en la cara —dijo incorporándose satisfecho tras su valoración—. Que esté reconocible cuando vean el vídeo en Mosul. En cuanto hayáis acabado con él, llevad los cuerpos al horno de fundido de Golubev y deshaceos de ellos. No dejéis rastros, que parezca que se los ha tragado la tierra. —Y añadió dirigiéndose a Dmitry—: Adiós, señor Záitsev. No me habría importado quedarme hasta el final, pero tengo más negocios que atender. Me esperan en Marzahn.

El sol asomó en el horizonte mientras la furgoneta se alejaba. Dmitry alcanzó a verlo brillar y lanzar reflejos cegadores.

Luego recibió otra patada de Oleg y no vio nada más.

CAPÍTULO 40

—Un café con leche, por favor.
—Enseguida —dijo la joven de la barra con una sonrisa—. ¿Algo más?
—No —respondió Antje—. Es suficiente, gracias.
Era una cafetería de barrio a poca distancia del BND. Llevaba algunos días yendo a desayunar allí. La casa estaba vacía y a aquella hora temprana el silencio se hacía notar más. Peter se había ido un par de semanas con Daniel a Montreal, para que conociera la ciudad y el *college* antes del traslado en septiembre. En un principio iban a ir los tres. No le entusiasmaba la idea, pero lo habría hecho por Peter. La reaparición de Alouni lo complicó todo y se vio obligada a suspender el viaje.
No había tenido noticias de Dmitry, no desde su encuentro en el Reichstag. Él no dio su brazo a torcer y ella se centró en el trabajo. Mientras estaba ocupada era más fácil gestionarlo, las horas vacías se le echaban encima, por eso prefería desayunar en aquella cafetería a quedarse a solas con sus pensamientos.
Miraba las noticias. Hablaban de las detenciones tras las protestas en Hamburgo en la pasada cumbre del G20. Estaba escuchando al portavoz de una de las asociaciones antiglobalización cuando oyó una voz con un acento inequívoco justo detrás de ella.
—Otro café para mí.

La diferente sonoridad de las vocales, la entonación, la misma forma de alargar las sílabas, el deje del este, pero no su voz. El timbre era más frío, más metálico. Conservó la calma y se giró despacio. No lo miró directamente, sino que bajó la vista hacia el suelo. Vio unos zapatos relucientes, sin una mota, como recién abrillantados. Llevaba un traje de chaqueta gris perla, bien cortado, de estilo clásico, con cierto aire inglés. Cuando llegó al rostro se encontró con que la estaba mirando abiertamente.

—*Dobroye utro*,[37] *frau* Heller.

Ella también lo reconoció. El pelo rubio pajizo peinado con la raya a un lado, los rasgos finos y crueles, la mirada inteligente y gélida. Iván Kuzmin, exoficial del Ejército ruso durante la guerra de Chechenia, hombre de confianza del SVR en Berlín, el mismo que había cortado con una cuchilla el cuerpo de Dmitry. Recordó aquella noche, recordó la sangre y la recorrió un escalofrío.

Cruzó los brazos sobre el pecho y buscó el tacto del acero bajo la chaqueta.

Kuzmin advirtió el gesto y negó despacio con la cabeza.

—Por favor… Eso no es necesario.

Antje no contestó ni soltó la empuñadura del arma.

—¿Cree que si quisiera intimidarla habría escogido este lugar? —dijo señalando a su alrededor, a la chica que servía los cafés y a la gente que conversaba en la barra o en las mesas—. No, si hubiera deseado asustarla de verdad, la habría abordado en un ascensor.

El corazón comenzó a bombear más aprisa, sintió un sudor frío, pero luchó por no dejarse dominar por el miedo.

—Oí hablar de su accidente —continuó—. Tuvo que ser duro.

—¿A quién le oyó hablar? ¿Cómo sabía que me encontraría aquí?

Kuzmin sonrió.

---

37 Buenos días.

—¿Bromea? Es lo que hacemos. Es nuestro trabajo, el mío y el suyo. Me he tomado algunas molestias esta semana. Tiene una bonita casa…

La indignación superó con creces al temor.

—No puede hacer esto. No quedará impune. Me ocuparé de que le expulsen de este país y, si aprecia su vida, más vale que no se lo ocurra volver a poner un pie en él.

—Ahí está. Me gustan las mujeres con carácter, por eso decidí abordarla. Me dije, Vania, si no te agrada el rumbo que está tomando la situación, dirígete a alguien capaz de hacer que dé un giro. ¿Es esa clase de persona, *frau* Heller?

—Está desvariando. ¿Por qué iba a hacer algo por usted?

—Tengo la respuesta a esa pregunta. Lo haría porque sería lo correcto —dijo vertiendo el azúcar en su taza—. ¿Puedo coger el suyo? Me gusta muy dulce —añadió cogiendo el sobrecito de Antje sin esperar su permiso—. Le contaré algo que tengo la impresión de que desconoce. Desde hace años mantenemos un acuerdo con el BND. Es un pacto que ha sido beneficioso para nuestros países y que se ha traducido en acciones concretas como la reciente liberación de prisioneros rusos en Siria. Conozco a algunos de esos hombres. Son *mis* hombres, gente que escogí o ayudé a que se convirtieran en lo que son. Si estuviera en mi lugar, ¿no habría hecho lo mismo? ¿No habría intentado recuperarlos?

—¿Quiere mi bendición por ayudar a escapar a un radical islámico implicado en la planificación de docenas de atentados? Que ha causado la pérdida de centenares de vidas, que envía a otros a que se hagan pasar por él y mueran mientras él sale ileso —dijo haciendo un esfuerzo considerable por controlar la voz.

Kuzmin volvió a negar.

—*Niet, niet…* No es así. Lo que estoy diciendo es que nosotros cuidamos de nuestra gente. Si ese hombre del que hablamos hubiese pisado la Plaza Roja, yo mismo me habría encargado de sacarle los ojos, cortarle las manos y los testículos y ponerlo todo en una bandeja y, créame, no estoy hablando en sentido figurado. Pero respetamos los pactos y nuestro socio quería que ese radical, como usted lo llama, siguiera vivo y, por pura casualidad, eso servía a nuestros intereses. Seguro que se ha encontrado antes con situaciones parecidas.

—¿Quién es su socio?

—Sería fácil contestar, pero ¿de qué serviría? Si le dijese que está mirando hacia el lado equivocado y que bastaría con que se diera la vuelta para encontrar la respuesta, ¿me creería o pensaría que trato de ponerla en contra de mi propio enemigo?

La mirada de Kuzmin, su forma de hablar, eran hipnóticas, persuasivas. Antje estuvo a punto de darse la vuelta y comprobar si efectivamente había alguien detrás.

—¿Por qué no prueba? ¿Por qué no me dice un nombre y vemos qué ocurre?

Él rio y la señaló con la taza de café.

—Es muy tentador, pero no caeré en ese error. Sería demasiado fácil y no me gusta lo fácil. Pero puedo adelantarle algo: no fue Dimka quien no cumplió su parte del trato aquella noche.

Le dejó un peso frío oírle referirse a él. Un espacio vacío dentro del cuerpo. No quería que Dmitry tuviera nada que ver con un carnicero como Vania Kuzmin.

—¿Lo ve? No me cree.

Se obligó a preguntar, a tratar de encontrar la verdad entre los intereses cruzados y las mentiras.

—¿Qué relación tiene Dmitry Záitsev con el SVR?

—Ninguna.

—¿Y con usted?

—Somos viejos conocidos, pero no diría que mantenemos una relación. No al menos la que me gustaría. —Y esbozó una sonrisa que la estremeció.

—Entonces, ¿por qué ha venido a hablarme de él?

—Porque están jugando sucio con Dmitry y, como le decía,

conservo cierto aprecio, llamémoslo debilidad, por mis hombres. Creí que lo entendería —dijo con una mirada cómplice que volvió a ponerle el vello de punta.

—Así que, según su versión, alguien dentro del BND avisó a Alouni, lo ayudó a escapar y lo puso en sus manos para que liberaran a los prisioneros; e hizo todo eso para incriminar a Dmitry.

—No, no digo que lo hiciera por eso. Con seguridad debe haber otras razones. Siempre me ha parecido curioso que haya atentados letales con tanta frecuencia en París o Londres y, sin embargo, apenas hayan sufrido un par de incidentes en Berlín. Son realmente eficaces, *frau* Heller. Los admiro por eso.

La recorrió un escalofrío lento, un hormigueo que se resistió a desaparecer.

—Déjese de rodeos. ¿A quién está acusando?

—¿De veras necesita que se lo diga? ¿Cuántos estima que podrían hacer algo así? ¿Diez personas? No, no creo que tantas, quizá tres o cuatro. Puede que solo una. ¿Se le ocurre algún nombre? Alguien que no la quiera bien, que haya estado saboteando su trabajo desde hace tiempo, alguien capaz de decidir que era buena idea dejarle un aviso en aquel ascensor.

Se le heló la sangre. Negó la posibilidad con toda su capacidad de respuesta, pero el germen de la sospecha ya había sido plantado.

—No lo creo —dijo en voz alta para espantar la duda, la sombra de una traición tan enorme.

—Se lo dije. No serviría de nada si lo decía yo, tendrá que encontrar la verdad usted misma.

Kuzmin apuró el café de un sorbo y miró hacia la pantalla de televisión. Habían interrumpido la emisión para dar paso a una conexión en directo y más gente dejó la conversación para oír las noticias.

—Tengo que irme y me temo que usted también. Por lo que veo, hoy será un día ajetreado. Le esperan buenas noticias. Felicite de mi parte a *herr* Baum por este nuevo éxito.

Se iba, pero cambió de opinión y consiguió sobresaltarla una vez más.

—Me gustaría verla en otras circunstancias, *frau* Heller. Lo digo en serio. —Le tendió la mano. Antje no quería estrechársela, pero algo en él, en su forma de mirarla, hizo que cediera. Era fría, a pesar de que estaban en julio, y se la estrechó poco tiempo, pero con fuerza. La perturbó—. Le deseo mucha suerte.

Se marchó y, en cuanto salió, Antje se giró hacia el televisor. Varios hombres esposados eran escoltados por agentes de policía. Tenían el rostro cubierto por un pasamontañas y portaban chalecos identificativos con grandes letras blancas. Le pareció reconocer a alguno de los detenidos.

—¿Puede subirlo, por favor? —preguntó a la joven de la barra.

La camarera alzó el volumen y la voz del locutor resonó con fuerza en el local.

—*…desde Marzahn, donde la policía ha desarticulado un grupo neonazi que planeaba llevar a cabo un atentado masivo. Se han intervenido diez fusiles de asalto AK-47 y hay cinco personas detenidas, aunque no se descartan nuevas detenciones. La policía ha pedido la colaboración ciudadana para localizar a un ciudadano de origen ruso del que se sospecha que habría facilitado las armas con las que pretendían provocar el caos y aterrorizar a la comunidad musulmana…*

En la pantalla apareció una imagen de Dmitry en una de sus peores fotos, con el pelo rapado de cuando llegó a Berlín y aspecto de delincuente convicto.

Antje dejó de escuchar. Se tambaleó. Todo se hizo añicos. Luego la catástrofe y el ruido pasaron y quedó el silencio.

Entonces pensó.

CAPÍTULO 41

Oleg arrastró el cuerpo de Dmitry hasta el centro de la nave y lo dejó caer a plomo sobre el suelo.

—¿Te va bien aquí?

—Ahí servirá —respondió Mika mientras colocaba el trípode para la cámara—. Hay suficiente luz.

—¿Lo hacemos ya?

—Antes tengo que entrar a la página. Ve atándole las manos. ¿Tienes el cuchillo?

—Está dentro de la mochila.

—Prepáralo todo. ¡Y cierra la puerta! No necesitamos que entre alguien y nos sorprenda en plena acción.

Aún quedaba maquinaria abandonada en la nave. Un cerco improvisado con vallas de obra rodeaba un foso abierto en mitad del suelo. Había restos de hogueras y grafitis que ocupaban paredes enteras. La luz entraba de lleno por la cristalera agujereada del techo y cegaba a Dmitry.

Oía las palabras y reconocía el idioma, sintió el estruendo de la chapa, pero aún no tenía sentido, eran solo hechos sueltos, deshilachados. Algo que existía debajo del aturdimiento y el dolor.

—«*Moy malenkiy. Moy malysh*».[38]

Una voz de mujer casi olvidada le llevó de vuelta a un lugar

---

[38] Mi pequeño. Mi niño.

alejado y seguro. Le ofrecía consuelo, le abrazaba. Sus rasgos se perdían desdibujados por el recuerdo, pero era joven, muy joven. El tiempo no la había rozado.

Murmuró algo en ruso. Un nombre.

Oleg lo empujó por el hombro con la punta de la bota y Dmitry no reaccionó.

—¿Crees que puede oírnos?

—Mejor átalo antes de que espabile.

Se puso a ello. Le cogió las manos, pasó una cuerda alrededor de las muñecas y las anudó con un doble lazo.

—Así no sirve. Tienes que atarlas por detrás de la espalda.

—¿Qué más da? Es solo para que el cliente lo vea. No puede hacer nada. Está hecho mierda. Míralo.

Oía las palabras, pero no establecía la relación. Las voces se mezclaban con escenas rescatadas del olvido, entresacadas al azar.

—«Eres un estorbo, mocoso inútil, bueno para nada».

O no tan al azar.

El bofetón restalló en sus oídos. Volvió a notar el sabor de la sangre y el ardor en la piel.

—«¿Dónde está tu padre? Ni tu madre lo sabe. No es más que una puta. ¿Por qué tengo que cargar contigo? Dilo. ¡Dilo, pequeño cabrón bastardo!».

El dolor se intensificó, pero no se entregó. Resistió. Tenía experiencia, había aprendido a manejarlo. Si se callaba, era más fácil que terminara antes. Si contestaba, si gritaba en medio del llanto que quería volver con su madre, lo más probable era que terminara azotándole con el cinto. Su abuela a veces intentaba frenarle, decía: «Para, Nikolái, para. Lo vas a matar. Solo es un niño». Otras, no decía nada. Se quedaba quieta en un rincón. Cuando estaba bebido, no había forma de razonar con él. La emprendía a golpes con el primero que pillaba, siempre alguien más débil. Cuando sus hijos se hicieron mayores y ya no se atrevió a levantarles la mano, empezó a tomarla con Dmitry.

—«Dijo que mandaría dinero. ¿Dónde está el dinero? Se

ha olvidado de ti. No le importas. No le importamos ninguno. Es una zorra desagradecida. Todos sois unos mierdas desagradecidos».

Y los golpes no eran lo peor. También se peleaba en la escuela o al salir de las clases. Era raro el día que no llegaba a casa con un moratón nuevo.

Lo peor era cuando los ataques de ira se agotaban y Nikolái se quedaba quieto, desorientado como un niño perdido. Miraba las paredes, miraba sus manos, lo miraba a él, a su único nieto, veía su cara congestionada, las señales de los golpes, y se arrepentía.

—«Dima, mi pequeño Dima. Perdóname. Perdona a este viejo. No quería hacerte daño. Cuando vuelva tu madre le diremos que todo está bien y que no tiene que regresar a Moscú. Traerá un montón de regalos. Tiene un buen trabajo allí. Te quiere, yo también te quiero, Dimochka. Todo irá bien».

Lo abrazaba. Lo aplastaba contra el pecho y vertía sobre él sus lágrimas. Apestaba a alcohol y Dmitry le odiaba aún con más fuerza que cuando lo golpeaba.

—¿Has mirado si lleva encima el móvil?
—Lo tenía en el coche, ya le he quitado la tarjeta.
—¿Y el tuyo?
—¿Por?
—La conexión va muy lenta. Apenas tengo cobertura.
—Igual. No tengo datos.
—Qué puta mierda… Anton dijo que lo enviásemos en tiempo real. Van a pagar mucho dinero por él. Quieren un poco de espectáculo.
—Se lo daremos. Les daremos un buen espectáculo.

Sacó una bolsita de plástico del bolsillo, vertió parte del contenido en el dorso de la mano y lo esnifó.

—¿Qué coño estás haciendo?
—No es más que un poco de meta. Para ponerme a tono. —Abrió la mochila y sacó un cuchillo de caza de grandes dimensiones con una parte de la hoja dentada y otra afilada y

curva. Lo alzó en el aire y lanzó un grito de guerra. O lo que Oleg entendía por un grito de guerra, porque más bien fue el aullido de un yonqui en pleno subidón de euforia.

—Eres un gilipollas. Si algo sale mal, haré que te tragues ese cuchillo.

—Nada va a salir mal. Mírame —dijo agachándose junto a Dmitry, posando igual que los combatientes del Estado Islámico con sus víctimas en los vídeos de propaganda—. Será fácil.

—«Eres tan inútil como tu madre y tus tíos. Me he partido el espinazo para sacaros adelante y ¿cómo me lo pagáis? Todos os marcháis. ¿Para qué he trabajado tantos años? ¿De qué me ha servido? Nunca os faltó un plato en la mesa, pero no era suficiente. No, los señores querían algo mejor, el viejo Nikolái no les trataba bien. Vete, vete y verás cómo es el mundo. Verás lo que hacen contigo ahí fuera. Mira cómo acabó tu madre. No te atrevas a mirarme así. ¿Es que no sabes lo que es el respeto? Puto niñato…».

Las palabras brotaron solas.

—Quítame las manos de encima.

Iban dirigidas a Nikolái, pero sorprendieron a Oleg. Se echó atrás de un salto.

Mika rio.

—Ya, eres todo un guerrero.

—Cállate, joder. No me lo esperaba.

Se envalentonó. Se colocó tras él, le alzó la cabeza y le puso el cuchillo bajo la garganta.

—Escúchame, esto no es una puta fiesta sorpresa. Tú no das las órdenes. ¿Está claro?

Seguía aturdido. Luchó por espabilarse del todo y aclarar las ideas, pero no sabía quiénes eran ni dónde estaba. ¿Era Grozni? No, Grozni quedaba lejos. Debía de ser París. Alguna de las bandas del este asentadas en la ciudad.

Trató de ganar tiempo. Se quedó absolutamente inmóvil y contestó.

—Muy claro.

—¿Ves, Mika? —dijo Oleg aumentando la presión—. Podría hacerlo ahora mismo. Un tajo limpio y se acabó.

—Espera. Aún no tengo la conexión.

Soltó de golpe y la cabeza de Dmitry golpeó contra el cemento.

—Date prisa. Estoy caliente. Me queman las manos.

El dolor era más y más intenso, pero empezaba a recuperar la sensación de realidad. Las cuerdas le apretaban las muñecas y tenía los dedos de la mano derecha agarrotados y dormidos. Le hormigueaban. Intentó moverlos y no respondieron. Le dolía el pecho, los oídos, el costado... La hinchazón le impedía ver por un ojo y tenía insensibilizado todo el lado izquierdo de la cara.

—Ahora. Lo tengo.

—¿Has oído? —dijo Oleg—. Disfruta. Vas a ser el protagonista.

Mika colocó el móvil sobre el trípode y orientó la cámara. Echó una ojeada a la pantalla y a Dmitry.

—Debería estar de rodillas. Es lo que dijo Anton.

—¿Qué me dices? —preguntó tendiéndole la mano—. ¿Puedes levantarte? Venga, inténtalo. Yo te ayudo. —Y le dio una patada en el hígado que lo hizo doblarse en dos.

Algo se rompió. Dmitry lo sintió hincharse y derramar su contenido. Pudo sentir cómo se estrujaba y se quedaba flojo y encogido.

—¿Mejor ahora?

Se incorporó con Oleg tirando de él por debajo del brazo. Se quedó sentado sobre las piernas flexionadas tratando de mantenerse erguido, aunque algo andaba mal de verdad. El calambre en el abdomen dejaba en segundo plano todo lo demás. Lo mareaba. Oleg impidió que cayera sujetándole por el hombro desde atrás.

—Quédate ahí o te abriré las tripas y las sacaré para que las veas mientras te desangras.

—Eso no es lo que dijo Anton —avisó Mika.

—Arruinas toda la diversión. Relájate, ¿quieres? Lo haremos al gusto de Anton.
—No puedo creerlo. Se ha vuelto a cortar.
Dmitry trató de enfocar los objetos. Se esforzó en recordar por qué estaba allí. Nada le era familiar. Luego vio los tabiques agujereados, las pintadas, los cristales rotos, las botellas y las latas de cerveza vacías y comprendió.
No, aquello no era Grozni, ni París ni mucho menos Tjamaja. No, aquello era Berlín.
Los sucesos regresaron, las ideas y los fragmentos recobraron el orden. El disparo en la cabeza de Lauzier, la encerrona de Volkov, el aviso de Antje.
—«No podré protegerte».
Las equivocaciones, las malas ideas, la apuesta más alta. Cuando arriesgas, tienes que asumir la posibilidad de perder.
Dmitry lo sabía bien porque había perdido muchas veces.
Se agarró a la última tabla.
—¿Cuánto os paga él? Os daré el doble.
Oleg rio.
—¿En serio? ¿Llevas más sobres bajo esa cazadora?
—Puedo conseguiros cincuenta mil euros hoy mismo. A cada uno —dijo luchando contra la voz pastosa y el dolor agudo en el estómago—. ¿Anton os va a pagar cincuenta mil?
Se miraron el uno al otro.
—Nadie lo sabrá. Me iré de Berlín. Cobraréis el dinero de Volkov y el mío.
Oleg se lo pensó.
—¿Tú qué dices, Mika?
—Está intentando liarnos. No tiene el dinero.
—Tengo el dinero —replicó.
—«Te crees muy listo, ¿verdad? Crees que sabes más que los de por aquí. No quieres trabajar en el campo. Pues escucha esto, puedes marcharte tan lejos como quieras, pero no los engañarás. Sabrán quién eres en cuanto abras la boca».
—¿Por qué no? Anton dijo que lo quemáramos en el hor-

no. ¿Cómo va a saber que no lo hicimos? No perdemos nada por comprobar si es verdad.

—Esa porquería te está haciendo mierda el cerebro. Tenemos que rajarle el cuello mientras lo ven en Siria. Están esperando en medio del desierto a que les enseñemos su cabeza separada del cuerpo. ¿Cómo quieres que no se den cuenta?

Oleg comprendió.

—Mala suerte. Podrías haber ganado un par de horas.

—No hay forma de conseguir la puta conexión —dijo Mika impacientándose—. Vamos a hacerlo ya. Lo grabaremos y enviaremos el vídeo más tarde. No notarán la diferencia y si lo hacen estará muerto igual. ¿Listo?

—«¿Lo ves, Dimochka? No puedes escapar de lo que eres».

—Estaba esperando a que me lo pidieras.

Era curioso, una auténtica mierda, más bien, que lo que le viniera a la memoria fuera aquel tiempo. Creía haber olvidado esos años. Los borró. En parte porque después vivió cosas mucho peores. Unos pocos cintarazos parecían una broma al lado de lo que vivió en Chechenia. Además, los golpes cesaron cuando tenía diez, once años... Nikolái siguió bebiendo, pero ya no le poseían los ataques de rabia. Se emborrachaba frente al televisor y caía en un estado casi catatónico. Sí, olvidó cosas, pero conservó el odio intacto.

—Empezamos. —Mika calló y cuando habló su tono era más grave. Se tomó en serio su papel—. ¿Cuál es tu nombre?

Extrañamente ni se le pasó por la cabeza no responder.

—Dmitry. Dmitry Záitsev —dijo mirando a la cámara y a Mika.

—Dmitry Záitsev, has sido condenado por el Estado Islámico a morir degollado. Que *Allah* castigue a todos los que no obran según su palabra —dijo Mika leyendo las frases en ruso de un papel y repitiéndolas en mal árabe.

—Amén. —Oleg se inclinó sobre él, le puso el cuchillo en la yugular y le preguntó desde atrás, muy cerca de la nuca—: ¿Quieres añadir algo antes de morir?

Dmitry miró la vieja nave abandonada. Era una broma sin gracia terminar así. Era de lo que había tratado de huir y adonde siempre acabó volviendo. No, no podía escapar de lo que era, pero había escapado de allí.

—Sí, decidle a al-Fayad que si quiere verme morir venga aquí y se encargue él mismo.

Agarró la muñeca de Oleg con la mano izquierda y alejó el cuchillo a la vez que tiraba de él para desequilibrarlo. Le aprisionó la cabeza entre los brazos y apretó con todas sus fuerzas.

—¡Mika! —gritó pidiendo ayuda.

Le partió el cuello con un único movimiento. Fue instantáneo. La cabeza cayó a un lado y el cuerpo se quedó flojo, muerto.

Mika reaccionó tres segundos tarde. Buscó su arma. Dmitry palpó el cuerpo de Oleg y encontró la pistola en la cadera, sujeta por el cinturón.

Mika disparó antes. Varias balas impactaron en Oleg y una al menos le dio de lleno a Dmitry en el abdomen. El chaleco dispersó el impacto, pero se quedó sin respiración y se le oscureció la vista. La mano le tembló cuando apuntó a la cabeza, pero acertó de lleno y Mika se desplomó derribando el trípode y la cámara.

Las fuerzas le abandonaron. Se dejó caer, cerró los ojos y esperó a que el aire volviera a entrar en los pulmones. Llegó, pero apenas había suficiente espacio. Se palpó con la mano aún temblando la hinchazón bajo las costillas y no soportó el roce. Debía tener reventado el hígado o quizá el bazo. Le dio el bajón y pensó que todo había sido inútil.

Fue solo un momento.

Se concentró en respirar y le pareció que empezaba a hacerlo con más facilidad. Se dijo que sobreviviría a Mika y Oleg como sobrevivió a Grozni, o a Le Havre o al cabronazo hijo de la gran puta de Nikolái.

Todo lo que tenía que hacer era abrir los ojos, encontrar el móvil de Oleg o usar el de Mika, pedir ayuda. Llamarla a ella.

Le explicaría lo idiota que era. Le contaría que se había empeñado en no escucharla aun sabiendo que Hardy era mucho más manipulador e interesado de lo que pudiera ser nunca ella, pero la diferencia era que Hardy no le importaba y a Antje la quería. Le dolía solo un poco menos que la inflamación del abdomen cuando lo apartaba de su lado.

Lo volvería a intentar en cuanto recuperase el aliento. Dejaría atrás las malas decisiones, los espejismos, las vías sin salida, las peores pautas. Lo arreglaría. Lo haría bien esta vez y Antje le perdonaría.

Fue dulce creerlo mientras aún estuvo consciente.

CAPÍTULO 42

La puerta del despacho estaba entornada así que entró sin llamar y se encontró con que Baum estaba reunido con dos mandos subalternos del BND. Uno de ellos mantenía una conversación al teléfono a la que puso fin en ese instante.

—Era el secretario del ministro del Interior. La rueda de prensa está fijada para las doce. Nos ha pedido que remitamos la información cuanto antes.

Antje se quedó en el umbral. Todavía no había tomado una decisión. No quería dar nada por hecho. Se había obligado a no hacerlo. Así que solo dirigió la mirada hacia Baum, tratando de leer en su rostro y, en honor a la verdad, no encontró nada distinto en él.

—Antje. Me alegra que te unas a nosotros. ¿Quieres ocuparte del contenido de las declaraciones?

Procuró sonar todo lo medida y controlada posible.

—Tenemos que hablar. A solas.

Todos los presentes notaron la tensión. Entonces sí se produjo un cambio en Baum, una advertencia, pero Antje permaneció firme y él cedió.

—¿Os importa dejarnos? Seguiremos enseguida. Weir, encárgate de redactar el comunicado oficial.

Los funcionarios salieron sin hacer objeciones y Antje cerró la puerta tras ellos.

—¿Y bien? ¿De qué quieres hablar? —preguntó Baum sin moverse de su asiento.

—Explícame cómo lo has hecho.

—¿A qué te refieres?

Apoyó las manos sobre la mesa y lo expuso con toda claridad.

—Cómo has hecho para que esas armas acabasen en Marzahn y cómo has involucrado en la operación a Dmitry, y además quiero que me digas por qué. ¿Tenías algún conflicto con París o existía alguna otra razón que me hayas estado ocultando?

Se hizo el ofendido, contraatacó.

—No puedo creer que esto esté sucediendo. Te advertí respecto a Dmitry. Era tu responsabilidad, sabías que estaba fuera de control y permitiste que siguiera actuando por su cuenta, ¿y para colmo me acusas? Siempre me he considerado una persona comprensiva, todos podemos cometer errores, pero esto sobrepasa cualquier límite. Esperaba que recapacitaras y pasaras página, ¿y en lugar de eso vienes a mi despacho a cuestionarme?

En otras circunstancias Antje habría dudado, se habría obligado a reconsiderar su postura. Ni se lo planteó.

—No había ningún indicio de que el grupo de Marzahn estuviese preparando un ataque armado, nunca lo hubo, y no me creo que Dmitry les haya vendido las armas. Es demasiado conveniente. Ha sido cosa tuya. Querías desembarazarte de él y apuntarte el tanto contra la ultraderecha. Estoy segura de que ha sido así, lo que quiero es que me digas por qué.

—Te estás pasando de la raya. Acabas de acusarme de proporcionar información falsa y manipular pruebas que obran en poder de la policía. ¿Dudas de mí y crees a ciegas en él? ¿Cómo puedes estar tan segura? ¿Cómo sabes que ese hombre por el que tanto te preocupas no les vendería las armas por dinero o por venganza o por cualquier otra razón? Voy a darte la oportunidad de rectificar solo por los años que hemos trabajado juntos.

—Precisamente por todos esos años, no me trates como a una principiante. Si quieres que crea en ti, déjate de vaguedades y dame datos concretos. Dime quién ha dirigido la operación, quién dio el aviso de que iba a producirse el intercambio de armas, dónde están las pruebas que incriminan a Dmitry y quién ha sido el responsable de que su rostro esté en todos los medios de comunicación.

—No eres imparcial con esto, Antje. No te pongas en evidencia.

Sabía perfectamente a qué tipo de evidencia se refería Baum, pero no se dejó afectar. Estar enamorada no la volvía estúpida. Al contrario, le había abierto los ojos.

—Has sido tú. Tú has dirigido la operación. Tú has dado las órdenes.

—Sí, he sido yo y te recuerdo que no tienes autoridad para cuestionar mis decisiones.

—Puedo cuestionarlas si vulneran la ley.

—No vayas por ese camino. A ti tampoco te conviene que empiecen a hurgar en tus cajones.

—¡Deja de amenazarme y dime qué estás ocultando! —exclamó perdiendo la paciencia.

La de Baum también llegó a su límite.

—Sal de mi despacho ahora.

Había dejado caer la máscara de la falsa afabilidad, pero Antje estaba dispuesta a todo. A todo menos a dejarse intimidar.

—No voy a irme hasta que me expliques si es cierto que tienes un pacto encubierto con el SVR y si fuiste tú quien advirtió a Saud Alouni y permitió que escapara.

Vio el desconcierto, la alarma y la reacción a la defensiva. Lo advirtió todo y la opresión en el pecho creció, pero no dejó que la bloqueara.

—¿Quién te ha metido esas ideas en la cabeza?

—No importa quién haya sido, tú dirías que lo verdaderamente importante es que tenga sentido. ¿Por qué ibas a ayudar a Alouni? ¿Por qué dejarías que consiguiera armas rusas en

Berlín y usase a su célula para transportarlas a París o a Bruselas? Lo harías si tuvieras un acuerdo con él, si se comprometiera a usarlas fuera del territorio alemán, porque de ese modo evitarías que los atentados se produjesen en Berlín. Por eso le pediste al SVR que eliminase a Yilmaz en el aparcamiento de Wedding, porque era tu enlace con Alouni y no querías arriesgarte a que Dmitry o cualquiera de nosotros lo descubriera. Dime, ¿tiene eso sentido para ti?

Había construido el escenario y se había resistido a creerlo. Era demasiado interesado, desleal, egoísta, calculador, y ella quedaba reducida a un papel ciego y cómplice, pasivo, y que solo podía apelar a la ignorancia como disculpa.

Todo lo que siempre había odiado.

—¿Ha sido Dmitry? ¿Esa es la estrategia del DGSE? ¿Sabotear nuestro trabajo y calumniarme?

—¿Y por qué iba a querer el DGSE calumniarte?

Baum se quedó sin respuesta y Antje dejó que la venda cayera de los ojos.

—Es todo verdad. Lo has estado haciendo durante años. Protegernos a nosotros a costa de ellos.

—No lo estropees, Antje. Has trabajado duro. Los dos lo hemos hecho. Ambos hemos perdido cosas en el camino, pero hemos salido adelante. No te equivoques ahora. Olvida lo que has dicho y yo haré lo mismo.

Pero ya no escuchaba, juntaba las piezas y todas encajaban.

—Le pediste a Abdel que sedujera a Athieng para que no pudiéramos presionar a Kathari. Tayeb murió cuando estaba a punto de revelarnos quién daba cobertura al ISIS en Berlín. ¿También lo hiciste tú? ¿Ordenaste que me dispararan? ¿Qué fue lo que dijiste? ¿Que era suficiente con que me asustara?

Siempre había tenido la duda. ¿Por qué el hombre del ascensor no había disparado a matar? Habría podido hacerlo y sin embargo se conformó con dejarla malherida y demostrarle hasta qué punto era vulnerable. Se volvió más desconfiada, más insegura, más manipulable, pero hasta ese momento no había comprendido que hacerla débil beneficiaba a Baum y ahora que lo sabía no iba a permitir que lo usara nunca más contra ella.

—Has perdido el juicio si crees que tuve algo que ver con que te dispararan. No estás en condiciones de seguir al frente del departamento. No me dejas otro remedio que solicitar tu destitución.

—Hazlo. Pídela. Declararé ante la comisión y les diré lo mismo que acabo de decirte.

Baum cambió de estrategia.

—¿Cómo hemos llegado a esto, Antje? Somos compañeros, somos amigos. En un tiempo fuimos incluso algo más que eso. Te aprecio, siempre te he valorado, he puesto mi confianza en ti. ¿Esto es lo que quieres que suceda? ¿Que nos enfrentemos? ¿Que nuestro trabajo sea cuestionado?

Todo en lo que pudo pensar fue en que nunca se había sentido cómoda con Baum, ni siquiera durante aquella fallida aventura que él inició y a la que Antje puso fin casi tan pronto como dio comienzo. Lo había achacado a diversas razones, todas válidas, pero la fundamental era aquel recelo instintivo al que no había prestado la suficiente atención.

Trató de jugar su mismo juego. Aprovechar la presión y usarla en su favor.

—Demuéstralo. Demuestra que me aprecias y que confías en mí, dime dónde está Dmitry.

—Es tarde para eso. Está en todas las noticias. A estas alturas ya habrá salido de Berlín. Déjalo correr. Aún podemos arreglarlo. Gerda Schaffer se jubila el año que viene y tu nombre sonaba para reemplazarla. Olvida a Dmitry. No estoy hablando como tu superior sino como tu amigo. No dejes que te hunda con él.

—Tú y yo jamás hemos sido amigos. Lo encontraré con o sin tu ayuda.

—No he hecho nada que no volviese a hacer y no toleraré que lo eches todo a perder —la amenazó desde su espalda.

—¡Pues entonces hazlo, detenme! —clamó—, pero tendrás que hacerlo rápido y esta vez no te quedes a medias.

Se iba, pero él hizo un último intento.

—¿Merece la pena, Antje? ¿Poner en peligro el trabajo, el esfuerzo de años, los resultados que tanto ha costado conseguir, tu carrera? ¿Estás segura de querer arriesgarlo todo por él?

Se giró. La miraba desde la mesa con la autoridad que ella siempre había respetado. Durante todo aquel tiempo había intentado seguir las reglas. Quiso pensar que existían buenas razones para romperlas cuando acabó traspasándolas. Se dijo que lo hacía por una finalidad mejor. Ahora comprendía que también en eso había errado.

—No voy a hacerlo solo por él, lo hago por mí, porque creo que es lo correcto. Y si piensas que voy a quedarme de brazos cruzados es que no me conoces en absoluto.

Salió y ya no miró atrás. Avanzó con rapidez por el corredor y cada vez que veía abrirse una puerta apretaba el paso. Volvió a marcar el número de Dmitry y el mensaje de móvil apagado o fuera de cobertura saltó al primer intento. Había corrillos en los pasillos y en varios de ellos se la quedaron mirando. Nunca se le habían hecho tan largas las distancias entre planta y planta. Alguien la llamó y no aminoró el paso.

—¡Antje! —repitió.

Era Erich Matthes. Habían trabajado en el mismo departamento años atrás y mantenían una buena relación.

—Quería advertirte. Están empezando a circular rumores. Dicen que el hombre al que busca la policía por las detenciones de Marzahn es uno de tus agentes. ¿Va todo bien?

—No, no va bien, pero voy a solucionarlo. Gracias por preocuparte, Erich —dijo con sinceridad.

—Si necesitas ayuda…

—Lo sé. Lo tendré presente.

Bajó las escaleras, se dirigió al departamento de vigilancia y buscó a Werner. Lo encontró encerrado en la pequeña sala llena de pantallas que era su territorio.

—Eres tú —dijo alarmado, mirando hacia los lados para comprobar que no había nadie más—. Entra —Tiró de ella y aseguró la puerta—. ¿Se puede saber qué está pasando?

—Te lo explicaré, te lo prometo. Pero antes necesito que me ayudes a localizar a Dmitry.

Werner sacudió la cabeza. Era un buen técnico, un gran informático, pero la presión no estaba hecha para él. No se encontraba cómodo fuera de las respuestas estructuradas y los algoritmos de programación.

—Baum ha llamado hace cinco minutos. Me ha dicho que estás suspendida indefinidamente. Ha anulado tus permisos. Si enciendes el ordenador, encontrarás un aviso comunicándote que no puedes acceder.

—¿Lo has hecho tú? —preguntó tratando de conservar la calma.

—No tenía opción. No puedo negarme.

—Werner, jamás volveré a pedirte que hagas nada por mí, pero tienes que ayudarme con esto. Tienes que encontrar a Dmitry.

—¿Qué crees que estamos haciendo? Todos están buscándolo. Su móvil está intervenido, pero dejó de usarlo hace días. He revisado las cámaras de estaciones de trenes y aeropuertos, las del metro, y no hay ni rastro de él.

—Tiene un coche. Un Opel Crossland gris metalizado.

—¿Y qué quieres que haga con eso? Ya han alertado a la policía. Hay controles en las carreteras y están vigilando las autopistas.

—Busca en Berlín. Utiliza el satélite. Da prioridad a los distritos del este, los que están más cerca de Marzahn.

—Habrá cientos.

—No de ese color y ese modelo.

—Necesito autorización para usar el satélite.

—Los dos sabemos que puedes hacerlo sin autorización. Werner, están tratando de incriminar a Dmitry en algo que no ha hecho, me están apartando. Podría estar sucediéndote a ti, podría haber sido Faaria. ¿Te quedarías al margen si fuese su rostro el que apareciese en las noticias?

Werner era correcto y discreto, siempre estaba encerrado con sus ordenadores, pero a Antje no se le había pasado por alto el campo de estática que se creaba cuando Faaria y Werner compartían un mismo espacio.

Funcionó.

—Haré lo que pueda, te avisaré si encuentro algo, y ahora vete. Tendré las manos atadas si descubren que has estado aquí.

—Gracias. Gracias por todo.

—No me las des. Ni siquiera debería pensar en ayudarte, pero espero que lo encuentres y que todo se aclare.

Ella esperaba lo mismo. Dejó la sala de vigilancia y volvió a notar más miradas de reojo por los pasillos. Ya estaba en la planta baja cuando el móvil la alertó de que tenía un correo.

Era de Asuntos Internos. Le pedían que se reuniera con un supervisor en diez minutos. Miró hacia la calle y se encontró con que en el control de entrada había cuatro agentes de policía en lugar de la pareja habitual.

Estaba considerando las probabilidades de escapar a la vigilancia de cuatro hombres armados y conseguir salir del BND sin levantar sospechas cuando sonó una de las alarmas. El desconcierto reinó en el vestíbulo. Tres de los agentes acudieron a la zona de donde provenía el aviso y solo quedó uno para controlar a los que entraban y salían. Antje aprovechó la confusión y se escabulló hacia la salida.

Cuando llegó a la calle, miró a las cámaras agradeciendo la ayuda prestada. Ya le debía una a Werner.

Condujo hacia Marzahn porque era donde se habían producido las detenciones y necesitaba sentir que estaba haciendo algo útil, prestando atención al tráfico y aislándose del mundo, su mundo, que se derrumbaba a pedazos. Procurando no pensar en todo lo que había hecho mal, sino en cómo podía repararlo. Negándose a admitir que fuera demasiado tarde, a aceptar que estuviera equivocada.

—«No te preocupes por mí. Sé cuidarme solo».
Lo recordó frente a ella, en medio de la claridad del Reichstag, resentido, obstinado e intratable. Quizá se estaba alarmando por nada. Quizá él tenía razón y no la necesitaba.

El móvil volvió a sonar. Era de Asuntos Internos. A medida que se alejaba del BND su seguridad iba perdiendo fuerza. No tenía ninguna certeza, nada con que defenderse. Si se presentaba ante la comisión hablando de Iván Kuzmin se desacreditaría. Si le preguntaban por Dmitry, tendría que contar la verdad.

Cruzaba Lichtenberg cuando recibió otra llamada. Vio el nombre en la pantalla del dispositivo de manos libres. Era Werner.

—Tengo algo. He encontrado veinte identificaciones probables en el área cercana a Marzahn y ochenta en todo Berlín, pero hay una relevante. Coincide con el color y el modelo y se encuentra en un área industrial abandonada en el distrito de Treptow, en el antiguo sector oriental, a quince minutos de Marzahn.

—Sé a qué zona te refieres —dijo con los nervios a flor de piel. Había miles de metros cuadrados vacíos en Treptow. Solían utilizarse para fiestas *rave* ilegales, puntos de venta de droga o cualquier otra actividad ilícita. No podía ser casual que un coche idéntico al de Dmitry apareciese allí de repente—. Dame la localización exacta.

—Te la envío en clave cifrada. Pero, Antje, no creo que sea buena idea que vayas sola.

Ella tragó saliva.

—Tú envíamela.

—Y deberías apagar el móvil en cuanto colguemos.

—Lo haré.

—Dentro de media hora tendré que comunicar que he encontrado una localización posible.

—Dame una hora —pidió.

Antje esperó mientras Werner se lo pensaba.

—Está bien. Una hora.

—Gracias, Werner. Ha sido bueno trabajar contigo.

—Antje, escúchame. No hagas ninguna locura, si se tratase de uno de tus agentes no dejarías que fuese solo.

Tenía razón, no lo haría, pero era más fácil dictar las normas que cumplirlas.

—Estaré bien, en serio. Hablamos pronto.

Cortó la llamada, apagó el móvil y tomó el desvío hacia Treptow.

Olvidó las dudas. Se serenó. Todo iría bien. Tendría cuidado. Haría lo que siempre había tratado de hacer, cuidar de sí misma y de los que quería.

De aquellos por los que estaba dispuesta a correr todos los riesgos.

CAPÍTULO 43

—¿Así que esto es morir? Pues es una mierda.

La fábrica abandonada ha desaparecido y su lugar lo ocupa un espacio sin contornos, neutro. Está oscuro, pero el rostro de ella destaca como si un foco invisible lo iluminase. Apenas siente el dolor en el costado, así que debe tener razón, se está muriendo. No duele, pero es una mierda.

Tendría que ser la última de sus preocupaciones, pero responde para defenderse de un ataque que aún no ha comenzado.

—Eras tú la que se empeñaba en jugar a eso.

Nadina hace un gesto burlón.

—Y tú lo odiabas, ¿verdad?

Está cambiada. Tiene el pelo de un rubio casi albino y lo lleva un poco más largo que cuando vivían juntos en París. Viste una especie de mono gris corto y sin mangas que no recuerda haberle visto antes. Los ojos aún destacan enmarcados por el lápiz negro, pero hay otro brillo en ellos.

El efecto es tan real que se resiste a aceptar que no es más que el fruto de una alucinación.

—Lo único que quería era que fueras feliz.

—No, lo que querías era salvarme.

—Quería salvarte y hacerte feliz.

—Oh, vamos, decídete. O una cosa o la otra.

Está confuso. Le cuesta pensar. No entiende por qué Nadina ha regresado y tiene la sensación de que algo se le escapa, algo importante, pero no es capaz de determinar qué.

—Dime, ¿cuánto estuvimos juntos? ¿Ocho años? Y en todo ese tiempo ¿por qué nunca me hablaste de tu madre o de Nikolái?

Responde con brusquedad. Levanta la voz.

—¿Y por qué tenía que contártelo? ¿Qué habría cambiado? ¿No te habrías marchado con el policía si te hubiese dicho que mi abuelo era un cabrón que maltrataba a su familia y que mi madre se largó y me dejó con ellos?

El escenario es distinto. Están sentados cada uno en un sofá en el apartamento de París y discuten, como tantas otras veces.

—No es por eso, no mezcles las cosas. Es solo que habría querido saber. Tenía derecho a conocerlo. Me afectaba.

—Yo no soy como tú, no estoy continuamente volviendo la vista atrás. Lo que pasó, pasó. No tiene remedio. No sirve de nada remover el pasado.

—¿Y esto? ¿Esto tampoco tiene que ver con el pasado? ¿Entonces por qué te empeñas en joderlo todo una y otra vez? Cada vez que algo no sale como quieres lo lanzas por los aires. Te pasó en París y te ha vuelto a pasar en Berlín.

—¿Y es culpa mía? ¿Crees que quería que me pegaran una paliza y dos anormales me grabaran en vídeo mientras me abrían el cuello?

—No, pero eres tan idiota que has dejado que suceda con tal de no dar tu brazo a torcer. ¿Qué es lo que quieres demostrar, Dima?

Está enfadada. Con su aspecto frágil, las botas altas, los mechones de pelo recogidos detrás de las orejas y el rostro casi adolescente consigue lo que pretende, logra hacerle sentir culpable.

—No quiero demostrar nada —dice resentido— y aunque así fuera, no es cosa tuya, ya no estás en mi vida. Te marchaste. No te importó lo que me pasara.

—Pero a ella sí le importas y te las has arreglado para estropear eso también. ¿Pensabas que iba a ser tan estúpida de dejarse enredar en tus paranoias? Todo el mundo no está tan jodido como tú y yo.

—Yo no hago eso —dice conteniéndose a duras penas.

—No, tú eres muy maduro y equilibrado y nunca tomas decisiones absurdas e irracionales —dice sarcástica—. Por eso estás desangrándote en esta pocilga.

La luz vuelve y con ella el suelo de cemento, el polvo, las pintadas en las paredes, la opresión en el estómago y los pulmones, y un frío que aumenta a medida que la vida se le escurre.

—¿Has oído eso? —Nadina se gira hacia el lugar de donde viene el sonido. Él pone toda su atención. ¿Ha sido la puerta de un coche al cerrarse? No está seguro. Quizá si consiguiera salir del aturdimiento y hacer que la garganta obedeciera, podría pedir ayuda. Pero ella se vuelve y lo desanima—. No, no era nada. Has debido imaginarlo. ¿De qué estábamos hablando? Ah, sí, de tu capacidad para destruir todo lo que tocas.

No le da ni un momento de paz, ahonda en la herida, y él ya está harto, cansado de ella, de los dos luchando por ver quién lastima más a quien.

No va a prestarse a ese juego.

—Cállate. Nadie te ha preguntado tu opinión.

Ahora lo oye más claro. Un ruido metálico, como la chapa cuando la golpeas.

—Puedo dar mi opinión cuando quiera.

—¡Calla!

Nadina obedece de mala gana y los dos se quedan escuchando, pero no se oye nada y él vuelve a dudar de si también lo ha imaginado.

—Nadie va a venir, Dima, admítelo —dice ella poniendo voz a sus pensamientos y, sin embargo, su acento ya no es cruel, hay cierta tristeza en su voz—. No intentes resistir. Es mejor así.

Está hecho trizas, tiene los huesos triturados y las extremidades inertes. Hay partes enteras de su cuerpo que no siente y las que siente es porque duelen, pero aún no quiere morir. No va a cambiar de idea por mucho que Nadina se empeñe.

—No es como si alguien fuera a echarte de menos.

La luz entra por la abertura del techo, miles de partículas en suspensión flotan en el aire. Nadina parece tan difusa y etérea como ellas y él solo quiere entender.

—¿Por qué haces esto? ¿Por qué estás aquí?

—¿Me dices a mí? —pregunta sorprendida—. Siempre estoy aquí.

Mira al cielo y la visión cambia. Ya no hay un techo sobre sus cabezas, cayeron hechos escombros junto a las paredes derruidas. Los restos se amontonan en el suelo con los resquicios de la antigua normalidad: telas raídas, libros acartonados por la lluvia, sillones con los muelles al aire, retratos de familia con el cristal roto y la foto descolorida por el sol.

La ve más joven, aterrada e indefensa, perdida en medio de las ruinas, y él se acercaría a ella, trataría de arreglarlo, pero ahora sabe que ese tiempo ha acabado.

—No, no lo estás. No es real, ya no, Nadezhna. Ya no quiero esto. No quiero pensar más en ti, en nosotros. Ya no te quiero.

Están el uno frente al otro en medio de los restos calcinados y ella no parece triste. Lo entiende.

—Entonces no lo hagas. No tienes por qué hacerlo.

La imagen se desvanece. El cielo se convierte en una mortaja negra y todo cuanto queda es un espacio vacío. El temor a quedarse solo, a morir solo, le asalta y está a punto de llamarla y pedirle que vuelva.

Pero no lo hace y siente el corazón desbocado y muchos avisos llegando desde distintas partes de su cuerpo. Le urgen a que actúe rápido, antes de que sea demasiado tarde. Se acerca a la consciencia, pero el dolor le impide hacer cualquier movimiento y tiene que luchar por respirar.

Cierra con fuerza los ojos y trata de regresar a donde estaba antes, a ese espacio seguro donde no hay dolor. El ritmo cardíaco se desacelera, el aire sigue faltándole, pero solo hasta que encuentra lo que busca. Justo era eso. Ese instante.

—Ven. Ven aquí.

El agua caliente mojando la piel. La suavidad de su tacto. Ella acogiéndole, estrechándole contra su cuerpo desnudo. Su calidez.

—Antje.

Su nombre escapa de su boca y la angustia desaparece. Se besan bajo el manto de agua y la sangre y la suciedad se van junto con el dolor. La rabia, las frustraciones, los errores y las culpas, todo se disuelve, se limpia. Solo ella es capaz de lograrlo, le devuelve la cordura, lo conforta, le hace sentir en paz.

—Perdóname, Anya. Deja que me quede contigo.

Lo toma por el rostro y Dmitry se ve reflejado en su mirada. No como aquella mañana de mayo en el apartamento de Pankow, sino tal y como está ahora, con un ojo cerrado por la hinchazón, el pómulo roto y los dedos de la mano derecha encogidos y fracturados. Antje se apiada de él y su expresión refleja a un tiempo compasión e impotencia.

—¿Por qué no me llamaste antes? Habría venido si me lo hubieses pedido.

Y él quiere decirle que lo siente, que lo intentó, que va a seguir intentándolo, pero cada vez tiene que esforzarse más para no perderla. Se aferra a ella y busca consuelo en sus brazos, en la placidez del agua que los golpea suave y constante, en ese sonido, en su tibieza. No va a soltarla.

—No te vayas. Quédate un poco más.

—No me iré. Me quedaré contigo. Te lo prometo.

Se esfuerza por no perderla, pero cada vez le cuesta más. Luchaba por retenerla cuando sonó el disparo.

Entonces el agua y Antje se desvanecieron del todo.

CAPÍTULO 44

Toda la zona estaba llena de naves desvalijadas, con las puertas arrancadas, despojadas de lo que conservaba algún valor. Habían sido fábricas de bienes de equipo y maquinaria pesada en la antigua RDA que ya estaban obsoletas antes de la reunificación. En cuanto el Estado desapareció, los viejos sistemas de producción se revelaron insostenibles. Miles de trabajadores perdieron sus antiguos empleos y grandes áreas industriales se quedaron vacías, descartadas.

Aquel tiempo ya era historia. Los árboles habían crecido entre las ruinas y la hierba y las flores silvestres invadían los rincones, incluso las grietas de la carretera. Así que cuando vio el Opel Crossland aparcado junto a lo que en tiempos fue una factoría de montaje de aeronaves, la sensación fue extraña, contradictoria. Una mezcla de alarma, porque estaba segura de que aquel era su coche, y desconcierto, porque no parecía haber nada fuera de lo común en la escena. Era solo un turismo en medio de un campo de pequeñas flores blanquecinas en una mañana tranquila de verano.

Bajó con la chaqueta puesta a pesar de que el sol ya comenzaba a calentar y se dirigió a la nave más cercana. No tenía puerta, así que entró y echó un vistazo. Solo vio polvo y basura, aunque el espacio era grande y contenía algunos recovecos. Había oficinas en la planta superior a las que se accedía por escaleras que ya habían desaparecido, pasillos adyacentes con la entrada obstruida por tablones apuntalados con maderos.

—¿Dmitry? —llamó y su voz resonó amplificada.

Ignoró la inquietud que le produjo aquel silencio y registró la planta baja. Apartó maderas y cartones para revisar con la ayuda de la linterna del móvil dos cuartos que olían a orín y a moho y solo contenían más basura.

Regresó a la calle quitándose las telarañas con la manga de la chaqueta, resistiendo la tentación de volver a colocar la tarjeta en el móvil, marcar su número y comprobar si Dmitry respondía. Se sentiría tan aliviada al oír su voz que incluso le perdonaría que no hubiese contestado a sus llamadas.

Se acercó a otro edificio, lo rodeó para comprobar la parte de atrás y se encontró con una puerta cerrada. Era metálica y pesada y el sonido retumbó en el interior de la nave cuando trató de abrirla.

Buscaba algo con lo que hacer palanca y forzar el cierre cuando la descubrieron.

—¿Qué hace aquí?

La sobresaltó. Estaba a cierta distancia y no lo había oído llegar. Era un policía con el uniforme negro, las botas, el chaleco antibalas y el arma a la vista sujeta en la parte exterior del muslo con una correa.

Hacía solo unas horas esa visión le habría proporcionado seguridad. Se habría identificado y confiaría en obtener su ayuda. Pero desde que se levantó aquella mañana su mundo había cambiado y la policía ya no era su aliada.

Trató de pensar rápido una mentira.

—Solo estaba dando un paseo. ¿Hay algún problema, agente?

—¿Estaba intentando entrar?

Tendría unos cuarenta años, alto, fuerte, más imponente aún por efecto del uniforme, con el pelo muy corto al estilo militar bajo la gorra. Era más intimidador que amable.

—Verá, le diré la verdad. Había pensado en echar un vistazo. Mi padre trabajó durante treinta años en esta misma fábrica, ahora está impedido y vive en una residencia. Le dije que iba a viajar a Berlín por un asunto de trabajo y me hizo prometer que me acercaría y tomaría algunas fotos. Sé que suena absurdo, pero no imagina lo mucho que le alegraría.

Había sido amable y natural, cercana, con el toque justo de nerviosismo. Era una excusa mala, pero plausible.

El policía miró la fachada desconchada.

—¿Seguro que su padre quiere ver esto?

—Es una cuestión sentimental. Le gustaría recuperar viejos recuerdos.

Dudó, pero no se negó del todo.

—Quizá podamos hacer algo. Aguarde. Voy a solicitar autorización.

Se alejó unos pasos y consultó por el transmisor.

—Central, hay una mujer aquí. Dice que quiere entrar a una de las naves. Sí… Espero.

Se volvió y le dirigió una mirada extraña.

—Enseguida nos darán una respuesta.

No supo exactamente qué fue, si aquella breve conversación o la forma de mirarla, pero el corazón le latió con fuerza y la presión de la sangre le zumbó en los oídos. Tuvo la sospecha, la clara impresión, más bien, de que aquel hombre no era policía, sino que solo vestía como uno de ellos.

Sus pensamientos se desdoblaron, empezó a formular estrategias y a calcular riesgos. Hizo una pregunta sencilla.

—¿Ha pasado algo, agente? ¿Es peligroso estar aquí?

—No, es una ronda de rutina. Patrullamos para evitar que la gente se meta dentro y se haga daño —dijo con una sonrisa que incrementó la mala sensación—. Esperaremos un poco. ¿Tiene prisa?

—No. No —repitió—, en absoluto.

—«¿Hoy no tienes prisa? —dice acariciándola.

—¿Va a ser muy larga tu respuesta?

Consigue que ría y ella sonríe a su vez. Están en la cama, en uno de sus primeros encuentros en el apartamento de Tiergarten. Atardece y solo busca una excusa para no marcharse aún, para alargar la conversación ahora que ya han tenido sexo y aparentemente no hay ninguna razón que la retenga allí, pero Dmitry no la suelta y ella se siente mejor de lo que le gustaría dejando pasar las horas junto a él.

Tal vez por eso y porque no quiere olvidar la realidad es por lo que le ha preguntado cómo fue sobrevivir a una guerra.

—Hice lo que tenía que hacer. Lo que era preciso.

Está reticente. Tal vez piensa que es parte de su trabajo interrogarle y en verdad ni siquiera está segura de por qué lo hace, pero no puede evitar querer saber más de él.

—¿Y nunca tuviste dudas acerca de qué era lo preciso?

No responde, pero acaricia la cicatriz de su costado y la mira a los ojos.

—Prefiero no hablar de eso, aunque puedo darte un consejo, ¿lo aceptas?

Los músculos del estómago se contraen en un movimiento reflejo al recordar el daño sufrido, así que solo asiente.

—Si de lo que se trata es de sobrevivir, no dudes. Si piensas que van a por ti, adelántate, sé más rápida. Dispara».

Hacía calor a pleno sol, podía sentir el sudor escurriendo por su piel. Cruzó los brazos sobre el pecho y fue consciente de la fuerza con la que le golpeaba el corazón.

—¿Y su compañero? —preguntó queriendo sonar casual y sin conseguirlo—. Creía que siempre iban en parejas.

—Está aquí mismo —dijo señalando un punto indefinido entre las naves—. Vendrá ahora y nos ayudará a abrir la puerta. Si nos dan el visto bueno, claro está.

No había ningún compañero, un policía auténtico no se ofrecería a forzar una puerta, a ninguno se le ocurriría pedir permiso para que una mujer fotografiase una nave que amenazaba ruina.

Pero un liquidador profesional, un limpiador, la clase de hombre que se envía al lugar donde se ha producido un delito, una muerte violenta, cualquier acto del que no se quiere dejar rastro, ese hombre sí solicitaría instrucciones frente a una circunstancia imprevista, ante una posible baja no autorizada.

—¿Central? Sí, sigo esperando. —Calló mientras escuchaba a su interlocutor—. De acuerdo. Comprendido. —Se volvió con otra sonrisa forzada—. Todo bien. Sin problemas. Nos han autorizado. Vamos a ver qué hay ahí adentro.

—No sabe cuánto se lo agradezco. Mi padre se sentirá muy feliz.

—«No dudes. Si piensas que van a por ti, adelántate».

—Deje que compruebe que tenemos todo lo necesario.

—«Sé más rápida. Dispara».

Estaba de perfil. No veía lo que hacían sus manos. Cuando se giró, Antje se adelantó. Lo hizo. Disparó.

La detonación la ensordeció, las manos le temblaron, apenas oía, el suelo perdió consistencia. El hombre estaba muerto, derribado a pocos metros.

Se acercó a él. La pistola se encontraba junto al cuerpo. No era la Heckler & Koch reglamentaria de las fuerzas de seguridad, sino una Walther P99. Se obligó a cogerla y comprobar si estaba cargada. Lo estaba y no tenía puesto el seguro.

El transmisor zumbó.

—Rieber, ¿estás ahí? ¿Lo has hecho? ¿Está muerta?

Lo cogió con cuidado, con el pulso inseguro, y lo apagó. Se habría derrumbado si se hubiese parado a analizar lo que acababa de ocurrir, más si consideraba que la voz que acababa de escuchar por el auricular era la de Baum, así que lo aisló.

Debía actuar rápido, antes de que enviasen a más falsos policías a comprobar qué había pasado con Rieber.

Y lo primero que iba a hacer era derribar aquella puerta.

No hizo especulaciones ni consideró lo que podía salir mal. Recurrió a la fe. Fe en sí misma.

Subió al coche, se abrochó el cinturón de seguridad, agarró con fuerza el volante y pisó el acelerador.

Se llevó la puerta por delante y la arrastró varios metros. Ni siquiera saltó el airbag y apenas se abolló el parachoques.

Los cuerpos estaban a cierta distancia, en el centro de la nave bajo una gran luminaria. Uno de ellos llevaba una cazadora negra.

—«¿Y entonces qué falló todas estas veces? —pregunta refiriéndose a las cicatrices que marcan su cuerpo, tratando de desviar la conversación para apartar la sensación oscura que le ha dejado su advertencia.

—No estaba atento —responde serio—, pero no es fácil abatirme. Me tiran, pero siempre me levanto».

El hombre tendido bajo la gran luz central hace un movimiento mínimo, sus dedos se cierran, eleva la cabeza.

—¡Dmitry!

Corre hacia él sin prestar atención a los cadáveres. Está cubierto de sangre, tiene un ojo hinchado y amoratado, cortes en el pómulo y un color gris en la piel que la alarma aún más que las heridas evidentes.

—Dmitry... —repite más bajo y con voz temblorosa.

Él responde en un murmullo.

—Antje.

La inflamación debajo de las costillas amenaza con estallar si tan solo aumenta un poco más la presión, pero ya no importa porque está seguro de que no es una alucinación, que Antje es tan real como el dolor.

—¿Qué te han hecho?

Se arrodilla a su lado y apoya la mano en su rostro, le besa en la frente y en los párpados. Su tacto le calma a pesar de las heridas.

—Voy a llevarte a un médico. Te sacaré de aquí. ¿Puedes levantarte?

Apenas puede abrir los ojos, no va a poder levantarse, pero querría decirle que no se preocupe, que es suficiente con que esté allí.

—*Eto ne imeyet znacheniya. Vse v poryadke.*[39]

Se da cuenta de que no ha escogido las palabras correctas, pero le falta el aliento para pronunciarlas y debe confiar en que entienda.

—Dmitry, abre los ojos. ¡Tienes que ayudarme! —le apremia.

Lo coge desde atrás por debajo de los hombros e intenta incorporarle, pero no puede con su peso y acaban los dos en el suelo. La cabeza de él contra su seno y ella rodeándole entre sus brazos.

—Te quiero, ¿me oyes? Vamos a salir de aquí, te pondrás bien.

Sus palabras se entrecortan, nacen quebradas, rotas, y él está al límite de su resistencia, pero ahora ya cree. Ahora comprende que, a pesar de tantos desastres, de tanto horror, de todas las muertes, existen además la piedad y el perdón y que Antje le ha concedido ambas cosas.

No quiere abandonar, espera demostrarle que va a estar a la altura, que merece esta oportunidad.

Lo único que necesita es un poco más de tiempo, que siga sosteniéndole contra su pecho. Lo hará. Se levantará. Solo tiene que seguir consciente, alejarse de ese fondo negro.

—¡Dmitry! —solloza ella cuando su cabeza cae en un ángulo forzado contra su seno.

Entonces él recuerda que ha olvidado decirle algo. Algo importante.

—*Ya tozhe tebya lyublyu, Anya.*[40]

---

[39] No importa. Está bien así.

[40] Yo también te quiero, Anya.

CAPÍTULO 45

Unas manos le examinan. Son asépticas y profesionales, médicas.

—Hay que intervenir de urgencia y necesitará hospitalización.

—Hágalo. Ocúpese de que tenga toda la asistencia que necesite.

—La policía lo busca. No puedo operarlo y mantenerlo en secreto.

—Encuentre el modo —dice Antje enérgica—, igual que hizo con el general Mazeh. Entonces no tuvo problemas en ocultarle ni en evadir a Suiza el dinero que cobró por cambiar su aspecto.

—Mazeh no tenía una hemorragia interna. Si muere, ¿qué voy a hacer con el cadáver?

—Entonces asegúrese de que viva o yo misma me encargaré de que clausuren su clínica y lo investiguen por proteger a criminales de guerra.

El hombre maldice y Dmitry acaba perdiendo el hilo.

Lo llevan en una camilla. Hay movimiento de gente a su alrededor. Las frases son rápidas y nerviosas.

—El paciente presenta posible rotura hepática. Va a necesitar transfusión inmediata. Que le hagan una resonancia y preparen el quirófano.

Es la misma voz. El mismo hombre que discutía con Antje.

—¿Qué le ha pasado?

—Le ha atropellado un autobús. ¿No he dejado claro que nada de preguntas?

El silencio se hace en torno a él. Le colocan una mascarilla en la cara y ya no escucha ni siente nada.

—Dmitry, ¿puedes oírme?

Es complicado salir del sopor. El cuerpo le pesa como si fuese de plomo y el pecho le arde, tiene un respirador en la garganta, la mano derecha entablillada y apenas puede abrir los ojos.

Pero la oye.

Siente la mano de Antje rodeando la suya. Le conmueve la suavidad de su toque. Es cálida y protectora. La estrecha para que sepa que está escuchando y ella aumenta la presión.

—El doctor Klein dice que la operación ha ido bien. —Más que escuchar sus palabras, Dmitry se fija en las notas que quiebran su voz—. Estarás mejor pronto y no quedarán secuelas, aparte de unas cuantas cicatrices nuevas.

Quiere hacer como si no fuera grave y no le sale del todo bien, pero lo único que le importa es que sigue allí, a su lado.

Quizá Antje lo advierte porque sus siguientes palabras suenan a disculpa.

—Es posible que en los próximos días no pueda venir tan a menudo como querría. Las cosas están… —duda y se detiene— están difíciles, pero voy a solucionarlo.

Él no pronuncia palabra, no puede, pero le aprieta la mano con más fuerza. Antje le devuelve el gesto.

—Volveré pronto. Te lo prometo.

La pesadez le vence y cierra los ojos, pero mientras está consciente nota la presión de su mano.

—*Vy govorite po-russki?*[41]

La enfermera continúa con su rutina. Le quita el termómetro, comprueba la temperatura y anota el registro.

—*Parlez-vous français?*[42]

—*Am ordine să nu vorbesc cu dumneavoastră*[43] —responde mientras cambia las bolsas vacías de suero y comprueba las vías.

Es rumana y la única persona que ha visto en cuatro días. Ha intentado comunicarse con ella y ser paciente. Se ha comido lo que le ha puesto delante, aunque difícilmente se podría llamar comida a aquella papilla grumosa y verduzca. Ha aguardado a que le dieran alguna explicación, ha confiado en Antje y cada vez que se abre la puerta, espera que sea ella la que aparezca, pero la situación es cada vez más delirante y en ocasiones le asalta la duda de si ha sido real y no imaginado.

La mujer abre el envoltorio de una esponja de un único uso y comienza a asearle.

La paciencia se le acaba.

—Ya basta —dice sujetándole la mano—. ¿Dónde estoy y por qué no puedo salir de aquí? ¿Por qué esa puerta está cerrada con llave? —dice señalando hacia la cerradura de la habitación con la mano entablillada.

—*Daţi-mi drumul.*[44]

—¿No puedes hablar en un puto idioma que conozca?

La mujer comienza a dar voces. Un hombre vestido como un auxiliar clínico, pero que también podría ser lanzador de peso, entra en la habitación.

Dmitry ya sabe que ha vuelto a calcular mal. Suelta a la mujer e intenta razonar con el tipo de uno noventa y cien kilos de masa muscular.

---

41 ¿Habla ruso?
42 ¿Habla francés?
43 Tengo órdenes de no hablar con usted.
44 Suélteme.

—¡Solo quiero saber qué está pasando!
—*Ţineţ-il!*⁴⁵ —dice ella.

El enfermero le inmoviliza. Él se resiste y lo insulta en alemán y en ruso hasta que la mujer le inyecta en el brazo algo que lo envía a otra dimensión en cuestión de décimas de segundo.

—¿Si suelto las correas hará que me arrepienta?

Junto al médico está el enfermero culturista. Además de los calmantes para el dolor, deben de estar empleando algún tipo de tranquilizante, porque cuando se acerca a liberarle consigue controlar el impulso de golpear la cabeza del auxiliar contra la pared y obligar al médico a que le saque del hospital.

—¿Dónde estoy? ¿Por qué me han encerrado?

—Está en una clínica privada y el único motivo por el que le hemos aislado es por su seguridad. Si no me cree, compruébelo usted mismo.

Le pasa una tableta con un vídeo acerca de la detención de un grupo neonazi en Marzahn. Reconoce algunos de los rostros y está a punto de preguntar qué tiene aquello que ver con él cuando ve su cara en una foto de cuando acababa de llegar a Berlín.

—¿Comprende ya por qué debe tener el menor contacto posible con el personal del hospital?

—Todo lo que dicen es mentira —dice sintiendo la sangre hervir a pesar de los calmantes—. Quiero hablar con Antje Heller.

—Es gracias a su intervención por lo que está aquí y no en la enfermería de alguna prisión estatal. Si por mí fuera lo pondría en la calle ahora mismo. Así que ¿qué prefiere? ¿Esperar a que la situación se aclare o que llame a la policía?

Vuelve a mirar el vídeo y piensa en cómo afectará a Antje.

---

45 Sujétalo.

Le había pedido que esperase. Le prometió que volvería. Fue a buscarlo a Treptow. No lo había soñado.

—Esperaré.

El chófer permaneció en silencio durante todo el trayecto, así que Dmitry desconocía su nacionalidad, pero era posible que también fuese rumano o mudo y sordo. No podía evitar el recelo por el hecho de ser conducido sin saber a dónde, pero, después de dos semanas convaleciente y aislado, cualquier cambio parecía una mejora.

Aún no estaba restablecido del todo. Klein le había dado una larga serie de recomendaciones —la principal que buscase otro médico—, tenía que hacer dieta blanda y evitar los esfuerzos y los impactos en la zona abdominal. La hinchazón alrededor del pómulo había desaparecido, pero aún tenía un hematoma de todos los colores: violáceo, púrpura, amarillento, verdoso... y una cicatriz nueva con los puntos recién retirados. La mano derecha seguía escayolada, pero por lo demás se encontraba bien. Casi bien. Mejor de lo que cabía esperar dos semanas antes.

El conductor se internó en el barrio gubernamental, pasó frente a la Oficina del Gobierno Federal y se detuvo al otro lado de la avenida, junto al parque de Tiergarten.

—Tiene que bajar aquí.

Así que sí hablaba alemán. Dmitry pensó que ya era tarde para entablar conversación. Salió y, en cuanto cerró la puerta, el coche se alejó.

Había más gente paseando por la avenida arbolada o tumbada en la hierba junto al canal que atravesaba el parque, pero no tardó en verla. Llevaba uno de sus trajes oscuros, el pelo recogido, los zapatos de tacón alto y afilado y la chaqueta abierta dejando ver la blusa, como si solo fuera otra de las funcionarias que acababan de terminar la jornada y aprovechaban la tarde de verano para atravesar Tiergarten de regreso a sus casas.

Ella también lo vio.

—Hola —dijo afectada cuando lo tuvo frente a frente, pero manteniendo las distancias.

Dmitry dudó, igual que en el hospital, en los momentos bajos. Estuvo tentado de hacer como ella y guardar las formas.

Pero se lo pensó mejor.

No pronunció una palabra, solo la atrajo hacia él.

La tomó por sorpresa, pero, cuando acercó su boca a la de ella, Antje le devolvió el beso y entonces todo encajó. Fue como en esas canciones que empiezan lento y van subiendo nota a nota, hasta que la música suena dentro y fuera. Hasta que no hay más que música. Instantes perfectos en los que todo estalla y después cuesta volver a la realidad.

Ya no se besaban, pero aún la sujetaba, la apretaba contra su cuerpo y Antje trataba de resistir sin romperse. Habían sido dos semanas duras, muy duras. Las había soportado sin quebrarse y ahora él amenazaba con desbaratarlo todo. Si la forzaba un poco más, se desmoronaría y no quería hacerlo. Más que nunca necesitaba un poco de calma.

Dmitry aflojó la presión, pero no la soltó.

—Me alegro de volver a verte.

La hizo reír su gesto, la sonrisa cómplice y tentativa de quien busca hacerse perdonar, y algunas lágrimas aprovecharon para escapar junto con las risas. Las apartó y se sintió mejor, con menos presión en el pecho.

—Yo también me alegro. Tienes buen aspecto.

—Comparado con la última vez que me viste, quieres decir.

—Sí. Mucho mejor que la última vez —dijo como si él no hubiese estado a punto de morir y ella no hubiese pasado algunos de los minutos más terribles de su vida mientras trataba de subirlo al coche e intentaba dar con alguien a quien recurrir hasta que pensó en Klein. El estómago se le removió y forzó una sonrisa para que pasara—. ¿Te han tratado bien en la clínica?

—He tenido algunas diferencias con el personal, pero las solucionamos.
—Quería ir —afirmó Antje.
—Lo sé, el doctor Mengele me lo explicó.

Ella alzó las cejas ante aquella mención a uno de los médicos nazis de recuerdo más siniestro. Klein se había negado a correr más riesgos y prohibió cualquier tipo de visitas, incluso las llamadas. Se había tenido que conformar con los partes médicos que enviaba a una dirección de correo electrónico. Eso mientras prestaba declaración ante sucesivas comisiones, temiendo las represalias de Baum y asistiendo en primera fila al pulso entre la diplomacia germana y francesa. Una vez que la tormenta se desató, todos movieron sus fichas. Solo aquella misma mañana había respirado con más calma.

—Hasta hoy no han suspendido la orden de arresto por tráfico de armas. Saben que fue Volkov y está detenido, aunque es probable que llegue a un acuerdo con la fiscalía y salga pronto en libertad bajo fianza. Creemos que actuó siguiendo órdenes de Baum, él fue quien reveló tu verdadera identidad y se ocupó de incriminarte en el asunto de Marzahn.

—¿Baum? —preguntó sin entender.

—Sí, Baum —dijo cogiendo aire—. Toda la operación, la compra de armas, era solo una cortina de humo para hacer que se delatase. El DGSE llevaba tiempo detrás de Alouni y vigilaba sus movimientos en Alemania. Habían detectado pautas demasiado sospechosas para ser solo coincidencias y comenzó a llamarles la atención la ausencia de atentados en suelo alemán. Cuando Baum se supo observado, decidió orquestar una distracción y fingió que quería detener a Alouni, por eso aceptó que trabajases bajo nuestra supervisión. Debió pensar que sería más fácil adelantarse a los acontecimientos si te tenía bajo nuestro control, pero desde el principio trató de desembarazarse de ti. Por eso ordenó el tiroteo en el aparcamiento de Wedding y te vendió a Anton Volkov.

Había sido ese empeño por deshacerse de Dmitry lo que le

había pasado factura. Demasiadas huellas y no todas se podían ocultar, como los cadáveres de Mika y Oleg o el del falso policía. Baum negó todas las acusaciones, pero la cuestión trascendió más allá de los servicios de Inteligencia. Las presiones por parte de la diplomacia francesa, las lagunas y contradicciones en el asunto de las armas intervenidas en Marzahn junto con la amenaza de un escándalo que minaría la confianza de las distintas agencias europeas provocaron su cese fulminante.

Pero no era el único que se había visto obligado a asumir responsabilidades.

—Así que Hardy me utilizó como cebo —dijo Dmitry sin demasiada sorpresa.

—Nos utilizó a los dos. Vino a Berlín y me explicó que no tenía la seguridad de que Baum fuese el único implicado en el pacto con Alouni —explicó procurando ser tan aséptica como cuando acudió a la cita con Hardy y se negó a probar el Merlot que había pedido. Lo que hizo fue decirle que esperaba que se le atragantase el vino. Hardy respondió al día siguiente enviándole dos botellas de Cabernet Sauvignon con una nota de disculpa y sus mejores deseos.

Las tiró sin abrir al contenedor de reciclado.

—No te ofendas, pero este trabajo tuyo es de lo peor. Incluso en el Ejército los compañeros respetan las normas y los traficantes de drogas también tienen unas reglas.

La miraba serio y Antje no sabía si pretendía tomarle el pelo, pero si era broma no le hacía demasiada gracia.

—Ya, por ese lado no tengo que preocuparme. Hoy me han notificado el cese.

No habría investigación, tampoco acusaciones, pero estaba fuera, apartada.

Dmitry se puso completamente serio.

—¿Te han relevado del cargo o te han expulsado del BND?

—Expulsado —dijo tratando de mantener el tipo. Antes de hacer efectivo el cese, el presidente de la comisión se encargó de expresarle su decepción por cómo se habían desarrollado los acontecimientos y señaló que no era buena idea que continuase trabajando para la Administración.

—Son unos auténticos imbéciles. Eres mucho mejor que todos ellos. No te merecen.

Parecía tan indignado que casi consiguió levantarle el ánimo.

—Es posible. De todos modos, no importa. En parte tienen razón. Este último año tomé decisiones que no me correspondían, hice cosas que jamás pensé que haría. —Se detuvo. No era fácil de explicar—. No estoy segura de quién soy ni de lo que quiero hacer de aquí en adelante. Necesito tomarme un tiempo.

Dmitry apretó la mandíbula y giró el rostro. El lado izquierdo de su cara todavía estaba amoratado, Antje tenía que resistir el deseo de acariciarlo muy despacio con la yema de los dedos. Se contuvo porque en aquel gesto volvió a reconocer la distancia que imponía cuando algo le hería.

Y no lo había pretendido.

—¿No sabes qué quieres hacer?

Pero quizá lo haría, le dañaría. No habría forma de evitarlo.

—No me refería a nosotros, pero me sirve igual —dijo antes de volver la vista hacia la pacífica estampa que ofrecía el parque, las aguas calmas reflejando el verde de los árboles y la luz dorada de la tarde filtrándose entre las hojas. Era demasiado perfecto, demasiado agradable, era fácil dejarse llevar y pensar que todo sería idílico, pero Antje sabía por experiencia lo peligroso que era caer en los espejismos—. Sé sincero, ¿en serio crees que nos iría bien juntos? Quiero decir si lo intentásemos. ¿Crees que tendría sentido?

Se le daba bien dejar a un lado los sentimientos y refugiarse detrás de aquella fachada razonable. Dmitry endureció aún más el gesto.

—Es verdad. No es como si tuviera una carrera brillante —dijo resentido y el azul claro de los ojos de Antje se veló un poco—, y no hago otra cosa más que buscarme problemas —señaló mirándola de frente— y tengo un carácter de mierda. Tú tienes tus normas, tu orden y no vas a cambiar por mí, no quieres hacerlo. Además, me sacas diez años —dijo con un matiz especialmente hiriente que hizo que ella se mordiera el interior del labio casi hasta hacerse sangre—. Pero escúchame —añadió obligándola a mirarlo, haciendo que dejara de esquivarlo—, no voy a renunciar a tenerte, no pienso dejarte escapar. Y me dan igual todos los inconvenientes que puedas poner o cuánta razón creas que tienes. Te importo. No me convencerás de lo contrario. No habrías ido a buscarme a Treptow si no te importara.

Los ojos de Antje brillaron. Prescindió de la lógica y la precaución, de las defensas.

—Claro que me importas. He pasado todos estos meses tratando de que lo entendieras.

—Lo sé. Me he portado como un idiota, pero déjame probar de nuevo. Lo haré bien esta vez. Estoy listo para hacerlo. Quiero esto. Te quiero, Antje. Te haré feliz. Averiguaré qué es lo que quieres y te lo daré. Sea lo que sea. Déjame demostrártelo.

La desarmó. La dejó sin objeciones.

—¿Sea lo que sea? —dijo riendo un poco y conteniendo el temblor en la garganta.

—Lo que sea. Di que tú también quieres.

Lo quería. No había conseguido imaginar qué haría con su vida de ahí en adelante, pero sin él todo sería aún más borroso, más indefinido.

—Te haré el amor todas las mañanas y todas las noches —le dijo cerca del oído, rozándole con los labios la mejilla—. Sé cómo te gusta, Anya.

Y no quería conformarse con una vida borrosa y descolorida.

—¿Sí? —insistió él.

Tenía la piel erizada, el pulso alborotado y una sensación en la nuca y en la boca del estómago que ya conocía. Pero había algo más que había decidido durante aquellos días. Se había prometido no volver a permitir que el miedo le hiciera tomar la decisión más cobarde, así que olvidó el vértigo y el vacío en la boca del estómago y se lanzó.

—Sí. Sí, quiero.

—*Ty ne pozhaleyesh* —aseguró antes de volver a besarla.

El tiempo y el espacio dejaron de importar, al menos hasta que un ciclista estuvo a punto de arrollarlos. Cuando hizo sonar el timbre ya lo tenían encima. Se apartaron y Dmitry insultó al ciclista, que le enseñó un dedo extendido como respuesta.

Cuando se volvió, se encontró con Antje mirándolo perpleja.

—¿Qué era lo que estabas diciendo?

Se lo mostró en lugar de explicárselo. Solo cuando recuperaron el aliento se lo tradujo.

—Que no te arrepentirás.

EPÍLOGO

Mathieu se detuvo frente a la verja. Había cámaras y sensores de movimiento disimulados discretamente, pero nada fuera de lo ordinario. Muchos de los chalets vecinos tenían sistemas similares de seguridad.

Desde el exterior, la casa se veía amplia y moderna, construida con materiales ecológicos y diseñada para aprovechar al máximo los recursos naturales. Amigable e integrada en el entorno, un área residencial junto a un gran bosque de arces a orillas de un lago desde el que se divisaba el *skyline* de Montreal.

Un bonito lugar. Mathieu no había esperado menos.

La puerta se abrió con un clic y alguien acudió a recibirle. Prácticamente cantó el saludo en francés, aunque con un marcado acento ruso.

—Hola, amigo. Me alegra verte.

Mathieu estaba tranquilo. Incluso había renunciado a viajar portando un arma, aunque habría podido hacerlo. Pero cuando se encontró frente a Boris le asaltó la duda de si había tomado la decisión acertada.

Él sonreía como si la última vez que se vieron no le hubiese apuntado a la nuca con una pistola.

—Entra, jefe está dentro.

Lo acompañó a una sala espaciosa, decorada en colores claros, con cierto aire minimalista, apacible y acogedora. Varios troncos ardían en un hogar de acero suspendido en el aire. Estaban a mediados de abril, pero la temperatura en Montreal hacía que aquel calor extra no estorbase.

—Iré a avisar. Ponte cómodo, como en casa —dijo jovial Boris.

Apenas había cambiado en aquellos tres años. Mathieu ignoraba que ya no estaba en prisión. Hardy podía haberle avisado, pero no debería extrañarle que el subsecretario del DGSE omitiera parte de la información.

—Estás aquí.

Tampoco Dmitry había cambiado demasiado, sin embargo, lo encontró diferente.

—Dijiste a las doce y son las doce.

Hubo un momento tenso. Mathieu cedió primero y le tendió la mano, Dmitry se la estrechó. Fue corto, pero ayudó.

—Bienvenido. Me alegra que decidieras venir.

—Me dijeron que el viaje merecía la pena. Por lo poco que he visto, la zona es espectacular.

—Lo es. Sobre todo si te gusta la naturaleza.

—Me gusta la naturaleza.

La tensión seguía flotando en el ambiente, pero tanto su forma de vestir como de comportarse eran más relajadas que cuando lo conoció en París. Llevaba un jersey caro y fino que, premeditadamente o no, dejaba ver que se cuidaba, calzado de deporte, vaqueros, todo casual, pero con cierto estilo, como la casa.

—¿Has traído lo que acordamos?

Mathieu sacó un sobre del bolsillo interior de la cazadora y se lo tendió.

—Compruébalo.

Dmitry lo abrió y extrajo un pasaporte. Miró la primera hoja y lo volvió a cerrar. Lo acompañaba una tarjeta.

—Espera un segundo.

Desbloqueó el acceso de un portátil y tecleó la combinación. Debió gustarle lo que vio, porque su humor mejoró visiblemente.

—Todo correcto. Ya puedes irte. —Luego sonrió—. Era broma. Celebrémoslo. ¿Aún sigues sin beber alcohol?

—Aún.

—Entonces beberé por los dos —dijo sacando una botella de un estante. Llenó un vaso pequeño y lo alzó en el aire—. *Na zdorovie.*

Mathieu pensó que era buen momento para darle más razones por las que celebrar.

—Hardy me pidió que te informara de que al-Fayad no volverá a ser un problema. Murió en un bombardeo la semana pasada.

—De la aviación rusa, según tengo entendido.

—En una operación conjunta con las fuerzas aéreas francesas —puntualizó Mathieu.

—¿Quién dice que la cooperación no es posible? —dijo Dmitry volviendo a alzar su vaso—. Brindaría también por eso, pero no quiero darte toda la ventaja.

Mathieu casi sonrió. Dmitry había dejado claro que dominaba la situación y él no tenía interés en minarle el terreno. Ya había hecho lo que le había llevado allí, solo quedaba despedirse.

—Me alegro de que todo se haya resuelto.

—También yo. Gracias por venir —dijo tendiéndole la mano para despedirse—. No habría confiado en otro.

Mathieu no dudó de su sinceridad. Cuando Hardy le dijo que Dmitry insistía en que fuera él quien viajase a Montreal, no le encantó la idea. Después pensó que se lo debía.

No había temido una mala jugada. Quizá no era razonable, pero no le importaba dar la cara.

—Espero que todo vaya bien. Parece que ya te va bien —dijo refiriéndose a la casa y a la sensación que transmitía.

—No me quejo —dijo sin entrar en detalles.

—Bien —replicó Mathieu—, ya nos veremos o puede que no.

—No, no lo creo.

Mathieu asintió. Ya se marchaba cuando lo llamó.

—Girard...

No le sorprendió. Sabía que faltaba una pregunta, pero a Dmitry le costó hacerla.

—¿Va todo bien? —Se resistió, pero acabó pronunciando su nombre— ¿Nadina está bien?

—Sí —dijo mirándole abiertamente—. Está bien. Estamos bien —añadió—. De hecho, ha venido conmigo, está fuera. Iba a pasar, pero en el último momento decidió que era mejor no hacerlo.

Le afectó. Su seguridad falló un tanto, pero se rehízo rápido.

—Dile que me alegro de que haya venido y de que esté bien. Dile que me habría gustado... —se calló y se lo pensó mejor—. Déjalo. No hace falta que le digas nada. Tiene razón. Es mejor así.

—Le diré que has preguntado por ella.

—Eso estará bien —accedió Dmitry.

—Adiós y suerte.

—También para ti. Para los dos.

Se marchó y Dmitry se quedó parado en el centro del salón. Tras unos segundos, se acercó a la ventana que daba a la avenida principal.

Estaba allí, en pie, junto a una motocicleta, con una cazadora negra parecida a la de Girard, pantalón de piel con refuerzos y botas con cordones. El pelo un poco más largo, pero ni siquiera todo aquel cuero conseguía transformarla. Era como si la hubiese visto solo un par de días antes.

Nadina se volvió hacia la ventana. Sus ojos registraron el momento. Se quedaron los dos contemplándose a través de la calle desierta. Sin gestos. Sin palabras.

Dmitry por fin reaccionó. Alzó la mano desde detrás de la ventana. Ella levantó la suya. Era igual en todos los idiomas y valía lo mismo para un encuentro que para una despedida.

Girard apareció en su campo de visión y ella se volvió hacia él con un alivio tan manifiesto que Dmitry lo sintió a través del cristal. La cogió por la cintura y la atrajo hacia sí, Nadina se dejó querer y se olvidó de él. Solo cuando ya se iban, le dedicó una mirada larga que terminó cuando se puso el casco y se abrazó a Girard.

Dmitry respiró mejor cuando oyó el sonido del motor alejándose. Miró a su alrededor, a los sofás con las mantas dobladas sobre el reposabrazos y al fuego encendido, al suelo de madera pulida y al tono marfil satinado de las paredes.

Resultó.

Boris asomó por la puerta.

—¿Todo en orden? —preguntó en ruso.

—Todo en orden.

—He visto a Nadezhna. Tenía buen aspecto.

—Sí, yo también la he visto —dijo como si no tuviera mayor importancia.

Boris esperó un poco antes de preguntar:

—Es mejor ahora, ¿verdad?

—Sí —respondió sin vacilar—. Es mejor.

—Mi padre solía decir que la vida da muchas vueltas. Hay que dejarse llevar, aunque te mareen.

—¿Y dónde está tu padre? —preguntó con curiosidad.

—¿Cómo quieres que lo sepa? Hace veinte años que no lo veo.

—¿Entonces para qué me hablas de él?

—Solo comentaba. ¿Quieres que me quede o puedo irme ya? Voy a llevar a una amiga a un restaurante mexicano.

—¿Para qué te pago? Se supone que tu trabajo acaba a las seis.

—No intentes fingir conmigo —dijo Boris marchándose—. Sé que estás contento.

Se cruzó con Antje en la puerta y la saludó en francés. En Montreal se hablaba indistintamente francés e inglés, así que había ido familiarizándose con el idioma.

La saludó a ella y a la pequeña.

—¿Quién es la niña más bonita del mundo? —Solo tenía cuatro meses, pero gorjeó y chilló feliz al ver a Boris—. Tatia Zaitseva. Por suerte es igual que su madre, porque si se pareciese a su padre…

Antje sonrió y Dmitry protestó.

—Estás ciego, además de tonto. También se parece a mí.

—Como se parezca a ti será un primor dentro de unos pocos años.

—¿No te ibas?

—Ya va, ya va…

Dmitry se relajó cuando oyó la puerta cerrarse. Se acercó más a Antje y la besó.

—Al fin solos.

Todo volvió a estar bien. Se alegraba de haberle puesto punto final al pasado, pero su vida ya no estaba en ninguna otra parte. Estaba allí, con ellas.

—¿Cómo ha ido? —preguntó Antje.

—Bien, como acordamos. He recuperado mi pasaporte y han desbloqueado las cuentas pendientes.

—¿Y ya estás satisfecho?

Habían discutido por eso. Por el dinero. Antje decía que no lo necesitaban. Él afirmaba que era suyo y no pensaba regalárselo al gobierno francés. Había tenido que mover algunos hilos para conseguirlo, hacer de intermediario entre el servicio secreto ruso y el francés. No le había importado mientras Vania siguiera estando a siete mil kilómetros, además, sabía por Antje que le debía más favores. El acuerdo se había traducido en la muerte de Alouni un año antes y en la más reciente de al-Fayad. Baum había fallecido en un accidente de tráfico un par de meses después de que se mudasen a Montreal. En conclusión, Hardy había cumplido su parte del trato y las deudas estaban saldadas. Lo del pasaporte, en cambio, había sido algo sentimental. Quería que su hija llevase su apellido. No era demasiado pedir.

—Déjamela. Tú la has tenido todo el día.

—Toda para ti —dijo pasándole a la pequeña y yendo a sentarse frente al fuego. Se descalzó y puso los pies sobre el sofá. En su actual trabajo podía vestir de un modo más informal, pero a menudo seguía recurriendo al traje sastre y los zapatos altos. La ayudaban a negociar.

Era solo uno de los muchos cambios. Mudarse a Canadá resultó la opción natural. Cuando empezó a preparar las maletas de Peter, supo sin lugar a dudas dónde quería estar. Cuando se lo dijo a Dmitry, contestó que parecía un buen sitio. Cuando el avión aterrizó y los recibió un frío ártico, aguantó aceptablemente el tipo.

Encontrar trabajo tampoco fue complicado. Se puso en contacto con una agencia de la ONU especializada en combatir el cambio climático y la aceptaron sin vacilar.

—¿Y tu día? ¿Cómo ha ido? —preguntó Dmitry con Tatia sentada sobre las rodillas.

—No ha estado mal. Han firmado. Comenzarán a poner en práctica las medidas a partir de enero.

—¿Has oído, Tatia? Así es tu madre. Nada se le resiste.

Antje sonrió negando. Había cambiado de trabajo, pero a veces también era frustrante. No podía evitarlo, pensaba en todo lo que quedaba por hacer, en lo poco que se avanzaba… Pero, cuando volvía a casa desalentada, él la abrazaba y la calmaba, le decía: «Anya, Anya… No pienses en todo lo que aún falta, piensa en lo que tienes, en lo que has conseguido. Una sola cosa por vez».

Y había conseguido muchas cosas. No solo en el ámbito profesional. Los dos lo habían hecho. Juntos. Habían confiado el uno en el otro, superaron las dificultades. Se arriesgaron.

—¿Y ya has pensado lo que te dije del dinero? Lo de emplearlo con la agencia. Al menos una parte.

—Lo he pensado y no voy a hacerlo. Ya te lo dije. No es tu dinero, no es mi dinero. Será para nuestra hija.

—Nuestra hija no necesita cinco millones de euros procedentes del narcotráfico.

—No puedes saber lo que necesitará y el dinero es dinero. No lleva escrito de dónde salió.

—¿Y cómo se lo explicarás? ¿Le dirás que lo has ganado con los invernaderos?

—Quizá lo gane —dijo picándose.

Con el dinero que rescató el primer año montó una pequeña empresa dedicada al cultivo de fruta. Todo natural, sin pesticidas ni abonos químicos. Boris le ayudaba a gestionarlo. Tenían doce empleados fijos, incluido un ingeniero agrónomo, trabajando a tiempo completo para ellos. Era un éxito. Habían comprado más terrenos porque no daban abasto con los pedidos.

—¿Entonces le dejarás diez millones?

Dmitry gruñó en ruso.

—No hagas caso, Tatia. Mamá se quedará sin fresas de postre. Así habrá más para ti y para mí.

—Aún no puede comer fresas.

—Lo sé. Le faltan dos meses.

En realidad, a Antje no le preocupaba el dinero. Tenían tiempo. Le acabaría convenciendo. Ya le conocía mejor. Cuando le habló de tener un hijo, un lunes después de que Peter regresara al *college* y la casa se quedara más vacía, lo hizo solo por ver qué cara ponía, y fue tan alarmada como había imaginado. Sin embargo, al día siguiente la sorprendió por la espalda en la cocina. La besó sin palabras, le hizo el amor sobre la encimera y, cuando ella lo abrazaba y él apoyaba la cabeza sobre su hombro, se lo dijo.

—«Hagámoslo, Anya. Tengamos un hijo».

Entonces fue ella la que dudó, pero acabó contagiándose de su convicción, y así llegó Tatia y no se arrepentía. Al revés, había sido como dar marcha atrás al reloj. Se sentía mejor, se veía mejor y ser feliz ayudaba.

Dmitry miró a la niña. Se había quedado recostada contra él, con la mejilla apoyada contra su corazón. Lo hacía muchas veces, pero nunca dejaba de conmoverlo. Le aceleraba los latidos.

Era un día especial. No podía evitar pensar.

—¿Crees que lo haremos bien, Antje? ¿Que lo haré bien?

—Ya lo haces bien —dijo ella con suavidad.

No contestó. Habían sido unos meses llenos de emociones. Con frecuencia, y sobre todo con el embarazo y el parto, ella estaba mucho más tranquila que él. El día antes de dar a luz estuvo en una reunión con un *lobby* empresarial estadounidense que quería acogerse al Acuerdo de París a pesar de que la legislación no les obligaba. Eran los mismos que habían firmado esa mañana.

Él se había esforzado por estar a la altura, pero no dejaba de pensar si sería capaz de actuar del modo correcto. Solo se animó cuando Peter regresó un sábado de madrugada con evidentes síntomas de embriaguez. Al día siguiente explicó que solo había sido una fiesta en casa de un amigo cuyos padres estaban fuera. Antje montó un drama y él procuró relajar la tensión diciendo que eran cosas de la edad. Después, cuando se quedaron solos, le dijo que, si volvía a presentarse bebido, le haría vomitar y luego le obligaría a tragarse de nuevo el vómito.

Hasta el momento había funcionado y Peter y él seguían llevándose razonablemente bien, mejor desde entonces, así que estaba bastante orgulloso de sí mismo en ese aspecto.

—¿Y ya has decidido qué vas a hacer ahora que tienes lo que querías? —preguntó Antje.

Dmitry no dudó.

—Lo mismo que hasta ahora: disfrutar de cada segundo.

Antje no pudo evitar el escozor en los ojos.

—Han sido dos buenos años, ¿verdad?

—Lo han sido.

—¿Y crees que durará?

—No lo creo. Estoy seguro. ¿Y tú?

Antje miró en su corazón y escuchó a su cabeza. Ambos estuvieron de acuerdo.

—También.

La niña se había quedado dormida, pero Dmitry no la apartó.

—Ven aquí. Tengo espacio para las dos.

Antje no se hizo rogar, se recostó contra su hombro.

—¿Crees que se puede ser demasiado afortunado, Anya?

Ella se estremeció. Él lo notó y la estrechó más fuerte.

—Espero que no.

—Yo también lo espero porque quiero conservarlo todo, conservar esto.

Tenían la determinación, contaban con el valor, se querían.

—Lo haremos.

Solo tenían que seguir cuidando el uno del otro.

Mathieu paró en una estación de servicio. Tenía cafetería y Nadina pasó al interior mientras repostaba. Aún estaban adaptándose al *jet lag*, habían almorzado a la hora del desayuno, así que solo pidió un café.

Tenía los ojos perfilados en negro y una sonrisa.

Se sentó frente a ella.

—¿Estás bien?

—Muy bien. —Y tras una pausa, añadió—: ¿Y él? ¿Cómo le has visto?

—Bien también, distinto, diría que más centrado.

—Centrado es bueno —dijo Nadina.

—Sí, es bueno. Me ha preguntado por ti. Le he dicho que habías preferido esperar fuera. ¿Te arrepientes?

—No —aseguró con convicción—. Pero me alegro de que le vaya bien y esté centrado —dijo pronunciando despacio la palabra—. Dima merece ser feliz.

—Diría que lo es. Tiene razones para serlo. Al menos hoy.

Ella sonrió.

—¿Te cambiarías por él? Por esa casa y tener todo ese dinero...

—No, sabes que no —aseguró imperturbable.

—Lo sé. Tampoco yo. —Extendió la mano con los dedos abiertos frente a él—. Te tengo y me tienes. Es suficiente.

Mathieu abrió la suya y la apoyó en la de ella.

—Es más que suficiente.

La electricidad iba de piel a piel y cuando se separaron el calor se quedó dentro.

Nadina se levantó animosa.

—¿Nos vamos? Me gustaría hacer muchos kilómetros. Recorrer todo lo que podamos antes de que se haga de noche.

—¿Ya has decidido a dónde quieres ir? —preguntó con una sonrisa. Tenía un mes libre y pensaban aprovecharlo al máximo. Habían pasado días viendo mapas y organizando rutas. Nadina cambiaba de opinión cada cinco minutos, tan pronto quería ir a los Grandes Lagos como a Terranova o bajar por la costa este y llegar a Nueva York. Era desconcertante, pero irradiaba entusiasmo.

Salieron de la cafetería y se acercaron a la moto. La habían alquilado en el aeropuerto. Podían haber escogido un coche, pero los dos lo preferían. Formaba parte de la aventura.

—¿Qué más da? Sigamos hacia… —Miró a su alrededor y señaló una dirección cualquiera— hacia allí. ¿Te parece bien?

—Me parece perfecto —dijo dejándole un beso suave en la punta de los labios. Nadina sonrió, el rostro iluminado de pura alegría—. ¿Quieres conducir tú?

—¿Lo dices en serio?

—Di que sí antes de que cambie de idea.

Se echó a reír.

—Vamos.

Subieron a la moto. Ella se ajustó el casco y encendió el contacto.

—¿Listo? —preguntó volviéndose.

Él la abrazó.

—Siempre.

Nadina arrancó, el corazón latiendo fuerte pero seguro. Enseguida salieron de la zona poblada. La carretera era recta y despejada y una gran área boscosa la rodeaba. Fijó una velocidad rápida pero controlada, cómoda. No quería sobresaltos ni más emociones que las que les esperaban en el camino. Quería el cielo abriéndose para ellos y el suelo bajo sus pies.

Mathieu la estrechó con suavidad y Nadina apenas apretó el acelerador.

No necesitaban correr.

Era la vida la que les salía al encuentro.

Agradecimientos

Antes que nada quiero daros las gracias por el tiempo y la confianza que me habéis prestado. Ha sido la primera vez que me embarcaba en la escritura de una novela a partir de un personaje de otra anterior y era importante para mí que pudiera disfrutarse de forma independiente, pero que a la vez fueran complementarias. Ojalá que haya sido así y que, si leísteis *Nadina o la atracción del vacío*, algunas de las preguntas que quedaron en el aire hayan encontrado su respuesta. Y, si aún no la habéis leído, espero que os haya dejado con ganas de ir a por ella.

Confiar en Dmitry y en sus posibilidades no era una apuesta fácil, por eso quiero agradecer muy especialmente a Elisa Mesa que me diese carta blanca cuando le expliqué cómo veía su futuro (y que, pese a la cara de sorpresa, también confiases en Antje). A Lidia Cantarero por querer a Dmitry tanto como yo, por entender a Antje, por creer en ellos, por entenderme, quererme y creer en mí (sin ti no sería lo mismo). A Marisa Sauco por estar cerca a pesar de la distancia (porque tus mensajes, tus palabras, tus sonrisas son fuerza e inspiración). A Mara Batanero por ser luz y entusiasmo y encontrar siempre el tiempo. A mi hermana y mi madre por hacer de lectoras críticas, fans fatales y correctoras de pruebas todo a la vez (y por ese fin de semana en Berlín). A Sara Adrián por los mensajes de audio y por prestarme a Antonio para dar voz a Dmitry en ruso, a Ana Draghia que tradujo al rumano y a Laura y Tania que me ayudaron con el francés. A todas las que me escribisteis para decirme que queríais más de Dima, a las que no os convenció, pero me asegurasteis que le daríais otra oportunidad, a quienes me leéis siempre y a los que os habéis estrenado esta vez. Y a Pablo, mi hijo, y a Antonio, mi marido, por su infinita paciencia, por su apoyo sin condiciones y por hacerme tan feliz.

Sois mucho mejores que cualquiera de los protagonistas que pudiera imaginar.

www.ingramcontent.com/pod-product-compliance
Lightning Source LLC
LaVergne TN
LVHW091616070526
838199LV00044B/821